Conversas na madrugada

Claire Daverley

Conversas na madrugada

Tradução
LÍGIA AZEVEDO

pa ra le la

Copyright © 2023 by Claire Daverley

A Editora Paralela é uma divisão da Editora Schwarcz S.A.

Grafia atualizada segundo o Acordo Ortográfico da Língua Portuguesa de 1990, que entrou em vigor no Brasil em 2009.

TÍTULO ORIGINAL Talking at Night

CAPA E ILUSTRAÇÃO DE CAPA Carolina Rodriguez Fuenmayor

PREPARAÇÃO Marina Waquil

REVISÃO Renata Lopes Del Nero e Paula Queiroz

Dados Internacionais de Catalogação na Publicação (CIP)
(Câmara Brasileira do Livro, SP, Brasil)

Daverley, Claire
    Conversas na madrugada / Claire Daverley; tradução
Lígia Azevedo. — 1ª ed. — São Paulo : Paralela, 2024.

    Título original: Talking at Night.
    ISBN 978-85-8439-378-7

    1. Romance inglês I. Título.

24-191834   CDD-823

Índice para catálogo sistemático:
1. Ficção : Literatura inglesa   823

Tábata Alves da Silva – Bibliotecária – CRB-8/9253

Todos os direitos desta edição reservados à
EDITORA SCHWARCZ S.A.
Rua Bandeira Paulista, 702, cj. 32
04532-002 — São Paulo — SP
Telefone: (11) 3707-3500
editoraparalela.com.br
atendimentoaoleitor@editoraparalela.com.br
facebook.com/editoraparalela
instagram.com/editoraparalela
twitter.com/editoraparalela

Para Clive, claro

Eu gostaria de ter feito tudo na Terra com você.
O grande Gatsby, dirigido por Baz Luhrmann, 2013

A vida deles se bifurca em uma terça-feira à noite.

É algo que a mãe dela não tira da cabeça, em sua negação que ainda não é luto, aflita sob as luzes implacáveis do corredor do hospital. Os ladrilhos são de um cinza desgastado e o céu se enfeita de escarlate do outro lado das venezianas. O sol está quase nascendo e Rosie se encontra junto ao vidro quando sente metade de si mesma recuar para um lugar que ela nem sabia que existia.

Mas é terça, a mãe dela diz para o médico. Ele não sai às terças.

E o médico, gentil e experiente, estende uma mão para tocar o ombro da mãe dela, e Rosie nota como as unhas dele são bem cuidadas, lisas, redondas e limpas. Ela quer ter unhas assim. Quer ser tão afetuosa e boa e gentil quanto esse médico; quer ser capaz de tocar o cotovelo da mãe, de levá-la para casa quando a notícia, essa notícia insuportável, intolerável, se assentar e for de alguma forma absorvida.

Mas passarão anos, claro, até que ela volte a se sentir em casa, e Rosie sabe disso, sabe disso imediatamente, e olha para as mãos do médico, para o punho abotoado de sua camisa. Nada nunca mais parecerá certo como antes. Nada nunca mais será normal, tranquilo ou rotineiro outra vez, muito embora seja apenas terça-feira, muito embora ela tenha aula de música dali a três horas, muito embora as chaves dele continuem no bolso da jaqueta dela.

Rosie pensa nas marcas dos dedos dele nas chaves.

Torce para que ele não tenha sentido nada quando caiu.

ANTES

Um

Will percebe que há algo de especial em Rosie Winters na noite em que a encontra na fogueira.

Quando conta a ela que a mãe dele foi embora.

Os dois estão sentados lado a lado, com as chamas se erguendo na escuridão de novembro, parte de um círculo rompido de alunos do ensino médio. Luvas sem dedos, latas de cerveja. As ondas distantes além dos pinheiros. Ele não conhece Rosie muito bem, apesar de estudarem na mesma escola e terem amigos em comum, mas naquela noite os dois conversam. Um pouco.

É uma conversa superficial no começo. Insignificante. Até que seu amigo Josh — o irmão gêmeo dela — faz um comentário sobre os pais dos dois, e Rosie ri, embora mal dê para ouvir por conta da fogueira, e Will, antes que tenha tempo de pensar no que está fazendo, conta a ela que não conhece a própria mãe. Ele nunca disse isso em voz alta. Em geral, pensa nisso por um breve momento, baixando a cabeça. No entanto, ele se pega contando a ela, a essa garota, com pontas duplas e sobrancelhas rebeldes, mãos finas e pálidas. Que sua mãe foi embora, anos atrás, enquanto ele assistia a um desenho na TV antes de ir para a escola.

Ela olha para Will quando ele diz isso e seus olhos refletem o fogo. Não há simpatia ou curiosidade em seu rosto; ela não franze a testa ou contorce os lábios, reação que ele talvez esperasse se tivesse tido tempo de pensar a respeito.

Onde você acha que ela está?, Rosie pergunta a ele depois de um momento.

Ele não responde de imediato. Olha para o céu por entre os galhos das árvores. A fumaça da fogueira sobe espiralada, e as estrelas estão visíveis, uma maior e mais branca que as outras. Talvez um planeta, ou a lua.

Não sei, ele diz. Em qualquer lugar.

E Rosie Winters repete a última parte para ele, como se estivesse refletindo a respeito. Como se estivesse se perguntando como é esse tal "qualquer lugar".

É o começo do inverno e o vento corta a floresta, mas eles permanecem ao ar livre. É melhor do que ficar dentro de casa, aquecidos e vendo TV sem muito interesse.

Isso, ter a pele colorida de um laranja sanguíneo à luz da fogueira, é novidade.

Faz algo queimar.

Os dois passam a noite conversando, seus joelhos quase se tocando. Dizem muito pouco, embora ele nunca tenha se visto tão atento, tão desesperado por outra frase, tão surpreso pelas palavras que ela escolhe. As pessoas começam a se afastar em pares, para se tocar atrás das árvores, se apalpar na areia, ou para ir atrás de comida chinesa, batatas fritas cheias de óleo. Só ele, Rosie, Josh e outras duas pessoas continuam ali. Alguém surge com um violão e começa a dedilhar ao lado do fogo já fraco. Will observa o brilho vermelho de um tronco de árvore que queima, as cinzas se soltando, salpicadas de preto e branco.

Só estão sobrando brasas quando Rosie começa a cantar.

Foi o irmão quem pediu para ela cantar. Incentivou, depois suplicou, até que ela cedeu inclinando levemente a cabeça.

O vento diminuiu. O ar, sem o fogo, parece vidro, gelado e imóvel. E quando ela canta, o som é diferente de tudo o que Will já escutou. Um coro, puro.

Eles ouvem até que o fogo morre de vez e suas mãos ficam dormentes, e cada um segue seu caminho. Will coloca o capacete, o afivela sob o queixo e dá a partida na moto com o pé, pensando que foi uma noite única e memorável, em que falou com a irmã de alguém, ela cantou uma música estranha e nada além disso.

No entanto, a voz dela o mantém acordado naquela noite.

E de novo na noite seguinte.

No fim de semana, ele acorda tarde. Veste um moletom com capuz e tenta ignorar o desejo latente de um cigarro enquanto desce a escada de meias. Dave o aborda no último degrau, pulando em seus joelhos, e Will acaricia sua cabecinha dura com os nós dos dedos antes que ele volte à sala. O cachorro passa os dias deitado na velha poltrona do avô de Will. Como se estivesse esperando ele voltar para casa, Will pensa.

A avó dele está fritando bacon na cozinha. Consegue sentir cheiro de óleo quente e gordura tostada; de sal, porco e torrada. Ela se dirige a Will quando ele passa pela porta.

Boa tarde, diz.

São só dez horas, ele argumenta.

E só se tem dezoito anos uma vez, ela diz. É um desperdício esconder um rosto como o seu debaixo de um edredom.

Eu não estava escondendo nada, ele responde, e se dirige à mesa da cozinha para se servir um copo de água da jarra.

Amber já foi nadar, a avó diz, de costas para ele. *E* fez metade da lição de casa.

Bom pra ela, Will diz.

Há um breve silêncio durante o qual o bacon chia e o sol de inverno banha as paredes. A irmã dele não está à vista. Will sabe que deve estar fechada no quarto, fazendo anotações com canetas de todas as cores, organizando a própria vida com clipes em forma de coração.

Você parece cansado, a avó diz. Ele não responde na hora, só pega dois pedaços de torrada da mesa e se dirige à porta dos fundos.

Estou bem, ele diz, já baixando a maçaneta. A avó diz alguma coisa enquanto ele sai e fecha a porta na cara dela para se dirigir à garagem.

Por um instante, ele se sente mal.

Sabe que ela vai ficar brava na hora, mas depois vai levar bacon de almoço para ele.

Lá dentro, ele acende a lâmpada solitária pendurada no teto. É um espaço sem janelas, com piso de concreto e um rádio de antena na antiga bancada de trabalho do avô. Cheira a serragem e diesel velho, e tem uma caixa de ferramentas no canto, uma pilha de lenha por usar no chão. É o único lugar onde as coisas lhe parecem mais ou menos certas, onde tudo tem um propósito, onde ninguém fala, duvida ou espera coisas.

Sua moto nova está ali, exposta e inacabada, exatamente onde ele a deixou.

Ele se demora à porta, comendo a torrada seca, passando os olhos pelo chão em busca das ferramentas de que precisa. Então começa a trabalhar, sem ligar o rádio. Só ele e a moto. Repinta paralamas, ajusta faróis. Quase nem pensa na tal Rosie enquanto trabalha.

Quase.

Rosie fica até tarde na sala de música. Pretendia apenas praticar as escalas e sair depois de quinze minutos. Mas uma hora se passa e a faxineira de repente está lá, passando o esfregão no piso. Rosie ouve o arrastar do balde, o barulho da água, e diz "merda" para si mesma, baixinho, antes de juntar suas partituras. Ela apaga a luz e deixa a porta de madeira bater atrás de si. Dá boa-noite à faxineira, que é sempre simpática; sempre sorri para ela quando se cruzam nos corredores, como se compartilhassem um segredo.

Lá fora já está escuro, e o ar parece limpo, o tipo de frio que anuncia neve. Não é uma noite para pernas de fora. Para correr sob luzes fluorescentes.

No entanto, ela prometeu à mãe, e por isso vai à academia. Troca de roupa e corre na esteira, embora apenas por metade do tempo que devia, porque esqueceu, porque a música tomou conta, porque desperdiçou seu tempo, mais uma vez.

O suor bagunça sua franja e faz seus olhos arderem, e ela se pergunta, enquanto seus pés batem contra a esteira, por que está sempre se esforçando tanto. Por quem se esforça. Por que tudo importa, o tempo todo.

Ela sente uma pontada e para, tem que se inclinar para o lado para recuperar o fôlego. Torce para que ninguém note. Para que ninguém esteja olhando. Depois encaixa a alça da bolsa no ombro, fecha a jaqueta e começa a curta caminhada para chegar em casa, com o cabelo úmido sobre as orelhas. Estrelas pontuam o céu acima e os carros passam por ela em um fluxo de faróis. Conta seus passos, e conta de novo, evitando as rachaduras na calçada.

Em casa, ela encontra o irmão gêmeo deitado no sofá.

Você está atrasada, ele diz, sem tirar os olhos da televisão.

Não muito, Rosie diz, olhando para o pulso e se dando conta de que não tem nada ali. Deixou o relógio na sala de música outra vez. Não consegue escrever quando está com ele.

A mamãe vai ficar brava, Josh diz, e ela empurra a cabeça dele, saindo da sala antes que o irmão possa acertá-la com uma almofada.

Sua mãe não está brava; só distraída. Está na cozinha, ao telefone, e ergue um dedo para Rosie, seu modo habitual de dizer oi e ao mesmo tempo espere, estou fazendo algo importante, você entende, não entende?, sabe como as coisas são.

Como foi na escola?, a mãe pergunta ao desligar. Não faz contato visual, virando-se para abrir o forno.

Tudo bem.

E na academia?

Difícil.

Isso é bom, a mãe diz. É pra ser difícil mesmo.

Dá tempo de tomar banho?

A mãe dá uma olhada, nota o rosto brilhante e o cabelo despenteado de Rosie.

Espero que sim, ela diz. Você não pode se sentar à mesa do jantar suada assim, não é, querida?

Rosie olha para ela, por um segundo a mais, então assente e segue na direção da escada.

No banheiro, ela deixa a água esquentar tanto que quase a escalda. Sua pele fica vermelha, mas ela permanece ali e aguenta. Contando agora não seus passos, mas os segundos. Prolongando os números, repetidamente, à sua maneira — como o fluxo sanguíneo, que não pode parar.

Quando ela sai, enrola uma toalha no cabelo, grata pelo vapor que esconde seu reflexo no espelho. Então se seca e vai para o quarto, cuja escrivaninha está coberta de partituras e cujas estantes estão cobertas de livros, desgastados e com manchas de chá por conta do manuseio frequente, escrutinados como mapas antigos. Patti Smith. Oliver Sacks. As Sylvias, Patterson e Plath.

Depois de se vestir, abaixa a cortina blecaute. Fica por um momento com as mãos no parapeito. Está com fome, em todos os sentidos da palavra. Pensa em sair da casa, com o cabelo molhado e a neve prestes a cair, e adentrar a noite de Norfolk.

Como foi a escola?, a mãe pergunta de novo, quando estão todos sentados à mesa. Ela transferiu pedaços de lasanha comprada pronta para os pratos e os passa para o pai e o irmão de Rosie, dizendo cuidado, está quente. Rosie pega um prato com as duas mãos e nota que seu pedaço de lasanha é menor do que o de todo mundo.

Alô?, a mãe cutuca Josh. Como foi seu dia?

Bom, ele diz, já comendo.

Rosie?

Entreguei o trabalho final de história, Rosie conta. E terminei um de clássicos.

Como ficou?

Bom, acho.

Muito bem.

Há mais um minuto de silêncio, apenas as facas fazem barulho contra os pratos. Rosie toma um gole de água e a mãe começa a contar uma história do trabalho, algo sobre um cliente que cedeu à esposa, em vez de encarar uma briga que ela sabia que podia ajudá-lo a vencer. De novo, silêncio. O relógio da cozinha faz tique-taque. Molho branco cobre os pratos.

Talvez seja demais, Rosie arrisca.

Hum?

Pro seu cliente. Talvez doa ver o casamento terminar assim. Talvez ele só queira... você sabe. Seguir em frente.

A mãe se serve de outra taça de vinho e espeta um tomate com o garfo.

Não vamos ficar tentando adivinhar os motivos dele, Rosemary, ela diz, depois de engolir. Josh olha para Rosie, perguntando em silêncio por que ela se importa, e Rosie baixa os olhos na direção da mesa. O pai está fazendo palavras-cruzadas.

Quando a mãe se levanta para tirar a mesa, Josh transfere o que lhe restou de lasanha para o prato de Rosie, que come depressa antes de se levantar para ajudar, dando uma ombrada nele.

Um lance de irmãos, ou um lance de gêmeos.

Ela não sabe a diferença.

E é quando ela está lavando a saladeira que uma nova melodia surge. Como a música dos pássaros logo cedo, as primeiras notas hesitantes que ninguém mais ouve. Ela mal escuta quando Josh menciona que vai estudar com Will White, da turma de matemática avançada, no dia seguinte, porque está tentando reter as notas em sua mente.

Repetindo-as sem parar antes que se dissipem.

Marley liga cedo na manhã seguinte.

Rosie já está desperta e atende no segundo toque.

Você estava acordada, Marley diz.

Não consegui dormir, ela responde. Por um momento, Rosie deseja que a amiga pergunte o motivo. Que alguém note ou se importe.

Eu estava pensando que podíamos fazer algo hoje à noite, é tudo o que Marley diz. Rosie diz que seria legal, mas que precisa estudar.

E daí? Eu *também* preciso estudar. Podemos estudar juntas até. Imagina só.

Rosie se vira na cama. A luz da manhã parece fraca através da cortina, como água turva de tinta.

Você fala isso agora, depois vai colocar um filme e não vamos fazer nada.

Acho que você tem razão, Marley concorda, e Rosie ouve o sorriso em sua voz, familiar e levemente provocador.

Uma folguinha viria a calhar, ela conclui, passando o telefone para a outra mão. Suas palmas estão sujas de tinta depois de ter ficado acordada até tarde compondo, de tanto riscar suas tentativas de riffs.

Ótimo!, Marley diz. Por que não fazemos algo no fim de semana, então? Podemos sair no sábado à noite, ou algo tão trágico quanto isso.

Por que trágico?

Porque a gente tem *dezessete anos*, Rosie, e não devia ter que usar o sábado à noite como uma desculpa pra se ver, pra sair ou pra fazer qualquer coisa minimamente animada.

A gente sai! A gente saiu na outra noite.

É, e tudo o que consegui foi um saco de batatinhas e um beijo com gosto de Tic Tac.

Rosie ri. Ela ouve a mãe se arrumando para o trabalho, o barulho da cafeteira no andar de baixo.

Quem você beijou?, ela pergunta.

Não tem importância, diz Marley.

Tá. Vai ser alguém diferente na semana que vem mesmo.

Você está me chamando de fácil, Rosemary Winters?

Alguma vez eu chamei?

Acho que não. Mas só porque você é uma virgem baunilha.

Um bom nome pra cor de esmalte.

Né? Marley dá risada, aquela risada alta e arrebatadora que obriga Rosie a afastar o ouvido do telefone. Sábado, então. Vou comprar uma montanha de pipoca e um pacote daquelas balas de senhorinha que você adora.

Não são balas de senhorinha.

A gente pode repassar todas as cenas do Leo quantas vezes quiser. Ou do Patrick Swayze. Acho que a gente realmente precisa de uma cerâmica tesuda na vida.

Marl!

Quê?

Cerâmica tesuda?

Não precisa ser cerâmica. Um roça-roça ao som de Solomon Burke. Sexo em cima da mesa ao som de Berlioz.

Vou desligar.

Puritana.

Te vejo sábado.

Eu sabia que ia te convencer com Berlioz, Marley diz.

Rosie pensa no que Marley disse enquanto caminha para a escola. Josh foi mais cedo para o basquete, portanto ela está sozinha, com o zíper do casaco fechado até o queixo para se proteger do frio. Ela é virgem e é baunilha. Tenta não ser. No entanto, não consegue se dar ao trabalho de ser mais do que é: basicamente, uma garota comportada.

Nunca teve um namorado. Já beijou, ou melhor, foi beijada, de uma forma tosca, com os ombros prensados contra a porta do banheiro em uma festa na casa de uma amiga. A maçaneta machucou seu cóccix, e o garoto tinha gosto de chiclete velho.

Ela nunca ficou bêbada. Nunca saiu de casa escondida. Nunca fumou um cigarro, mentiu ou falou um palavrão na frente dos pais, embora nem tivesse certeza de que eles iam notar ou se importar.

Mas há tempo para tudo isso, ela pensa quando desce da calçada para atravessar a rua. Dezessete é só o começo. Ela vai dar duro, vai fazer o que precisa fazer e sua vida vai ser boa e correta e plena, repleta de música e poesia e vinho e sexo, e momentos transformadores que duram mais de três minutos e não a deixam com hematomas nas costas.

Esse é o plano.

Ela precisa atravessar a rua uma, duas, três vezes a caminho da escola, batendo os pés no asfalto até poder parar, e então a neve começa a cair. A princípio leve, mais como uma garoa. Grudando em suas mangas como sal.

Dois

Josh diz que não entende. Os dois estão encarando os livros de matemática avançada enquanto a neve rodopia do lado de fora da janela.

Eles são os únicos que estão na sala de aula, os únicos de seu ano que cursam aquela matéria. Já se conheciam antes, tinham feito algumas disciplinas juntos, mas agora, no último ano do ensino médio, Will imagina que possam se considerar amigos. Seus outros colegas são mais conhecidos da hora do intervalo; não lhe fazem perguntas e não parecem se importar nem um pouco com sua vida, o que para ele não é um problema. Josh, no entanto, é diferente.

Qual é sua primeira opção?, Josh perguntara a ele no primeiro dia de aula.

Primeira opção do quê?, Will devolvera, e Josh dissera de universidade, e ele precisara explicar que não ia fazer faculdade.

Aquilo fizera Josh levantar os olhos dos cadernos.

Como assim? E Will respondera como assim o quê?

Você é, tipo, muito inteligente.

Valeu.

É sério. Cara, se você estudasse, poderia entrar onde quisesse.

E se eu não quiser?, Will retrucara, e Josh olhara para ele com o cenho franzido, como se não entendesse aquilo.

Agora, no entanto, estão ambos olhando para a mesma página de funções hiperbólicas e torcendo para que aquilo faça algum sentido antes que a aula acabe. O professor, o sr. Brookman, já foi embora. Com frequência, ele aproveita aquela aula para fazer um intervalo mais longo na sala dos professores, o que Will acha que é melhor para todos.

Vamos encerrar por aqui, ele sugere.

Josh se recosta na cadeira, fazendo com que ela fique apoiada em apenas duas pernas.

Não posso, cara. Preciso entender isso antes do simulado.

Por quê?, Will pergunta, enquanto guarda as canetas na mochila.

Por que o quê?

Por que você precisa entender antes do simulado? Você só precisa entender pra hora H, e isso vai ser na primavera. Falta um tempão.

Simulados são importantes, Josh diz, com a cadeira ainda apoiada em dois pés. No caso das universidades que exigem um desempenho mínimo no ensino médio.

Verdade, Will diz.

Você não vai mesmo fazer faculdade?

Não.

E o que vai fazer?

Trabalhar, Will diz, colocando a mochila no ombro. Talvez viajar.

Legal.

Não estou tentando ser descolado nem nada, Will diz, porque sabe que é o que as pessoas pensam dele, com sua moto, seu histórico escolar e toda a confusão em que se meteu no passado. Já faz muito tempo, mas é só disso que os outros lembram. É só isso que querem ver.

Você ainda vai aparecer mais tarde?, Josh pergunta.

Ainda quer que eu apareça?

Claro, Josh diz, deixando a cadeira cair para a frente, nos quatro pés. Moro em Crescent Gardens, dá pra estacionar na rua. É a casa branca de porta azul.

Lá fora, Will atravessa o pátio, enquanto os flocos de neve pousam em seu cabelo. A escola parece um desenho em giz e carvão, disforme e manchado.

Ele não pensa muito a respeito, no fato de que vai à casa de Josh aquela noite, para ajudá-lo a estudar. E no fato de que Josh por acaso é irmão da garota em que ele não consegue parar de pensar.

Isso não é incomum para Will. Ele pensa em garotas com frequência. O conteúdo desses pensamentos é que é incomum; não tem nada a ver com as partes úmidas e macias dela, com o peso de suas coxas em volta das dele. Tem a ver com sua voz, e com seus olhos. Com a forma intensa como ela o escutou e absorveu tudo o que ele tinha a dizer.

Tem certeza de que pode jantar lá?

Tenho.

Tem certeza mesmo? Não foi você que entendeu assim?

Vó, Josh *disse* pra eu jantar lá.

Você não vai ficar com fome?

Duvido que eles não tenham nada na despensa.

Você não pode comer como um cavalo na casa de outra pessoa, Amber fala da mesa. Como faz aqui.

Ela está balançando os pés com meias enquanto escreve algo em um caderno.

Obrigado pela dica, Ambs.

É falta de educação, ela prossegue, com um floreio da caneta que tem um pompom na ponta.

Esteja em casa às dez, a avó diz.

Talvez vá até dez e meia, ele diz a ela. Depende do tempo que Josh demorar pra entender.

Quem é esse Josh mesmo?, a avó pergunta, acompanhando-o até o corredor.

Will suspira enquanto veste a jaqueta e apalpa os bolsos em busca do celular.

Josh Winters, ele diz. É o outro garoto da turma de matemática.

De matemática avançada, a avó o corrige.

De matemática *avançada*. Ele está precisando de ajuda com

o conteúdo, e eu disse que a gente podia estudar juntos, como já falei pra você. Josh come carne, deve ser de gêmeos e não fuma maconha. Acho que calça quarenta e quatro, mas não tenho certeza. Ah, e ele...

A avó o interrompe batendo nele com o pano de prato.

Esteja em casa às dez e meia então, espertinho, ela diz, e ele diz tá, tá, pega a chave do carro dela e fecha a porta da frente atrás de si.

A casa é parecida com a dele. Geminada, mas pintada de branco, com um gramado perfeito e oliveiras em vasos dizendo coisas que o jardim da frente da casa da avó não diz, com seus gnomos e a grama alta demais.

Não há sinal de Rosie quando Will chega. No andar de cima, todas as portas estão fechadas, e ele não tem ideia de qual quarto é o dela, por isso a tira da cabeça e se concentra na lógica da matemática. Algo familiar, consistente, como um motor.

A noite é longa. Josh leva várias horas para entender o sistema, para responder corretamente a quatro perguntas em sequência. Eles jantam no quarto, na escrivaninha grande, depois que Josh insiste com a mãe para não terem que descer — *estamos quase acabando, mãe, por favor.* São quase dez quando ele se recosta, esfregando os olhos, e diz que finalmente entendeu.

Demorou um pouco, Will diz, e Josh dá um soco forte no braço dele.

É confuso, Josh diz.

Eu não disse que não era.

Agora tudo faz sentido, Josh diz, soando quase alegre recostado na cadeira, com os braços estendidos acima da cabeça. Ele é alto e desengonçado, o que faz Will pensar que parece uma caricatura. Os braços e pernas de Josh são compridos demais para seu corpo, como se ele ainda fosse crescer.

Vou detonar na prova, Josh diz. Entrar em Cambridge e bum!

Bum o quê?

Não sei, Josh diz, e dá risada. Só bum. É assim que vai ser, sabe?

Acho que sim, Will diz, embora não saiba nada sobre como vai ser. Ele planeja apenas o dia seguinte, o fim de semana seguinte. A próxima peça de que sua moto precisa.

Obrigado por ter vindo, cara, Josh diz depois que Will arruma suas coisas. Talvez a gente possa repetir um dia. Você é melhor que o velho Brookman.

Isso não é difícil, Will diz. Ele não acha que Josh precisa de uma resposta, mas o garoto continua encarando-o, como se esperasse uma. Sem tirar os olhos de seu rosto.

Aparece na oficina depois da aula, ele sugere. Estou atrasado com meu projeto de marcenaria, por isso fico lá às vezes. Principalmente às quartas.

Matemática, matemática avançada e marcenaria, Josh diz, contando nos dedos. É uma estranha combinação de matérias.

Will dá de ombros. Não pra quem quer ser engenheiro civil, ele argumenta.

E você quer?

Nossa, não.

E o que você *quer* fazer?, Josh pergunta.

Está tarde, cara, Will diz, porque é verdade e porque não tem a menor vontade de entrar naquele assunto. É melhor eu ir.

No patamar da escada, as paredes são decoradas com fotos de infância; Josh usando uma jardineira, Rosie catando conchinhas. Uma dela ao piano. Will se sente estranhamente alerta enquanto segue Josh escada abaixo, ciente de que ela está por perto. Ele se pergunta se vai vê-la. Se ela vai cumprimentá-lo.

Ele se pergunta por que está se perguntando isso.

Lá embaixo está tudo quieto, a não ser pelo murmúrio da televisão na sala. Depois que calça os sapatos e diz a Josh te vejo amanhã, ele abre a porta da frente e é recebido por um mundo branco. O carro da avó está preso no meio-fio, coberto como um bolo de Natal, a neve parecendo açúcar polvilhado.

Opa, Josh diz, e ambos apertam os olhos lá para fora. Acho que você não vai a lugar nenhum.

* * *

A sra. Winters não para de pedir desculpas. Diz que não notou quão ruim estava o clima, que as cortinas estavam todas fechadas. Diz que sente *muito* por ele ter que passar a noite ali. Will tem a impressão de que ela sente mais por si mesma que por ele; seu rosto parece tenso, com uma mancha rosada em cada bochecha. Há algo de felino nela, ele pensa, enquanto a mulher se alvoroça no corredor. Ela é bem cuidada e intensa, e olha para Will com uma vaga reprovação, como se soubesse de algo que ele não sabe.

Arrumam a cama para ele no sofá, e a sra. Winters diz que ele pode ficar à vontade para pegar água filtrada da geladeira; suas palavras indicam que isso é tudo o que pode pegar, e Will agradece, antes que a mulher suba.

Tá confortável?, Josh pergunta, socando uma almofada. Ele lhe emprestou uma camiseta, e Will tira a da escola e a veste. Josh desvia o rosto enquanto ele faz isso, como se de repente o carpete o fascinasse.

Tudo certo, Will diz.

Beleza. Bom. Tchau.

Josh fica ali por um momento a mais. Faz menção de dizer alguma coisa, então parece decidir pelo contrário e apaga a luz ao sair. Will o ouve subindo a escada, então pega o celular e vê as cinco ligações perdidas.

Desculpa, ele diz, assim que a avó atende. Eu não sabia que a coisa estava tão feia.

Imagino que vá dormir aí.

Vou. No sofá.

Comporte-se, William.

Sempre me comporto, vó.

Ficam em silêncio. Ele olha para o brilho embaçado da iluminação de rua pelas frestas da veneziana.

Você sabe o que quero dizer, ela fala. Nada de gracinhas.

Boa noite, vó, ele diz, e encerra a ligação.

Rosie não consegue dormir. Estudou um pouco antes de ir para a cama e agora tudo gira em seu cérebro, enroscando-se em nomes e fatos que ela não pode, não deve, esquecer. Depois de uma hora, ela se senta. Verifica algumas coisas. Decide que sua boca está seca e que precisa de água.

Ela desce a escada no escuro e se sobressalta ao ver um garoto sentado à mesa da cozinha. William White, o cara da noite da fogueira. O aluno reservado e sério com quem ela nunca tinha trocado uma palavra até aquele dia.

Desculpa, ela diz, muito embora a casa seja sua, muito embora tenha sido ele a assustá-la.

Ele tira os olhos muito devagar do telefone, com o rosto banhado pela luz azul da tela.

Pelo quê?, ele pergunta.

Não sabia que você estava aqui, ela diz.

Foi a neve. Sua mãe disse que eu podia ficar.

Eu sei, ela diz. Eu sabia que você estava aqui. Só... esqueci.

Ele ergue o queixo, parecendo que queria vê-la melhor. Ela está bem consciente de seus pés descalços. De seu pijama rosa desbotado, talvez infantil. Então se lembra de que está escuro; ele provavelmente não está olhando para seus pés, ou para suas roupas. Ou para ela.

Só desci para pegar um copo de água, esclarece, incapaz de falar sem aquele tom de quem pede desculpas.

Tem água filtrada na geladeira, ele diz.

Minha mãe que falou, né?

É.

Só Deus sabe por que a gente não pode beber água da torneira, como todo mundo.

Bom, você pode, ele diz.

Ela para diante da porta da geladeira e olha para ele. Não consegue ver, no escuro, se ele está sorrindo, mas acha que sua voz é de quem está. Talvez a esteja provocando um pouco, o que é novidade para ela. Como foi novidade ele falar durante a noite toda na fogueira.

Beleza, ela diz. Vou beber.

Então ela vai até a torneira, enche o copo e toma um gole, olhando para a janela enquanto o faz. O jardim desapareceu sob a neve. É lindo, ela pensa. Perfeito e intocado por um curto período.

E então?, Will pergunta.

Então o quê?

A água. O que achou?

Ah. Ela olha para o copo. Praticamente igual.

Ele ri, tão baixo que poderia estar só respirando, e algo a alcança e atravessa.

Ela pensou nele uma ou duas vezes desde aquela noite. Tinha achado estranho ele mal ter saído do seu lado e ficou constrangida com a maneira como ele continuava olhando para ela, mesmo quando ela desviava o rosto.

Sempre pensara em Will White como alguém isolado e reservado, apesar de sua popularidade e de sua longa lista de namoradas. Cabelo castanho-dourado, olhos cinzas inescrutáveis. Ela acha engraçado que esse tipo de gente realmente exista, como nos filmes que ela e Marley passam os fins de semana vendo. No entanto, aqui está ele, olhando para ela outra vez, na sua cozinha.

Bom, tchau, ela diz, então se vira com os pés descalços e segue rumo à porta.

Rosie, ele chama.

O nome dela na boca dele.

Oi?

Ele colocou o telefone de lado, a tela ainda iluminada sobre a mesa. Seu rosto fica ainda mais na sombra, suas olheiras mais profundas.

Não sei o que eu ia dizer, ele fala.

Ela inclina a cabeça.

Eu ia dizer alguma coisa, mas não lembro o quê, ele explica.

Tudo bem.

Bom, dorme bem.

Nunca durmo bem, ela diz, porque acha que deve ser sincera, e porque ele está agindo estranho, então talvez ela também possa ser estranha e sincera.

Nem eu, ele diz. Não na casa dos outros, pelo menos.

Os dois ficam se olhando na cozinha, sob a luz prateada e suave da neve que cai lá fora. A geladeira zumbe baixo, quase inaudível.

Você tá com fome?, ela pergunta.

Sempre, ele diz, então se recosta na cadeira e por algum motivo ela se lembra de que ele fuma, e de que é inegavelmente atraente. Dois motivos para encerrar a conversa ali mesmo, para deixá-lo com seu celular e sua insônia. Ela tem simulado pela manhã. Precisa tentar dormir. A mãe não aprovaria o fato de que ela estava acordada àquela hora e não aprovaria Will.

Ela serve cereal para os dois.

Eles conversam madrugada adentro. Rosie acendeu a luz em cima do fogão, que banha a cozinha com um tom dourado. Ela sente o piso aquecido sob as solas dos pés descalços.

Os dois comem cereal com leite frio e ela vê quando ele deixa pingar uma colherada no queixo, o que o faz parecer menos intimidador, ainda mais porque ele não se dá conta. Ela acaba avisando, com uma risadinha, e ele se limpa com as costas da mão, dizendo que é constrangedor, e, quando ela pergunta por quê, ele dá de ombros e sorri, revelando os caninos pontiagudos.

Ele não fica de papo furado. Não pergunta sobre a escola, sobre as matérias, sobre como é ter um irmão gêmeo. Ele pergunta, de saída, por que ela raramente dorme, e é isso que a derruba; é isso que a ganha, que o coloca em sua esfera de uma maneira para a qual ela não estava pronta.

Fico preocupada, ela diz. Às vezes.

Com o quê?, ele pergunta, e ela diz que com besteiras, e ele diz que certamente não são bobagens, ou ela conseguiria dormir.

Coisas normais, ela diz. A escola. Minhas notas. A vida.

É uma coisa só, né?, Will comenta, e Rosie se pergunta se ele está zombando dela.

Eu disse que era besteira.

Eu falei que era besteira?

Ela não fala nada, só tira a colher do leite.

Ensinam a gente a se importar demais com essas coisas, Will fala. Como se cada decisão fosse nos levar por um caminho específico.

E você não acha que isso é verdade?

Não. Acho que temos um caminho e que ele não muda por conta das decisões que tomamos. Um caminho que leva sempre ao mesmo lugar.

Ela toma o leite da colher. Está doce por causa do cereal, o que a lembra de sessões de estudo até tarde da noite e do clube do café da manhã em sua escola no ensino fundamental, dos anos acordando às cinco da madrugada para que a mãe chegasse a tempo no trabalho.

Como assim?, ela pergunta.

Do que você acha que estou falando?

Ela deixa que a pergunta dele, em resposta à sua, paire no ar e vê as sobrancelhas dele se erguendo de leve.

Da morte, ela diz.

Isso.

Will se inclina para a frente na cadeira, como se não fosse grande coisa, o que ela imagina que não seja mesmo, quando se tem dezessete anos. Quando está muito longe, quando parece implausível.

Estamos todos morrendo, dia após dia, ele diz. Então é melhor fazer o que se quer antes que isso aconteça.

Ele olha para ela enquanto fala, mas ela baixa os olhos para a mesa. Tem um rastro de leite vindo da parte de baixo da tigela. Ela passa o dedo nele e desenha uma linha.

Isso é meio mórbido, ela diz, e ele dá de ombros, diz que é verdade.

Então o que você quer fazer?, ela pergunta. Não acrescenta *antes de morrer*, embora pense nisso.

Acho que vou descobrir, Will diz.

Rosie assente, a ponta do dedo molhada de leite.

E o que você quer, Rosie Winters?

Ela volta a encará-lo. Ele está sorrindo outra vez, embora

de leve. Os cantos de seus lábios estão erguidos, seus olhos estão suaves e parecem lâmpadas naquela semiescuridão. A menção ao seu sobrenome pode ter sido agressiva ou afetuosa; ela não sabe bem ao certo qual das opções.

Quero todas as coisas que você disse que eu não deveria querer, ela fala. Ir bem na escola. Tirar notas boas, ter uma boa vida. Tudo isso.

Você acha que essas coisas vão te garantir uma boa vida?, Will pergunta.

Acho que podem me ajudar a *conseguir* as coisas que vão, ela diz.

Ele continua olhando nos olhos dela. Não discute, não pergunta mais a respeito.

Ela baixa a colher e observa uma ondulação no leite.

São três e meia quando ela diz meu Deus, está tarde, e Will segue seus olhos até o relógio do micro-ondas e diz que, tecnicamente, é cedo.

Tenho que ir, ela fala, levantando-se da cadeira. Ela lava as tigelas na pia enquanto Will a observa. O cabelo de Rosie é escuro e lembra uma juba, passando um pouco a altura dos ombros. Ele consegue ver os tornozelos dela, muito pálidos sob a calça do pijama.

Ele não quer estar interessado. Não tem tempo ou vontade, não se ela vai fazer faculdade. Não se é irmã de Josh. Não se fosse ficar louco por ela, e ele já sente que ficaria.

Aquela música que você cantou, ele começa a dizer, levantando a voz para que ela possa ouvi-lo apesar da torneira aberta.

O que tem?, ela pergunta, então fecha a torneira e deixa as tigelas de cabeça para baixo para secarem. Ele quer dizer que era linda. Que sua voz, que ela, é linda. Mas isso é tão distante do que ele normalmente diria que só pensar a respeito já é uma ousadia.

Não sai da minha cabeça, ele fala.

Chiclete, ela fala. Agora está de costas para a pia, apoiada na bancada. Olhando para ele, com aqueles olhos.

Hum?

Música chiclete, que gruda e não para de tocar na sua cabeça. Às vezes acontece comigo, quando não consigo dormir. É como se meu cérebro não parasse de funcionar.

Will pensa a respeito. Diz a ela que é mais do que isso.

Ela abre um meio sorriso, só lábios, sem dentes. Ele se pergunta o que ela diria se ele se levantasse da cadeira agora e levasse sua boca à dela.

Vou dormir, ela diz.

Tchau.

Ela fica ali. Ele também.

Foi legal falar com você, ele diz.

Que formal, ela diz, ainda com o meio sorriso no rosto, e então vai embora, pisando leve na escada. Ele fica mais um tempo ali, sob o brilho cor de mel do fogão. Ainda faltam horas para o nascer do sol.

Ele finge estar dormindo quando Josh se joga em suas pernas pela manhã.

Bom dia, o amigo diz, dando um soco no flanco dele. Will grunhe, embora esteja feliz com o nascer do sol, feliz por poder se levantar, tomar uma dose de cafeína e talvez falar com Rosie outra vez.

Café da manhã?, Josh oferece.

A neve derreteu?

Melhor ainda, ele diz. Continua nevando, cara.

Sério?

Sério! Nada de aula. Graças a Deus, ou qualquer que seja a divindade que você venera ou não.

Não sei como não batem em você com mais frequência, Will diz, sentando-se e massageando as têmporas com uma mão. Com a falta de sono, o cômodo gira e o papel de parede parece branco demais.

Pura sorte, acho, Josh diz. Ou porque sou encantador.

Tenho outras palavras pra definir você, Will diz, e grunhe ao levar uma cotovelada nas costelas.

Panqueca, Josh declara. Você gosta de panqueca?

Acho que sim.

É isso que eu adoro em você, Josh comenta, enquanto Will se levanta do sofá. Seu entusiasmo desmedido.

Will mostra o dedo do meio para ele, ainda esfregando as têmporas. Quando olha em volta, Josh se foi, e é a irmã gêmea dele quem se encontra à porta. Seu cabelo está solto e ela tem uma caneca nas mãos.

Achei que você pudesse querer um café.

Sim, por favor, ele diz, e se levanta para pegá-lo, então queima a língua quando toma um gole. De repente, ele se dá conta de que deve estar despenteado. Também deve ter migalhas de cereal entre os dentes e estar com bafo de alcatrão.

Eu não sabia se você tomava com leite.

Puro está bom, obrigado.

Dormiu um pouco?, ela pergunta. Ele fica em dúvida se a pergunta tem segundas intenções, se o que ela quer saber é se ele ficou deitado pensando nela.

Um pouco, ele diz.

Uma resposta igualmente nebulosa.

Rosie cruza os braços como se estivesse com frio, embora ele tivesse ouvido o aquecedor ligando antes do nascer do sol e a água correndo pelos canos. Agora consegue ver que os olhos dela são azuis. Suas sobrancelhas cheias e escuras combinam com seu cabelo rebelde. Ela abre a boca para dizer alguma coisa bem quando Josh enfia a cabeça para fora da cozinha.

Rosie, ele diz, não tem manteiga.

Então usa azeite, ela fala.

Onde fica? Na geladeira?

Ela balança a cabeça, diz que fica no armário, e Will olha para a ruga amorosa que surge em seu rosto quando ela se vira para o irmão.

Ele nunca olhou para Amber daquele jeito, nem mesmo quando estão se dando bem. Antes de engolir o café, ele o mantém um pouco na boca, sentindo seu amargor, porque ainda está quente demais.

Quer dar uma volta?, ele pergunta antes mesmo de se decidir a fazê-lo.

Rosie volta a olhar para ele.

Agora?, ela pergunta.

Ou talvez depois do café.

O que está acontecendo, ele se pergunta, notando que ela se faz a mesma pergunta. As sobrancelhas de Rosie se aproximam e ela chupa o lábio inferior. Apenas por um momento, antes de retornar a uma expressão neutra.

Talvez, ela diz.

Então ela volta para a cozinha, deixando-o sozinho com a roupa de cama bagunçada, a camiseta com que não dormiu e de cueca. Ele ouve os dois falando, as panelas batendo, o abre e fecha das gavetas. É o som da rotina, da familiaridade. Ele se distanciou de tudo isso em sua própria casa e agora passa a maior parte do tempo na garagem.

Quando se junta a eles, vestido, Rosie está fazendo a massa da panqueca e Josh está revirando os armários em busca de mel e calda.

Todo dia de neve precisa começar com uma dose de açúcar, Josh diz, enquanto coloca tudo sobre a mesa. Rosie fica em silêncio enquanto despeja a massa na frigideira.

Essa daqui fica estressada quando não tem aula, Josh comenta, acenando com a cabeça na direção dela.

Não estou estressada, Rosie diz.

Ela tinha simulado de história hoje, ele diz a Will. E preferiria estar na escola, fazendo prova, a estar aqui, comendo panqueca com a gente.

Não é verdade, ela diz, aumentando o fogo. Só que é mais um dia pra esquecer tudo, só isso.

Eles a observam virando a primeira panqueca. A cozinha cheira a óleo vegetal e gema, e o calor embaça as janelas. Will se oferece para ajudar, porque parece errado deixar que ela cozinhe para os dois, e para sua surpresa ela lhe passa a frigideira. Ele despeja a massa e vira as panquecas enquanto ela fatia morangos que pegou da geladeira e enche uma tigela pequena com açúcar. Ele tenta não reparar quando ela mergulha um morango na tigela e chupa os grãos de açúcar com a boca.

Os garotos saem para fazer o que quer que garotos façam na neve. Jogar gelo um no outro, sem dúvida, ensopar sua calça jeans, ficar fora até seus dedos ficarem dormentes e não conseguirem mais colocar a chave na fechadura.

Ela tenta estudar. Tenta fazer sua mente absorver fatos históricos e, quando fracassa, tenta praticar escalas, que saem sem dificuldade. Em uma hora ela fica entediada. Pensa no café da manhã, quando teve certeza de que Will estava tentando fazer seus olhos se cruzarem, e à luz do dia decide que não entende por quê. Ela não é interessante, e ele não pode estar interessado. Tudo parecia diferente no escuro, com a casa silenciada pela neve caindo lá fora. Seus pés quase se tocando sob a mesa.

Ele disse que tinha um cachorro chamado Dave.

Que morava com a avó.

Eles falaram sobre morte e violões e planos de viagem, sobre o medo que Will tem de ratos, a aversão dela a bolas de algodão. Nem uma vez ele mencionou sua moto ou sua suspensão da escola, e ela não sentia que podia perguntar a respeito.

A parte que repassa mentalmente, no entanto, a parte que a distrai agora, é o momento em que ele disse que não conseguia tirar a música dela da cabeça.

A música dela. A música que escreveu, sozinha, embora ele não tivesse como saber disso.

Ela encontra os dois no campo. Crianças usando macacões acolchoados arrastam trenós até a elevação atrás do parquinho, deixando pegadas na neve com suas galochas.

Eles estão perto dos balanços. Will está sentado em um, com as pernas esticadas à frente do corpo. As botas são de couro preto, assim como a jaqueta, e seu cabelo está polvilhado de neve. Ela está perto o bastante dele para notar que parece orvalho quando Josh atira uma bola de neve na cabeça dela.

Você veio!, ele diz, e a bola se desfaz com o impacto. Ele se levanta de seu lugar perto da grade, com as orelhas rosadas do frio.

Vou ficar só um pouco, ela diz, espanando a neve do cabelo. Precisava de um intervalo.

O irmão a pega pelos pulsos com as luvas úmidas que lembram a pele de um réptil, as palmas pontilhadas de bolinhas antiderrapantes. Rosie esqueceu as próprias luvas, e o ar corta sua pele.

Que bom, Josh diz, e a aperta para demonstrar que sabe como é difícil para ela escolher a diversão, escolher a neve, em vez do estudo. Relaxar, como ele sempre pede que ela faça. Ela de repente sente calor sob o casaco e se pergunta o que o irmão diria se soubesse que ela não havia saído por causa dele nem de si mesma, mas pelo William White, embora não saiba muito bem por quê.

Eles ficam debruçados nas grades, conversando um pouco. Vendo as crianças brincarem, um cachorro correndo atrás de uma bola. Josh deixa o corpo cair para trás e faz um anjo na neve enquanto Will observa do balanço e Rosie observa Will observando Josh. Ela mantém o olhar fixo acima da cabeça dele, fingindo se concentrar nas árvores.

Amo a neve, Josh diz quando para de se mexer.

Will olha nos olhos dela, e os dois compartilham algo ali. Apreço, ela pensa, ou afeto, pela franqueza — pela inocência até — de seu irmão gêmeo de dezessete anos.

Eu não, diz Rosie.

Então vai pra casa, Josh diz, o que a faz atirar uma bola de neve nele.

Boa, diz Will, e Rosie ri.

Eles continuam conversando, os três, por quase uma hora. Josh recorda um boneco de neve que eles fizeram quando crianças e como não entenderam quando ele derreteu. Você chorou, ele diz a Rosie. Acho que foi você que chorou, ela diz, e então Will ri, e não compartilha com eles nenhuma lembrança sua.

Quando a conversa perde o fôlego, Rosie diz a eles que suas mãos estão congelando.

Coloca as mãos nos bolsos, então, Josh sugere. A neve começa a cintilar sob o sol pálido que emerge por trás das nuvens.

Acho que vou pra casa, ela diz.

Eu vou junto, Will diz, e seus olhos se encontram por um breve momento enquanto Josh fala que os dois são muito sem graça.

Eles andam lado a lado pela neve marcada pela grama. As árvores que envolvem o campo estão pretas e peladas, os galhos já sem neve.

Nunca dura muito, Rosie comenta enquanto passam pelo portão e pegam a via salpicada de sal grosso.

Graças a Deus, Will diz. Ou o trânsito seria um pesadelo.

E a escola continuaria fechada, ela completa.

A neve já derretia no meio-fio. O sal grudava em seus sapatos.

Nunca conheci ninguém que gostasse tanto da escola quanto você, Will diz. Isso faz as bochechas dela corarem, mas o tom dele não é de incômodo ou mesmo surpresa. Fica aliviada por não estarem sentados à mesa agora, por ele não poder encará-la.

Não é bem isso, ela explica. Só gosto de ter um plano.

Will fica em silêncio. Os dois se aproximam de uma curva e precisam atravessar a rua para não serem pegos por um carro vindo. Depois atravessam de volta, sem dizer nada. O som da neve caindo das árvores, de maneira esporádica e sem ritmo, lembra a chuva.

Acho isso interessante, Will diz.

Acho que você está sendo condescendente.

Ele olha para ela, rapidamente, mas ela mantém os olhos à frente.

Não foi minha intenção, ele diz. A neve ainda cai e um carro passa depressa, salpicando-os de gelo.

Eu só quis dizer que é bom. Você ser tão... não sei.

Inocente?, ela pergunta, e ele balança a cabeça.

Segura, ele conclui.

Josh os segue a alguma distância. Ela sente uma estranha e incontrolável necessidade de pegar a mão de Will, só para ver o que ele faria, para ver se ela está entendendo direito, quando com certeza não está. Mas não pode testar essa ideia, não com o irmão assistindo tudo atrás deles.

Ela continua andando ao lado de Will. E enfia as mãos nos bolsos.

Quando estão perto da esquina de casa, um caminhão passa e ensopa os dois. A água gelada é um choque, e Will solta um rugido ao mesmo tempo que Rosie arfa, então os dois se viram um para o outro com os olhos arregalados cheios de fúria, e então caem na risada.

Cretino, Will diz, enquanto Rosie enxuga o rosto. Os dedos dela estão dormentes já faz tempo, mas a água parece ainda mais gelada, chegando a doer, enquanto ela a enxuga.

Nossa, minha mão está doendo, ela diz, e Will sugere que ela as coloque sob as axilas, e ela diz o quê? Então Will interrompe o passo, abre a jaqueta, pega as mãos dela e as coloca debaixo dos próprios braços, dentro da proteção de seu casaco.

Carros passam. A neve se ajeita sob seus pés. Will se aproxima para que as palmas de Rosie fiquem comprimidas, as mãos dele ainda fechadas sobre as dela. A blusa dele está úmida, ela não sabe se por causa da água da rua ou de uma leve camada de suor. Ela ergue os olhos para ele e nota, pela primeira vez, o comprimento dos cílios dele. São mais longos que os dela.

Suas mãos também estão frias, ela diz, porque seu coração parou e ela não tem mais nada a dizer, porque tudo está derretendo e congelando ao mesmo tempo.

Vai ajudar, Will diz.

As mãos dela doem ainda mais quando o sangue volta a correr.

Ela sente a pulsação na ponta dos dedos.

Na pele dele.

Três

Will para o carro na garagem de casa e permanece sentado lá dentro, olhando para além do painel enquanto pensa. Especificamente, sobre a curva dos tornozelos de Rosie e o modo como ela usava a colher ao comer.

Ele balança a cabeça e ri um pouco daquela loucura. Aquela garota, com suas notas perfeitas e suas orelhas de elfo, que ele nunca havia notado antes da noite da fogueira. Ele esfrega os olhos, depois fica ouvindo o tamborilar da neve nas árvores. Decide que precisa dormir e está prestes a sair do carro quando o celular toca. É Darcy, o que o surpreende. Faz semanas que não se falam.

William White, ela diz, como se ele tivesse telefonado.

Darcy, ele diz. Oi.

O que você tá fazendo?, ela pergunta.

Nada de mais.

Imaginei. Com a neve e tal.

É.

Então.

Então.

Quer vir aqui? Minha mãe saiu.

Ele pensa a respeito por dois segundos, então diz que na verdade não pode.

Por que não?, Darcy pergunta. A fúria dela é rígida e imediata, e ele suspira, sem se importar que ela possa ouvir.

Porque não. Estou acabado.

Por quê?, ela pergunta. Com quem você esteve?

Passei a noite na casa de um amigo, ele diz. Estudando matemática.

Ela solta um ruído de quem não acredita, em um desdém que vem do fundo da garganta, e Will se pergunta, brevemente, por que todo mundo espera o pior dele, mesmo que esteja dizendo a verdade.

Vai se foder, Will, ela diz.

Então tá. Mas isso é o que você queria, né?, ele pergunta.

Quê?

Você queria foder *comigo*. Foi por isso que ligou.

Ela desliga na cara dele. Will sai do carro e suas botas espirram a neve que derrete.

Ele dorme a tarde toda e acorda ao som de tentativas repetidas de acender o forno. Prometeu à avó meses antes que tentaria resolver aquilo. Acha que deve ser algum problema relacionado à umidade, porque o barulho para quando a primavera chega.

Ele sai da cama, toma um banho e desce para a cozinha, onde a avó está servindo sopa em tigelas, enquanto a irmã se debruça sobre a lição de casa.

Quem é vivo sempre aparece, a avó diz, e ele se senta e distribui as colheres. Tem uma cesta de talheres no meio da mesa, colheres com o cabo trabalhado, folhas retorcidas nas facas e nos garfos.

Dei oi quando cheguei, ele a lembra.

Tem razão, ela diz. Você é o rei dos monossílabos.

O que são monossí... balos?, Amber pergunta, sem erguer os olhos.

Sílabos, Will a corrige. Significa que sou o rei de tudo.

Não é verdade.

Como foi a noite?, a avó pergunta, colocando as tigelas na mesa. Ela mói pimenta na dele, por cima do queijo ralado na superfície.

Não dormi, ele diz. Mas Josh pegou o jeito da coisa, o que é bom.

O que você comeu?, a avó pergunta, porque sempre pergunta isso, não importa onde esteve ou com quem esteve. Aquela vez em que precisou buscá-lo na delegacia, os dois ficaram em silêncio no carro por nove longos e difíceis minutos, então ela lhe perguntou se ele tinha jantado.

Um troço com berinjela, ele fala. Sei lá, comemos no quarto.

No quarto?, Amber pergunta.

Largue a caneta, Amber, a avó diz. É hora de jantar.

Por que não posso comer no quarto?

Porque precisa fazer companhia à sua velha avó. Então correu tudo bem? Não aconteceu nada de mais?

Correu tudo bem, Will diz.

Ele pensa em Rosie enquanto diz isso e mergulha a colher na sopa vermelha.

Talvez você pudesse pensar em dar aulas de reforço, a avó arrisca. Will toma outra colherada, tomando cuidado com a língua, que ainda está queimada do café da manhã. O café que Rosie fez. Que entregou a ele, com suas mãos macias.

Não preciso dar aulas de reforço, ele diz. Já tenho a garagem.

Mas isso não é um plano a longo prazo, é?

Não vamos começar com isso de novo.

Está bem, está bem. Foi só uma ideia.

Vou ser advogada, Amber anuncia. A srta. Brown disse que eu daria uma boa advogada.

Claro que daria, meu bem, a avó diz.

Advogados são desonestos, Will diz a ela. É melhor não ser como eles.

Mas por que dizer isso a ela?

Porque é verdade.

Nem todos os advogados são desonestos, Willie.

A avó diz o nome dele assim, encurtando a segunda sílaba, quando está tensa ou cansada. No aniversário da morte do avô, ele é Willie. No aniversário da mãe também. Em todas as reuniões de pais, em todos os dias de entrega de boletim, Willie.

Posso ser dentista, Amber diz.

Muito melhor, Will concorda, sem se dar ao trabalho de tentar entender a mudança. Mas você não precisa decidir agora, Ambs.

Tenho que decidir, ela diz.

Por quê?

Pro meu diário, ela diz. Tem um capítulo inteiro sobre expectativas, sonhos e o que eu quero ser quando crescer. Guardei minhas canetas douradas pra isso.

Ele olha para ela, por cima da tigela de sopa.

Você só tem dez anos, ele diz.

E você bem que podia aprender com ela, a avó diz.

É um diário, Amber diz. Não um livro da escola.

Will reprime um sorriso, e a avó solta uma risada suave, como pombos arrulhando, depois corta pão para os três.

Rosie está ao lado de Marley, no chão do quarto da amiga, enquanto uma cena que elas já viram dezenas de vezes passa na televisão. Elas abrem embalagens de balas e mastigam pipoca doce, os dentes cobertos de açúcar.

Enquanto veem Jack olhando para Rose do deque superior, Rosie pensa em contar a Marley sobre William White e seu encontro na cozinha. E sobre o que aconteceu no dia seguinte, quando ele fechou suas mãos em torno das dela.

E aí?, Marley perguntaria, com uma bala a caminho da boca.

E aí... nada.

Ele a soltara e perguntara: melhor? Rosie assentira e os dois voltaram para a casa, a neve reduzida a gelo sobre a calçada. Josh os tinha alcançado e agradecido a Will pela ajuda com matemática. E depois Will fora embora.

Na tela, Leo continua olhando para Kate. Rosie pega outra bala e a segura debaixo da língua.

Não é interessante o bastante para contar, ela decide, o encontro na madrugada com um garoto que mal conhece, o momento em que ele esquentou suas mãos porque teve pena dela ou talvez porque estivesse jogando um jogo que ela não tinha interesse em jogar.

O surpreendente, no entanto, é que ela continua visualizando Will, mesmo sentada ali, com os joelhos junto ao corpo, a amiga com a mão na pipoca ao seu lado.

Ela pensa no cinza de seus olhos.

Imagina Will imprensando-a contra a parede da cozinha, o rosto bem próximo ao dela.

Isso seria interessante, ela pensa, enquanto Marley boceja. Isso, por si só, seria novidade.

Adoro essa parte, a amiga diz, endireitando a coluna quando Rose atravessa o deque com seu vestido vermelho-sangue e cintilante. Queria que nossas vidas fossem dramáticas assim.

Quem ia querer uma coisa dessas?

É que... você e eu, Rosie, a gente é tão *chata*. Mal posso esperar pra que a vida seja mais que ensaio da orquestra e notas previsíveis, sabe?

Rosie volta a olhar para o filme, porque ela sabe, sim, mas parece que já pode haver algo mais para ela. Algo que mudou. Ela abre outra bala, muito embora esteja enjoada e com sede e vagamente preocupada com a possibilidade de estar estragando os dentes.

Quando chega em casa, entupida de açúcar, mas morrendo de fome, Rosie prepara torradas. Esquenta feijão no micro-ondas e fica vendo o prato girar, lento e hipnótico, pelo vidro da porta.

Uma letra vem à sua cabeça, sobre o mundo girando como um só, e ela se pergunta se a roubou de algum lugar ou se é toda sua. Anota no bloquinho da geladeira e arranca a página, que dobra e guarda no bolso. Só para garantir.

Aí está você, Josh diz, passando pela porta bem quando o micro-ondas apita.

Aqui estou eu, ela diz.

Como está Marley?

Bem, ela diz. Acha que nossa vida é chata.

A vida de quem? A nossa?

Não, a minha e a dela.

Bom. Acho que concordo com isso.

Rosie revira os olhos. Ele se recosta na geladeira e fica vendo a irmã passar o feijão na torrada queimada.

Mamãe está com enxaqueca, ele diz.

De novo?

É. Ela está trabalhando demais agora que Josie está em licença-maternidade.

Acho que sim. Ela tem parecido um pouco... você sabe.

Tensa.

No limite.

Assustadora?

Os dois compartilham uma risada silenciosa. Ela leva o prato à mesa e pega o garfo enquanto Josh se acomoda à sua frente. Ele pega uma laranja da fruteira e a rola entre as mãos, como se tentasse decidir se está com vontade de comer.

Ela vai ficar bem, Rosie diz, enquanto corta a torrada em duas.

A superadvogada.

Mulher de aço.

Samantha, a durona, Josh diz, e finalmente começa a descascar a laranja. Ela e papai parecem tão infelizes ultimamente. Ela ainda mais.

Eles não me parecem diferentes, Rosie diz.

Pior ainda, Josh diz. Ergue um gomo de laranja contra a luz. Tantas sementes, ele diz.

Está tudo bem, Rosie diz.

Em relação às sementes?

Não, com nossos pais. O Natal vai dar uma revigorada. Como sempre.

Ah, o Natal, Josh diz, e há um tom sonhador em sua voz. *Adoro* o Natal.

Eu sei, Rosie diz, revirando os olhos outra vez. Você adora o Natal, e a neve, e a animação.

E laranjas, ele diz, erguendo a que tem na mão na direção dela, como se fosse brindar.

Ela balança a cabeça e coloca mais feijão na boca. Dentro da cozinha está quente. O vento sopra lá fora, lançando um punhado de gotas contra o vidro da janela. Enquanto mastiga, ela pensa se há uma maneira de mencionar Will na conversa, mas, antes de conseguir formular as palavras, o irmão fala.

Acho que vou passar em matemática avançada, ele diz.

Ah, é?

Graças a Will.

Que bom, ela diz, então mantém o feijão na boca por tempo demais, aparentemente com dificuldade de engolir. O irmão a observa. Parece ler a hesitação dela — seu desejo de parecer desinteressada — como reprovação.

Ele não é como todo mundo acha, Josh diz.

Não?, ela pergunta, mantendo os olhos no prato. No caldo do feijão, nas migalhas da torrada.

Sei que ele tem uma má reputação, Josh prossegue. Por causa da moto, do período fora e tudo mais. Mas ele é legal. É inteligente e uma boa pessoa, acho.

Que bom, ela diz.

Sobre o que vocês conversaram na volta?

Hum?

Você e Will. O que foi que ele disse?

Nada, na verdade, Rosie fala, e um buraco se abre em seu estômago, porque ela percebe que é verdade. Josh fica em silêncio por um momento, olhando para ela. Deixou metade da laranja de lado.

Nada?

Ele é um homem de poucas palavras, ela diz, e ele dá risada e diz é verdade. Ele estende a mão para pegar a casquinha da torrada que ela deixou no prato.

Ela olha para ele, seu irmão. Conhece o rosto dele melhor que o próprio, cresceu ao seu lado antes mesmo que os dois existissem. Eles já falaram sobre isso, quando construíam fortes com capas de edredom ou acampavam debaixo do beliche, com lanternas ligadas, cobertores empilhados em volta tal qual sacos de areia. Sobre o momento em que haviam se tornado humanos. Já eram gêmeos antes? Ou só quando desenvolveram cérebro, ou coração?

É um lance de gêmeos, Josh dizia sempre que sabiam o que o outro estava pensando. Rosie, no entanto, nunca teve certeza daquilo. Ela conhece outros gêmeos que parecem irmãos normais, e não é comum ter câimbra quando o irmão se machuca na quadra de basquete, ou acordar à noite quando a respiração dele se altera. Às vezes ela se revira, sem motivo aparente, e sabe que ele também está acordado, do outro lado da parede.

Acho que você gostaria dele, Josh diz a ela agora.

Quem disse que eu não gosto?, ela pergunta, e deixa a frase pairar entre os dois, espera que o gêmeo pegue aquilo, que entenda.

Não é o caso.

Quer?, é tudo o que ele pergunta, oferecendo um gomo de laranja a ela, que o aceita. Depois cospe as sementes no prato.

Will está correndo.

Tem corrido dia sim, dia não nos últimos quatro anos, desde que passou um tempo afastado da escola, desde que lhe mandaram encontrar uma maneira de canalizar sua raiva. Ele nunca havia pensado em si mesmo como alguém raivoso; nunca havia levantado a voz, nunca havia socado uma parede, nunca havia perdido o controle com um professor ou praticado um esporte. No entanto, um especialista de meia-idade em um consultório com painéis de madeira revestindo as paredes lhe fez algumas perguntas depois que tudo aconteceu, anotou algumas coisas e afirmou à avó com convicção que o problema era, de fato, a raiva.

Mas tem solução, ele disse, e o S saiu como um assovio por conta da fresta entre seus dentes. Correr, aparentemente, era a única solução com a qual Will conseguia se comprometer.

Por causa do cigarro, não é fácil. Raramente fuma, mas o estrago está feito, ainda que ele tenha apenas dezoito anos.

Apesar disso, ele corre por horas. Não monitora a velocidade ou a distância percorrida. Não verifica o relógio ou procura aumentar a resistência. Ele só corre. Sem música, porque gosta de ouvir o sangue pulsando nos ouvidos. O barulho do mar, as gaivotas.

Ele corre até não aguentar mais. Até as laterais do corpo queimarem e os joelhos gritarem, até pensar tá, já chega.

Hoje ele está correndo na praia. Embora seja dezembro, não sente frio; sua pele está vermelha do esforço, sua camiseta está molhada de suor. Ele passa pelas cabanas na praia, pelo banco de areia onde duas focas tomam banho de sol. O farol, dilapidado pelo tempo, no limite da floresta.

Quando chega em casa, toma um banho gelado para soltar os músculos, enxuga o cabelo, vai para o quarto e se joga, ainda úmido, na cama. Fica olhando para o teto, para o contorno das estrelas que brilhavam no escuro e que costumavam ficar ali. Ele as arrancou aos sete anos, quando decidiu que era velho demais para aquele tipo de coisa.

Velho demais para as estrelas.

Velho demais para a escola.

Já velho demais para tudo.

Deitado ali, uma sensação se insinua em seu peito, como acontece de tempos em tempos. Um leve aperto, como uma válvula fechando. Dói um pouco, mas é melhor do que o que vinha antes. Uma necessidade lancinante de reagir.

Will esfrega o coração sem muita vontade e procura se distrair pensando na voz de Rosie. Consegue ouvir os movimentos da avó no andar de baixo, o clique-clique do fogão. Ele fecha os olhos e começa a cantarolar o que consegue lembrar da música da noite da fogueira.

Então para, porque sente que a está estragando.

Quando o sinal toca e os alunos começam a deixar suas salas, com suas vozes altas, saias encurtadas e mangas de paletó arregaçadas até os cotovelos, Will avança contra a maré. Não se dirige à saída, prefere se arriscar e vai até o armário dela.

Rosie está ali, com a amiga de cabelo cacheado, ouvindo o que quer que ela diga, até que dá risada, inclinando a cabeça para trás e esticando o pescoço sob a luz. Um desejo vampírico abrupto toma conta dele, e Will se pergunta outra vez o que aquela garota comum e de pele macia tem de especial.

Oi, ele diz, quando está ao lado dela. Rosie olha para ele ao mesmo tempo que a amiga; quatro olhos fixos em seu rosto.

Oi, ela diz, com uma cautela aparente. Ele nunca falou com ela na escola. Nunca falou com a amiga dela, e quando percebe isso uma estranha etiqueta social parece se fazer necessária, porque garotas se importam com esse tipo de coisa.

Oi, ele diz, desviando de Rosie e erguendo uma mão.

A amiga fica só olhando para ele, depois parece se dar conta e dá oi também.

Sou Will, ele diz, e ela diz que sabe, mas não diz seu próprio nome. Eu tentei, ele pensa, antes de voltar a olhar para Rosie.

Vai a pé pra casa?, ele pergunta.

Vou, ela diz devagar como se aquilo pudesse ser uma pegadinha. Uma mão dela está apoiada na porta do armário e a outra está dentro, enfiando os livros. Ele fica vendo enquanto ela a puxa de volta, fecha a porta e passa o cadeado.

Vou com você, ele diz.

Você mora do outro lado da cidade, ela diz.

É, mas tenho que pegar um negócio.

A mentira sai fácil. Ele quer que seja óbvio.

Rosie não diz nada. Só olha para a amiga, cujos olhos estão arregalados, e uma comunicação significativa se dá entre as duas no silêncio. Will nota isso acontecendo e aguarda. Mais alunos passam atrás deles, arrastando os sapatos pelo piso de linóleo.

Ela não chega a responder diretamente. Só diz à amiga — que ela chama pelo nome, Marley, e ele tenta decorar — até amanhã. Marley baixa o queixo como quem entendeu e fica vendo os dois se afastarem na direção das portas abertas.

Eles já saíram da escola e estão no estacionamento dos professores quando Will ajeita a mochila no ombro e diz a ela que, no fim das contas, não vai pelo mesmo caminho.

Não? Rosie olha de lado para ele.

Vou estar no farol mais tarde, ele diz. Corro nas noites de segunda. Fica no meu caminho.

Tá.

Vou passar por lá umas quatro e meia, acho. Se eu não estiver superlento.

Tá, ela diz outra vez.

Só pra você saber, ele prossegue. É um lugar legal. O sol meio que para ali, sobre o mar. Você ia gostar.

O que está me pedindo, Will?, ela pergunta, e ele sente uma vibração percorrer seu corpo outra vez diante de sua sinceridade, de seus modos diretos. Ele nunca conheceu uma garota como ela. Achava que garotas gostavam de mistério e convites indiretos; de pausas longas e meditativas e sugestões veladas.

Estou te pedindo pra ir me encontrar no farol, ele diz.

Isso a faz parar de andar. Alunos mais novos desviam deles, um menino com uma gravata na cabeça, balançando a bolsa-carteiro como um laço.

Por quê?, ela pergunta.

Então ele olha para ela. Para aqueles olhos azuis como tinta. E opta pela verdade também.

Não sei bem, ele diz. Sendo sincero.

E isso, de alguma forma, parece fazer sentido para ela.

Vou tentar, ela diz, sem se comprometer, como quando disse talvez antes. Ele aceita; está acostumado com isso, na verdade, desde a época em que ia ver a mãe. Quando era pequeno e esperançoso e aguardava as coisas com ansiedade; quando tinha estrelas grudadas no teto do quarto.

Mais tarde, o farol está ali, mas Rosie não. Uma luz suave brilha no horizonte, o mar preto e imóvel como ferro.

Will se recosta na parede caiada para recuperar o fôlego. Hoje em dia é uma construção degradada, uma atração para turistas que serve apenas como referência nos mapas. Igrejas que não são mais usadas são chamadas de redundantes, ele sabe, um conhecimento inútil que vem carregando por anos. Ele se pergunta se há uma palavra para faróis que não são mais usados. Vagos, ou expirados. Abandonados.

Ele para de se alongar e respira o ar marinho. As ondas avançam e quebram, com a crista branca, pacientes. Seu cabelo está úmido de suor, e ele começa a sentir frio. Vai esperar mais dez minutos e voltar correndo para casa, como se nada tivesse acontecido.

O que, ele percebe, seria verdade.

Mas de repente ela está ali. Encapotada, com um gorro cobrindo toda a testa. Hoje está de luva. Sem dedos e de paetês.

Oi, ele diz, e soa um pouco esganiçado aos seus próprios ouvidos — ansioso e surpreso e um tom acima do normal.

Oi, ela diz.

Ela olha para ele e ele olha para ela e percebe que não tem um plano. O sol está se pondo, isso era tudo o que esperava. Cintila como uma folha de ouro sobre a água escura.

Não sei por que te pedi pra vir, ele diz.

E não sei por que vim, ela diz. Ele tenta sorrir para ela, que retribui o sorriso. Duas linhas se formam ao lado da boca dela.

Mas é lindo, Rosie diz, olhando para a vista. O pôr do sol se derrama, suave. As ondas vêm e vão, então vêm de novo.

É mesmo, Will diz. Ele não olha para o mar ao dizer isso, e as bochechas dela coram, seus olhos o procuram por um momento e depois se desviam. O vento assovia ao roçar as paredes do farol.

Você não tá congelando?, ela pergunta, acenando com a cabeça para os braços arrepiados dele.

Não, ele diz, e é verdade; seu corpo todo parece aceso. Bom, logo vou ficar, ele pondera. Mas ainda não estou.

Então, ela diz.

Então.

Isso é esquisito.

No bom sentido?

No bom sentido, ela concorda.

Ele pergunta se ela está com fome, e ela balança a cabeça,

diz que quer ficar vendo o mar. Ela se senta de pernas cruzadas no chão, e ele a acompanha, escorregando as costas pela parede do farol até se sentar. Os dois ficam vendo o crepúsculo passar de rosa a preto, tão gradualmente que mal dá para notar.

Josh falou que agora vai passar na prova, Rosie diz. Graças a você.

Não quero falar sobre Josh, Will diz.

Por que não?

Porque já passo pelo menos uma hora por dia com ele.

Bom, e sobre o que vamos falar então?

Você me diz, ele retruca. No que você tá pensando?

Os dois estão sentados mais afastados do que na noite da fogueira, e ele não consegue ver seu rosto, nem mesmo seu perfil; o gorro dela está baixo demais, seu queixo está virado na direção da floresta. Ele só consegue ver a curva de sua orelha sob o gorro. Uma mecha de cabelo escuro.

Você se importa com o que estou pensando?, ela pergunta, depois de um momento.

Claro, ele diz. Me importo, sim.

Ela fica em silêncio por um tempo. As ondas batem nas pedras, uma gaivota na areia levanta voo.

Você fala assim com todas as suas garotas?, ela pergunta, quando a gaivota desaparece de vista.

Como?

Você sabe, com as Ashleighs e Keiras e Darcys.

Então ela sabe sobre as garotas, ele pensa, e algo mergulha dentro dele, a dor em seu peito de repente é uma pedra. Então ele se dá conta de que isso deve significar alguma coisa. Que ela o nota, ou se importa.

Não falo com nenhuma delas, ele diz.

Claro que fala. Você levou Darcy ao baile de inverno no ano passado.

Ela que me arrastou, na verdade.

Bom, duvido que você tenha ficado em silêncio a noite toda.

Mais ou menos, ele diz. E então, antes que possa evitar, ele diz que não precisa falar muito quando está com Darcy.

Ah.

É.

Rosie solta um leve ruído, como se compreendesse e não se importasse. Um leve "hum", como se ele tivesse apenas lhe dito que dia era. Agora ele está com frio. Não consegue sentir os dedos dos pés.

Mas não, ele diz.

Não o quê?

Será que a gente consegue parar de responder com mais perguntas?

Se você parar de ser tão enigmático, acho que sim.

Ele nunca sentiu esse puxão para cima, como se tudo em si, as solas de seus pés, seu diafragma, seus deltoides, estivessem sendo erguidos na direção do céu.

Não, eu não falo assim com nenhuma dessas garotas.

Ah.

Essa, ele se dá conta, é uma palavra que ela usa com frequência. Uma garota com aquela voz e cheia de ahs e talvezes.

Tive que mentir pros meus pais pra vir aqui, Rosie diz a ele. Não costumo sair sem motivo, por isso precisei inventar alguma coisa.

O que foi que você disse?

Que ia pegar um livro emprestado com uma amiga.

Criativo.

Também achei. E crível.

Imaginei, Will diz.

Imaginou mesmo?, Rosie pergunta, e se vira para olhar para ele. Agora está escuro, o sol se dissolveu, as nuvens são como óleo derramado sobre suas cabeças. Você realmente entende? Que gosto de livros e da escola, e de música, e não música da moda. Toco flauta, violão e piano. E flauta doce. Agora você sabe de tudo. E quero muito, muito, fazer faculdade de música, mas provavelmente vou acabar estudando história, e quero Oxford ou Cambridge, e, de verdade, não tenho tempo pra isso. Pra sair com alguém. Se é disso que se trata.

Ela respira, e, de novo, ele fica impressionado com ela.

Por que você vai fazer história se quer fazer música?, ele pergunta depois de um momento. O vento sopra do mar, fazendo o cabelo dele esvoaçar, e o dela também, debaixo do gorro.

Foi isso que chamou sua atenção de tudo o que falei?

Ahá, ele diz. Está respondendo a uma pergunta com outra pergunta?

Ela dá risada, e é como o rastro dos fogos de artifício; brilha e desaparece, o silêncio que se segue ao crepitar.

Beleza, ela diz. Só achei que devia avisar.

Estou avisado, Will diz.

Ela descruza as pernas e estica o pé à sua frente. Suas botas de trilha estão tão limpas que nunca devem ter visto uma trilha, e ele quase pergunta que livro ela pegou emprestado, até que se lembra de que foi só uma mentira que contou. Por ele.

Ele a acompanha até a casa dela quando fica frio demais; quando a escuridão já penetrou seus ossos. Os paralelepípedos refletem a luz dos postes, as janelas dos restaurantes estão embaçadas por dentro. Eles passam por um lugar que vende fritas e cheira a batatas cruas e óleo velho. A fila sai pela porta.

Da próxima vez, compramos fritas, Will diz.

E você vem de casaco, Rosie diz.

E eu venho de casaco.

E não com a jaqueta de couro. Com um casaco de verdade.

Qual é o problema da jaqueta de couro?

Não parece quente.

E daí? Quem vai usar sou eu.

Mas não vou relaxar se você estiver com frio, Rosie diz. Não vou conseguir parar de pensar a respeito, nem você, porque vai estar morrendo de frio. E talvez você queira voltar só por causa disso.

Ele fica em silêncio por apenas alguns passos.

Estou sem casaco agora, não estou?, ele pergunta.

Está. E aqui estamos nós, indo pra casa.

Will não sabe como reagir. Não tem certeza do que está

acontecendo entre os dois; nenhum deles disse de maneira explícita. Não houve beijo, não houve toque; não houve desnudamento de alma ou pele. Eles só ficaram sentados, com as costas apoiadas no farol, e conversaram, às vezes caindo no silêncio antes de voltar a falar.

Tem algo acontecendo entre eles agora. Os pelos dos braços dele estão tão eriçados que parecem agulhas, o suor em suas costas secou.

Ele pensa em pegar a mão dela. Quase pega.

Então, nesse exato momento, Rosie enfia as mãos nos bolsos do casaco.

Não é prático, ela diz.

O quê, minha jaqueta de couro?

Não, ela diz, não isso. O que estávamos falando antes, sobre estudar música. Pensei a respeito, até peguei o formulário pra me inscrever. Mas, no fim, decidi que era melhor fazer algo mais flexível.

Will acha que aquilo soa como o pai ou a mãe dela falando, mas decide não dizer nada. Os dois ficam em silêncio enquanto saem da via principal e pegam a leve descida que vai dar no anel viário, onde as lojas e os pubs dão lugar a chalés de pedra, e a luz dos televisores pisca através das cortinas finas. A sombra das vidas através das janelas. Vasos de plantas. Porta-retratos. O que parecem ser figuras recortadas se movendo.

Sempre me pergunto o que as pessoas fazem a essa hora da noite, Rosie comenta.

Como assim?

É um horário esquisito, você não acha? Antes do jantar. Depois da aula, do trabalho. É como um não tempo, em que fica impossível fazer qualquer coisa real.

Real?

Você sabe. Importante.

O que é importante pra você?

Nossa, mas você é intrometido, hein?

Will dá risada, porque ninguém nunca o chamou de intrometido. Ele se pergunta se é como no caso da raiva; se é algo que fica dormente, aparecendo só quando a vida exige. Quando uma garota de mãos finas pergunta onde você acha que sua mãe está e olha em seus olhos enquanto fala com você.

Cantar. E escrever, ela responde.

Ah, é? O que você escreve?

Principalmente música. E poemas.

Ele assente. Há cordões de luzes pendurados acima da cabeça deles, e as lampadinhas ressoam ao vento, batendo umas contra as outras tal qual colheres em uma gaveta. Ele sente que esse tipo de conversa é perigoso. Como se ela logo fosse se dar conta de que ele não sabe lidar com a raiva e tem cicatrizes e um histórico de coisas não ditas.

E pra você, o que é?, ela pergunta.

Minha moto, acho, ele diz. Talvez correr.

Eles viram a esquina que dá nas ruas residenciais. Carros estão estacionados nas entradas, as cortinas são pesadas e estão fechadas.

E viajar, Will diz, dando-se conta outra vez de que está dividindo com ela algo que nunca disse em voz alta.

Ah, Rosie diz, e o interesse faz o volume de sua voz subir. Pra onde você já foi?

Bom, nunca saí de Norfolk, ele admite. Por isso quero viajar, quando puder.

Aonde você pretende ir?

Qualquer lugar, ele diz. Todos os lugares.

É bastante coisa, ela diz, e ele lhe diz que ela tem razão.

Rosemary Winters, sua *safada*.

Rosie não consegue segurar a risada no telefone. É como se seu interior estivesse repleto de bexigas e ela sentisse uma pressão agradável sob a pele.

Não aconteceu nada, ela diz.

Não aconteceu *nada*?, Marley grita. O cara mais descolado da escola te chamou pra sair, aconteceu *isso*.

Não acho que ele seja o cara mais descolado da escola.

Ele é sexy, quietão e tem uma moto, pelo amor de Deus.

Eu sei. É um problema.

Um problema? Rosie! Marley parece ligeiramente descompensada, como se tivesse tomado energético demais. Você acha que ele vai te dar uma carona nela?

Eu não subiria naquela moto nem que me pagassem, Rosie diz, e Marley suspira.

Mas é parte do apelo, ela insiste. A moto, os olhos *tristes*, o passado sombrio e perigoso. Você sabe que ele foi suspenso por bater em alguém no banheiro da escola?

Isso é só um boato idiota, Marl.

Talvez, diz Marley, mas podemos voltar ao assunto, por favor? Will White pediu pra te acompanhar à sua casa. Agora. O que aconteceu antes disso?

Antes disso eu estava falando com você na frente do armário.

Não, não, não, Marley diz, e Rosie sabe que ela está agitando uma mão, frustrada. Consegue até visualizar a amiga, de ponta-cabeça na cama, com os pés apoiados na parede.

Antes disso.

Ele veio uma noite, Rosie diz. Pra ajudar Josh com matemática.

E?

E a gente conversou. Só isso.

Ela não sabe por que está diminuindo o que aconteceu se quer cantar, quer correr, quer deixar que o sol em seu coração extravase.

Ele deu em cima de você?

Não.

Você queria que ele tivesse dado?

Não sei, Marl. Não entendo direito o que ele quer. Você sabe o tipo de cara que ele é. Nunca me disse uma palavra, e aí aquela noite na fogueira...

A fogueira! Esqueci que ele estava lá!

Pois é. Ele quase não disse uma palavra. Aí, depois que você foi embora, sei lá, começamos a conversar.

E ele se apaixonou por você. Foi fisgado. Como poderia não se apaixonar?

Achei que eu fosse uma virgem baunilha.

E é. Essa é sua arma secreta.

Ser chata?

Ser inocente e fofa e simplesmente você, ela diz, e Rosie não consegue não rir do fervor na voz da amiga.

Parece que você está escrevendo um belo roteiro de filme, ela diz. Só que não é a hora certa, Marley. Sério. Tem coisas mais importantes rolando. Preciso me concentrar na faculdade.

Você precisa se concentrar no tamanho do bíceps dele, Marley diz.

As duas passam mais alguns minutos discutindo e rindo, então a porta de Rosie se abre sem que se ouça uma batida antes. É sua mãe. Ela está com uma toalha enrolada no cabelo e seu rosto parece abatido sem rímel e delineador.

Hora de desligar, Rosie, ela diz, acenando com a cabeça para o ponto onde o relógio costumava ficar. Rosie pediu ao pai para tirá-lo quando começou a ter insônia; quando o tique--taque antes tranquilizador passou a ser motivo de pressão. Pode se despedir de Marley.

Ela fecha a porta atrás de si e Rosie volta a falar ao telefone.

Você ouviu?

Ouvi. Só quero perguntar uma coisa antes.

Tá.

Você gosta dele?

Segue-se um silêncio não pontuado pelo tique-taque de um relógio, ainda que iluminado pelo abajur.

Porque, se gostar, Marley prossegue, essas outras coisas não importam. A moto, o cigarro, a faculdade, as outras meninas, o que sua mãe pensa ou a data da prova de estudos clássicos.

A voz da amiga se alterou. Agora é a Marley séria quem está falando; a Marley que gosta de debater ética, que chega cedo ao ensaio da orquestra. Que responde com toda a concentração quando o pai faz perguntas relacionadas a doenças na cozinha, porque ela vai ser médica, como ele.

Não posso, Rosie diz.

Mas gosta?, Marley insiste.

Rosie não confirma, não consegue se convencer a falar. E aquilo, ela sabe, é uma resposta por si só, além de espetacularmente inconveniente.

Ela toma uma decisão durante a noite.

Não pode fazer isso agora. Está lisonjeada. Sente como se um ar quente preenchesse seu corpo, fica confusa com o motivo pelo qual ele quer que ela, entre todas as pessoas, o encontre no farol, seja aquela com quem vai dividir um pacote de batatas fritas perto do porto. E ela quer ser essa pessoa. Quer ouvi-lo falar sobre viagens e corrida, sobre seus não planos. Ela quer que ele ouça, de uma maneira que ninguém mais ouve; como se absorvesse suas respostas.

Mas essas coisas podem esperar.

Há outras coisas em que ela precisa se concentrar. Coisas maiores e mais importantes, pelas quais vem trabalhando há tempo demais. Não pode cometer um deslize, não agora. Nem mesmo por Will White, com suas mãos frias e seguras, seus olhos melancólicos.

Tão cinzas, e tão sérios.

Na manhã seguinte, ela tem dificuldade de sair do quarto, verifica tudo sem parar, e depois de novo. Suas roupas, as cortinas, arrasta a escrivaninha para que fique na posição perfeita, garantindo que pareça tudo certo. Então vai para a escola com Josh sem mencionar nada e passa o dia concentrada como uma aluna que pretende estudar em Oxford ou Cambridge, então o sinal toca e ela aguarda junto ao armário, e ele aparece, como ela torcia para que acontecesse.

Tem gente demais em volta. Sapatos fazendo barulho contra o chão, paletós passando em um borrão azul. Livros derrubados, portas batendo.

Podemos ir pra outro lugar?, ela pede.

Ele ergue as sobrancelhas. Como se não estivesse esperando aquilo dela. Como se pensasse que ela está falando de alguma coisa totalmente diferente.

Algum outro lugar na escola, ela esclarece.

A biblioteca?, ele sugere.

Ou o prédio de música, Rosie diz, porque não vai aguentar ficar em silêncio com ele, em meio a livros e carpetes para abafar o som, tudo brando e privado. Ela precisa de piso de pedra, bordas de piano, o latão escovado dos suportes para partituras.

Quando eles chegam, Will abre a porta do prédio de música. É pesada, de madeira, e ele precisa esticar o braço todo para permitir que Rosie passe. Lá dentro está escuro, porque ninguém se deu ao trabalho de acender as luzes dos corredores. As vozes desconexas do treino do coral chegam de uma sala próxima, e ouvem-se baques no andar de cima, dos alunos se arrastando para as aulas com oboés e violões.

Odeio esse prédio, Will diz.

Amo esse prédio, Rosie diz.

Você não acha sinistro?

É parte do charme, ela diz, conduzindo-o pelo corredor e passando pela sala dos professores para chegar a sua sala de ensaio preferida, nos fundos, que em geral fica vazia. A janela fica bloqueada pela cerca viva que cresceu demais, de modo que nunca entra luz, nem mesmo ao meio-dia. Ela ama as sombras salpicadas nos tapetes velhos, o leve cheiro de umidade que nunca passa.

Acho que você precisa rever sua definição de charme, Will diz, enquanto passam pela porta. O piano está no canto. Pilhas de partituras cobrem as estantes de madeira, Debussy e Gershwin e Strauss. O relógio dela está ali, no banco do piano, porque ela o esqueceu de novo. Ela se senta e o coloca. Will olha em volta, para as músicas, as notas na lousa. Qualquer coisa que não ela.

Então é aqui que você costuma ficar, ele comenta.

Basicamente, ela diz.

É gelado, ele diz.

Costumo ficar de casaco, ela diz. No inverno.

Sempre tem esse cheiro?

Infelizmente, sim.

Então por que você fica aqui?

Gosto de tranquilidade, ela diz, e ele assente, como se entendesse. Está dificultando tudo só sendo ele mesmo, compreensivo. Ela nunca conheceu ninguém igual. Nunca sentiu que um desconhecido fosse seu velho conhecido.

Eu queria falar com você, ela diz, porque foi por isso que o levou até ali.

Pode falar, ele diz. Ainda está olhando para a lousa, então se aproxima e toca a clave de sol, roçando os dedos no volteio inferior.

Não sei se isso é uma boa ideia, ela diz.

Ele não diz nada. Não pergunta do que ela está falando, não retruca com uma de suas perguntas. Ela vê os alunos passando pelo prédio, pontos azuis através da cerca viva do outro lado da janela. A neve se foi. A prova de história foi remarcada. Seu coração martela no peito.

Você e eu, ela esclarece, caso ele não tenha entendido.

Will continua sem responder. Apaga a clave de sol com dois dedos, deixando uma nuvem de poeira no lugar.

E por quê?, ele pergunta, com leveza, como se não estivesse muito interessado na resposta.

Por muitos motivos, ela diz.

Fala um.

Tá. Você é você. E eu sou eu.

Preciso de um motivo de verdade, Rosie.

Não sou seu tipo de garota, ela diz. Não quero arrastar você para o baile de inverno, ou sentar na garupa da sua moto, ou me sair mal nos simulados porque estou pensando em você.

Então não faz isso.

O quê?

Não pensa em mim.

É o que estou tentando fazer.

Então você pensa?

No quê?

Em mim.

Bom, penso, ela diz, e está começando a se atrapalhar, e por um segundo que faz seu coração parar pensa que talvez tenha entendido tudo errado. Você não pensa em mim?, ela pergunta.

Ele não responde. Só se vira para encará-la e se recosta na lousa.

Vai sujar sua camisa de giz, ela diz. Ele cruza os braços, como se estivesse se preparando para uma longa discussão.

Preciso de outro motivo, ele diz.

Tá. Preciso me concentrar nas provas. Já investi demais. Preciso tirar notas altas o suficiente para ser aceita, e vou embora em setembro de qualquer maneira.

E?

Bom, ela diz, e olha em volta, como se a resposta estivesse escrita nas paredes, pendurada nas teias de aranha no teto. Qual é o sentido? De começar algo agora?

Você me diz, ele retruca.

Eu estou dizendo, Will, ela fala, com a voz de repente acalorada, um fósforo sendo riscado e acendendo; cortante, decisiva. Você ficaria entediado, de qualquer maneira. Eu me importo com a escola e com as notas e com todas as coisas que você deixou muito claro que não significam nada pra você. Você não quer esperar por mim.

E isso é uma opção?, ele pergunta, com os braços ainda cruzados.

O quê?

Esperar por você. É uma opção?

Como assim?

Se você fizer as provas e conseguir sua vaga ou o que quer que precise, isso mudaria as coisas?

Eu ainda iria embora. Em setembro.

Então restaria o verão, ele diz.

Sim, Rosie diz, depois de um breve momento.

E, até lá, quais são as regras? Não podemos nos ver? Tenho

que me esconder de você nos corredores? Não posso mais ajudar Josh com matemática?

Não vou impor nenhuma regra idiota, ela diz.

Vamos, Roe, ele diz, com uma risada presa na garganta, e é a primeira vez que ele a chama assim, a primeira vez que ele abrevia seu nome de uma forma que ninguém nunca a chamou, nem chamará.

Ela dá de ombros, perdendo-se tanto quanto a clave de sol na lousa.

Você faz suas provas, Will diz. Consegue as notas. E eu espero.

Seus olhos continuam nela. Sua boca firme, sua gravata frouxa, sua camisa desabotoada abaixo do colarinho. O tique--taque do relógio chega aos ouvidos dela. Um pequeno metrônomo, marcando os andamentos.

Você espera, ela repete.

Isso.

Ela olha para ele, para o dourado queimado de seu cabelo, a barba por fazer marcando sua mandíbula. Ele se remexe, em silêncio, e ela volta a sentir calor por dentro. Por quê?, pergunta a ele.

Ele a encara.

Você disse que pensa em mim, ele diz.

Ela assente uma única vez, quando percebe que se trata de uma pergunta.

Acontece que eu penso em você também, ele diz. Na moto. Na garagem. E quando estou cozinhando, e correndo, e tentando dormir.

Os olhos dele são como fumaça; embaçam a sala.

E isso é novidade pra mim, ele diz.

A garganta de Rosie está tão seca que ela não conseguiria falar nem se quisesse. Ela está pensando que isso é novidade para ela também. Que o que ela fez na noite de ontem, sob as cobertas, com ele na cabeça, era novidade, e pareceu perigoso, e bom, e só um pouquinho errado.

Então eu espero, Will repete.

O coral volta a cantar do outro lado do prédio, um hino sobre a neve. Os dois ficam ouvindo até que a música acaba. Com uma frase sobre a alvorada e a manhã. Ele escuta as palavras e observa o rosto dela, e ela observa o dele de volta.

Quatro

Ela não disse que eles não podiam ser amigos. Só que não queria ir na garupa da moto dele ou ao baile de inverno. Que ele não podia atrapalhar suas provas.

Por isso, eles trocam mensagens de vez em quando. A princípio, ele espera que ela entre em contato. Ela lhe manda músicas, ou o nome de um lugar que viu na internet, uma ilha ou uma cordilheira ou uma cidade de que acha que ele pode gostar, e ele escreve os nomes em pedaços de papel que guarda na gaveta.

Ele manda mensagem logo cedo, ou tarde da noite.

Pergunta como ela está, como dormiu.

Ele dorme com Darcy uma vez, uma semana depois da conversa na sala de música, e pensa em Rosie o tempo todo, e é desconfortável, desajeitado, e ele demora muito para ficar duro. O que tem de errado com você?, Darcy desembucha, fincando as unhas em suas costas, e ele se pergunta a mesma coisa enquanto volta a vestir a calça jeans.

Quando Rosie diz a Marley que ela e Will não estão juntos, a amiga parece receber a informação como uma afronta pessoal.

Por dias, mal fala com ela.

Isso magoa Rosie, que não diz nada, e as duas voltam a se falar no fim da semana. Fazem planos de se encontrar no sábado, para ver *A praia* ou *Jack & Sarah*. Rosie diz que dessa vez ela leva a pipoca; uma oferta de paz, embora não saiba exatamente o motivo.

E ela estuda, muito. Repassa tudo o que poderia cair nos simulados, fica acordada até tarde, com um chá e páginas de anotações e uma leve sensação de que começou a correr uma maratona, sentindo um barato e um tremor de estresse e satisfação.

Will às vezes manda mensagem. Ela verifica o celular antes de ir para a cama, depois que fechou os livros e escovou os dentes e pegou os tampões de ouvido da mesa de cabeceira. Ela tenta parecer inteligente em suas respostas; mais interessante do que sabe que é. E, quando apaga a luz, ela se sente bem.

No controle e no caminho certo, com alguém que a nota e é atencioso.

Ela pega no sono com a mandíbula relaxada. Acorda se sentindo mais leve e pronta, como se tudo em sua vida estivesse nos trilhos.

Vou com alguém ao baile de inverno, Marley anuncia no intervalo.

Rosie está comendo um pãozinho e congela com um pedaço na metade do caminho para a boca.

Sei que combinamos de não ir com ninguém, Marley diz. De ir juntas, como sempre. Mas isso era só porque ninguém nunca tinha convidado a gente, né? E agora me chamaram, então...

Marley parece na defensiva, embora Rosie não tenha dito nada que justifique isso. Ela baixa o pão e tenta manter a expressão neutra.

Quem te convidou?

Tom Dellow, da aula de artes.

Ele é legal.

Sei que ele é legal, Marley diz. A gente tem conversado de vez em quando.

Ah, tá.

É.

Então, hum, você gosta dele?

Acho que vamos descobrir depois do baile, Marley diz, em um tom de voz que encerra a conversa. Parece injusto com Rosie, que repetiu a pergunta que a amiga lhe fizera. No entanto, ela come seu pãozinho e toma um gole da garrafa de água.

Acho ótimo, Rosie diz, quando Marley chega ao fim do iogurte, a colher raspando o fundo do pote. Ainda podemos nos arrumar juntas, não?

Com isso, Marley abranda e faz contato visual outra vez.

Claro, ela diz. Vou pôr nossas músicas preferidas para tocar enquanto misturamos as cores de sombras e frisamos o cabelo.

Era assim que elas se preparavam para os bailes da escola quando eram mais novas; quando bailes de inverno envolviam apenas "Macarena" e tigelas de batatinhas, meninos deslizando de joelhos pela pista. Rosie diz que acha ótimo, pensando que por ela tudo bem se Marley quer ir com Tom Dellow, embora sinta um fio invisível ser puxado dentro de si, como se a amiga estivesse tentando provar um ponto.

Eu vou com Josh, ela diz, para aliviar o clima, e Marley ri, então diz que já imaginava.

Na semana antes das férias de Natal, a mãe de Rosie a chama do quarto. É cedo, mas a essa altura a mãe costuma estar vestida e fazendo café, já ao telefone ou trabalhando no laptop.

Rosie abre a porta e nota que o quarto cheira a almíscar e ao sono da respiração dos pais. O pai é uma montanha roncando sob o edredom enquanto a mãe, pequena e reta, está ao lado dele, de olhos abertos.

Rosie, a mãe diz outra vez. Está sussurrando, o que significa que há algo errado.

Você está bem?, Rosie pergunta, atravessando o carpete a passos leves.

Minha cabeça, ela diz.

Quer água?

E aspirina.

Rosie volta com um copo e os comprimidos e os tira da

embalagem. Vê a mãe engoli-los e pensa em como ela é impressionante mesmo com dor de cabeça, mesmo mal acordada. Seu cabelo cai sobre os travesseiros, suas maçãs do rosto marcadas pelas sombras.

Não vai trabalhar hoje, Rosie diz.

Acho que nem consigo, a mãe diz. Ela fecha os olhos e tenta apoiar o copo na mesa de cabeceira; Rosie precisa ajeitá-lo para ela.

Quer mais alguma coisa?

Pode conversar comigo, só um pouquinho?

Rosie se senta sobre as pernas na lateral da cama dos pais. Leva uma mão aos nós dos dedos da mãe, que tira a sua.

Quente demais, ela diz, e Rosie assente.

Seria errado admitir, por isso Rosie nunca admitiu, mas ela gosta mais da mãe com enxaqueca. É o único momento em que ela parece precisar da companhia de Rosie; o único momento em que desacelera e quer saber das coisas, coisas de verdade, não relacionadas a escola, provas ou perda de peso.

Não é uma questão de *perda de peso*, Rosie, a mãe havia dito, quando falara de sua nova dieta. É um ajuste de estilo de vida. Só quero que você seja saudável, feliz e a melhor versão de si mesma.

Ela quer que me convidem para o baile de inverno, Rosie disse a Josh, baixo, e ele rira como se fosse engraçado, embora ela não estivesse brincando nem um pouco.

A mãe passa o dia na cama; continua lá quando Rosie volta da escola. Ela e Josh fazem o jantar, e o pai leva o próprio prato para o escritório, preferindo ficar ouvindo um jogo de críquete no rádio com os pés na escrivaninha.

Eu estava pensando, Rosie diz, enrolando o espaguete no garfo. Está chovendo lá fora, as gotas soam como sementes caindo sobre o telhado.

Isso não parece bom, Josh fala, com a boca cheia de comida.

Será que devo comprar um vestido pro baile?

Josh olha para ela por cima do copo de água, ainda mastigando.

Será?

O do ano passado está largo, com o peso que perdi e tudo mais.

Como está a dieta?

Normal, ela diz. Foram só alguns quilos.

Então deve dar pra apertar, ele diz. Se não quiser ir ao shopping.

Eu quero, ela diz.

Você quer ir ao shopping comprar roupas.

Bom. Roupa, no singular. Um vestido.

Tá. Josh deixa o garfo de lado. Por quê?

O quê?

Você *nunca* compra nada a menos que a mamãe te arraste até uma loja, ele diz. Ou eu.

Eu sei. Nem todo mundo ama se produzir, que nem você.

Que golpe baixo, ele diz.

Só achei que seria legal, ela fala, levantando-se e pegando o prato do irmão antes mesmo que ele termine. Ela devolve as sobras de macarrão à panela e enfia o prato na lava-louça.

Vai ser, Josh diz, e ela sente que ele a está observando.

Posso ir sozinha, se for trabalho demais, ela diz.

Não é trabalho demais.

Então por que você está fazendo parecer que é?

Nossa, Rosie, só fiz uma pergunta! Achei que você pudesse estar querendo se arrumar para alguém em especial, só isso, ele diz. Não é uma ideia absurda. Temos dezessete anos.

Você também?, ela pergunta.

Oi?

Marley está sempre me enchendo porque sou virgem e ninguém nunca me convida pro baile, Rosie diz. Sendo que ela mesma nunca saiu de verdade com alguém. E não é como se você contasse com um longo histórico de namoradas, Josh.

Segue-se um silêncio que surpreende os dois. A garganta de Rosie se fecha e ela sente algo se infiltrando em seu corpo, um líquido quente que provoca formigamento.

Desculpa, ela diz, e volta a se sentar na frente dele. De repente, sente a exaustão tomar conta do corpo, como se pudesse dormir ali na mesa.

Por que essas garras?, Josh pergunta. Ele estende uma mão e levanta a dela, então brinca de verificar suas unhas.

Só estresse, ela diz, com um suspiro. São as provas.

Ela pede desculpa outra vez, e ele diz que está tudo bem e devolve a mão dela à mesa.

As conferências estão ruins?, ele pergunta.

Já estiveram piores, ela diz.

Os dois ficam ouvindo a chuva. Rosie deixa sua agitação passar, aguarda que seus sentimentos se suavizem. Ela considera revelar seu segredo a Josh; que tem alguém, que poderia ter alguém. O melhor alguém, talvez. E que por motivos que pareceram fazer sentido no momento ela disse não, e ele disse que a ia esperar, e agora ela percebe que quer ficar bonita para ele, muito embora ele não seja dela, e isso é irritante, e uma distração, e talvez seja melhor ela ficar em casa, no fim das contas. Sem companhia para ir ao baile, como sempre.

Eu te ajudo a encontrar um vestido, Josh diz, porque é claro que ele vai ajudar. Porque ele é bonzinho, perdoa fácil e é quem realmente se importa com esse tipo de coisa.

Talvez azul-claro, ele diz, cutucando o pé dela com o seu.

Talvez, ela diz, e tem vontade de chorar, embora não faça ideia do motivo.

Ele é o único que sabe, e que pergunta, sobre o que os dois chamam de "conferências" dela.

É algo que ela começou a fazer tão nova que nem se lembra de quando não fazia. Ela acha que foi na véspera da primeira prova de piano. Quando tinha sete anos. E, do nada, sentiu necessidade de verificar se a partitura estava em sua mochila, várias vezes, como se não importasse quantas vezes verificasse, porque não podia confiar que estavam realmente ali.

Aquilo passou a outras coisas. Ajeitar as cortinas. Tocar a

maçaneta da porta e a cadeira da escrivaninha. Hábitos irracionais, necessários, cansativos, que eram compulsórios e privados, levados a cabo apenas no meio da noite ou quando ela estava sozinha, antes de ir para a cama.

Josh conseguia ouvi-la do outro lado da parede. Viu, uma vez ou duas, e aceitou, não tentou mudar aquilo, não tirou sarro, não questionou o que ela estava fazendo. No entanto, pergunta a ela, de tempos em tempos, se está tudo bem. Algo que ela mesma esquece de se perguntar.

Depois que as aulas terminam, a oficina da escola é um dos lugares preferidos de Will. Como a garagem do avô, é silenciosa e funcional, um espaço onde ele pode usar tanto as mãos quanto o cérebro sem que ninguém o perturbe.

Geralmente.

Oi, Will, Josh diz, entrando com a bolsa-carteiro batendo nos joelhos, a gravata frouxa, o paletó torto.

Will se endireita onde está, ao lado do torno mecânico. Ele consegue trabalhar ali sozinho porque se dá bem com o técnico. Tecnicamente não é permitido, porque, como Will sabe, a maior parte dos alunos é idiota, ou desajeitada, ou gosta de derreter coisas na seladora a vácuo e fazer os alarmes de incêndio dispararem, ou acaba serrando as pontas dos dedos.

Ele nunca fez nada disso. Porém nunca teve um colega insistente para distraí-lo enquanto trabalha.

Tudo bem mesmo?, Josh pergunta, notando algo no rosto de Will. Você disse que eu podia vir estudar aqui às quartas.

Eu disse mesmo, né?, Will comenta, e Josh parece perdido e recua alguns passos, dando uma risadinha para indicar que estava brincando. Meio brincando.

Só não me distrai muito, Will diz. Tenho que terminar esses castiçais e já estraguei dois.

Beleza, Josh diz, e fica muito sério enquanto tira seus livros da bolsa, pega os exercícios e os espalha pela bancada de trabalho. Não vou te distrair. Pode deixar.

Will balança a cabeça e pega as bases que nivelou na semana anterior. Ainda precisa lixá-las, mas o formato está bom, o furo está no lugar certo. Ele volta a se virar para o torno e encaixa um bastão no centro. Um passo por vez, como se estivesse consertando um morto. Uma coisa por vez.

Você está com dificuldade com o quê?, Will pergunta a Josh, enquanto posiciona o cabeçote móvel.

Tudo, Josh responde, e Will suspira. Leva o cinzel à madeira, uma única vez, e o ruído é áspero, agudo e breve. Ele estragou os castiçais anteriores por um deslize da mão ou por uma falta de concentração momentânea; porque se sentiu confortável demais rápido demais, e acabou torneando mais do que o pretendido.

Ele passa uma hora trabalhando assim, em etapas cuidadosas, enquanto ajuda Josh por cima do ombro. Às vezes pega o garoto olhando para ele, quando se vira para responder a uma pergunta ou quando se estica para pegar outra bitola. Como se estivesse mais interessado no torno, ou nas mãos de Will, do que na matemática que veio aprender.

Então, Josh diz, depois de resolver alguns exercícios, com os braços compridos acima da cabeça, se espreguiçando. Você vai ao baile amanhã?

Will funga em resposta, com um não que não o compromete, enquanto passa ao bedame. Não está planejando ir. Darcy não o convidou dessa vez, e o baile é sempre quente, confuso e entediante. Ele prefere passar a noite com sua moto ou lixando os castiçais.

Rosie vai se arrumar na casa da Marley, Josh diz, então vou no Jack pro esquenta. Marcamos às oito.

Ele diz isso de um jeito meio sem cerimônias, como se o testasse, e por um momento Will se pergunta se ele sabe de algo; se percebeu, ou se Rosie lhe disse alguma coisa sobre o não relacionamento dos dois. O quase nada deles em suspensão.

Então Josh segue em frente, pergunta sobre outros números na página. E Will finge que isso não muda nada, porque ele deveria estar esperando, e ela disse especificamente que não queria ir ao baile com ele.

Mas ele não estaria indo *com* ela se simplesmente aparecesse.

Ele troca os castiçais, e agora trabalha mais rápido, com a confiança de que pode chegar ao mesmo design do anterior. Não adianta fazer um que não consiga repetir depois; eles precisam ser iguais, idênticos. Quando terminar, vai laqueá-los. Na próxima ida à oficina. Quando Josh não estiver ali, perguntando sobre matrizes ou observando cada movimento seu.

Quando a noite do baile chega, ele veste uma camisa e um jeans. Encontra uma loção pós-barba no fundo do armário, para esconder o cheiro de graxa da garagem, e se pergunta por que o aroma de frutas secas e cedro é considerado sensual. Ele não entende por que está se dando ao trabalho. A avó, na cozinha, tampouco.

Achei que você odiasse bailes, ela diz, enquanto mexe a panela no fogo. Will se inclina e pega um pouco do ensopado com uma colher, tomando cuidado para não derramar na camisa.

E odeio, ele diz. A comida está quente, então ele entreabre os lábios e deixa o calor espiralar em fumaça.

Você vai com Ashleigh?

Talvez fosse, dois anos atrás.

Com a menina que tem um monte de furos na orelha?

Darcy, ele diz. Não. Vou sozinho.

Ah, é?

É o último baile, não é?, ele diz, dando de ombros, e pega mais um pouco de ensopado da panela. Antes de todo mundo ir pra faculdade.

Todo mundo menos você, a avó diz.

É, Will diz. Termina à meia-noite, tá bom? É melhor não esperar acordada.

Você não vai de carro, ela diz.

É a única maneira de chegar lá.

Vai ter bebida, imagino.

Vai. Mas não vou beber.

Até parece.

Vó!

Eu te busco, ela diz. Te espero na frente da escola à meia-noite em ponto. Se não aparecer, vai ter que voltar a pé.

Vó, eu posso dirigir. Como você me proibiu de andar de moto no escuro, vou ter que pegar seu carro, e não vou...

Divirta-se, Willie, ela diz. Tente não pegar nenhuma DST, por favor.

O que é DST?, Amber pergunta, entrando na cozinha. Ainda está de uniforme, mas com as pantufas de panda nos pés.

Diarreia Sexualmente Transmissível, Will diz.

Eca!

Eu sei, Will diz. Não encosta em nenhum menino até ter pelo menos trinta, Ambs. Senão vai pegar.

Agora vai embora, a avó diz.

Vou mesmo ter que ir andando até lá?

Você não vai morrer por isso, vai?

Você está com um cheiro esquisito, Amber informa ao irmão quando ele passa por ela no caminho até a porta. Valeu, Will diz, para as duas, pelo apoio moral de sempre.

O baile está lotado e barulhento, é uma mistura de enfeites de papel, globo de discoteca e refrigerante abandonado nos copos. O nome de Will é riscado em uma prancheta, e como ele tem dezoito — é um ano mais velho que os outros, teve que repetir um ano — recebe um tíquete para consumo de cerveja. Ele o guarda, pega uma coca e se dirige à primeira pessoa que reconhece.

Por uma hora, Will passa de grupo em grupo, conversando, não conversando, bebendo, não bebendo. Ele dá o tíquete a uma menina de vestido vermelho que está sempre perto demais, a ponto de Will sentir seu hálito quando ela fala. Como se isso fosse sedutor. Como se ele não fosse conseguir resistir. Como se o desespero dela, o desejo de ser notada, fossem por si só um tesão.

Pega uma cerveja pra você, ele diz, entregando o tíquete a ela. A menina olha para ele, já um pouco tonta com o que bebeu no esquenta — licor de pêssego, a julgar por seu hálito — e pisca, devagar, como se ele tivesse lhe feito um elogio.

Fica bem aqui, William White, ela diz, devagar, antes de se afastar, e ele segue imediatamente na outra direção, mais perto da pista de dança, então se recosta no palco, no canto mais escuro que encontra.

Ela não está ali.

O salão cheira a cera de piso, suor recente e a álcool doce e grudento derramado. Ali se realizam as assembleias e as aulas de teatro, os concertos de Natal e as palestras de visitantes, ali as pessoas passam horas paradas, ouvindo preces, fábulas e regras. Ele não vai sentir falta daquilo, nem por um minuto.

Wiiiiiiilllllllll White!

Uma cotovelada repentina o tira de seus pensamentos; um braço enlaça seu pescoço, um corpo pesa sobre o dele. É Josh, e ele está bêbado.

Calma aí, cara, Will diz.

Desculpa, desculpa, Josh diz, e tira o braço dos ombros dele. Só não essstava esssperando ver você aqui.

Eu tava me escondendo, pra falar a verdade, Will diz, sorrindo, apesar de tudo. Josh parece ainda mais um desenho animado no estado em que se encontra; seus braços estão caídos, seu cabelo, todo molhado, como se ele tivesse ficado embaixo de um irrigador.

Você acabou de sair do chuveiro?, Will pergunta.

Do chuveiro?

Seu cabelo, ele diz. Está ensopado.

Eu estava dançando, cara!, Josh exclama, então pega as mãos de Will e tenta puxá-lo para a pista de dança. Will resiste.

Acho que você precisa de um ar, Will diz a ele.

Acho que *você* precisa dançar, Josh retruca.

Por que a gente não pega uma água, Will sugere, e Josh joga a cabeça para trás, ergue os punhos no ar e faz um movimento bizarro que Will tem certeza de que Josh não vai querer recordar quando estiver sóbrio.

Divirta-se, então, ele diz, rindo. Então recua e já está pensando em pegar água para si mesmo quando vê uma garota de vestido azul na escada perto do palco. Ele espera para deixá-la passar, e a garota hesita, como tivesse acabado de notar que é Will ali.

Ele está acostumado com isso.

Com as garotas nervosas perto dele, como se quisessem dizer alguma coisa.

Will não faz contato visual de propósito. Por um momento, fica preocupado que a garota do licor de pêssego volte com bebidas para os dois e está prestes a seguir na outra direção quando a garota de azul diz seu nome.

Seus olhos a procuram, depois não a deixam mais.

Porque é Rosie.

Só que não parece Rosie. Ela prendeu o cabelo, fez um lance esfumaçado nos olhos e está usando um vestido de seda escura que roça sua pele e vai até o chão.

Roe, ele diz. Achei que você não tivesse vindo.

Achei que você não tivesse vindo também.

Você está... tipo...

Ela baixa os olhos, e apesar da semiescuridão ele vê suas bochechas ficarem vermelhas. Seus olhos a devoram; os ombros nus, as pulseiras nos punhos.

Quer uma bebida?

Acabei de tomar uma. Na verdade, estava procurando Josh.

Ela está com um copo de água na mão, e ele sorri e balança a cabeça.

Acabei de vê-lo, ele diz. Boa sorte tentando fazer o cara parar de dançar.

Ah, nossa, ela diz, e Will diz que "ah, nossa" parece apropriado, e ela dá risada, e os fogos de artifício voltam, a faísca, as pequenas explosões em suas entranhas.

Quer tomar um ar?, ele pergunta.

É uma noite amena para dezembro. Quase sem vento, com nuvens escondendo as estrelas.

Tem alguns casais no pátio, e Will e Rosie passam por trás do bicicletário e chegam aos degraus de concreto do lado de fora do salão. Está mais tranquilo ali. A luz refletida no globo de discoteca atravessa as janelas e desenha padrões no chão.

Will se recosta no corrimão e estende uma mão para ajudar Rosie, que está de salto, a subir os degraus.

Esse vestido, ele diz. Rosie não diz nada; abaixa a cabeça e alisa a franja, como se tentasse esconder o rosto.

Você está se divertindo?

Estou, ela diz, e se recosta no corrimão, ao lado dele. Na verdade, não estou. Meio que odeio essas coisas.

Então por que veio?

Eu poderia te perguntar a mesma coisa.

Vim porque achei que você viria, Will diz.

Rosie inclina a cabeça, as pálpebras cintilam prateadas.

Bom, vim porque sempre venho, ela diz.

Apesar de odiar, Will completa, e ela assente.

É loucura, né? Nem gosto de beber, pra começar. Outra característica descolada minha, aliás, ela diz, dando uma olhada para ele. Não gosto de ficar bêbada.

Isso é sensato, Will diz.

Sou sensata, Rosie confirma. O que é um *tédio*, eu sei.

Eles ficam ouvindo a música que vem de lá de dentro. O teto dos carros estacionados brilha ao luar, e algumas meninas dão risada no pátio, à distância.

Posso perguntar, Will pergunta, por que você diz esse tipo de coisa sobre si mesma?

Eles estão a centímetros de distância um do outro. O mindinho dela bem próximo do mindinho dele.

Porque é verdade?

Só que não é, ele diz. Se você fosse um tédio, se estivesse mesmo preocupada porque não gosta de beber, faria alguma coisa a respeito. Não é?

Parece uma acusação, e ela fica em silêncio.

Do que mais você não gosta em bailes?, ele pergunta, depois que um bom tempo se passa.

De dançar.

Isso pode ser um problema, ele diz, e ela dá risada, e é o melhor som que há, e o coração de Will palpita dentro das costelas e ele se vira para encará-la e põe as mãos em sua cintura. Ela para de rir na mesma hora.

Tudo bem eu fazer isso?, ele pergunta, e ela assente, uma vez, embora seus olhos estejam arregalados sob as luzes espiralando.

Dançar pode ser legal, Will diz.

Ele dançou com meninas em todos aqueles bailes; ou pelo menos em todos os bailes aos quais teve de ir. Em geral as garotas tomavam a iniciativa, encostando o rosto em seu peito enquanto os dois giravam no lugar. Rosie não faz isso. Fica só olhando para ele, como se não soubesse o que fazer. Como se tivesse medo.

Não pensa tanto, ele diz.

Não consigo, ela diz.

Tenta.

Will.

Oi?

A gente não deveria estar fazendo isso.

Isso o quê, dançar no estacionamento?

Você sabe do que eu tô falando.

Apesar do que diz, ela se move junto com ele. A testa dele está próxima da dela, e ele sente o cheiro do céu, o cheiro do frio. A fragrância do outono no cabelo dela; maçãs e folhas doces. Ela parece um pouco rígida, mas também macia sob a seda do vestido.

Rosie, ele diz. Relaxa.

É como dizer: Will, não seja atraente.

Ele dá risada, diz que ela é engraçada. Os dois continuam balançando nos degraus, o coração dele batendo como cascos pisoteando seu peito.

Rosie! Rosie Winters!

Duas pessoas surgem na curva do prédio, e Rosie o solta e se vira. É Marley, e Tom, que é do mesmo ano que ele na escola.

Marley acena, e ele ouve Rosie suspirar, muito levemente, então sorrir e acenar de volta.

Oi, ela diz, enquanto Marley e Tom se juntam a eles no corrimão.

Oi-oi-oi, Marley diz, antes de tomar um gole de cerveja. Como estamos nesta *bela* noite?

Bem, Rosie diz, ainda sorrindo, seus dentes como pérolas no escuro.

Achei que vocês não estavam juntos, Marley disse, indicando os dois com a garrafa de cerveja. Ela está um pouco bêbada, Will sabe; dá para ver nos olhos dela.

Depende do que você quer dizer com juntos, ele diz.

Os olhos de Marley pousam nele e, naquele exato momento, Tom se apresenta e Rosie diz oi. Eles conversam sobre qualquer coisa por um tempo. A cerveja, e quando os hambúrgueres vão sair. Como prefeririam que fosse pizza.

Então vamos comer pizza, Will diz.

Os outros três se viram para ele.

Agora?, Marley pergunta.

Se estiverem com fome, sim.

Não podemos simplesmente ir embora, Tom diz.

É o último baile, Marley o lembra.

Will solta uma risadinha. Marley franze a testa e Tom o olha com uma cautela que ele já viu em outros garotos daquela idade.

O que foi?, Marley pergunta.

É que não entendo por que as pessoas são tão sentimentais em relação a este lugar, ele diz.

O lugar em que passamos os últimos sete anos da nossa vida, você quer dizer?

Amo essa música, Rosie diz de repente. Ela se afastou do corrimão, se afastou dele. Uma mecha de cabelo se soltou de seu coque.

Eu também, diz Marley, embora continue olhando para Will por mais um segundo. Então ela passa a cerveja a Tom e pega as mãos de Rosie, e as duas dançam, juntas, no asfalto. Não exatamente bem, mas sem esforço. Como se viessem fazendo isso no quarto há anos.

Quer um pouco?, Tom pergunta, apontando o gargalo da cerveja para Will, que agradece e pega a garrafa, mas não bebe. Ele fica vendo Rosie rir enquanto Marley a gira.

Está meio frio aqui, Tom comenta.

É, Will diz, sem muito interesse em papo furado. Tom bebe um gole de cerveja e Will se vê fazendo o mesmo, sem nem pensar. A cerveja está morna e não o satisfaz.

Quando a música termina, os braços de Marley enlaçam o pescoço de Rosie e ela olha para os dois. Rosie diz algo à amiga, algo que Will não consegue ouvir, e Marley ri outra vez, daquele seu jeito que parece um grito. O grito de um falcão mergulhando, triunfante.

Vocês *estão* juntos?, Tom pergunta a Will, quando as meninas voltam a se virar para eles.

Vocês estão?, Will pergunta, e Tom faz uma pausa, com a cerveja a meio caminho da boca.

Marley e eu?

É.

Tom ainda não bebe. Fica vendo as duas se aproximarem.

Não sei, ele diz, e Will diz então, e logo as meninas chegam, cheirando ao ar da noite e a suor; do calor de girar com os braços erguidos, os cabelos presos agora úmidos na nuca.

Vamos entrar, Marley diz, puxando Rosie pela mão.

Vou ficar aqui mais um pouco, Rosie diz.

Ah, vamos, Marley diz. Vamos dançar.

Acabamos de dançar.

É o último baile!

Eu sei, mas...

Ela olha para Will, e depois para Tom. Marley faz beiço e pega Rosie pelos pulsos.

Só uma música, Rosie diz e acaba cedendo.

Então Rosie dança, muito embora não queira dançar. Sua mente está em outro lugar, lá fora, nos degraus, com Will, que ficou para fumar um cigarro, mas anos de lealdade a Marley e seus sentimentos pela escola a mantêm no salão pulsante cheio de corpos, com o aperto e os gritos e as bebidas derramadas e o piso grudento.

É estranhamente difícil voltar a sair, embora ninguém esteja lhe dando atenção. Ela se sente sufocada, como se o que quer e o que deve fazer fossem duas coisas totalmente separadas; como se ficar ali, com Marley e seus amigos, fosse o certo, e uma cerca invisível delimitasse isso.

Quando os hambúrgueres saem, as pessoas correm para a cantina, atrás de pão barato e ketchup, do calor da carne macia na boca. Ela tromba com Josh perto dos guardanapos. O irmão está todo suado e tem algo de maníaco nele; bebeu demais, apesar de não ter idade para receber um tíquete de cerveja. É um jogo, ela imagina; quanto mais bêbado ele fica, mais bebida lhe dão. Porque é engraçado, e inocente. E porque Josh é engraçado e inocente.

Ela o leva até o pátio, que agora está vazio, porque todos os casais foram para a pista e estão esvaziando os pulmões ao som de Bon Jovi.

Que noite, Josh diz, enquanto Rosie o senta em um banco.

Parece que você se divertiu, ela diz.

Muito, ele diz. Você não?

Claro.

Mentira, ele diz, e tenta bagunçar o cabelo dela, mas erra e acaba batendo em sua orelha. Mas você está bonita. Com esse vestido.

Os dois tinham passado uma noite agradável no shopping no fim de semana, Josh escolhendo as cores e colocando diante dela para ver como ficava. Esse, ele dissera, assim que vira o vestido azul. Por causa de seus olhos de Lorelai Gilmore.

Os olhos dele estão semicerrados agora, o que ela imagina que seja bom.

Você que ia levar a gente pra casa, ela o lembra.

Eu sei, ele geme. Ops.

Então ele dá risada e pega no sono em seguida.

Sua boca pende aberta, seu cabelo está todo para um lado,

e Rosie se pergunta, não pela primeira vez, como será morar sem ele. Quando ele estiver em Cambridge e ela em Oxford, Durham ou York. Aonde quer que ela vá parar.

Exatamente à meia-noite e um, a música é cortada e metade das luzes do salão se acendem. Os alunos saem para o pátio, rindo e gritando; Josh acorda e vomita nos próprios sapatos.

Rosie geme. Eles vão multar quem vomita.

Ela diz para o irmão se levantar e vai com ele para os fundos do pátio, passando pelas quadras de tênis e se afastando da multidão e dos professores.

Você é um saco, Josh, ela diz, meio que sustentando o irmão, meio que cambaleando sob o peso dele e sobre os saltos altos.

E você é a melhor pessoa que eu conheço, Josh balbucia. Eu acharia isso mesmo que você não fosse minha irmã gêmea, sabia?

Isso é fofo, mas ainda assim você é um saco.

Estou falando sério, ele diz, arrastando os pés. Você vê as coisas, Rosie. Sabe das coisas, porque presta atenção. Em tudo o que importa.

Ele está tagarelando, e ela mal o ouve. Sem perceber, segue para o estacionamento, porque talvez Will ainda esteja lá. Josh se arrasta ao lado dela, pressionando a cabeça contra a sua.

Você sabe, ele repete.

Eu sei, ela diz, embora não faça a menor ideia do que ele está falando.

Sabe?, ele pergunta, e agora parece sério. A lua cheia deixa uma luz cremosa no céu. Rosie ignora o irmão.

Eles passam pelo bicicletário e viram no estacionamento, onde duas meninas tiram fotos de última hora uma da outra. Um grupo de garotos fuma maconha; ela sente o cheiro doce e desagradável. Parece que Will se foi.

Vou vomitar outra vez, Josh informa.

Ótimo, ela diz, e eles passam pelos fumantes depressa enquanto ela tenta tirá-lo do terreno da escola. Quando estão a uma distância segura, ela o apoia em um poste e ele escorrega até o chão.

Vou ligar pra Marley, Rosie diz. Pra ver se a mãe dela pode deixar a gente em casa.

Josh assente e leva uma mão ao rosto.

Preciso te contar uma coisa, ele diz. Uma coisa que decidi.

Tá.

Ela está mexendo no celular, digitando o nome de Marley.

Na verdade não é uma coisa que decidi. Porque não se decide esse tipo de coisa.

Ela aperta o botão verde para ligar e espera chamar e chamar.

Você não está me ouvindo, Josh diz, e parece bravo e ainda muito bêbado.

Estou tentando levar a gente pra casa, ela diz. Coisa que você deveria ter feito, lembra?

Você não entende, Josh diz. Ele murmura alguma coisa para as próprias mãos, depois diz que quer ir para cama.

Estou tentando levar você pra casa, Rosie diz, então tenta ligar para Marley outra vez. Outra vez, ninguém atende. Outra vez, Josh vomita. Ela faz uma careta, espera que ele termine e diz que parece que vão ter que ir a pé para casa.

O carro da avó está estacionado um pouco mais para cima, perto do ginásio; onde ela o espera nas raras ocasiões em que vai buscá-lo. Porque está chovendo ou porque ela está voltando pra casa do cemitério. Ele sabe quando é a segunda opção por causa das unhas dela sujas de terra; por sua boca levemente caída.

Ele entra e espera que ela complete sua lenta manobra para virar na direção oposta e descer a colina. Eles passam pela entrada da escola, de onde estudantes emergem em grupos, suados e reluzentes, com a maquiagem manchada, glitter no corpo e gel demais no cabelo.

Você se divertiu?, a avó pergunta. Suas mãos ficam firmes

no volante, na posição dez para as duas, e ela mantém os olhos fixos à frente enquanto o carro passa pelas várias lombadas.

Sim, ele diz, então olha pela janela, para a limusine branca estacionada perto do prédio de música. O mesmo de sempre. Música ruim, hambúrguer ruim.

Então o que mudou?

Como?

Tem algo de diferente. Na sua voz.

Ele olha para ela e sente um sorriso indesejado se insinuando.

Não tem, não, ele diz.

Tem, sim, ela insiste, depois deixa para lá, e ele olha pela janela enquanto ela dá a seta e entra em uma via mais tranquila. Ela prefere cortar pelas ruazinhas residenciais do que seguir pela avenida. É um caminho mais longo e mais escuro, mas ela não gosta das rotatórias e dos semáforos; qualquer coisa para evitar usar a embreagem além do mínimo necessário.

Posso dirigir, ele diz. Só tomei uns goles de cerveja.

Achei que você tivesse dito que não ia beber.

Eu não ia mesmo, ele disse, mas você falou que ia vir me buscar, então...

Ela solta o ar pelas narinas. Ele está prestes a dizer que o que fez não é crime, mas se impede diante daquela escolha de palavras, então vê os dois aos tropeços pela calçada; o garoto alto e desajeitado que parece um desenho animado e a jovem com o vestido de seda arrastando na calçada.

Para, ele diz.

Como?

Pode parar o carro, por favor? Eles são meus amigos, Will diz, apontando pela janela para os dois.

Amigos, a avó repete.

Vamos só ver se os dois estão bem, ele diz, e abaixa o vidro enquanto a avó desacelera, fazendo o motor trepidar.

Tudo bem aí?, ele pergunta, quando a avó para no meio-fio. Rosie passou um braço na cintura do irmão e com o outro segura o pulso do braço que ele passou por cima de seus ombros.

Ela precisa se esforçar para olhar para Will, virando-se de lado nos saltos altos.

Mais ou menos, ela diz.

O que foi?

Alguém passou um pouco do ponto, ela diz, e só então Josh vê o carro e diz: Will! Rosie — ele puxa a mão dela —, é o *Will*.

Estou vendo, Rosie diz.

Oi, Will, Josh diz, erguendo a voz e acenando.

Oi, Josh, Will diz.

Há um momento cômico, suspenso, com o fim dos cumprimentos, interrompido pela avó, que pergunta em um sussurro alto demais: Ele é meio lelé da cuca?

Só está bêbado, Will diz a ela. Esse é o Josh. Da turma de matemática avançada.

Ah, ela diz, e de repente parece interessada. Aquele que precisa da sua ajuda com frequência?

É.

Que vai estudar em Cambridge?

É.

O menino que vai estudar em Cambridge, que precisa de ajuda do meu neto, ela diz, mais para si mesma que para ele. Will revira os olhos e se debruça pela janela do carro.

Ele tá bem?, pergunta a Rosie.

Vai ficar, ela diz. Só precisa dormir um pouco.

Entra, ele diz. Então se lembra de perguntar para a avó. Tudo bem?

Ela olha para ele de um jeito meio estranho, mas assente uma única vez, sem dizer nada.

A gente leva vocês pra casa, ele diz a Rosie.

É muito legal da parte de vocês, mas ele vomitou. Duas vezes.

Então provavelmente não vai vomitar mais.

Você não tem como saber disso.

Esse carro já viu coisa pior. Não é, vó?

Infelizmente, ela diz, e se inclina para a frente, para observar melhor os dois na calçada. Will sente que ela está avaliando a situação e os riscos envolvidos, se é que há algum.

Tem um saco plástico no porta-malas, ela diz. Se não se importam.

Claro, Rosie diz. Obrigada.

Will ajuda Josh a se sentar no banco de trás enquanto Rosie abre o porta-malas e volta com uma sacola de compras velha, que coloca entre os joelhos do irmão.

Qualquer rastro de vômito no carro e você vai voltar andando, filho, a avó de Will diz, olhando para Josh pelo retrovisor. Josh assente, com o rosto branco como leite. Sua empolgação inicial ao ver Will foi substituída por um silêncio cauteloso.

Rosie se acomoda ao lado do irmão e afivela seu cinto de segurança e o dele.

É muito legal da parte de vocês, ela repete. É o mínimo que posso fazer, depois que Will ficou preso na casa de vocês por conta da neve, diz a avó, então sai com o carro e engata a segunda com um pouco de atraso.

Will olha nos olhos de Rosie pelo retrovisor direito pelo mais breve segundo.

Você se divertiu?, a avó pergunta, e Will a nota olhando para a garota que não conhece. Desculpe, não sei seu nome.

Rosie, ela diz. Rosemary.

Que bonito.

Obrigada. Nunca gostei muito. Acho muito antiquado.

Você não parece nem um pouco antiquada, a avó diz, e Rosie sorri para ela, e é como se o sol irrompesse de trás das árvores. Will sente algo se deslocar dentro dele, se é que já não estava em movimento; como uma âncora sendo puxada.

O baile foi bom, Rosie diz. Não foi, Will?

Já contei a ela que foi igual a todo ano, ele diz.

Há um breve intervalo antes que os olhos de ambos voltem a se encontrar, enquanto o motor zumbe e as casas escuras passam em um borrão pela janela.

Pra mim não foi, Rosie diz, na frente da avó dele, o que exige coragem, e de novo ela é uma pura e completa surpresa para ele. Will tira os olhos dos dela e observa a noite passando pelo retrovisor direito. A calçada, os jardins, tudo amarelado pela iluminação dos postes.

* * *

A avó de Will para na frente da casa de Rosie, com luzinhas piscando nas cercas vivas da frente. Rosie vê o pinheiro da janela, o leve brilho da lareira refletindo nos ornamentos. Os pais finalmente colocaram a decoração de Natal, quatro dias inteiros antes do 24 de dezembro.

Que árvore linda, a avó de Will comenta, enquanto para no meio-fio.

Obrigada, Rosie diz, embora isso não tenha nada a ver com ela. O pai compra uma árvore todo ano, e a mãe tem um jeito muito específico de organizar as decorações. Ela e Josh aprenderam, desde cedo, que era melhor não interferir.

Vocês vão passar o Natal em casa?, Will pergunta. O carro está parado, mas parece grosseria descer tão de repente, e Josh está em silêncio, parece confortável.

Vamos, ela diz. Minha mãe sempre faz uma festa na véspera, e alguns familiares dormem aqui. É legal. Comemos bastante. Ficamos jogando.

Temos discussões regadas a álcool, ela pensa, mas não fala, porque isso deve ser normal em qualquer família no Natal, e não se trata de algo que deva ser compartilhado.

Que nem a gente, Will diz. Só que sem a parte da festa.

Ei, Rosie diz, vocês deviam vir.

À festa?

É! É meio que aberto. Alguns vizinhos vêm, amigos da família, às vezes até Marley. A comida é boa. Fico *o ano todo* sonhando com as tortinhas de maçã que compramos na padaria. Então... é. Se quiserem e não estiverem fazendo nada.

Rosie para de falar, de repente constrangida por seu entusiasmo visível. Ela nota que ele olha para a avó, que assente, em um movimento de cabeça quase imperceptível.

Talvez, ele diz.

E você devia vir à nossa, a avó diz.

Há um silêncio levemente intrigado, em que tanto Will quanto Rosie aguardam para ver do que ela está falando. A luz da porta da frente de Rosie acende naquele momento; a mãe deve ter visto o carro pela janela.

Somos só nós três no dia de Natal, a avó explica. Mas faço comida o bastante para um ônibus inteiro.

Verdade, Will diz.

Você deve ter seus compromissos, claro, a avó diz. Mas se quiser se juntar a nós para um chá de Natal, bom, está mais do que convidada. E seu irmão também. Se ele estiver consciente.

Os três olham para Josh, que voltou a dormir, com a cabeça apoiada na janela.

Muito obrigada pelo convite, Rosie diz, e sente o ar no carro denso, quente demais. Não parece normal, para ela, ser convidada para algo tão íntimo quanto o Natal na casa de desconhecidos. Mas também parece especial. Raro. Mais luzes douradas piscam dentro dela.

A avó estaciona na entrada de casa e desliga o motor. O carro cheira vagamente a maçãs.

Vai me dizer o que foi isso?, ele pergunta, enquanto ela tira a chave da ignição.

Eu estava prestes a perguntar a mesma coisa a você.

O quê? O que foi que *eu* fiz?

Você está sempre tão na defensiva, William.

Você sempre faz com que eu sinta que preciso estar!

Ela dá risada, e pelo som é como se houvesse cascalho em sua garganta.

Seus amigos, ela diz, com uma ênfase delicada.

O que têm eles?

É só isso. Você tem amigos.

Não estou entendendo.

Nunca, nesses dezoito anos, ouvi você se referir a alguém como um amigo. Nem mesmo quando você era pequeno. Você certamente tinha amigos. Mas nunca os chamava assim.

Tem certeza de que não está só prestando uma atenção exageradamente freudiana aos termos que eu uso?, ele pergunta, e ela dá aquela risada outra vez.

Só achei bom, ela diz. E eles parecem bons garotos.

São mesmo, ele diz.

Os dois, ela diz, dissimulada.

Vó. Fala logo.

Não estou dizendo nada.

Está sugerindo.

Estou, ela confessa. E gostei dela.

De repente, ele fica sem jeito; esfrega as palmas nas pernas do jeans. A rua está parada e em silêncio. A luz do quarto da irmã está acesa. Ela deve estar à escrivaninha, com as canetas coloridas, fazendo um plano para dominar o mundo.

Eu também gosto dela, ele diz, e sua voz sai baixa.

Então por que não vai à festa?

Você sabe por quê.

Não sei, não.

Não é a minha cara, é? Champanhe e canapés. Os pais da garota.

William White, ela diz, e sua voz o atinge com tudo, como o canto de uma mesa. Não se atreva.

O quê?

Perder algo bom só porque é diferente. Não criei você pra ter esse tipo de pensamento, criei?

Não, ele diz.

Bom, então vá. Coma canapés e tortinhas de maçã. Goste da garota boazinha, para variar um pouco.

Você só gosta de Rosie porque ela não tem piercing.

Gostei de como ela olhou nos meus olhos durante a nossa conversa, a avó diz. E de como ela fez o mesmo com você.

Os dois ficaram ali, sentados, como tantas vezes antes. A avó é atarracada, porém sempre lhe pareceu enorme, especialmente naquele carro. Apesar de ser bem mais baixa que ele, de alguma forma ela ocupa muito espaço, com suas blusas de lã e seus pensamentos não expressos.

Amber está acordada, ele acaba dizendo.

Eu sei. Essa menina está indo longe demais.

Escrevendo no diário à meia-noite?

As coisas têm que começar de algum jeito, ela diz, e abre a porta do carro. Daqui a pouco vai ficar acordada até tarde para procurar bebida nos armários. Vai ficar à toa em estacionamentos e acabar sendo presa.

Cedo demais?, ela pergunta ao ver que Will não diz nada. Ele dá de ombros. As palavras ainda lhe faltam quando se trata daquela noite, ou daquele momento em sua vida, de modo geral.

Ele não andava bem.

Agora ele consegue ver isso.

As coisas vinham se acumulando desde a partida da mãe — desde que ela lhes dera as costas e nunca mais voltara. Coisas que ele espremia nas linhas finas entre o que doía e o que não doía, só para poder sobreviver ao dia.

Ele amava os avós. Os dois sempre tinham sido os bonzinhos da família, sempre tinham comida quente, lençóis limpos e um guia de TV que significava que ele podia ver quando os filmes de faroeste iam passar. Então ele não sentia falta dela, na verdade. Não se perguntava a respeito dela, depois de tantos anos de nada. Depois que os cartões de aniversário e as ligações telefônicas minguaram e depois cessaram.

Então as coisas começaram a ficar confusas quando ele chegou ao fim do ensino fundamental. Will passava dias esquadrinhando o que pareciam ser águas profundas, com tudo em câmera lenta, e era apenas bebida, uma dose de algo para deixá-lo mais afiado, para fazer com que se sentisse melhor.

Ele não sabe como foi que descobriu aquilo.

Talvez tenha sido quando o avô abandonou o copo de uísque que tomava toda noite. Talvez tenha aberto o armarinho das bebidas, só porque estava entediado. Tudo o que sabia era que, se não estava conseguindo dormir, ou quando se sentia meio para baixo, um golinho de algo adulto logo endireitava tudo.

Nessa época ele estava com doze anos.

Começou a beber mais. Fez amizades ruins, escolhas ruins.

Aos treze, estava matando aula e passando dias e noites seguidos fora, com grupos de caras muito mais velhos, que usavam coisas muito mais pesadas e tinham passados muito mais complicados. Ele percebeu que aquilo também ajudava com a dor. O risco. O fio da navalha em que caminhava toda noite que saía com eles, com os cigarros e o pó e a propensão ao roubo. Ele também roubava coisas quando lhe pediam. Quando o álcool deixou de ser o suficiente e aquele rompante de energia — aquela vitalidade — tinha de ser encontrado de outras maneiras.

Ele fazia e via coisas em que prefere não pensar mais.

Coisas que enterrou de vez, em uma cova profunda.

No entanto, aquela noite no estacionamento — a noite com que a avó gosta de brincar, fingindo que está no passado, que não é algo de que ela se envergonha profundamente — é diferente.

É como algo sujo e pontiagudo que ele carrega sob a pele; como uma farpa ou uma unha encravada.

Algo que ele pode arrancar e avaliar em suas mãos, se e quando sentir necessidade.

Rosie pega um copo de suco de laranja e torrada com manteiga para Josh e bate à porta do quarto dele com o pé. Vê o montinho sob o edredom e sente o cheiro ruim de hálito adolescente ao entrar.

Ela apoia o café da manhã e abre a cortina, e ele grunhe e diz não, por favor, e ela diz sim, ou ele vai se atrasar para a escola.

Não posso ir à escola, ele diz. Estou doente.

Não acho que ressaca conte como doença, Rosie diz.

O último dia não serve pra nada, Josh resmunga. Vamos ficar sentados vendo filmes de Natal.

Embora saiba que aquilo é verdade, Rosie pega um triângulo de torrada e o oferece a ele com o objetivo de tentá-lo.

A mamãe está em casa? ele pergunta.

Não. Foi pro escritório.

E o papai?

Se libera às duas. Disse que vai tentar chegar em casa cedo.

Então vou ficar aqui, Josh diz, e se enfia debaixo do edredom, deixando a torrada de lado sem tocá-la.

Josh, Rosie diz.

Hum?

O que tá acontecendo? Você nunca bebe assim. Nunca quer matar aula.

Tem uma primeira vez pra tudo, ele diz, com a voz abafada.

Ela olha para o monte outra vez, para as cobertas enrugadas.

Mas você tá bem, né?, ela pergunta, e há uma longa pausa antes que ele diga sim, para que ela se levante e o deixe dormir, pegando uma torrada no caminho.

Cinco

A véspera de Natal chega com uma leve cerração, com um céu esverdeado e gramados cobertos de gelo, a névoa lembrando vapor. A mãe de Rosie pediu que ela fosse buscar as tortinhas, como sempre, por isso ela se troca cedo e pega um casaco no guarda-roupa. O quarto de Josh está silencioso, como se ele ainda dormisse. Ele tem dormido até tarde com frequência, desde a noite do baile.

Feliz Natal, ela diz aos pais na cozinha. Músicas natalinas tranquilas emanam do aparelho de som, um bule de café está sobre a mesa, e o cheiro do creme de alho-poró na boca do fogão predomina. A mãe já está vestida e coloca guardanapos de pano dentro de argolas.

Feliz Natal, querida, ela diz, sorrindo para a filha, e Rosie se agarra a isso por um momento, antes de dar um beijo no pai. Ele lhe dá o dinheiro de que precisa e a mãe lhe diz para voltar logo, porque o café vai ser servido às nove.

Lá fora está tudo imóvel.

O sol do começo da manhã brilha puro, frio e alpino.

Ela vai a pé até a padaria e pega a encomenda, depois para na loja da esquina e compra um buquê de flores frescas, vermelhas e verdes, espalhadas como galhos na floresta. Ela pensa no farol, na vista do mar em uma manhã como aquela. Fica imaginando se Will estará acordado, se estará correndo. Ele não mandou mensagem desde que a avó os levara em casa na outra noite. Não confirmou se virá para a festa.

Ela deveria ir direto para casa, seguindo o planejamento

cuidadoso da mãe, mas o relógio indica que há tempo, por isso ela segue para a praia. Coloca a caixa das tortinhas na areia, junto com as flores, tira os sapatos e enfia as meias dentro.

Tem uma única pessoa correndo na praia.

Uma pessoa corajosa, maluca, nadando, com roupa de mergulho e touca.

Ela caminha até a água e molha os pés, inspirando fundo ao sentir a onda nos dedos, então tem um daqueles raros momentos de clareza em que tudo parece real e certo e tranquilo, e o mundo está aberto, e ela sente um profundo alívio por um instante.

A caminho de casa, ela decide escrever para ele.

Feliz (véspera de) Natal, digita. Já peguei as tortinhas de maçã.

Uma piscadinha: ponto e vírgula e fecha parênteses. Um pouco demais, pensa, e deleta, então volta a acrescentar e envia.

Will levanta a aldrava de metal da porta azul e bate.

O pai de Rosie atende. É um homem alto com cabelo ralo que está usando uma camisa listrada com o colarinho aberto. Conheço você?, ele pergunta, e antes que Will possa responder dá uma bela risada de sua própria pergunta e recua para deixar que ele entre, diz que os jovens estavam na sala de jantar da última vez que os viu. Ele pega o casaco de Will, diz divirta-se e o deixa no corredor, cantarolando ao se afastar.

Will fica ali, parado, por um momento. É como se tivesse entrado no filme que Amber estava assistindo quando ele saiu. Guirlandas cobrem os corrimões e há um número impressionante de folhas e luzinhas piscando, sem nem um festão à vista. Tudo é casto e brilhante. De onde está, ele consegue ver a mesa de jantar, uma variedade de canapés em travessas, convidados cintilando à meia-luz, com bolhinhas douradas nas taças de champanhe.

Ele não consegue ver os amigos, por isso vai direto para a comida. Pega uma taça qualquer no caminho e se vê cara a cara com a sra. Winters. Ela usa um vestido preto bonito e o cabelo preso em um coque. Os ombros abertos, a testa franzida. Parece uma primeira bailarina.

Will, ela diz, e sorri. Tem dentes pontiagudos, ele pensa; mas ele também tem.

Oi, sra. Winters, ele diz. Obrigada pelo convite.

Não estou certa de que convidei você, ela diz.

Rosie convidou, ele explica, e ela diz que sim, que sabe, e divirta-se então, tem bastante comida e bebida, embora aparentemente ele já tenha encontrado o champanhe. Ela sai antes que ele possa responder, antes que possa pedir desculpa ou fazer questão de beber na frente dela; ele mesmo não sabe exatamente o que teria feito.

Ele pega um pão e passa à sala de estar, onde, ainda bem, encontra os dois: Josh e Rosie, sentados na banqueta do piano, com os ombros colados. Ela de vestido de veludo e brincos pendentes refletindo as luzinhas da árvore.

As bochechas de Rosie estão coradas e ela dá risada. Passa de séria a alegre bem depressa. Então seus olhos encontram os dele, o reconhecimento passa por seu rosto, e ele se aproxima através do emaranhado de pessoas. Josh está falando com alguém do seu outro lado, por isso eles têm dois breves segundos a sós.

Oi, ele diz.

Você veio, ela diz.

Ele está prestes a responder quando Josh se vira e o vê ali. Sua expressão se transforma em encanto, como a de uma criança.

Will!

E aí, cara?

O que você tá fazendo aqui?

Sua irmã me convidou, ele diz, depois de uma brevíssima pausa.

É mesmo?, Josh pergunta, e olha para um e para o outro, bate no joelho de Rosie com o seu.

O que foi?, Rosie pergunta, ficando bem vermelha. Will desvia o rosto, passa a língua pelo lábio inferior. Toma um longo gole de sua bebida.

O que você tá tomando?, Josh pergunta a ele.

Não é minha bebida preferida, Will diz, e Josh se levanta de um pulo e diz que vai buscar uma coca, ou uma cerveja, que tem *pale ale* na geladeira.

Parece ótimo, Will diz, achando que tudo bem, uma única noite, beber um pouco. Josh sorri e se enfia na multidão.

Outro vestido excelente, Will diz a Rosie, pegando o lugar de Josh ao lado dela.

Ah, ela diz. Obrigada.

Desculpa não ter avisado que viria, ele diz, então dá outro gole de champanhe, muito embora odeie o modo como a bebida faz cócegas no fundo de seu nariz.

Tudo bem, ela diz. Gosto de suspense.

Sério?

Não.

Os dois riem, e ele oferece a ela sua taça, e ele acha, pelo mais breve momento, que ela vai dizer não, mas então algo se altera e ela a pega, provando bem no ponto que os lábios dele tinham tocado.

Bem frisante, ela comenta.

E esta casa está bem brilhante, Will diz. Que festão vocês fazem.

Minha mãe, na verdade.

Você não participa?

Um pouco, ela diz. Às vezes. Mas ela gosta das coisas de um jeito específico.

Tal mãe, tal filha, então.

É uma brincadeira; uma tentativa simpática de provocar, mas Rosie fica em silêncio. Ela toma o resto do champanhe e diz é. Acha que sim.

Os dois ficam olhando para a sala. Mulheres de paetê e cetim. Homens morrendo de rir, com a barba feita, os punhos da camisa abotoados e a testa vermelha brilhando.

E aí, você vai me mostrar as tais tortinhas de maçã?, Will pergunta a ela.

Você já jantou?

Não.

Então vamos fazer um prato. Depois as tortinhas de maçã.

Por quê?

Porque são sobremesa.

E?

E a gente come sobremesa depois do jantar.

Quem disse?

O mundo.

Não tem ninguém controlando isso, tem?

Ela se vira para ele, com rugas em volta dos olhos, como quem acha graça, e ele sente suas entranhas se contraírem com algo além de desejo. Gosta daquilo, ao mesmo tempo que fica assustado.

Você quer tortinhas de maçã primeiro e salmão ou lombo de porco depois?

Quero a coisa mais absurda em que você conseguir pensar, Will diz a ela.

Rosie mostra a língua ao sorrir, curvando-a ligeiramente enquanto pensa.

A coisa mais absurda da festa da minha mãe, ela diz. Essa é difícil.

Você é uma pessoa criativa, não é?

Sobremesa primeiro é uma boa, ela diz.

Essa não pode. Fui eu que falei.

Você é tão mandão, ela diz.

Imagino que você seja mais mandona, ele diz, e ela se vira para a sala e faz "hummm", sua coxa tocando a dele.

Isso o impede de ouvir o que ela diz a seguir.

Will?, ela chama.

Oi?

Que tal *só* sobremesa?

Ele olha para o rosto dela. Conta as sardas, que parecem noz-moscada polvilhada em seu nariz.

Só sobremesa, ele repete. Duvido.

Só tortinha de maçã, ela diz. Não, não, espera. *Todas* as tortinhas de maçã.

Agora você foi longe demais, ele diz, e ela ri outra vez, e a sensação volta, consumindo-o como o álcool costumava fazer. Infiltrando-se por toda parte, nele inteiro.

Eles pegam a bandeja das tortinhas — de massa folhada e do tamanho de uma ameixa — e abrem caminho até o jardim de inverno. Rosie vai oferecendo as tortinhas aos convidados e sai ao chegar à porta dos fundos. Will a segue, como planejado, e sai logo em seguida.

O jardim é estreito e comprido; maior que o dele, porque estão nos limites da cidade. Vai tão longe que ele não consegue ver onde termina; só a grama se dissolvendo na sombra, a cerca viva engolida pelo céu.

Rosie o leva até um deque quadrado emoldurado por treliça, com mais luzinhas enroladas na madeira. Tem uma mesinha e quatro cadeiras ali, e os dois se sentam, sentindo o ar cortante de dezembro na pele.

Não podemos continuar com isso, Will diz.

Com o quê?

Com esses encontros no frio, ou em salas de música velhas e decadentes.

Ou em cozinhas no meio da noite, ela diz.

Exatamente. Não podemos simplesmente sair como pessoas normais?

Não. Ainda tenho as provas, lembra?

É, você tem as provas, ele diz. No entanto, aqui estamos nós. Com tortinhas de maçã.

Ele aponta para a bandeja à frente deles.

Juntos, ele acrescenta.

Não há regras no Natal, ela diz, pegando uma tortinha.

Achei que não houvesse regras nunca.

Só come uma tortinha, vai.

Ela pega outra da bandeja e a oferece a ele. Will pensa, por um segundo, em dar uma mordida sem tirá-la da mão dela. Fica pensando em como ela reagiria caso ele o fizesse.

São uma delícia, ela diz.

Você está elogiando demais essas tortinhas.

Eu sei.

E é difícil que as coisas estejam à altura dos elogios.

Discordo, ela diz. Beatles. Led Zeppelin. Beyoncé.

Pelo visto você tem um gosto eclético.

Mozart, ela prossegue, contando nos dedos. Monet. Paris. Manteiga de amendoim.

Cremosa ou pedaçuda?

Pedaçuda, claro.

Agora estou acreditando mais em você em relação às tortinhas, Will diz, e pega a que ela continua segurando para dar uma mordida.

A massa folhada quebra como esperado, e ele sente o recheio sedoso e macio entre os dentes. Geleia de fruta e uma finíssima camada de creme. Ele sente o gosto da canela e do gengibre. Da noz-moscada das sardas dela.

E aí?

Vou precisar de outra pra confirmar.

Você amou.

Vamos rever.

Fala logo que você amou!

Dá pra ver que é uma questão importante pra você, Will diz, pegando outra tortinha da bandeja. Preciso garantir que minha resposta esteja bem embasada.

Rosie dá risada e morde sua tortinha. Então solta um ruidinho maravilhoso.

Que o faz estremecer.

Os dois ficam sentados lá fora tanto quanto são capazes de suportar; cada um come quatro tortinhas e meia, com as mãos frias e os dedos dos pés formigando.

Até que é gostoso, Rosie diz, quando os dois comentam a perda de sensação. Quando tem uma casa quentinha bem ali em que sei que posso simplesmente entrar.

É por isso que gosto de tomar banho gelado, Will diz, e ela se levanta e pega a bandeja quase vazia.

Nossa, sério?

Não é tão ruim quanto parece, ele diz. A gente acaba se acostumando.

E como você descobriu isso? O que te fez um dia pensar "vou deixar a água fria e ver qual é a sensação?".

Ele a segue de volta para casa, feliz que ela não possa ver seu rosto.

Ficamos sem água quente um fim de semana, ele diz. O aquecedor quebrou.

Ah, ela diz. Então acho que faz sentido.

É, ele diz, embora aquilo não seja verdade. Ele não conta que por um mês inteiro de sua vida não sentiu nada. Então começou a fazer testes. Sendo o banho gelado o menos extremo deles.

Lá dentro, tem alguém tocando músicas de Natal ao piano, o que deixa a sala de jantar vazia. A mesa parece ter sido pilhada por gaivotas, os pratos com migalhas de pão, a toalha com manchas de molho. Will pega um enroladinho de salsicha enquanto Rosie devolve a bandeja com o restante das tortinhas ao lugar de onde a pegou.

Quem está tocando?, ele pergunta, acenando com a cabeça na direção da música.

Meu pai, ela diz. Foi ele que me fez gostar de piano. Mais ou menos.

Você é melhor do que ele, imagino.

Ele só toca por diversão, Rosie diz, dando de ombros.

E você não?

Toco porque preciso, ela diz. Porque não me sinto bem se não toco.

Ela mexe na toalha da mesa enquanto fala.

Desculpa, ela diz em seguida. Marley sempre fala que às vezes sou meio intensa.

Então ele pega a mão dela, sem pensar, e nota que ela tem uma constelação de sardas ali também. Os dedos dela se fecham

102

nos seus e, quando ele a puxa para si, gentilmente, Josh entra e diz opa.

Rosie recua um passo, como se tivesse se queimado, e Will ergue o rosto e vê uma expressão passar pelo rosto de Josh.

Oi, ele diz, mas Josh não responde. Está com cara de quem bebeu de novo. Não tanto quanto na outra noite, porém o bastante para deixá-lo diferente. Exagerado.

Onde vocês estavam?, ele pergunta.

Por aí, Rosie diz. Talvez a gente só... tenha se desencontrado.

Ela abre um sorrisinho, mas Josh só fica olhando para os dois. Tem uma cerveja na mão. Então a deixa de lado e diz, sem olhar para a irmã, que a mãe estava procurando por ela. Que quer que ela toque para os convidados.

Rosie assente.

Josh, diz, você...

Mas ele já foi embora.

Bom, acho que é melhor eu..., ela diz, apontando na direção da música.

Claro, diz Will.

Vem ouvir, ela diz, e ele diz que vai, assim que tiver comido alguma coisa sem açúcar.

Ela sorri para ele e se demora ali, como se fosse dizer mais alguma coisa. Então vai embora sem falar nada, e Will se vira para o que resta dos sanduíches. Ele pega um e abre o pão.

É patê, uma voz informa. A sra. Winters está à porta, com uma taça de champanhe recém-servida na mão.

Do quê?, ele pergunta.

Javali, ela diz. Ou couve-de-bruxelas. Tinha dos dois.

Claro que sim, ele pensa, então dá uma mordida e mastiga devagar na frente dela. É impressionante como ela continua arrumada, considerando o horário. É como se tivesse acabado de fazer o penteado e se maquiar com linhas grossas, tons de bronze e bordas retas.

Onde estão os gêmeos?, ela pergunta.

Roe foi tocar piano, ele diz. E Josh...

Roe?

Ela tem um sorrisinho tenso nos lábios. Dá para ouvir o barulhinho do champanhe frisando.

Rosie, ele diz, dando de ombros.

Então você gosta da minha filha, ela comenta.

Will se recosta na mesa e aguarda. Não sabe se ela espera uma resposta. Se é que é da conta dela. Tem a impressão de que aquela mulher está acostumada a arrancar justificativas dos outros, e ele não tem nenhuma a oferecer.

Ela é uma boa menina, a sra. Winters diz, e ele diz que sabe disso.

Não é um joguinho seu, é?, ela pergunta.

Que tipo de joguinho?

Do tipo que caras como você jogam, Will. Vamos ser sinceros. Vamos ser adultos.

Caras como eu?

Você não está saindo com ela porque alguém te desafiou ou algo do tipo?

Não estou saindo com ela e ponto-final, ele diz, e sua voz sai áspera, seu coração de repente se transforma em pedra. Ele sente o patê grosso e oleoso no céu da boca. Odeia o gosto.

Ah, ela diz. Mas pretende sair?

Pretendo fazer apenas o que Rosie quiser, ele diz, e ela abre um sorriso apropriado, depois toma um gole de champanhe. Seu batom vermelho-escuro não mancha.

Certo, ela diz. Isso é tudo o que eu queria ouvir.

O som do piano amador cessa.

Então feliz Natal, ele diz.

É. Feliz Natal, Will, a sra. Winters diz, sem tirar os olhos do rosto dele.

O piano volta a tocar, mas agora é diferente, mais suave, e ele sabe que é Rosie tocando. A mãe dela sai para ouvir, e ele fica sozinho com os sanduíches e os blinis mornos, com um gosto forte de cogumelo na boca.

Rosie se perde nas músicas que escreveu exclusivamente para aquela noite.

Ela sempre começa a escrever no outono, inspirada por coisas mínimas. Gansos de patas rosadas voltando para passar o inverno em casa. A faxineira da escola, com suas mãos cheias de cicatrizes, o crachá com seu nome descascando.

Por um tempo, as músicas fumegam como carvão dentro dela. Até novembro, ela termina de escrevê-las. Então as revela, em primeira mão, ao piano, na festa da mãe, como sempre fez, como tem certeza de que sempre fará.

E as pessoas ouvem. Tudo se acalma, as conversas morrem. Suas mãos se movem sobre as teclas como se ela fosse cega e lesse braile; sem esforço, como uma parte sua. Quando termina, o aplauso vem. São onze horas, de acordo com o relógio sobre a lareira, e o pai grita Feliz Natal, e ouvem-se taças brindando e beijos no ar e agradecimentos e despedidas.

Hoje, depois de tocar, ela se vira na banqueta e fica vendo os convidados irem embora. Espera pelo irmão gêmeo ou por Will, mas nenhum dos dois aparece.

Quando todo mundo foi embora e a casa está na escuridão, quando se encontra de pijama, com os dentes escovados, e já verificou o celular pela vigésima vez, Rosie apaga o abajur ao lado da cama.

Ela passa três minutos deitada, com o coração martelando. Uma bigorna no peito a força a se levantar da cama e ir ao quarto do irmão.

Josh, ela sussurra.

Ele só aguarda, como se não fosse responder. Então levanta o edredom e ela se deita ao seu lado. Está quente ali dentro, e ela encosta os pés nos dele.

Meu Deus, ele diz, afastando-a. Seus pés estão gelados.

Desculpa, ela diz, mas não consegue acreditar que está se desculpando por isso quando ele não a ouviu tocando. É a primeira vez que não ouve.

Você está bem?, ela pergunta, quando ele não diz mais nada.

Estou, ele diz, na escuridão.

Não parece.

Dorme, Rosie.

Ele lhe dá as costas, mas não pede que ela vá embora. Ela fica olhando para o teto do quarto dele, então se vira também, de modo que as costas de ambos ficam grudadas, quentes, sólidas e imóveis.

Will acorda perto das cinco da manhã.

Sente certo enjoo por conta do açúcar e do champanhe. E um pouco de tontura, por conta de todo o resto.

Ele ouviu Rosie tocar de onde estava, perto da mesa da sala de jantar. Músicas que fluíam como água do mar de um verso a outro. Músicas que ele não reconheceu e, portanto, deviam ser dela.

Não sabia o que dizer a ela sobre as músicas.

Por isso foi embora.

Era mais fácil. Ir embora antes de estragar tudo, como sempre parece fazer.

Ele se levanta, embora ainda esteja escuro, calça os tênis e sai de casa. O frio está cortante lá fora, mas ele se aquece correndo pela rua, mantendo-se na calçada por causa dos postes de iluminação.

Concentra-se em sua respiração, nos pés batendo no chão.

E se pega pensando em sua mãe.

Ela gostava de Natal. Não gostava de muita coisa, mas as manhãs de Natal eram diferentes, deixavam-na mais dócil. Davam-lhe permissão para desacelerar, para ficar por perto em vez de sair para fazer o que quer que ela fizesse. Antes de Amber nascer, quando eram só os dois, ela comprava um cereal diferente, mais caro, de marca, que os dois comiam na cama, direto da caixa, enquanto assistiam a desenhos animados na TV.

Ela gostava da Disney. Não gostava de Looney Tunes. Dizia que era barulhento demais. Maluco demais.

Depois, no meio da manhã, eles iam para a casa da avó, e ela se sentava no sofá e bebia suco de laranja, e aquele era o único dia do ano em que ninguém discutia, eles só comiam, abriam alguns presentes e talvez ele fosse até o parque com o avô.

Sem arrependimentos, ela dizia, quando eles brindavam à mesa, e todos repetiam suas palavras, até mesmo Will, que era pequeno e não fazia ideia do que era arrependimento.

Depois que Amber nasceu, no entanto, as coisas mudaram. Eles passaram a ir para a casa dos avós na véspera de Natal e ficar até amanhã seguinte, sem a mãe, e o cereal direto da caixa se tornou coisa do passado. Assim como passar as noites, sem que ninguém nunca lhe explicasse o porquê, e sem que ele nunca perguntasse.

Ele se lembra dos brincos de flocos de neve dela.

Brincos frágeis e lascados, que ela ganhou de brinde uma vez e passara a usar todo ano, sem falha.

Ele se pergunta se ela ainda tem aqueles brincos. Com que cara deve estar agora.

Então corre mais rápido, até seus pulmões doerem.

Feliz Natal, William, a avó diz quando ele desce mais tarde áquela manhã, de banho tomado, vestido e com sede.

Pra você também, ele diz, e se serve um copo de água, que bebe ainda sobre a pia.

Acordou cedo, até mesmo para os seus padrões, ela diz, e dá uma olhada no forno, onde já tem uma ave assando. A cozinha cheira a caldo e ao sumo da carne.

Acordei às cinco, ele diz. Não consegui dormir.

Como foi a noite?

Legal, ele diz. A comida estava boa.

Fico feliz, a avó diz, e não pergunta mais nada, embora Will saiba que é tudo premeditado. Porque, se ela não perguntar nada, ele vai acabar contando tudo em algum momento. Como sempre conta.

Gosto muito dela, ele diz. Então se serve uma xícara de chá do bule ao lado. Coloca um cubo de açúcar e depois outro.

Isso está claro, ela diz, então tira as luvas de cozinha, pega sua própria caneca da bancada e o encara. Ele toma um gole do chá forte, preto e doce.

Não tenho tempo para garotas, ele diz.

Desde *quando*?, a avó pergunta.

Não tenho tempo de verdade, ele explica. Tenho a moto e meus planos de viagem. E ela vai pra faculdade no outono.

Ele toma outro gole de chá. Seu coração bate devagar em seus ouvidos.

Ela disse que tenho que esperar até o fim das provas. Bom, eu que disse que ia esperar, na verdade. Não sei por quê. Eu não... você sabe. Não quero me importar.

A avó olha para ele por cima da caneca, e pela primeira vez Will não consegue ler sua expressão. Os olhos dela estão enrugados como tâmaras. Escuros como melaço.

Talvez você não tenha tempo para garotas, ela concorda, mas tenha tempo para a garota certa.

Ele quer revirar os olhos para ela, porém não consegue.

Tudo vai se resolver, a avó diz, voltando a se virar para o fogão. Ela vai vir tomar um chá mais tarde?

Não sei, ele diz. Ela não falou nada.

Bom, a avó diz, vamos descobrir, não é?

Vamos descobrir, ele diz.

Rosie vê a mensagem dele no fim do dia, desejando um feliz Natal. Dizendo que adorou as tortinhas. Ela passa três segundos olhando para a mensagem e depois pergunta à mãe se pode ir à casa de Marley.

Agora?, a mãe pergunta, com os olhos vidrados do vinho. Música clássica toca no velho gramofone, o tio e o pai jogam baralho nas poltronas perto da janela. O priminho está engatinhando no carpete, e sua tia paira sobre ele.

Normalmente eu não iria, Rosie diz. Mas ela ganhou um jogo de caraoquê, e Josh ainda está deitado, então...

Caraoquê?

SingStar, ela diz. Ela ganhou o último de Natal.

Vocês duas, a mãe diz. Adoram fazer um dueto, não é?

É, Rosie diz, e seu estômago se revira, porque ela está mentindo, e nem tem certeza de que precisa fazer isso. No entanto, não consegue se convencer a ser sincera a respeito daquilo. A respeito dele. Ainda não.

Só não fique além da conta, a mãe diz. Os pais dela não se importam?

Eles disseram que não tem problema.

Leve alguma coisa, então. Um vinho da adega. Ou o bolo de frutas que não chegamos a abrir. Não chegue de mãos vazias.

Eu nunca faria isso, Rosie diz, e a mãe sorri para ela, enquanto a sinfonia ao fundo a embala e a faz piscar devagar.

Rosie, ela diz, quando a garota se vira para ir embora.

Oi?

Ontem à noite...

Sim?

Você foi sublime ao piano, ela fala, e as palavras tomam conta dela, fazendo as dúvidas em relação àquela noite, e o desprezo que sente por si mesma por mentir, se afastarem por um momento, como vapor saindo de uma xícara e subindo no ar.

Ela bate na porta de Josh antes de ir. Soltou as tranças e deixou o cabelo solto, passando dos ombros. Trocou o vestido por calça jeans e uma blusa gostosa em que gostaria de ser tocada.

Não que esteja esperando ser tocada na casa da avó de Will.

Mas ela quer estar bonita. Quer se sentir bonita.

Quer que ele olhe para ela como olhou no baile de inverno, como se ele quisesse beber as palavras de sua boca.

Josh não responde, e ela abre a porta, fazendo a luz do corredor recair em faixas sobre as tábuas do piso. A cortina do quarto está fechada. Música indie toca, lenta e suave, pelos alto-falantes do computador.

Josh, ela diz.

Ele não responde, mas ela sabe que ele não está dormindo.

Está se sentindo melhor?, ela pergunta. O irmão ficou com dor de estômago o dia todo. Não parecia ele mesmo quando trocaram presentes ou se sentaram para o almoço; não olhou em seus olhos quando ela lhe pediu para passar o molho.

Vou sair, ela avisa.

Ele continua em silêncio, mas ela percebe que agora está prestando atenção.

Estou na Marley, ela diz, fazendo aspas com as mãos. Se alguém perguntar.

O irmão tira a cabeça do travesseiro; ela nota que seus olhos estão úmidos.

Josh, ela diz, com a voz alterada. Fala comigo.

E é a voz de irmã gêmea que ela usa; a voz firme, séria, sou toda sua, que finalmente tem efeito nele. Josh se senta e ergue o edredom em um convite. Rosie fecha a porta, acende o abajur e se senta de pernas cruzadas ao lado dele. Ficam ambos olhando para a parede.

Tem algo rolando, Josh diz, e Rosie diz que sabe disso.

Você está bem?, ela pergunta. Está mesmo passando mal?

Não, ele diz.

É a faculdade? Você não quer mais ir pra Cambridge? Ou ficou pra trás nos estudos? Posso ajudar se...

Não é nada disso, ele diz, então ela fica em silêncio, dando espaço a ele.

O que está rolando entre você e Will?, ele pergunta, para conseguir o tempo de que precisa; para preencher o silêncio enquanto pensa em como contar. Ela passa a mão espalmada sobre o edredom azul-marinho em degradê.

Nada, ela diz.

Não parece, ele diz.

E o que parece?

Parece que passei uma hora inteira sem ver vocês dois ontem à noite, ele diz. E, quando nos encontramos, vocês mentiram pra mim. Fizeram parecer que não queriam privacidade, embora estivesse na cara que queriam, juntinhos como estavam.

Rosie solta o ar pela boca.

Eu sei, ela diz. Desculpa. Não queria fazer isso.

E aí?

E aí o quê?

Vai me dizer a verdade?

Ela acha que ele está sendo duro demais com ela, considerando quão inofensivo foi seu crime. Não achou que ele fosse se importar tanto com a possibilidade de que ela gostasse de seu amigo. No entanto, talvez ele ache que aconteceu mais do que aconteceu; talvez esteja magoado por ela não ter lhe contado os detalhes, talvez seja isso que o magoe. E o fato de que é o último Natal dos dois juntos, antes de irem embora, antes de morarem separados e se tornarem versões diferentes de si mesmos, e justo agora ela tem um segredo, quando os dois nunca tiveram segredos. Nunca mesmo.

Tá, ela diz. A gente tem passado um pouco de tempo juntos. Não aconteceu nada, prometo. Não tem nada rolando. Mas gosto dele. E talvez ele também goste de mim. Não sei.

Outra mentira, ela pensa, por isso se corrige.

Ele me pediu pra ir encontrá-lo uma noite, ela diz. No farol. Ficamos um tempo conversando, foi legal. E ele gosta mesmo de mim, acho que meio que deixou isso claro.

Josh não reage, não olha para ela. Continua olhando para a frente.

Bom, Rosie continua, mas isso não vai a lugar nenhum, Josh. Não antes das provas. Eu disse isso a ele. Não precisa se preocupar, ele ainda vai te ajudar com matemática. E provavelmente quando o verão chegar ele já vai ter esquecido tudo. Então talvez nunca chegue a ser estranho nem nada do tipo.

Ela continua falando, porque não tem certeza do motivo do silêncio de Josh, e quanto mais fala mais acha que se dá conta do que deve ser, do que sempre desconfiou, porque o conhece, conhece plenamente o irmão, suas células, seus movimentos, seu humor, mas ele nunca disse nada, nunca contou, então ela continua dizendo a si mesma que é melhor lhe dar tempo, que é melhor prolongar esse momento, em que tudo ainda parece

111

igual a ontem, quando ela achava que ele só estava chateado por ter sido deixado de lado.

Tá tudo bem, ela diz, porque quer desesperadamente que esteja.

Josh assente, uma vez, devagar. Desce as palmas pelos joelhos, como se estivesse se alongando, e exala enquanto o faz.

Então, ele diz.

Rosie aguarda. A música clássica para de tocar lá embaixo; depois de um momento, outra começa, subindo a escada e chegando até eles.

Isso é ótimo, ele diz. Pra você. De verdade.

Obrigada, ela diz, porque se sente tão aliviada, de repente se sente tão freneticamente aliviada, por isso ser tudo o que ele diz.

Só que... eu gosto dele também.

Sei que gosta. Mas prometo que não vai ser esquisito, mesmo se tudo der errado. Vocês ainda vão poder...

Não, Rosie. Eu também gosto dele.

Há um silêncio, e o coração de ambos soa como um só. É como se a última peça se encaixasse e tudo em volta ficasse mais lento, as sombras dando lugar à luz nas tábuas do piso. Como se ela despertasse para o dia que vinha esperando.

Ah, ela diz.

É.

Ele continua não olhando para ela. Olha para as próprias mãos, as cutículas inflamadas.

Josh, ela solta, junto com o ar.

Eu sei, ele diz. Que revelação.

Então ele começa a chorar, soltando soluços fortes e convulsivos como ela nunca ouviu saídos dele em toda a sua vida, e ele estende os braços para ela e ela o abraça, assim, com as notas de Whitacre subindo pelas escadas, arvorezinhas e florestas verdejantes e tantas lágrimas, como o sal marinho na blusa dela. A blusa que ela escolheu por sua maciez, minutos antes, como se isso tivesse qualquer importância.

Seis

As aulas retornam cedo demais. Os enfeites de dezembro ainda estão pendurados nas janelas, flocos de neve de papel cortados a tesoura grudados no vidro.

Will assiste às aulas e trabalha na marcenaria e fica com os amigos na biblioteca no horário livre, sem estudar, sem fazer silêncio, sem fazer o que quer que seja que os cartazes nas paredes pedem. A bibliotecária bufa para eles do balcão.

Ele não teve notícias de Rosie depois da festa. Passou o restante das férias de Natal correndo, quilômetros e quilômetros, mais rápido que de costume. Andando de moto, acelerando, fazendo curvas mais perto do chão do que deveria.

Quando o sinal toca anunciando o fim do almoço, ele vai para a aula de matemática.

Está nervoso porque vai ver Josh.

Na cabeça dele, não é coincidência Josh ter parecido perturbado ao pegar os dois juntos na sala de jantar e depois Rosie parar de escrever. Ficou claro que Josh tinha um problema com aquilo, o que não chegou a surpreender Will, porque ele conhece vários garotos e tem certeza de que, apesar das brincadeiras e do aparente respeito mútuo, nenhum gostaria de ver a irmã saindo com ele.

Uma parte pequena e reprimida dele achava que Josh talvez fosse diferente. Que ele soubesse que Will não era o cara que todo mundo achava que era. Ele fica irritado, mas também meio mal. Não sabe ao certo o que vai dizer enquanto dividirem a mesa pela próxima hora.

No entanto, Josh não aparece.

Ficam só Will e o sr. Brookman, que pela primeira vez não vai embora no meio da aula e repassa toda a matéria que pode cair na prova. O professor pergunta o que ele gostaria de rever, como se isso fosse importante; como fizesse alguma diferença no que quer que fosse.

Naquela noite, ele volta a trabalhar na oficina. Varre o chão, troca cabos de freio, depois volta para casa de moto, com o ar cortando seu rosto como metal.

Nas noites em que ele trabalha, a avó deixa o jantar no forno, para não esfriar. Ela costuma estar lendo no quarto quando ele chega em casa, porque se deita mais cedo no inverno. Hoje à noite, no entanto, ainda não subiu. Está sentada à mesa, lendo o jornal local, com Dave deitado ao lado de sua cadeira.

Não está com sono ainda?, ele pergunta.

Acho que não, ela diz.

Por que não?, ele pergunta, enquanto tira a comida do forno. Põe o prato na mesa, pega um garfo e se joga na cadeira.

Estou com dor nos quadris, ela diz. Da velhice, imagino.

Ele dá uma garfada na comida e fica olhando para ela enquanto mastiga.

Você não é velha, ele diz.

Estou chegando lá, infelizmente.

Sessenta são os novos cinquenta, ele diz, e ela dá risada, diz que tinha sessenta quase sete anos atrás, ele não lembra?

Will pisca. Não consegue acreditar que já se passou tanto tempo desde o aniversário de sessenta anos dela. Com bexigas, bolo de sorvete e o avô ainda vivo.

Você sente falta dele?, ela pergunta, como se lesse a mente de Will. Ele está com a boca cheia de batata quente, que queima sua garganta quando ele engole.

Não penso muito a respeito, ele diz.

Ela olha nos olhos dele.

Mas você sente, ele diz. Claro.

O tempo inteiro, ela diz, o que o faz parar de comer. Ela dobra o jornal no meio e o deixa de lado.

Mas é o que acontece com quem teve um bom casamento, acho, ela diz.

Pois é.

Um breve silêncio se segue, e só se ouve o som da mastigação dele, o zumbido das lâmpadas sobre os dois.

Falando nisso, ela começa, e ele se prepara.

Como anda sua vida amorosa?

Não anda.

Bom, isso é óbvio.

Ele dá de ombros e se pergunta se todo adolescente está sujeito a tal escrutínio por parte da avó. Quando está prestes a dizer isso, ela lhe pergunta o que aconteceu na noite da festa.

Nada, ele diz.

Nada, ela repete.

Nada.

Porque você pareceu muito feliz ao voltar. Depois Rosie não apareceu no dia de Natal e agora você vive rabugento.

Obrigado.

Só estou lhe dizendo o que vejo.

Ele volta a pegar o garfo e fica mexendo no jantar.

Ela nunca mais entrou em contato, ele diz.

A avó olha para ele. Diz que é uma pena, mas que acontece.

Eu sei, ele diz. E não me importo.

Ah, Will, ela diz, e dá risada, o que ele considera totalmente injusto, nessa situação. Você não pode ficar assim, com pena de si mesmo. Saindo furioso, voltando furioso. Que tal fazer algo a respeito?

Não posso fazer nada a respeito.

Isso é besteira. Sempre é possível fazer algo a respeito.

Ser adolescente é assim, ele diz, espetando uma batata com tanta violência que os dentes do garfo batem contra a tigela. A gente ganha umas e perde outras.

Eu lembro, ela diz. Também lembro que se eu queria alguma coisa, mesmo que fosse apenas uma resposta, dava um jeito de conseguir.

O cuco do relógio da sala começa a cantar. Will come a batata, sentindo algo crescer dentro de si.

E isso não se aplica só a adolescentes, ela diz, depois de um tempo. Minha mãe costumava dizer que a gente consegue aquilo que pede.

Então você pediu essa vida?, Will pergunta a ela.

É uma simples pergunta, porém o que ele quer dizer não passa despercebido. A avó se recosta na cadeira.

Eu valorizo, sim, a vida que construí, ela diz.

Will solta o ar pela boca. Deixa o garfo de lado.

Vou pra cama, ele diz, e ela diz está bem, e ele sobe a escada, queimando por dentro. Porque ele quer mais. Porque não quer se ver em uma casa cheia de tapetes velhos, com os filhos de outra pessoa e uma rotina triste que faz todos os dias parecerem iguais, e ele odeia que, se a vida dela é assim, é por culpa dele, e não vai procurar o que quer se nem sabe o que quer ainda, exatamente, só sabe que não é isso.

Naquela noite, ele escreve uma mensagem para Rosie. São três e meia da madrugada, o mesmo horário em que eles se separaram na cozinha dela aquela vez, e ele está acordado e agitado.

Por onde você anda?, ele escreve, depois deleta.

No farol amanhã, ele arrisca. Às cinco.

E envia.

Rosie corre na esteira até sentir que as laterais do seu corpo poderiam estourar.

Ela engordou no Natal. Como todo mundo, tem certeza. No entanto, ela sente o peso daquilo como uma tarefa que precisa riscar de sua lista; um erro que precisa ser corrigido.

Enquanto corre, pensamentos ocupam sua cabeça. Não sobre estudo, lição de casa e música, mas sobre seu irmão gêmeo, e sobre o quanto ele chorou e como mal fala com ela desde então.

Ela aumenta a velocidade da esteira. Seus sentimentos ardem em seus membros, e as calorias deixam seu corpo como pele descascando.

O farol parece mais solitário que antes. Ela se lembra do pôr do sol na outra vez, das faixas neon no céu. Agora, está tudo cinza e nivelado. Uma gaivota cutuca algo morto na costa.

Ela está congelando. O suor da esteira secou em sua pele, e ela treme debaixo da jaqueta.

Will aparece logo depois, também com roupa de corrida, o cabelo úmido de suor, mas as bochechas apenas levemente coradas.

A primeira coisa que ela diz a ele é fico tão vermelha quando corro. E você parece saído de um anúncio da Adidas.

Ficar vermelho é saudável, ele diz, recostando-se ao lado dela no parapeito. É o cigarro que me deixa pálido. E toda a coca que eu bebo.

É mesmo?, ela pergunta, então se xinga por ter começado assim, com coisas tão irrelevantes.

Obrigado por ter vindo, ele diz.

Claro, ela diz. Desculpa por... você sabe. Pelo silêncio.

Tudo bem, ele diz, mas olha para ela como se não estivesse tudo bem.

É que não posso fazer isso, ela diz.

Essa história de novo?

Não, é sério, Rosie diz, e balança a cabeça, com vigor, como se precisasse se livrar de seu próprio cabelo, cujas mechas esvoaçam contra seu rosto. Não sei o que estávamos fazendo, Will. Na verdade, estávamos sendo amigos, mais que qualquer outra coisa. E isso é ótimo. Acho que devemos ser só isso mesmo.

Ele fica olhando para ela. Cerra a mandíbula. A barba por fazer cresceu desde o Natal.

Por quê?, ele pergunta.

Mundos diferentes, ela diz, e dá de ombros. Planos diferentes.

Não tenho um plano, ele diz.

Você sabe o que quero dizer.

Não sei, não, Roe.

Ela vai ter que fazer aquilo. Vai ter que mentir, para que as perguntas cessem, para fechar a torneira de que ambos vêm bebendo há semanas.

Não gosto de você desse jeito, ela diz. Desculpa.

Ele parece tão surpreso por um momento que ela quase ri; duvida que tenha levado um fora antes. Mas ela odeia ter que dizer isso, odeia ter que engolir tudo o que realmente quer dizer. É melhor assim, lembra a si mesma. É a coisa certa a fazer.

O vento impetuoso castiga as pernas de ambos; o cabelo de Rosie continua batendo em seu rosto e pescoço, e o ar está com aquele cheiro pesado de antes da chuva. Tem uma palavra especial para aquilo, ela sabe. Ou talvez para depois da chuva; ela não consegue lembrar. Will desviou os olhos para o mar, mas então dá um passo à frente e a encara. Cinza de tempestade sobre o azul. E então ele pega o rosto dela nas mãos e diz uma única palavra em indagação:

Sério?

Rosie não se move. Não consegue. Os olhos dele investigam os dela, para confirmar se está tudo bem, se ela está mentindo agora mesmo, e de repente ele a beija e ela se esquece de que está frio, de que foi até ali para encerrar tudo, porque ela está derretendo, toda ela, e as mãos dele estão em seus cabelos, tocando as pontas de suas orelhas, e ela só consegue pensar que um primeiro beijo deveria ser assim, que ninguém nunca tocou seu pescoço assim.

Tudo se acende.

Um fogo dentro dela, o mar e as árvores e o ar úmido, tudo se abrandando e iluminando em um momento que dura e dura, então acaba.

Ele recua e tira as mãos do rosto dela.

Achei que não fosse sério mesmo, ele diz, e ela diz que ele é insuportável, e ele dá risada e encosta a testa na dela.

* * *

Eles saem dali por causa do vento; refazem os passos de Will de volta à floresta, que os protege da chuva.

Eles falam sobre álbuns; os que ganharam de Natal, e isso parece normal demais, considerando o que acabou de acontecer, na praia; educado demais, até tímido. Falam de Bright Eyes e The Shins. Mazzy Star, a quem Rosie venera, de quem Will nunca ouviu falar.

Ele anda à frente dela, com as costas manchadas de suor da corrida. Rosie tem coisas a dizer, e coisas que não pode dizer, por isso só o segue pelo caminho, em silêncio a não ser que ele lhe faça uma pergunta direta.

Ela mantém as respostas curtas, simples.

Ele está falante, parecendo feliz e até mais alto que antes. Ela se sente plena, em meio ao friozinho na barriga, seus desejos e o que acabou de acontecer. Mas tem um nó na garganta.

Tudo o que quer é correr para casa, agora mesmo, em seus tênis desgastados, para contar tudo ao irmão gêmeo. E não lhe sai da cabeça que não pode fazer isso.

Roe? Will para de andar.

Hum?

Perguntei o que você vai fazer amanhã à noite.

Ah. Não sei.

Acho que minha avó gostaria de ter recebido você no Natal.

Tá.

Então por que não vem pro jantar? Ela cozinha bem.

Imagino que sim.

Roe?

Oi?

O que foi? Você parece em pânico.

Ele se virou para encará-la, com as árvores altas atrás dele, o cheiro de pinheiro, solo e escuridão se assentando à volta. Ela recua um passo.

Vim até aqui para terminar tudo, ela o lembra.

Por causa das provas, ele diz.

E por outros motivos também, ela diz. Não... não é certo.

Aquilo não pareceu certo?, Will pergunta, e acena com a cabeça na direção da praia. Rosie morde a bochecha por dentro. Diz que não. Que foi muito bom, que está lisonjeada, mas não é o momento certo para ela.

Já conversamos sobre isso, ele diz. E eu falei que espero.

Me convidar pro jantar não é esperar, ela diz.

Tá bom então, ele diz. Vem jantar em maio. Ou junho. Quando suas provas terminarem.

Will, ela diz.

O que foi?

Não faça isso. Não fique bravo. Eu disse desde o começo.

E acabou de me beijar de volta, ele diz. E, se estou lembrando direito, *você* me convidou pra aparecer na sua festa chique de Natal. Não tenta me fazer achar que estou entendendo errado.

Eu nunca disse que...

Pode só me dizer qual é o problema de verdade?, ele pede. É sua mãe?

Minha mãe?

Você se importa mesmo se ela não gosta de mim? Porque eu não me importo.

De onde foi que você tirou isso?

Não podem ser só suas notas. Eu vi tudo no quadro no ano passado, Roe. Duvido que você precise de mais alguma coisa pra entrar em Oxford.

Isso não é verdade.

É por causa do Josh? Ele ficou bravo?

Não, Rosie diz, um pouco mais alto do que pretendia. Não tem nada a ver com Josh.

Então com o que você está tão preocupada?

Com nada, ela diz.

É o cigarro? A moto? O tempo que passei fora da escola, há *milênios*?

É, ela diz, agarrando-se a isso. É tudo isso, Will. Tudo isso. Você é o tipo de pessoa errada pra mim, tá bom?

A boca de Will fica entreaberta, como se ele estivesse pronto para argumentar. No entanto, nada sai. Rosie o observa se dar conta do que ela está dizendo, do que está implícito, e seu coração se fecha, como uma concha.

Ela aguarda. Quer estender a mão, enterrar-se nele, voltar atrás. Mas está feito. A faísca no rosto de Will, seus olhos tempestuosos, tudo isso some. Ele volta a ser o garoto que ela conhecia antes de conhecê-lo, indiferente e distante, e não diz nada, embora ela possa ouvir todo o barulho no silêncio entre eles, a mentira, a mágoa de ambos os lados, porque não é justo, isso não é justo, e ela quer dizer a verdade, mas não pode, e sua garganta incha enquanto ela o vê acreditando no que acabou de dizer. Ela quer que ele grite. Quer que a desafie. No entanto, ele só assente, engole tudo, e os dois ficam ali enquanto escurece.

Sete

As provas terminam em maio. Faz um calor fora do comum naquela tarde, e aqueles que têm o azar de entregar trabalhos no último dia são recebidos com uma chuva de refrigerante e serpentina. Will é um deles. Ele e Josh entregam o último trabalho de matemática avançada depois do almoço, então vão embora juntos da escola uma última vez.

As coisas estão melhores entre os dois agora. Por semanas, Josh só falou com ele sobre matemática, como se Will tivesse ultrapassado um limite, como se o tivesse traído de uma maneira complexa que os dois nunca haviam discutido. Por um tempo, isso incomodou Will. Então ele ligou para Darcy e começou a passar a maior parte das noites na casa dela, voltou a encontrar amigos na fogueira na praia. Ele terminava o trabalho na garagem e saía em longos e sinuosos passeios de moto pela costa. As coisas andavam bem. Andavam tranquilas. Logo seria o fim da escola. Ele estaria livre assim que recebesse o boletim, não importava que nota tirasse.

Nesse dia, no entanto, enquanto eles deixam o átrio e seguem pelo caminho sob uma saraivada de serpentinas, a tensão desaparece entre os dois. Eles riem juntos. Todos tiram o paletó, relaxam no uniforme. O sol, cor de manteiga, derrete sobre tudo; as calçadas, os carros estacionados, os alunos saindo pelos portões.

Pronto, Josh diz, espanando as mãos.

Bum!, Will diz, e Josh joga a cabeça para trás e ri.

Bum!, ele repete. É isso aí!

Gente, diz uma voz atrás deles. É Darcy, e os ombros de Will caem. Eles passaram semanas trepando na casa dela, quando sua mãe não estava, e na garagem dele, no piso de concreto, quando ela estava. Darcy não havia reclamado nem uma vez, até que decidira que queria alguém que a levasse para jantar. Alguém com quem pudesse ir a Norwich nos fins de semana, alguém que saísse com seus amigos barulhentos, alguém que lhe comprasse latte com espuma em redes de cafeterias.

Will não seria aquela pessoa.

Fazia semanas que eles não se falavam, porém, nesse momento, com o sol brilhando, o fim definitivo da escola e todo mundo sujo de refrigerante, isso não parecia importar.

Vai ter festa na casa da Jessica hoje, ela diz.

Legal, diz Josh.

Não vou ficar atrás de você, Will White, não se preocupe, ela diz, porém o olha como se isso fosse fazer com que ele ficasse louco por ela.

Entendido, ele diz.

Mas estão ambos convidados. E podem chamar quem quiserem. Quanto mais gente, melhor, sei lá.

Qual é o lance entre vocês?, Josh pergunta quando Darcy se afasta e os dois continuam descendo a ladeira.

Não tem lance nenhum, Will diz. A gente ficou algumas vezes. Aí parou de ficar.

Que história envolvente, diz Josh.

Cara.

Que foi?

Tá tudo bem entre a gente?

Ele nem percebeu que ia dizer isso; não estava planejando nem nada do tipo. Seu coração fica mais leve e aberto com o sol, ou com a liberdade, e ele percebe que precisa saber.

Josh olha de lado para ele, como se fosse fingir não saber do que se trata, talvez até como se fosse perguntar do que ele está falando. Mas não faz nada disso. Os dois continuam andando. Pássaros cantam acima, celebrando o azul do céu.

Claro, Josh diz, e dá uma ombrada em Will. Pergunta se ele vai à festa à noite. Se deveria usar sua camisa havaiana.

123

* * *

O verão chega. É o mais longo da vida deles e, no entanto, passa bem depressa, porque o ano acadêmico se recusa a esperar. Semanas de cafés gelados no parque, canudinhos transparentes, bebidas azuis que mancham a língua e deixam todos tontos, barulhentos e felizes. Listas de compras para a faculdade; talheres, panelas, fotos impressas de amigos da escola que eles estão certos de que vão amar para sempre, com quem manterão contato sempre, que encontrarão no Natal e depois nunca mais.

Rosie sai com Marley. Elas passeiam na margem do rio, com raspadinhas na mão, Rosie ouvindo a amiga falar sobre Tom. Rosie finge que está interessada e tenta não interrompê-la com sua própria história, o beijo na praia que ela ainda sente na boca. Ele ainda a surpreende, quando ela menos espera, à noite, deitada sobre os lençóis, ou quando está lavando o cabelo, na banheira, nua, molhada, sozinha.

Mas não. Ela não pode.

Não é justo com ninguém, ela lembra.

Quando não está com Marley, ela e Josh passam longas tardes no jardim, ouvindo o iPod dela, cada um com um fone para que possam conversar, ou então ouvindo o barulho da tesoura de poda na casa vizinha, o zumbido das abelhas voando baixo.

Os dois não conversam sobre o que ele contou a ela.

Uma ou duas vezes, ela tenta tocar no assunto, ver se ele está pronto para conversar sobre o assunto, mas Josh só aumenta o volume da música.

Ele nunca a deixou de fora assim, e isso a incomoda, no entanto, apesar das férias de verão, com o fim das provas e uma nova vida à espera, ambos continuam ocupados. Por sugestão da mãe, estão dando aulas particulares para alunos mais novos, para manter o cérebro afiado, e continuam com as aulas de música. Josh treina com o time de basquete duas vezes por semana, e Rosie precisa ir à academia, e assim as semanas se passam, e o dia de divulgação das listas de aprovados fica cada vez mais próximo. Isso a distrai. Significa que o que importa, aquilo a que eles realmente precisam dar atenção, está logo ali, como algo em sua lista de afazeres de que às vezes ela lembra e sabe que vai ter que encarar logo mais. Quando ele estiver pronto.

Então a última terça-feira de agosto chega — e, por acaso, também é aniversário de Will. É o prelúdio para a mudança na vida de seus amigos em setembro, e seu aniversário tem alguma importância; serve de desculpa para que todos riam, bebam e sejam jovens juntos uma última vez.

Você tem que comemorar, cara, alguém disse a ele. Eu levo cerveja.

Quase não bebo, Will o lembrou, o que não parecia importar.

Assim, ele se vê completando dezenove anos sentado de pernas cruzadas sobre o gramado no topo das falésias da baía de Burwood. Bebericando uma única cerveja e se perguntando para onde os meses foram e como as duas pessoas com quem gostaria de passar o aniversário não estão ali, porque não falaram com ele o verão inteiro.

Os dois foram aceitos em Oxford e Cambridge, claro. Duas das três universidades para as quais aplicaram. Ele viu como se abraçavam no dia da divulgação das listas, Rosie às lágrimas, Josh a segurando no alto como um troféu.

Will também se saíra bem. Enfiou sua carta no bolso e foi para a oficina trabalhar. Tinha visto os dois numa festa logo depois. Passou por Josh na rua na semana anterior e conseguiu manter Rosie longe de seus pensamentos na maior parte do tempo.

Mas tem alguma coisa na luz desta noite.

As nuvens parecem algodão-doce, o sol encontrando o mar e se derretendo em ouro, e o incomoda que nenhum dos dois esteja ali para ver. Então ele manda uma mensagem para eles. Diz que sabe que faz tempo, mas é aniversário dele, e todo mundo veio, e ela responde primeiro, pergunta onde ele está.

Ele escreve de volta e não termina com um ponto-final,

então a conversa fica em aberto, como o começo de alguma coisa, embora é claro que nenhum deles sabe disso quando ela diz que sim, eles vão, e Will deixa o celular de lado e sente, pela primeira vez em muito tempo, que fez a coisa certa.

Já o esqueci, só pra você saber.

É o que Josh diz a ela quando eles passam pelo charco, na direção das falésias da baía de Burwood. O céu parece marshmallow cor-de-rosa, e eles notam uma coruja, com suas asas silenciosas, sobrevoando o campo.

É mesmo?, ela pergunta.

Acho que sim. Tanto quanto é possível esquecer seu primeiro amor gay.

É a primeira vez que ela o ouve dizer isso. A primeira vez que se identifica como tal, em voz alta.

Josh, ela diz, porque não sabe o que mais dizer; porque não acha que ele esteja tão bem quanto parece. Os dois estão andando lado a lado, com ele meio passo à frente, o que a impede de enxergar direito seu rosto. Tudo o que vê é seu perfil.

Ele tem dois problemas sérios, sabe?, Josh prossegue.

Tá, ela diz.

Em primeiro lugar, não é gay, ele diz. O que é meio complicado.

É, ela concorda, com medo de dizer mais.

Fora que ele gosta de outra pessoa, ele conclui.

Ah, ela diz. Sei.

Seu coração palpita, e parece que uma bexiga enche em sua garganta, porque Rosie não tem certeza se ele está falando dela ou de outra garota, e de qualquer maneira isso a mata de medo.

Não venta enquanto eles conversam; só se sente o peso do verão, o cheiro da grama, das sementes e da terra. Os dois tiveram que sair escondidos, porque vão dar aula particular no dia seguinte, depois da aula de música logo cedo.

Primeiro, eles pediram. Explicaram que era aniversário de Will e que todo mundo estaria lá.

Vocês podem ir, a mãe havia dito, mas acho que seria melhor descansar para as aulas, não? Então ela foi cedo para a cama, e Josh disse dane-se, Rosie, somos universitários agora, e os dois saíram pela janela do quarto dele e desceram o telhado da garagem, como faziam quando crianças, para ver as estrelas juntos quando Rosie não conseguia dormir.

Ele a ajudou a descer com seus braços compridos, e os dois saíram correndo, meio tontos com a rebelião; Rosie se sentindo ligeiramente nauseada.

Essa pessoa ainda é você, Josh diz agora. Caso não saiba.

O nó na garganta dela alivia um pouco, mas suas bochechas queimam.

É, ela diz. Inspira e expira. Então conclui: vai entender por quê.

Não faça isso, Josh diz.

O quê?

Não seja modesta. É irritante.

Não estou sendo, Josh! Ele... bom, ele é Will White e poderia ter quem quisesse.

E ele tem. Ele teve.

Então, ela gagueja.

Até você aparecer.

Do que você tá falando?

Bom, vocês não estão juntos, estão? Ele deve ficar louco com isso. Querer você e não poder ter.

Rosie não responde. Parece um elogio ao contrário, agressivo. Ela olha para o chão.

Mas você também é a melhor, Josh diz, com a voz rígida. Então talvez ele tenha bom gosto, no fim das contas.

Valeu, Rosie diz, embora ainda sinta como se tivesse sido repreendida. As coisas entre ela e Josh parecem normais, na maior parte do tempo, desde a divulgação da lista de aprovados. No entanto, ele ainda tem momentos em que parece distante, antipático; horas em que fica deitado no quarto ou parece desinteressado se ela tenta lhe contar sobre uma música nova ou algo divertido que Marley disse.

Então sai logo com ele, se é o que você quer, Josh diz, enquanto abre o portão, puxando o trinco de metal. Os dois entram e ele volta a passar o trinco.

Sair com ele? Rosie repete.

Isso. Não quero ser um obstáculo.

A voz dele não se alinha com suas palavras; cada sílaba parece a ela uma obstrução, sólida, com arestas duras. Ela pensa em quando bateu a coxa no canto da cama aquela manhã. No hematoma triangular que apareceu depois.

A culpa não é sua, ela disse.

Josh acelerou o ritmo, suas passadas tão longas que Rosie precisa trotar para acompanhá-lo. Agora ele desacelera e volta seus olhos cor de avelã na direção dela.

Houve muitos motivos, ela diz. Para não ficarmos juntos.

Um desses motivos foi seu medo?

Foi, ela diz, porque Josh é seu irmão, e ele a conhece, e ela não entende por que ele está sendo duro com ela esta noite.

Fiquei aterrorizada, na verdade, ela diz, o que parece fazer com que ele se suavize. Josh para de andar e se vira para olhá-la direito.

Você não pode ter medo de tudo o que não pode controlar, Rosie, ele diz.

Ela dá de ombros e cruza os braços.

Posso dizer o mesmo pra você. Por que está agindo assim?

Você quer saber por que estou agindo como um ser humano normal em vez de como um raio de sol?

Bom, sim!

Porque tenho um monte de coisa pra processar, tá bom?

Eu sei. Mas por que não me deixa ajudar?

Porque é coisa minha, ele diz, voltando a andar.

Você insiste nisso, ela diz, e outra vez precisa correr para acompanhá-lo. Mas você é meu irmão. Não suporto te ver sofrendo.

Rosie, ele diz, e dá risada, mas não de um jeito bom. É uma risada ferina, como a água do mar borrifando. Se concentra na sua própria felicidade pra variar, tá? Pode fazer isso?

Ela segue atrás dele, avançando pela grama que os sapatos dele acabaram de pisotear. As chaves dele tilintam no bolso dela; ele sempre pede que ela as guarde quando saem, porque ela é confiável, fica de olho em tudo para que ele não precise ficar. E ela faz isso de bom grado. Nunca sentiu que estava interferindo ou dando uma de mãe para cima dele, até agora.

Vou tentar, ela diz. Se você tentar também.

Vou me esforçar, Josh diz a ela. Prometo.

As últimas palavras soam mais como ele; são mais dóceis, como a grama alta ao lado de ambos.

Ele havia contado mais a ela no Natal. Que ele nunca soubera, como se esperava que alguém soubesse. Todas aquelas pessoas que simplesmente sabiam, no fundo do coração, em seu íntimo, desde a infância; e ele não. Ele nunca havia se sentido atraído por quem quer que fosse, menino, menina ou qualquer variante, e nunca se preocupara, ou se importara, achara que aconteceria com o tempo.

E aconteceu. Primeiro lampejos, quando estava vendo um filme ou passava por alguém na rua. E então o garoto ao lado do qual se sentava na aula de matemática, que de repente tornou tudo real.

Rosie ouvira tudo aquilo, e o abraçara, e dissera que sentia muito, sentia muito por não ter estado presente, por não ter perguntado a respeito antes. Sempre desconfiara, claro. À maneira como alguém desconfiava que uma pessoa cozinhava bem ou nunca ficava bêbada. Como algo que era parte do outro, mas na verdade não significava nada, não mudava nada, para ela.

Por que não contamos a mamãe e papai?, ela sugere agora, enquanto os dois avançam pelo caminho.

Não começa, Rosie.

Acho mesmo que pode ajudar.

O que pode ajudar, no momento, é beber um monte de sidra, ficar de boa com meus amigos e esquecer tudo até a madrugada, pode ser?

Isso não é saudável, Josh.

Ah, e a sua conferência constante é? Acha que não te ouço

indo de um lado para o outro do quarto no meio da noite, fazendo aquelas esquisitices que você faz?

É como se ele tivesse dado um soco nela; a vergonha faz algo se encolher dentro de Rosie, com tudo dito assim, às claras. Por ele.

A coruja voa diante dos dois outra vez. Asas cor de areia à meia-luz.

Desculpa, ele diz. Desculpa, Rosie.

Tudo bem, ela diz, e os irmãos não dizem mais nada enquanto sobem rumo às falésias, com a grama alta cedendo espaço à terra gredosa e o cheiro de fogo e sal começando a chegar até eles.

Lá em cima, a fogueira estende seus braços e cospe fogo. Sobras de um bolo de aniversário, comprado no mercado e seco demais, ainda estão na embalagem plástica. Alguém colocou *drum and bass* para tocar em um aparelho de som, e ela vê alguns casais rolando na grama, vão pro motel, um cara grita, e lhe mostram o dedo do meio em troca. Josh faz como planejado, virando três sidras na primeira meia hora. Logo, toda a luz já deixou o céu.

É como a noite em que ela falou com Will pela primeira vez.

Preta como tinta, íntima.

Rosie se acomoda ao lado de Marley e seus olhos encontram os de Will, do outro lado das chamas. Ele ergue uma mão, bem de leve, como se estivesse apenas erguendo a bebida. Ela quer ir até lá, mas não sabe o que dizer, então bebe vinho tinto de um copo plástico, ouve as conversas e tenta fingir que não está prestando atenção nele, bem ali, fazendo questão de não olhar na direção dela.

Ela está de vestido, sem meia-calça. Agora, com seus joelhos nus apontados na direção dele, gostaria de ter vestido um jeans.

Uma hora depois, ela vai até a beirada e olha para a extensão do oceano, uma massa escura agora que o sol se pôs. É uma queda de quase vinte metros até as pedras lá embaixo.

Sua família costumava fazer piqueniques ali, anos atrás, e ela se pergunta se Josh se lembra de como guardavam joaninhas nas lancheiras, fugindo do perigo das vespas. Na época, havia muitas. Ela se pergunta onde foram parar.

É mais bonito durante o dia, ele diz.

Will foi até o lado dela.

Ela vira a cabeça e tenta sorrir para ele, mas não sabe bem em que pé estão; não tem certeza de que ele a perdoou pelas coisas horríveis que disse.

Até que gosto do escuro, ela diz.

Will toma um gole de coca, mantendo os olhos no mar.

Parabéns, ela diz.

Valeu.

Teve um bom dia?

Bem normal, ele diz.

Que decepção.

Ele ri disso, e ela cede também, abrindo seu próprio sorriso tenso.

Aniversários não deveriam ser dias normais, ela diz.

No seu mundo, talvez não.

É sutil, mas basta. Um reconhecimento de tudo o que ela lhe disse na floresta: que ele não é o cara certo para ela; que eles são de mundos diferentes, diferentes *demais*. Isso a assalta por dentro, a mentira que ela contou pelo irmão. Uma mentira em que Will acreditou com tanta facilidade.

Que bom que você veio, ele diz, depois do silêncio mais longo que já houve entre os dois. Alguém dá um gritinho atrás dele; ouve-se o barulho de espuma de cerveja se formando, e as pessoas fogem para evitar o esguicho.

Também acho, ela diz.

E legal que entrou em Oxford, ele diz.

Ah, é, ela diz. Legal mesmo.

Você não fica nem um pouco chateada por não estudar música?

Isso faz o cérebro de Rosie ficar mais lento, e ela filtra os detalhes das últimas semanas. A movimentação em seu quarto à noite. O bater de unhas, a contagem incessante em um cômodo, depois no outro. A ficha de inscrição da escola de música, ainda em branco, mas por algum motivo ainda na gaveta da escrivaninha.

Não, ela diz.

Então beleza, Will diz. Depois vem beber alguma coisa. Acha que a gente pode tentar ser amigos?

Depende, ela diz.

Do quê?

De você conseguir esquecer as coisas horríveis que eu disse.

Will dá de ombros, sem muita vontade, como se não reconhecesse exatamente o que havia entre os dois e ela destruiu.

Era tudo verdade, ele diz.

Só que não era, ela diz, e os sentimentos fazem sua voz sair trêmula, o que Will nota, ela acha, a julgar pela maneira como ele olha para ela.

Como assim?, ele pergunta, e é a vez de Rosie dar de ombros. Para sugerir algo sem palavras.

Há uma virada depois da meia-noite, depois de horas conversando, como amigos. Will não estava certo de que conseguiria ficar assim perto dela, mas é surpreendentemente fácil; um alívio até. E ele se pergunta o que ela quis dizer aquela hora. Se as coisas mudaram. Se era só uma questão do momento certo para Rosie, como ela sempre dissera.

As pessoas se dispersam, voltam, vão embora de vez. Alguém passa mal porque bebeu sidra demais; o celofane do bolo acaba na fogueira e derrete, produzindo um cheiro de ácido e de escolhas ruins. Josh fala cada vez mais alto. Está bêbado a ponto de apagar; pior até do que na noite do baile de inverno, e a princípio as pessoas acham graça, mas logo estão revirando os olhos ou tirando a mão dele de seus ombros; Will percebe que Rosie o observa do outro lado da fogueira.

Amo todos vocês, Josh diz, com os braços bem abertos. Tenho tanto amor dentro de mim, galera.

Alguém da risada; alguém faz "óóó" e tenta puxar Josh pela manga para fazê-lo sentar. Ele se solta, cambaleia um pouco.

Como amar pode ser errado?, ele pergunta aos poucos que permanecem junto à fogueira. Como qualquer tipo de amor pode ser ruim?

Ele começa a andar de um lado para o outro, com o rosto ardente como o pôr do sol mais cedo; o pôr do sol que fez Will escrever para Rosie.

Josh, Rosie diz, baixo.

Eu *amo* o amor, Josh prossegue, ainda mais alto, e dá risada de sua escolha de palavras. Alguém desliga a música, por pura irritação, Will desconfia. Ele observa com um divertimento distante Josh perambular por entre as poucas pessoas que restam, velhos amigos de escola, pessoas com quem fez grupo, ou da aula de ciências, de seu ano, olhando para ele com carinho ou cansaço.

Marley está no colo de Tom e diz a gente também te ama, Josh, e Josh olha para ela e começa a andar de costas, com uma lata de sidra na mão.

Você acha que ama, ele diz. A gente acha que conhece uma pessoa.

Josh, Rosie diz outra vez, e Will percebe o tom de alerta em sua voz e se senta, quando antes estava apoiado nos cotovelos.

A gente nunca sabe, Josh diz. Mas tudo bem. Vocês me fizeram enxergar isso esta noite. *Todos* vocês.

Ele balança a cabeça agora, e Will se pergunta se ele está tentando não chorar, não consegue entender se é um bêbado feliz ou absurdamente triste. Duas coisas que muitas vezes se confundem.

Josh toma mais um gole da lata e a solta. Ela cai na grama com um baque surdo.

Sai de perto da beirada, Josh, Rosie diz, mas ele não obedece. Continua andando de costas e então se vira, com os braços abertos, como se abraçasse o céu noturno. As pessoas começam a se levantar de seus lugares perto da fogueira. As risadas dão lugar a ai, meu Deus e merda. A leve intriga no ar se transforma em pavor.

Alguém grita o nome de Josh, e Will se levanta, sentindo o sangue fluir como um rio, então vai até ele com as mãos estendidas, diz cara, vem, você andou bebendo.

Os dois se olham por um brevíssimo segundo.

Então Josh abre a boca para dizer alguma coisa, mas seu pé que está atrás escorrega, e tudo acontece tão rápido que Will não tem certeza de que aconteceu, muito embora esteja ali, bem ali, e pudesse ter se lançado sobre ele se tivesse tentado. As pessoas gritam. As garotas gritam. E os garotos vão até a beirada e gritam porra e Josh e se fala de chamar uma ambulância, e o choque deixa tudo mais lento, por um momento, as estrelas apagadas, o mar parado, cauteloso. E Will olha da beirada e vê, mesmo no escuro, o ângulo daqueles membros compridos, a poça de algo que parece vinho, muito errado, na areia. Então ele se vira e a segura, porque ela está correndo para a beirada e gritando o nome do irmão.

Não, ele diz, e a abraça para segurá-la, pressiona-a contra seu peito. Não. Você não quer ver isso. Você não quer ver isso.

E ela chora e grita e ainda diz o nome do irmão, e ele cai com ela de joelhos e a mantém ali, assim, como se seu único propósito fosse impedi-la de ver isso, como se, de alguma maneira, isso pudesse, algum dia, levá-los de volta.

DEPOIS

Oito

Will sabe que, depois de hoje, nunca mais vai conseguir comer salada de batata.

Está fria e pegajosa e se transforma em papa na sua boca. Tem gosto de coisas sufocadas, como as palavras que seus amigos forçaram para sair no púlpito. O ar pareceu abafado quando eles foram para o estacionamento do cemitério, para que uns dessem caronas aos outros e fossem juntos até a casa, em silêncio.

Estão todos na sala de estar de Rosie, de vestido ou paletó preto, apesar do calor do fim do verão. Agora, com os olhos secos. Canapés nos pratos.

Will fica vendo as pessoas comerem. Coloca um pouco na boca, apesar de não querer.

As vozes soam baixas e solenes, e o lugar está lotado, mais lotado do que na véspera de Natal, mas as pessoas se dão mais espaço, falam e se tocam muito menos. O pai de Rosie parece perdido, como se não conseguisse lembrar por que está ali, naquela sala, com todos aqueles desconhecidos e amigos e familiares. A esposa está lá em cima, ninguém a vê desde a cerimônia.

E Rosie. Rosie está sentada à janela com Marley, que segura sua mão, não sai de seu lado. Outro vestido preto. Mangas compridas, o cabelo trançado, por outra pessoa, ele tem certeza, aquela manhã.

Ela tem a cara que se esperaria que alguém tivesse no funeral do irmão gêmeo. Completamente devastada, mas, de alguma maneira, ainda capaz de se manter sentada.

* * *

O mundo anda mais lento, e sem peso, desde a queda. Como se nada se mantivesse sentado ou de pé ou funcionasse por motivo algum. Ele experimentara um luto similar quando o avô morrera — quando se esperava que dissesse algumas palavras no funeral e, no entanto, bem quando chegara sua vez, não conseguira.

Ele sabe que decepcionou todo mundo.

Alcatrão na boca. O mundo afundando, submerso.

Uma hora depois, Marley sai com Rosie para o jardim. Ele vê as duas deixando o assento à janela, uma garota guiando a outra através da multidão em silêncio. Um dos melhores amigos de Josh chora em silêncio na rodinha de Will, e duas garotas começam a chorar também, porque é como bocejar, algo involuntário e contagioso. Will tira os pratos deles, fingindo ter consideração, e os leva para o jardim de inverno, de onde consegue ver Marley e Roe através do vidro, caminhando pelo jardim.

Lá fora, o sol dourado bate em sua pele, o céu está azul, brando e sem nuvens.

Vê uma macieira, uma cama elástica. Uma fonte desligada. Ele as segue até onde a cerca viva se abre, com vista para uma fazenda. Gansos grasnam no campo enquanto Marley segura a mão de Rosie.

Ele hesita atrás das duas, então diz o nome dela. Marley vira a cabeça na hora, mas Rosie não se mexe. Ele quer tocá-la. Quer segurar sua mão ou, sendo totalmente honesto, quer que ela segure firme a dele.

Foi uma cerimônia linda, Marley diz, depois de um longuíssimo tempo.

Só que não foi, foi?, Will retruca.

Marley volta a se virar para ele, e Rosie continua olhando para a frente.

Como?, Marley pergunta.

Foi devastadora, ele diz. E vagarosa, como qualquer funeral. E é ainda pior quando se trata de alguém tão jovem e brilhante.

A boca de Marley se move, como se ela rangesse os dentes; como se não conseguisse acreditar no que ele está dizendo.

E ele era brilhante, Will prossegue. E cheio de interesses. E consideração.

Ele sente suas mãos tremendo. Engancha os dedões nos passadores da calça.

E engraçado, ele diz. Mas não de propósito. Ele era inocente demais, quase bonzinho demais, pra um cara da nossa idade, sabe? E muita gente achava isso engraçado. Mas eu achava que ele era só... tão diferente dos outros. Eu me sentia... aliviado com ele.

Do que você tá falando?, Marley pergunta, mas Rosie puxa sua mão, de maneira quase involuntária, como se não quisesse que ela interrompesse.

Não acredito que ele morreu, Will diz. Não acredito que a gente foi à porcaria de um funeral como todos os outros em que ninguém disse nada verdadeiro sobre ele.

Will, Marley diz, parecendo chocada.

É verdade, ele diz. Ninguém diz a verdade nesse tipo de coisa. Foi igual com meu avô, vai ser igual comigo. Roe, ele chama outra vez. Roe, pode olhar pra mim?

Ela não olha; apenas abaixa a cabeça, e ele se pergunta se ela está chorando ou só tentando não chorar.

Não quero que você o guarde na memória assim, Will diz. Ou pense que é assim que todo mundo vai guardar. Ele era muito mais que aqueles poemas e aquela leitura. Sua música foi linda, Roe, de verdade. Ele teria amado. Mas ele teria amado um álbum inteiro só de músicas suas, né? Ou talvez preferisse que você cantasse ao vivo. E ia querer frango frito em vez de sanduichinhos. E músicas de Natal tocando na saída, embora seja setembro.

Para, Marley diz.

Não, ele diz, e não sabe por que é tão importante dizer isso, mas seu peito está explodindo, por isso segue em frente.

Funerais são tão importantes quanto... o quarto de hospital em que a gente nasce. Não valem de nada. Mas Josh vale. Ele era charmoso, idealista e meio desajeitado, sabia toda a letra de *Um maluco no pedaço* e desenhava estrelinhas quando estava tentando resolver equações, e isso tudo importa, Rosie, mais do que uma cerimônia idiota.

Cala a boca, Will!

Ele finge que Marley não disse nada, só ergue a voz acima da dela.

Você precisa lembrar das coisas com ele, Roe, ele diz. As coisas reais. Pode fazer isso?

Ele suplica por algo que ela não pode lhe dar, porque provavelmente quer morrer também, ele sabe, bem ali, à beira do campo. Metade dela se foi, metade dela se reduz a cinzas enquanto eles estão ali e Josh não.

Por favor, Roe, ele diz.

Quando ela continua sem dizer nada, quando ela não se move, ele volta para a casa, e Marley continua segurando a mão dela enquanto o sol mergulha atrás da fazenda. Ele sente seu coração dilacerado, exposto. Os pássaros ainda cantam nas árvores.

Ele passou dos limites, Marley diz a ela.

O sol se sustenta por mais um momento e então se esconde, deixando marcas de garras no céu. Coral avermelhado, em chamas. Sombras silenciadas do crepúsculo.

Não, Rosie diz, a primeira coisa que ela fala o dia todo.

Marley se vira para ela e pega seu braço com a mão livre.

Bom, ele poderia ter sido mais delicado, Marley diz.

As pessoas sempre podem ser mais delicadas, Rosie diz. Sua voz não parece normal, porém, de alguma maneira, ela continua falando.

Quero me lembrar de todas aquelas coisas, ela diz. Das coisas que ele disse e que ninguém mais disse.

E então algo acontece dentro dela, algo que ela vinha temendo e reprimindo o dia inteiro, e ela solta um som gutural, e é como se ela estivesse sendo rasgada por dentro.

Mas não consigo, ela diz. Não consigo me lembrar de nada além da queda.

Seu grito se transforma em soluços sem lágrimas, e ela entra em colapso em voz alta. Marley procura acalmá-la, como uma mãe faria, e ela desmorona no jardim, perto das árvores em que os dois tinham subido, na grama onde tinham procurado por trevos de quatro folhas e soprado dentes de leão e feito bonecos de neve e coroas de margaridas e olhado para as nuvens, e é verdade, nesse momento ela não se lembra de nada disso, mas Marley diz você vai lembrar, eu juro, você vai lembrar.

De volta à casa, Will não pode ir embora, como gostaria; precisa ficar na cozinha, enquanto outros se demoram na saída. A mãe de Rosie desceu só para se despedir; ela fica à porta, como se fosse incapaz de se mover, incapaz de encarar as pessoas que restaram na sala de estar.

Ele observa as pessoas pegando as mãos do sr. e da sra. Winters e sussurrando palavras bem-intencionadas, ainda que inúteis. O pai de Roe acompanha alguns até o carro, para tomar um ar, talvez, ou porque não suporta mais as paredes de seu próprio lar.

Quando a última pessoa vai embora, Will segue para o corredor também, preparando-se para dizer algo igualmente vazio. No entanto, quando a mãe de Rosie o vê, seu rosto faz algo que ele nunca presenciou. Primeiro se afrouxa, depois se contorce. Ele vê isso duplicado, na verdade, porque ela está diante do espelho da entrada, e é refletida em toda a sua fúria.

Vá embora, ela diz, quando ele se aproxima.

Eu já estava indo, ele diz.

Como ousa?, ela diz, e é como se seu rosto tivesse sido entalhado na madeira, como se ela mal conseguisse movimentar a boca.

Como *ousa*?, ela repete. Depois da sua festa patética, delinquente, a que eu disse que ele *não* devia ir? Joshua não faz essas coisas. Joshua me ouve. E então ele conhece você e começa a precisar de ajuda com matemática e a sair escondido em dia de aula.

Não era um dia de aula, Will diz, mas não sabe por quê, considerando que ela está tremendo toda, que continua falando do filho no presente.

Vai se foder, ela diz, e é impactante ouvir um adulto, uma mulher controlada como ela, falar um palavrão desses para ele. Will fica atordoado. Sente o sangue gelar.

Ele quer pedir desculpas, mas ela se inclina na direção dele, fazendo-o dar um passo atrás.

Você não tem a menor decência, ela diz. Vir aqui hoje. Falar assim comigo. Como se tivesse um problema.

Não tenho um problema, ele diz, e se esforça para manter a calma, para soar calmo. Mas Josh era meu amigo, sra. Winters. E eu...

Ela solta uma risada terrível.

Pessoas como você não têm amigos, ela diz. Só têm outras pessoas que usam para tirar vantagem ou para arrastá-las consigo. Conheci gente como você na escola. Acha que não sei por que foi suspenso? Acha que eu deixaria que chegasse perto dos meus filhos por um segundo que fosse?

Tem uma gotinha de cuspe na bochecha dela. Seu batom continua perfeitamente vermelho.

Você faz *mal* pra ele, Will, ela sibila. E pra Rosie. Vai embora. Agora. Quero você fora da minha casa.

Ela olha para ele como se Josh não tivesse caído. Como se Will o tivesse empurrado.

Fora daqui, ela diz, pela última vez.

Foda-se, ele diz, baixinho, e passa por ela, sentindo as entranhas entaladas na garganta.

Ele sabe, racionalmente, que ela é uma mãe em luto falando. A parte mais sombria dele, no entanto, a parte que gosta de beber e tensionar e arrastá-lo para os lugares embaçados e rodopiantes em que não sente nada, essa parte ouve e acredita naquilo. Porque ele poderia tê-lo segurado. Poderia não ter convidado os dois aquela noite. Josh poderia ter ficado em casa e Will poderia ter feito alguma coisa, ou não ter feito alguma coisa, e tudo seria totalmente diferente.

Seu amigo ainda poderia estar ali, resolvendo equações. Desenhando estrelinhas.

Depois que todo mundo vai embora, Rosie fica acordada na cama, com o coração acelerado, temendo como o mundo estará na manhã seguinte.

A mãe não chora alto, como nas outras noites. Só fica em silêncio. O pai se encontra entorpecido, parece atordoado com a coisa toda, como se não acreditasse no que aconteceu. E embora ela não tenha como compreender a dor de perder um filho, o fato de que a mãe e o pai não eram gêmeos de Josh faz Rosie se inflamar. Eles podem tê-lo criado, mas os dois não cresceram das mesmas células; não compartilharam corações e cromossomos e um lar desde antes de serem humanos.

Na escuridão da noite, Rosie imagina que também vai morrer. Que não tem como sobreviver com essa coisa que a devora por dentro.

Por isso ela vai ao outro quarto e passa dias dormindo na cama do irmão. Ela dorme como se estivesse compensando todas as noites sem dormir desde que era pequena; desde que o relógio começou a mantê-la acordada, desde que ela começou a contar e a conferir e a fazer promessas a si mesma para que coisas ruins não acontecessem, para que as pessoas não morressem.

E ele morreu mesmo assim.

Ele morreu e ela está cansada e os pais de alguma maneira seguem em frente, vestindo-se, deixando-a sossegada, até que pareça boba, não seja mais respeitável ou normal; então o pai abre a cortina e diz vamos, Rosie, é hora de voltar para sua própria cama, e ela concorda, até que escurece e ela se esgueira até o quarto do irmão e pressiona o rosto contra o travesseiro dele. Ainda cheira a ele, um pouco. Cada vez menos a cada noite que passa.

Na manhã em que se espera que ela vá para a universidade, Rosie confere e confere de novo, até que se torna tão automático que ela mesma não sabe se conferiu direito.

As malas estão no carro. O pai está no banco do motorista e a mãe a chama, diz que é hora de ir.

Não resta nada além da cortina e de algumas fotos.

Ela mandou uma mensagem para Will no dia anterior; pediu a ele que a encontrasse no farol ao amanhecer. Ele não respondeu, mas ela foi mesmo assim, e ele não apareceu. O que não chega a ser surpresa, ela pensa, depois de semanas sem nenhum contato. Depois que ela se recusou a olhar para ele no funeral.

Agora, de volta em casa, ela confere mais uma vez. O quê, exatamente, não sabe. Toca o peitoril da janela, posiciona a escrivaninha no ângulo certo. No ângulo certo. Certo. Certo. Um pouco mais para a esquerda e pronto.

Então a mãe grita de novo, e isso a força a ir embora, a descer a escada.

O que você estava fazendo?, a mãe pergunta, como se tivesse um horário a cumprir; como se precisasse voltar a algo mais importante.

Nada, Rosie diz.

Então não enrola, a mãe diz, e dá um beijo no cocuruto dela.

Há um momento em que elas se agarram uma à outra; a mão da mãe em suas costas, puxando-a para si, Rosie segurando seu cotovelo. Elas não estão acostumadas a se abraçar, e não parece um abraço de despedida; parece que estão conversando através do toque, como se seus dedos compridos e parecidos falassem por elas.

Você vai ficar bem, a mãe diz, e como ela é obrigada a dizer isso Rosie não acredita. Pensa em dizer a ela agora, com seus rostos refletidos no espelho da entrada, que não quer ir.

A mãe a beija de novo, de maneira mais brusca agora, e a solta.

Comporte-se, ela diz.

Sempre me comporto, Rosie responde, em uma troca entre as duas que se repete desde a infância. A mãe sorri, sem sorrir de verdade, e Rosie deixa a casa.

Na noite do funeral, Will passa na casa de Darcy antes de ir para a própria casa.

Ele a come no jardim, porque a mãe dela está em casa, e Darcy quer aquilo tanto quanto ele. Não senti sua falta, ela diz, mordendo o lábio dele. Mas estou triste pra caralho, Will.

Ele a vira de lado, e sua bochecha roça no reboco grosso da casa, e ao gozar ele pensa que gostaria de dizer o mesmo em voz alta, de admitir que está triste e usar isso como justificativa para tudo. Para todos os erros.

Você o conhecia bem, não?, Darcy pergunta, ajeitando a saia na cintura. Ele sobe o zíper da calça e diz que os dois faziam matemática avançada juntos.

E não foi na sua festa? Que ele morreu?

Ela comenta isso casualmente, como se não se importasse; como se só estivesse confirmando algo que já sabe. Ele olha para ela, mas não responde. E continua olhando até que ela fique vermelha e pergunte o que foi.

Ele mantém a resposta não dada na boca. Enquanto corre, enquanto toma banho, enquanto trabalha. No jantar, enquanto se força a comer, sob o olhar vigilante da avó. Ele sente o peso da resposta agora, enquanto arranca as ervas daninhas do jardim, atravessada na garganta, repreensível. A grama está úmida. Choveu à noite.

Ele ignorou a mensagem de Rosie no dia em que ela foi embora. Isso lhe parece urgente e inescapável; isso o assombra, pulsando em suas veias enquanto ele enfia as mãos na terra.

Ele vai alinhando as ervas daninhas no chão, depois pega todas juntas e as joga no lixo. Está suando, respirando com dificuldade, as unhas pretas da terra. Então se vira e vai para a garagem, onde revira a caixa de ferramentas, ergue os montes de trapos sujos de graxa que empilha atrás da bancada de trabalho.

Ele pega uma garrafa do líquido claro e pungente que já o ajudou antes. Toma goladas no escuro, porque nem se deu ao trabalho de acender a luz.

Nove

De muitas maneiras, a universidade é como Rosie esperava.

Gramados verdes e bibliotecas circulares, seminários em que às vezes ela se sente perdida e que outras vezes despertam seu interesse. Aulas expositivas, com copos de café e o farfalhar de papéis. Pessoas inteligentes, comentários idiotas. Moedas atiradas em canecas de cerveja, que então precisam ser viradas, como água.

Ela gosta da sala dos computadores, que fica embaixo da biblioteca. De como está sempre quente e do barulhinho constante da impressora. As pessoas vão para lá com um propósito. Vêm e vão, e ela fica e digita seus trabalhos, os pés dos outros estudantes passando acima enquanto ela trabalha no subsolo, como se estivesse se escondendo.

De outras maneiras, não é nem um pouco como ela esperava.

Ela achava que, de algum jeito, as coisas iam ficar bem quando estivesse ali. Mesmo com a morte de Josh, uma parte esperançosa dela acreditava que os velhos problemas recuariam. Que a conferência e as noites sem dormir minguariam à luz de um novo lugar, graças aos novos amigos e rostos, aos fatos que preencheriam seus dias.

Na verdade, entretanto, o sono profundo do luto imediato se foi, e ela passa o tempo ávida e dolorosamente acordada.

Em casas noturnas, no bar, no quarto de uma amiga, debruçada sobre a leitura de última hora. E quando precisa ficar sozinha ela se pega andando em círculos em seu quarto, tocando suas roupas, suas chaves, com o leve roçar de dois dedos, antes de conseguir ir para a cama. Se vai ao banheiro no meio da noite, precisa fazer tudo de novo.

Ela não sabe por quê.

Mas ela fez amigos. Bons amigos. Um grupinho com o qual vê filmes, dança em casas noturnas, divide um táxi quando decidem, em meio à bebedeira, que não querem ir para casa andando no frio.

Ela começa a tomar café, porque todo mundo toma.

Experimenta seu primeiro kebab, bebe Jägermeister com energético pela primeira vez.

Tem que reescrever um trabalho pela primeira vez na vida e chora ao telefone com Marley por causa disso, mesmo depois de tudo. Muito embora aquele tipo de coisa não devesse importar mais.

Ela não conta a ninguém que seu irmão gêmeo morreu.

Que só dorme duas, às vezes três, horas por noite durante todo o primeiro semestre.

Ela estuda. Bebe. Para de escrever música. Come muito pouco e começa a usar roupas um tamanho menor, o que sabe que a mãe vai adorar quando ela voltar para casa no Natal.

Quase manda uma mensagem para Josh para contar a respeito.

Então se lembra de tudo outra vez.

É começo de dezembro — Natal em Oxford, como eles dizem lá — quando ela decide parar de andar em círculos dentro do quarto e sair do prédio ao amanhecer. Fica andando pelo campus, com o casaco que vai até os joelhos, observando a névoa deixar o gramado.

Alguns dias, ela caminha pela margem do rio até suas mãos gelarem, e é assim que ela o nota pela primeira vez.

Ele na água, remando, sozinho, e ela não acha nada de mais, só um pouco estranho mais alguém estar acordado àquela hora, e ela o observa passando, com seus braços compridos e cabelo curto, o maxilar forte e cerrado.

Ela o vê de novo algumas vezes. Ele a nota olhando uma vez, porém continua remando; continua exalando pela boca, devido ao esforço, focado como ela nunca viu ninguém antes.

Ela se esquece dele.

Vai passar o Natal em casa.

A estadia é péssima, ninguém diz quase nada, e ela se sente destroçada ao voltar para o segundo semestre, porque tudo o que antes parecera difícil agora parece ainda mais. Ela para de dormir, as conferências aumentam e a mantêm acordada a noite toda, de modo que ela não consegue lembrar o que veio primeiro, se as conferências ou as noites em claro, porque uma alimenta a outra, e sua cabeça gira sem parar, todos os dias e noites, nas aulas até as quais ela se arrasta, no refeitório enquanto almoça com os amigos, comendo os carboidratos, as cenouras, os alimentos macios e fáceis de engolir. Ela tem frio e se sente abalada o tempo todo, como um globo de neve virado de ponta-cabeça. Rodopiante, e vazia, e cheia.

Will comeu até ficar sóbrio. São duas da manhã e ele está na cozinha, pegando pão direto do saco, enfiando-o na boca com dois dedos.

A fome repentina parecera real. Então ele desceu e começou a comer e o mundo ficou mais claro.

Pão semi-integral.

Integralmente sem gosto.

No entanto, ele termina sua quarta fatia, volta a fechar o saco e bebe água. Essa é a chave, ele sabe; beber uma quantidade implausível de água para que tudo fique bem.

E as coisas até que andam bem. Ele está trabalhando, e correndo, e não sente falta da escola, da rotina de chamada, aula e estudo que ele nunca seguiu, com professores que tinham pena dele, ou simpatia por ele, ou o tratavam com desconfiança. Cumpre seus turnos na oficina do Moe e corre para se livrar de Josh, e daquela noite, e do estômago que nunca parece deixar de se revirar. Quando bebe, seus pensamentos se abrandam, como se girassem um botão para baixar o volume ou a chama da boca do fogão. Ainda ali, mas abafados pelo gim, pela vodca ou pelo rum. A princípio, ele bebe fora de casa. Na garagem, ou depois do trabalho, na praia ou em becos, como a escória que ele acredita que possa ser.

E então ouve rock.

Acorda com fome e ainda enjoado, sem sentir nenhum desejo de fazer algo diferente.

Agora, na cozinha, ele está prestes a abrir a torneira para pegar mais água quando o celular vibra na bancada. Violentamente, como se alguém estivesse usando uma furadeira.

Ele vê o nome dela. Depois de tentar não pensar nela ao longo de semanas. O álcool também ajuda com isso, como um velho amigo que sempre sabe o que dizer para reconfortar. É uma distração, permite deixar as coisas de lado um pouco, até um momento como esse, em que a vida real bate à porta, ou liga, às duas da manhã.

Ele não abre a torneira. Não pensa demais.

Roe, diz, ao atender.

Ela diz oi, depois de uma longuíssima pausa. Ele se pergunta se ela ligou de propósito.

Você está acordado, ela diz em seguida.

É.

Eu não sabia se estaria.

Outra pausa, ainda mais longa. Ele vai com o telefone para a sala, fecha a porta e se senta na poltrona do avô. Dave se levanta de sua almofada no canto e cheira seus joelhos em cumprimento antes de voltar para sua caminha.

Você tá bem?, ele pergunta.

Estou, ela diz, embora sua voz sugira o contrário.

Como está tudo aí?, ele pergunta. Ia perguntar como está a faculdade ou como foi o Natal, mas nada daquilo parecia relevante. Há tanto entre os dois agora. Tantos meses, tantas coisas. Eles não se falam desde o funeral.

Bem, ela diz. Normal.

Rosie.

Oi?

Por que você me ligou?

Silêncio de novo do outro lado da linha, tão carregado quanto uma cidade à noite. Ele não consegue ouvir a respiração dela; tampouco o barulho de lençóis, um suspiro ou um mexer de pés.

Não consigo dormir, ela diz. Já tentei de tudo.

Tá.

E não sei o que fazer, ela diz.

Sua voz falha na segunda parte, e ela solta o ar entrecortado, curto.

O coração dele se inunda. Ruge, por conta de tudo.

Tá, ele diz. Tá. Desde quando? Só esta noite?

Não, ela diz.

Uma semana?

Silêncio outra vez, então ela diz que desde que chegou, e ele não sabe se ela quer dizer desde que se mudou ou desde que voltou das férias de Natal. De qualquer maneira, é ruim.

Ele se levanta e vai até a janela enquanto a tranquiliza com coisas insignificantes. Fala sobre a troca de cabos de embreagem na oficina, o interesse repentino de Amber em virar vegetariana. As árvores que está vendo; como estão peladas, sem folhas. Como o inverno anda úmido.

Ele continua falando, porque ela não diz nada, e ele tenta visualizar o lugar onde ela está, como seu quarto deve ser; uma cama de solteiro e uma janela, os livros em uma pilha alta na escrivaninha.

Ele fala sobre um manual que está lendo. Uma banda que descobriu e de que ela pode gostar, do ruído branco nas faixas.

Em algum momento ela deve ter dormido, porque sua respiração fica constante, e em algum momento ele dorme também, com a luz leitosa da manhã se infiltrando pelas persianas.

Você está com uma cara péssima, a avó lhe diz no café da manhã.

Obrigado, ele diz.

O que foi? Está ficando doente?

Antes que ele possa responder, ela leva a palma à testa dele, tira o cabelo da frente de seus olhos. Está meio suado, ela diz.

Foi só uma noite ruim, ele garante.

E está com mau hálito, ela diz, abrindo a geladeira. Ele finge não se importar com o comentário, mas fecha a boca, caso ela possa sentir o cheiro de álcool.

Você dormiu aqui embaixo?, ela pergunta, acenando com a cabeça para a porta da sala de estar. Ela põe manteiga e geleia na mesa, uma caixa de suco, e de repente ele é tomado pelo lampejo daquele dia de neve, Josh pegando as coberturas para as panquecas.

Will?

Oi?

Perguntei se você dormiu aqui embaixo.

Não cheguei a dormir, ele diz. Mas, sim, fiquei aqui embaixo.

A avó faz "hum", e não pergunta mais nada. Tem pegado leve desde a morte de Josh, o que ele aprecia, mas também o deixa furioso. É como se precisassem lidar com ele com cuidado. Como se aquilo mudasse tudo. Como se ele não preferisse as críticas habituais e implacáveis dela, sua vida de volta a como era antes.

Vou sair hoje à noite, ele diz, enquanto ela vira as panquecas na frigideira.

De novo?

É.

Com quem você tem saído?

Com amigos, ele diz.

Não garotas?

Muitas garotas.

Ela suspira e, de maneira quase inacreditável, escolhe esse exato momento para mencioná-la, depois de meses cheia de dedos, de silêncio e perguntas inofensivas.

Então você não falou mais com Rosie?

Depois que o irmão gêmeo dela morreu no meu aniversário?, ele retruca, de maneira tão acalorada que depois sua pele fica parecendo gelo. Não falei.

Willie, ela diz, ao mesmo tempo empatizando e repreendendo, e ele se levanta e diz que não está com fome.

Rosie começa a ligar para ele todas as noites.

Por volta das onze, quando ele está na cama, ou voltando depois de beber na praia. Com o vento soprando, as estrelas no céu. O mar rugindo em algum lugar atrás dele.

Ele fala, e ela fala também, às vezes, embora com maior frequência pegue no sono, e ele continua falando, por um tempo, para se certificar de que ela continua ali.

Ele lhe conta muitas coisas. Gosta de fazer isso; gosta de seu tempo com ela, muito embora Rosie esteja lá e ele esteja aqui, e a coisa toda seja meio esquisita. Ele se vê esperando o dia todo por aquele momento, quando o telefone toca. Sente ao mesmo tempo tristeza e um enorme alívio, porque significa que ela ainda precisa dele.

Depois de algumas semanas, quando as geadas de fevereiro já marcam a grama pela manhã e sua expiração ao acordar forma uma nuvenzinha de vapor, ela quebra a rotina e liga ao amanhecer.

Onde você estava?, ela pergunta.

Ele ainda está acordando e não consegue acompanhá-la.

Esperei por você, ela diz. No dia em que fui embora.

Ele fica olhando para cima, para os contornos das antigas estrelas, para o teto com textura.

E por que não se despediu?, ela pergunta. No dia do funeral.

Will se mantém imóvel. Nunca pensou que teria que responder àquelas perguntas; achou que seriam apenas coisas que ficariam entre eles, que poderiam compactar, como lama.

Você fala comigo até que eu durma todas as noites, ela diz, mas há outras coisas que precisam ser ditas. Coisas sobre as quais precisamos conversar.

Ele continua olhando para o teto, para a sombra do sol nas pinceladas. Quando ele não responde, ela insiste: você não acha?

Então ele vai ter mesmo que se enveredar por ali.

Aconteceram coisas demais, Roe, ele diz. Quero estar presente, tá? Quero te ajudar a superar. Mas não posso te ver. Não podemos simplesmente conversar sobre coisas normais.

Coisas normais, Rosie repete. Você *só* fala sobre coisas normais.

O normal seria reconhecer a porra do que não estamos reconhecendo, Will diz, e a raiva está de volta, abundante, quente.

Tá. O que exatamente?

Que seu irmão *morreu*, Roe, ele diz. E que eu tenho que viver com essa porra.

Ela puxa o ar sutilmente.

Ele ouve Amber escovando os dentes no banheiro. A torneira aberta, a fricção das cerdas.

Deve ser muito difícil mesmo *pra você*, Rosie diz, irritada, o que não é de seu feitio, e a fúria dos dois se choca como uma onda contra a areia; de maneira necessária, inevitável. O silêncio a seguir se alonga e permanece.

Nenhum dos dois desliga.

O relógio dele tiquetaqueia. O som do aquecedor ligado.

Não foi culpa sua, Rosie acaba dizendo. Cedendo.

Estou cansado disso, Will diz, e seu estômago se revirando faz sua voz oscilar. Não tenta fazer com que eu me sinta melhor, pelo amor de Deus.

Ela diz tá, tá, e agora é ela quem tenta acalmá-lo, o que ele não quer. De repente se sente insaciavelmente furioso com ela.

Eu não me despedi e não fui ao farol porque não quis, ele diz.

Tudo bem, ela repete.

Está mesmo?, pergunta. *Está* tudo bem? Porque parece que você não ligava de fazer joguinho comigo, Roe, de decidir quando e onde me queria, não quis nem mesmo me olhar naquele dia, e agora vem me ligar em horas absurdas e me interroga sobre as minhas decisões.

Ela não responde, por isso ele vai em frente.

Não sei mais se isso está fazendo bem pra gente, ele diz. Ou se já fez. Você estava certa, Roe. É melhor se concentrar em Oxford e no luto, talvez em arranjar ajuda profissional, enquanto volto a fazer o que estava fazendo.

Ele está sentado agora, sentindo o corpo todo pulsar.

Tá, Rosie diz, e ela agradece a ele, por Deus sabe o quê, e ele fica olhando para o telefone depois que ela desliga, perguntando-se o que foi que aconteceu, por que ele disse todas aquelas coisas.

Ele sai para correr. Tenta tirá-la da cabeça.

E, naquela noite, ela não liga.

Rosie encontra o garoto do remo quando sai uma noite.

É uma noite normal, nada digna de nota, mas os dois acabam sentados lado a lado no pub, e ele compra uma bebida para ela, diz ei, você é a garota que acorda cedo. Ele a notou olhando para ele em suas caminhadas pela margem do rio. É grande, de maneira quase incômoda; tem braços e pernas moldados para cortar a água com o remo, um nariz quebrado anos antes no campo de rúgbi.

Ele é mais velho que ela. Está no segundo ano.

Ele pede seu telefone, e os dois saem uma semana depois, para tomar café entre duas aulas. É uma quarta-feira. Ele se chama Simon.

Ela acha que ele lembra um urso, com sua cabeça larga e suas mãos enormes, aquela risada profunda e sempre pronta, tão certa e plena. Ele não bebe, come bastante frango e clara de ovo, conta a ela sobre seu amor por corridas e pela água. Fala que é fácil para ele se levantar antes do sol nascer, porque dorme às nove, e que os amigos riem dele por isso, mas é assim que é, quando se está na equipe de remo, é assim que precisa ser.

Ele pergunta a ela quais são seus interesses e o que ela estuda. Pega seu casaco e o pendura na cadeira, como um adulto.

Paga pelos cafés. E a chama para sair de novo, dessa vez para jantar, em um lugar que ele acha que ela vai gostar.

Com ele é fácil. Ela se vê entrando na vida dele como um passarinho debaixo da asa da mãe; atrás de conforto e abrigo; por pura necessidade.

Marley liga mais ou menos a cada quinze dias. Está estudando medicina, como sempre quis, e se dedica aos estudos e ainda mais às festas. Sempre que as duas se falam Marley parece resfriada.

Terminou com Tom antes de irem para a faculdade e não viu nem cheiro de romance em sua vida desde então, sem contar a pegação com alguns caras no bar dos estudantes, o que ela diz que é a coisa menos romântica do mundo.

Como ele é?, ela pergunta, quando Rosie lhe conta sobre Simon.

Ele é legal, Rosie diz.

Isso é sempre bom, Marley comenta.

Mais que legal, ela se corrige. Ele é muito bonzinho. E não só fala, também escuta. Mas não faz perguntas demais, sabe? É, tipo, o oposto de intenso. Só muito fofo. E bonzinho.

Ela falou bonzinho duas vezes.

Ele parece ótimo, é tudo o que Marley diz.

Rosie concorda e olha da janela do quarto para o campus. Tem um pombo no parapeito da velha biblioteca; em um cantinho, com as asas recolhidas. Como se esperasse por algo.

E de resto?, Marley pergunta.

Rosie pensa a respeito. No dia anterior, ela viu um garoto um pouco parecido com Josh na biblioteca. Seu coração pulou para a boca e ela voltou para a mesa e escreveu uma linha de um trabalho antes de ir ao banheiro para chorar em silêncio dentro de uma cabine trancada.

Tudo bem, ela diz.

É? Tem dormido melhor?

Tenho, ela diz, porque é verdade, e porque teria dado a

mesma resposta ainda que não fosse. Tanta gente, incluindo Marley, se preocupava com ela desde que Josh morrera — seus amigos da escola, seus pais e até mesmo parentes distantes entravam em contato de tempos em tempos. Ela sabe que deveria se sentir amada e que deveria ser grata. No entanto, o ressentimento toma conta dela, como aquele pombo abrindo suas asas.

Legal, Marley diz. Que bom.

Como andam as coisas com seu cadáver?, Rosie pergunta, seguindo em frente com a conversa.

Ela não se inscreveu para nenhuma aula de música na semana inaugural. Passou direto pelas mesas do coral, da orquestra, do grupo de canto à capela, da banda de swing.

Ninguém em sua nova vida sabe que ela canta ou toca.

Que a música já foi uma parte dela.

Quando Will parou de falar com ela até que pegasse no sono — parou de falar com ela e ponto-final —, Rosie precisou encontrar outra maneira de encarar as noites. Então voltou a ler poesia, pela primeira vez desde a morte de Josh; só na cama, e só de madrugada.

Ela descobriu que podia combater dois inimigos daquela maneira, tanto a insônia quanto a asfixia do dia a dia, pegando a caneta e escrevendo tudo o que não podia ser dito. Coisas que não haviam sido feitas para a música ou para os olhos humanos; coisas em que ela nem consegue acreditar que pensa, e que sente, e que de alguma forma consegue expressar em palavras.

Manchas de tinta em seus lençóis.

Enquanto escreve, ela não tem como conferir as coisas ou sofrer.

Não tem como pensar em qualquer outra coisa.

Will começa a fazer mais coisas na oficina, porque pede e porque precisa do dinheiro. Troca baterias e cabos, mas quando pede para fazer o trabalho de um mecânico de verdade Moe diz que não seria justo.

Não posso te pagar um salário de mecânico, Moe explica.

Por que não?

Porque tenho que cuidar do meu negócio.

Mas recebo o mesmo salário já faz três anos.

E nunca te prometi mais que isso, prometi?

Então, o ano todo, Will passa desengripante nas motos prontas para serem retiradas. Busca os macacões na lavanderia. Cumprimenta os clientes, varre o chão, lava as canecas e faz tanto café que quase sugere a Moe que reduza o consumo de cafeína, e só isso já justificaria um aumento.

A não ser pelo pouco que dá para a avó, ele guarda quase tudo o que recebe em uma conta no banco para comprar uma passagem de avião. Porque, no verão, vai embora.

Meio que já foi, na verdade.

Faz bicos pela cidade, consertando coisas, limpando calhas, cortando a grama, pintando paredes. Aprende a lixar o piso, envernizar rodapés, instalar tábuas e trocar tomadas, qualquer coisa que precise fazer para preencher o tempo e conseguir se mandar dali. À noite, faz como sempre fez; corre, cozinha um pouco, quando a avó não quer, e lê e dirige e bebe.

Nada de telefone. Nada de mensagens ou convites para festas.

Seus antigos amigos não moram mais por perto de qualquer maneira. Até mesmo Darcy foi fazer faculdade em algum outro lugar, tirou as notas necessárias para estudar assistência social e de saúde. Ele riu quando ela lhe contou isso, principalmente da ideia de que ela seria capaz de assistir quem quer que fosse.

Ele trepa com mulheres como ela quase semanalmente, uma da lavanderia, atendentes de bar e de café, professoras--assistentes que conhece no pub.

Precisa se esforçar muito para se concentrar nelas quando estão juntos.

Tenta ouvir quando elas falam.

Nos dias ruins, ele se permite visualizar Rosie. Quando está com uma garota, ou simplesmente deitado na cama com elas depois, com as janelas abertas, a cortina esvoaçando com a brisa.

Os dois ficariam deitados assim, ele pensa, antes que possa evitar. As roupas no chão, as nuvens passando no céu. A marca da boca dela no copo de água dele.

Ridículo.

Uma noite de verão, ele chega de um passeio com o cabelo penteado para trás pelo vento, o coração aliviado pelo risco e pelas estradas longas e vazias.

Decide comer antes de tomar um banho. Pergunta-se o que a avó deixou para ele, considerando que mal comem juntos ultimamente; ele nunca está em casa no horário certo para isso, ainda que ela viva pedindo para que tente estar. Ela costuma estar na cama quando ele chega, com todas as luzes da casa apagadas.

Hoje, no entanto, ela está na cozinha. Sentada à mesa, com as mãos entrelaçadas.

Tudo bem?, ele a cumprimenta, e ela levanta os olhos.

Ele está prestes a lhe perguntar o que aconteceu, por que ela está olhando para ele desse jeito, quando ela se abaixa para pegar algo ao lado da cadeira e volta com uma garrafa vazia, que coloca sobre a mesa.

A avó faz o mesmo de novo e de novo, até que haja cinco garrafas pela metade alinhadas à sua frente. Soldados de vidro com pescoço comprido à luz da cozinha.

E com *você*?, ela retruca, sem que seus olhos deixem o rosto dele. Está tudo bem com você?

De repente, a mente de Will parece cheia e lenta ao mesmo tempo; como se alguém tivesse soprado fumaça em seus ouvidos, deixando-o embaçado por dentro.

Quando você voltou a beber destilado?, ela pergunta.

Ele pensa em negar, como sua versão mais jovem teria feito, mas só dá de ombros e pergunta que diferença faz?

Faz toda a diferença, ela diz, e sua voz falha uma única vez.

Depois do funeral, ele diz a ela.

Do funeral de quem?

De quem você acha?

O funeral de quem, Will?, ela insiste, e cada palavra soa como um furador entrando em um folha de papel.

Do Josh, ele diz.

A avó fica quieta, mas ele vê certo alívio em seu rosto. Ela está pensando que faz menos de um ano. Não é um hábito irreversível, como talvez fosse se ele viesse bebendo em segredo por anos, desde que o coração do avô parou de funcionar quando ele estava no banheiro uma manhã, com a escova de dente ainda na boca.

Quero que jogue isso fora, a avó diz. Agora mesmo.

Posso simplesmente comprar mais, ele diz.

Não faça isso, ela diz, e cerra os dentes para não chorar, e ele arde ao ver isso, cada pedaço dele acusa a vergonha, o ódio e a fúria que sente dela, de si mesmo, do que ela está prestes a levá-lo a fazer. Não me venha com ameaças, Will. Quero que prometa para mim. Do fundo do coração. Agora mesmo.

Não vai mudar nada, ele diz.

Vamos conseguir ajuda pra você então, ela diz, e o encara diretamente, a pele enrugada em volta de seus olhos parecendo uva-passa. Seus olhos parecem diminuir quando ela está triste. Tudo nela endurece e fica maior, com exceção de seus olhos.

São os olhos com que ela costumava se dirigir à mãe dele.

Não preciso de ajuda, ele diz.

Então jogue tudo fora.

Vó.

O que foi?

Não vai fazer diferença.

Vai, sim, Willie.

Não vai! Porra, você não tem noção.

Não se atreva a falar comigo assim, e na minha casa, ela diz e se levanta, enorme, barulhenta, a mulher que o criou, e acerta uma das garrafas, de leve, com o braço da cadeira.

Devemos sacar as espadas agora?

Como pode brincar com isso, William? Como?

Sei lá, ele diz, e dá de ombros.

Os dois continuam se encarando. A respiração dela está bem profunda, o que tem um efeito estranhamente calmante nele. É como se todo sentimento verdadeiro o tivesse abandonado. Como se ele tivesse saído de seu próprio corpo e assistisse à cena de fora.

Se não vai parar de beber por si mesmo, a avó diz, então faça isso por mim.

Isso também não vai funcionar, vó.

Não estou sendo manipuladora, ela retruca. Estou sendo prática.

Ah, é?

Ele se recosta na moldura da porta; sente uma dobradiça em sua lombar.

Talvez eu precise que você me leve a algumas consultas no hospital, ela diz. Muito em breve.

Por quê? Qual é o problema?

Conto quando eu souber.

Mas por que você marcou consultas?

Só me prometa que vai poder dirigir se eu precisar, ela diz.

É mentira sua, ele diz, e não consegue acreditar que ela seria capaz disso, não consegue acreditar que ela se rebaixaria a tanto. Ela não nega. Ele lhe dá as costas e sobe a escada, e ela deixa que ele se vá, com as garrafas ainda alinhadas na mesa.

Rosie está sem papel.

Ela vem escrevendo em impressões descartadas, só que agora elas acabaram, e ela tem mais a dizer, por isso pega a caneta e escreve o restante no punho, em toda a extensão do braço.

A ponta da caneta faz cócegas.

É fina e leve, como a ponta de uma pena, e isso desperta outra lembrança, outra frase, a vez em que ela e Josh descobriram que havia penas de pássaros de verdade em seus travesseiros. Plumas de pato, agora ela sabe, e escreve uma música inteira a respeito, pela primeira vez desde que Josh morreu, sobre a maciez e a ponta afiada, a chuva de penugem branca roubada de algo que um dia foi vivo.

Pela manhã, ela não lava o braço para apagar o escrito.

Vai à aula de manga comprida, para esconder a pele cheia de histórias que, no fim das contas, não consegue esquecer.

Depois de um encontro uma noite — embora ela se perguntasse se continuava sendo um encontro quando se era um casal, quando um havia entrado na vida do outro sem discussão —, Simon pergunta a ela sobre as músicas em seus braços.

Eles tinham ido jantar e ver um filme. Algo popular, com orçamento elevado e horrendo; Rosie já não lembra muito bem do enredo. Agora estão no quarto dele, com a cortina fechada, a luminária da mesa no canto.

Ela está sentada de pernas cruzadas na cama. Ele vê as palavras, ultrapassando a manga comprida, o pequeno trecho de pele sob o botão do punho.

O que é isso?, ele pergunta, e acena com o rosto grande e bondoso para as mãos dela, que envolvem uma xícara de chá. Camomila. Ela não toma mais cafeína.

Rosie tenta reagir, mas ele estende a mão e ergue o antebraço dela sob a luz, virando-o para ver melhor. Ela fica esperando que ele sorria. Que fique curioso e dispare a fazer perguntas. No entanto, ele só dá de ombros e diz estudantes de artes. Então lhe devolve seu braço.

Está chovendo quando Will tromba com a irmã no corredor.

A avó está vendo tv na sala. O clarinete pesaroso de uma de suas novelas chega pela escada enquanto as gotas castigam as janelas.

Ah, Amber diz. Você está em casa.

É, Will diz. Ele ia descer para pegar água. Ela está no último degrau, bloqueando sua passagem.

A gente achava que você tinha saído, ela diz.

Bom, não saí, ele diz.

Ela continua imóvel, o que é incomum. É o máximo de tempo que passaram juntos em quase um ano. Os dois têm um acordo tácito; nunca entram no quarto um do outro e sempre mantêm uma distância saudável. Funciona.

A vovó está chateada, Amber comenta.

Por quê? Alguém morreu em *Emmerdale*?

Não, ela diz. Porque você está bebendo vodca de novo.

O coração dele bate contra as costelas, como um elástico estourado. O barulho da chuva contra o vidro é ensurdecedor.

Eu... eu não sabia que você sabia disso, ele fala.

Eu sei, ela fala.

Ele olha para ela. Direito, pela primeira vez em muito tempo. Ela parece mais velha que seus onze anos; tem uma marca de espinha no queixo e uma intensidade nos olhos que não o lembra ninguém; nem as garotas da escola, nem a avó, nem a mãe.

Ela não devia te contar esse tipo de coisa, ele diz, quando nenhum dos dois se mexe. Você é nova demais.

A vovó nunca me conta nada, Amber diz. Mas não sou idiota.

As sobrancelhas dele se erguem diante disso.

Não, ele diz. Não é.

Mas você é, ela diz, e ele cruza os braços, fica esperando que ela explique. Embora seja bem inteligente, Will, ela diz. E parece que bonito também. É o que todas as minhas amigas dizem.

E o que isso tem a ver?

Isso quer dizer que você pode fazer um monte de coisa, Amber prossegue. Ou poderia, se quisesse.

Amber está parecendo a avó, e ele quer lhe dizer isso, mas ela continua falando, erguendo a voz acima da chuva.

Você poderia fazer mais do que limpar motos e beber pra

esquecer sua tristeza, ela diz, e a última parte faz com que ele olhe para ela.

Sei que você gostava daquela menina, a irmã prossegue. Sei que ela foi embora. E sei que aquele menino morreu no seu aniversário.

Uma nuvem escura passa do outro lado do vidro.

É por isso que você está triste, Amber diz. Mas, ainda que *pareça* que essas coisas estão matando você, Will, é a bebida que vai matar. Uma hora. Eu li a respeito. Posso te mostrar fotos.

Não precisa, Will diz, quando se dá conta de que é uma oferta genuína.

Tá. Tem certeza?

Tenho.

Então acredita em mim, ela diz. E faz as pazes com a vovó, pode ser?, ela acrescenta, antes de, por fim, sair da sua frente. Quero dormir na casa da Abbie, mas ela precisa estar menos mal-humorada quando eu for pedir.

Tá, Will diz, porque, apesar de tudo o que ela disse, de todas as coisas que ela viu sem que ele percebesse, ela ainda tinha apenas onze anos.

Ele tenta parar.

Tenta mesmo.

Despeja as bebidas na pia, como a avó pediu. Joga as garrafas no lixo reciclável e faz uma careta quando elas quebram. Sai em corridas mais longas, que acabam com o ar de seus pulmões e fazem seus glúteos queimarem, e bebe bastante água, fuma um cigarro quando sente que precisa, só para ocupar as mãos.

Isso dura três dias.

Então vai até uma loja de bebidas, compra a mais barata que encontra e a toma no beco logo atrás, odiando-se porque a sensação é muito boa.

Ele fica perambulando depois, porque não pode ir para casa, e acaba no estacionamento. Aquele no centro da cidade, onde tudo deu muito errado, quando ele era pequeno e se misturava com gente ruim, quando fazia coisas que não devia, porque seus pais o abandonaram, seu avô morreu e agora, depois de tudo isso, Josh morreu também.

Ele começa a correr; dá uma volta pelas vagas vazias, parecendo um idiota em seus tênis baratos, com sua camiseta nada a ver e apertada. As luzes estão acesas na loja do outro lado da rua. Ele sabe que as câmeras de segurança podem vê-lo. Sabe que parece diferente, mais velho.

Ele acaba em um bar, com uma cerveja e um porta-copos que rasga todinho.

Uma garota faz contato visual, mas, uma vez na vida, ele não retribui os olhares. Não consegue parar, percebe. Antes, sempre conseguia. Não queria, mas conseguia. Agora é diferente, mais desesperado, mais pesado. Como se precisasse se livrar disso antes que seja esmagado; se não consegue parar, precisa agir.

Então, no dia seguinte, ele compra a passagem de avião.

Primeiro, Ásia. Tailândia. Ele gosta de *pad thai*, e os voos são baratos, e é só isso que ele considera. Compra a passagem no computador da biblioteca pública e depois a imprime na impressora gigantesca, com sua luzinha vermelha piscando. Ele abre e fecha a gaveta de papel algumas vezes e pronto, ali está, à espera, ainda quente ao toque.

Enquanto volta para casa, se dá conta de que o voo é no dia seguinte à morte de Josh. No dia seguinte a seu aniversário de vinte anos.

Pura coincidência. Um mundo estranho e idiota.

Dez

O aniversário de morte nasce cinza e úmido, é como se o dia soubesse.

Will estava preparado para a dor no peito, e por conta disso ela não vem. Ele se levanta. Termina de arrumar a mochila, verifica se está com o passaporte, a passagem, os óculos escuros.

Já se despediu da avó e da irmã. Amber está em um acampamento de verão de ciências para nerds. A avó saiu na hora do almoço para ir ao clube do livro, depois de lhe dar um beijo brusco na bochecha e o segurar com força por um meio minuto bastante estranho. Eles não costumam se abraçar. Não se abraçaram quando o avô morreu, não se abraçaram quando a mãe dele foi embora.

Mal se falaram desde que haviam mentido um para o outro, desde aquela conversa na cozinha. Desde que ela dissera que precisava dele para algumas idas ao hospital. Desde que ela descobrira o estoque secreto de bebidas dele e o envergonhara, forçara-o a confessar.

Depois daquele não abraço desconfortável, ela pediu que ele avisasse quando chegasse, e ele disse que ia tentar, e à porta ela disse feliz aniversário, Willie, antes de deixá-lo sozinho ali.

Ele passa uma hora esperando.

Verificando o relógio e a mochila.

Vai viajar de trem para Londres esta noite e se hospedar em um hotel barato perto do aeroporto. A ideia é sair às três e caminhar até a estação com a mochila nas costas, mas então começa a chover, e ele agenda um táxi. Verifica a mochila outra vez. Fica sentado à mesa da cozinha, mexendo no celular, sem ninguém com quem falar.

Um bolo de aniversário intacto está sobre a mesa.

Um único cartão, da avó e da irmã, entreaberto perto da fruteira.

Então, às quinze para as duas, alguém bate à porta. Duas batidas leves com a aldrava. Ainda está chovendo, a água cai em uma cortina do outro lado da janela, e quando ele abre ela está ali, ensopada, com o cabelo todo molhado, a camisa transparente por causa da chuva.

Não consegui ir pra casa, ela diz.

Ele olha para ela, como se precisasse conferir que é real, então a puxa pelo braço para que entre e pega sua bolsa, fechando a porta com o pé em seguida.

Não consegui, ela diz, outra vez, e cada palavra sai tensa entre suas respirações.

Ele deixa a bolsa dela cair no chão e a puxa para si, sente seu calor através das roupas molhadas. Ela lhe parece menor, como um passarinho. Pulsos, espinha e asas dobradas.

Ele prepara macarrão com queijo. Ela precisa de sal e laticínios; algo denso e sólido, que a sustente. Ele pega uma camiseta velha e uma legging da irmã para ela, que fica sentada à mesa da cozinha, vendo-o cozinhar. Ele rala noz-moscada, pica o bacon e despeja o leite com todo o cuidado, como se o que estivesse tocando fosse ela.

Ela para de chorar em algum momento entre o acréscimo da mostarda e o queijo sendo ralado. Ele rala mais do que a receita pede e fica vendo uma pilha, como de lascas de madeira, se formar no prato.

Quer beber alguma coisa?, ele pergunta, e ela faz que não com a cabeça. Ele serve água para os dois mesmo assim e coloca a chaleira no fogo para um chá. Não disse mais nada a ela, e de certa maneira nem consegue acreditar que ela está ali, em sua cozinha, naquele dia, mas por outro lado aquilo parece inevitável e até adequado.

Quando ele coloca o macarrão no forno, são três horas; o momento exato em que deveria estar saindo para pegar o trem e o voo no dia seguinte. Seu coração se revira no peito, como uma pedra em suas mãos, quando ele pensa a respeito. Só que não parece que ele ainda tenha escolha. Ele não quer ir. Não agora. Pergunta-se vagamente se vai se arrepender, então se vira e vê Rosie à mesa, com o cabelo molhado e os olhos inchados e sabe que escolheria ela no lugar da Tailândia no dia seguinte, e no outro também, e ele faz um *pad thai* razoável, de qualquer maneira, e o mundo não vai a lugar nenhum, por isso ele tira aquilo da cabeça.

Os dois ficam sentados, em silêncio, esperando o macarrão. Quando fica pronto, ele leva a travessa à mesa e lhe entrega um garfo. Os dois comem juntos, direto da travessa, o queijo branco e quente se esticando até suas bocas.

Cuidado pra não se queimar, ele diz, e ela assente, pegando dos cantos. A cozinha está quente e parece quase úmida. O calor deixa as janelas embaçadas.

Desculpa, ela diz.

Não precisa pedir desculpa, ele diz.

Você disse que não podia me ver, e eu vim mesmo assim.

Will enfia o garfo na comida, que parece ao mesmo tempo macia e dura.

As coisas mudam, ele diz.

Ela não pergunta se pode ficar, mas depois que os dois comem ele a leva para o andar de cima e a deixa se sentar na beirada da cama.

Então este é o seu quarto, ela diz.

Impressionante, né?

Gostei, ela diz. Sempre me perguntei como seria.

É parecido com o que você imaginou?

Eu sabia que teria CDs, ela diz, acenando com a cabeça para as pilhas sob a janela. E que seria bagunçado.

Não é *bagunçado*. Tudo tem seu lugar.

Seu lugar no chão?

É um lugar tão bom quanto qualquer outro.

Gostei do cacto, ela diz, e vai para o fundo da cama para apoiar as costas na parede. Está em um vaso pequeno e, apesar dele, continua vivo.

Amber me deu de Natal, Will diz. Disse que a lembrava de mim.

Rosie franze a testa, como se não conseguisse ver a semelhança.

Por causa dos espinhos, ele diz, dando de ombros, e isso a surpreende, e ela dá risada, mais ou menos, como se estivesse se perguntando se tem permissão.

Tenta descansar, ele diz, e ela assente.

Quando ele está à porta, ela diz o nome dele, e ele se vira, com a mão no batente.

Parabéns, ela diz.

Valeu, ele diz, e olha para ela em sua cama de infância, ambas pequenas, uma inesperada, outra ordinária. Seu cabelo, ainda úmido, brilha sob a luz.

Quando Rosie acorda, por um momento não sabe onde está.

Um quarto pequeno. Com cheiro de madeira. Roupas no chão, um moletom e meias emboladas.

Parou de chover. A manhã entra por baixo da cortina, e ela não quer se levantar, não quer sair nunca daquele lugar quente e parado, onde nada precisa acontecer. Ela fica deitada assim, debaixo do edredom de Will White, e não sabe por quanto tempo. Então alguém bate de leve, a porta se abre e a avó dele entra.

Ela coloca uma xícara de chá na mesa de cabeceira e abre a cortina.

Bom dia, querida, diz, e Rosie se senta, ainda coberta.

Sra. White, ela diz.

Elsie. A menos que prefira que eu chame você de srta. Winters.

Não. Rosie é melhor.

Dormiu bem?

Dormi, ela diz, e soa surpresa, quase com medo de admitir.

Veja, não estou perguntando porque você não é bem-vinda, Elsie começa a dizer. Ou porque quero que você vá embora ou porque tenha qualquer questão com sua presença aqui. No que me diz respeito, não é problema algum.

Rosie aguarda, porque sabe que tem algo mais vindo, e Elsie se senta na cama.

Seus pais sabem que você está aqui?

Rosie faz que não com a cabeça.

Não acha que seria melhor contar a eles?

Eles acham que estou passando o verão com meu namorado, ela diz.

Elsie assente uma única vez, abaixando tanto o queixo que quase chega a tocar o peito. Rosie remói aquela palavra. Namorado.

Então eles não vão ficar preocupados, ligar para a polícia ou colocar seu rosto em uma caixa de leite?, Elsie pergunta. Quando Rosie parece confusa, ela explica que era o que costumavam fazer com crianças desaparecidas.

Tenho dezenove anos, Rosie argumenta.

E ainda é a filha deles, Elsie diz, então coloca uma mão no joelho de Rosie, por cima do edredom. É uma mão coberta de pintas, depois de anos de sol, labuta e dificuldades. Cheia de rugas, como um tronco de árvore que revela sua idade.

Não vou me demorar aqui, Rosie diz, embora não tenha ideia de quanto tempo vai ficar. Não planejara a visita. Tinha descido do trem para ir para casa, para fazer a coisa certa e passar o aniversário da morte do irmão com os pais.

Só que não conseguiu.

Pode ficar o quanto quiser, Elsie garante a ela. Will pode muito bem passar um tempo no sofá.

Rosie quer agradecer, quer perguntar por quê. Você nem me conhece, ela pensa em dizer. No entanto, a senhora olha para ela como se fosse sua neta e aperta seu joelho por cima das cobertas.

Tome o chá, ela diz. E é o que Rosie faz.

* * *

Rosie passa os dias longos com Will, na casa da avó dele. Vendo tv e lendo livros, comendo ovos, torrada e frango assado. A sala de estar cheira a lustra-móveis e patas de cachorro que pisou na terra. Dave gosta dela e muitas vezes se senta aos seus pés ou se deita em cima dela no sofá.

Dave é um nome engraçado para um cachorro, ela diz, fazendo carinho em sua cabeça peluda.

É Davidstow, Will diz, sem tirar os olhos do telefone.

É um lugar?

Um queijo, ele explica. O tipo de cheddar preferido do meu avô.

Rosie sorri, mas sente que está enferrujada; seus dentes parecem desalinhados, seus lábios ficam entreabertos e tensos. Eles falam um pouco sobre queijo. Entram em uma discussão sobre Stilton, se a casca é comestível ou não.

Chove sem parar, mas os dois saem para fazer caminhadas curtas quando podem. Andam pelo campo e pelas trilhas na floresta, sem necessidade de externar que devem evitar o centro, para não correr o risco de encontrar os pais dela. Eles acham que ela ainda está em Oxford, trabalhando no verão. E que fica com Simon nos fins de semana.

Como sua mãe está?, Will pergunta uma manhã, enquanto os dois contornam as árvores, sentindo o chão úmido sob os pés.

Rosie não responde por um tempo. Fica olhando para a parte de trás dos tênis de Will, para as folhas em decomposição grudadas em sua sola.

O normal dela. Multiplicado por cem.

Ok.

Ela é fria, Rosie explica. E está ainda mais, e mais distante. Por uma questão de autopreservação, entende?

Claro.

Eles continuam andando, ouvindo o barulho dos gravetos sob seus pés.

E seu pai?

Sofrendo, Rosie diz. Ele está tomando antidepressivo.

E ajuda?

Acho que não.

Meu Deus.

Não existe Deus, Rosie diz, e ela sabe que está sendo dramática, mas é verdade, e Will não discorda, não a repreende, não diz fala sério, Roe, e naquele momento ela o ama, como se já não amasse; é o momento em que ela tem certeza.

Porém ela deixa isso de lado, nas gavetas dentro de si. Pensa em Simon e segue Will pelo restante da trilha. Separa isso daquilo, e tudo o que veio antes.

Me conta sobre seus amigos, Will diz uma noite. Estão no quarto dele, encostados na parede. Jogando baralho. Ou fingindo que jogam enquanto conversam.

Meus amigos da faculdade?

É. Quero saber deles.

Que surpresa.

Eles fazem parte da sua vida, ele diz, dando de ombros. Gosto de saber sobre a sua vida.

Tá, ela diz, e fica olhando enquanto ele recolhe as cartas e começa a embaralhá-las. Tem a Lydia, que estuda comigo. Ela é bem inteligente, bem maluquinha, e adora achocolatado. Toma até cereal com achocolatado.

Que esquisito.

Eu sei. Mas meio que gosto disso nela. E tem o Henry, que mora no nosso andar. Ele estuda bioquímica e tem cara de quem estuda bioquímica.

Óculos?

Sim! E tem sempre uma expressão intensa no rosto.

Não liga pra achocolatado?

Não liga, exatamente. Come torrada toda manhã.

Adoro como você repara no café de todo mundo.

Diz muito sobre a pessoa, Rosie fala, sentindo o estômago leve ao vê-lo brincando com ela, perguntando sobre a vida que construiu, sem saber.

Ela conta sobre seus amigos e professores e quase não conta sobre Simon, mas precisa contar, e há um momento suspenso, parado, enquanto ele dá as cartas, em que ela se pergunta como vai ser; se é uma boa ideia contar.

E Simon, ela acaba dizendo.

Simon?

Ele é muito bonzinho. Um pouco mais velho. Rema.

Que legal.

É. Ele é legal. Bom, não legal exatamente. Ele é meio chato. Não chato, não. Eu só quis dizer que ele é bem certinho, no bom sentido. Vai pra cama cedo. Se alimenta bem, se exercita todo santo dia, e é um bom ouvinte, e sabe o que quer. O que é ótimo, não é? Saber. Ter certeza, desde já.

Ela está tagarelando, e está nervosa. Will sente isso também. Está dando as cartas mais devagar agora.

Ele cuida de si mesmo e de todo mundo à sua volta, ela diz. Você ia gostar dele. Tem as mãos sempre limpas, um cabelo bonito. E ele é, hum. Bom, estamos juntos.

Pronto. Ela disse.

Aquilo paira, tangível, no quarto, que está com o cheiro dela, o cheiro de seu hálito, de sua pele e de suas roupas emprestadas.

Sei, Will diz, de um jeito errado, não parece certo, e ela se arrepende de imediato, de todas as escolhas do último ano, esse ano torto e no máximo suportável.

E você?, ela pergunta, desesperada por compensação.

O que tem eu?

Está com alguém?

Ele a encara, depois volta a baixar os olhos para o baralho.

Você me conhece, Roe, ele diz.

Conheço, ela pensa, e não conheço. De qualquer maneira, aquilo não responde à pergunta dela.

Algumas semanas depois de sua chegada, Rosie diz a Will que quer ir para outro lugar. Não porque não queira estar ali, com ele, Will entende; mas porque viver sua própria vida está exigindo tudo o que ela tem.

Aonde você quer ir?, ele pergunta.

Os dois estão sentados na sala de estar, como adquiriram o hábito de fazer à noite, enquanto a avó cozinha e Amber fica no andar de cima, fora do caminho. Will está na poltrona do avô e Rosie no sofá, com Dave, olhando para o quadro na parede. Um moinho antigo, um rio. Juncos emaranhados em primeiro plano.

Só quero ir, ela diz. A qualquer lugar.

Então vamos, ele diz.

Mas não estou falando do farol ou da floresta, ela diz.

Nem eu.

Ela tira os olhos do quadro e o encara.

Podemos chegar ao aeroporto de Norwich em duas horas, ele diz. Uma porta se fecha no andar de cima; a irmã indo ao banheiro, ou talvez o vento entrando pela janela aberta. Ela solta uma risadinha; funga de leve.

Não podemos fazer isso, ela diz, quando ele não sorri.

Por que não?

Porque não.

Por que não?

Eu não trouxe nada.

Trouxe seu passaporte, não?

Trouxe. Meu passaporte, meus cartões e minha escova de dente.

Então podemos ir.

Pra onde?, ela pergunta, depois que olhou em seus olhos e viu que ele não está brincando.

Só vamos. A qualquer lugar, ele repete.

Eles compram passagens para ficar cinco dias em Montenegro, porque é o voo mais barato com duas poltronas disponíveis e ambos têm pelo menos uma ideia de onde fica.

Rosie talvez tenha pegado o passaporte por ansiedade — era precioso demais para ser deixado, mesmo que em um quarto trancado no campus —, mas trouxe pouco mais consigo. Nada para o sol escaldante e o calor abafado da barraca que Will colocou na mala. Ela compra algumas coisas no aeroporto; chinelos coloridos, camisetas com bandeiras em formato de coração, óculos escuros enormes que Will diz que a fazem parecer um inseto.

Quando ela tira os óculos, Will diz não, no bom sentido, e ela pergunta qual é o bom sentido de parecer um inseto, e ele lista todos os insetos bonitos em que consegue pensar, ali mesmo, no meio da Sunglass Hut: borboletas, abelhas-rainhas, libélulas, e ela diz tá, tá, tá, e vai com os óculos para o caixa.

O voo é tranquilo, e Rosie dorme enquanto Will fica olhando pela janelinha oval. Ele só andou de avião duas vezes: em uma viagem da escola para a Escócia e nas férias que passaram em Portugal e de que mal lembra. Havia um mercado de peixes e protetor solar grudento e indesejado no rosto. Ele comeu bastante macarrão. Viu os barcos com o avô.

Das outras vezes, também se vira consumido pela vista do avião. A sensação de estar no alto, movendo-se depressa e ao mesmo tempo sem se mover.

Depois de pousar, eles alugam um carro pequeno e arranhado e percorrem cinquenta quilômetros até um vilarejo onde Will leu que dá para acampar à beira do lago, mas que no fim não passa de um gramado sem graça que eles precisam dividir com três ovelhas acabadas. Tem um banheiro com uma única cabine funcionando, insetos esmagados no espelho e só uma torneira com água potável, além de um cartaz escrito à mão informando que eles devem lavar os pés ali também. *NADA DE AREIA NOS PÉS DOS HOMENS*, diz na porta.

Então deve ter uma praia em algum lugar, Rosie conclui, enquanto Will abre a barraca e começa a armá-la.

Depois da montanha, ele diz, e acena com a cabeça na direção das colinas.

O mar os chama; eles concordam que a sensação é essa. Leem à beira do lago e comem biscoitos comprados numa lojinha no caminho, depois preparam uma mochila e fazem a pé o longo e sombreado trajeto subindo e descendo a montanha para chegar ao Adriático. É quase meio-dia. Assim, Will explica, eles vão passar a parte mais quente do dia fora do sol. Rosie fica surpresa que ele tenha pensado naquilo e deixa que ele vá na frente, porque nunca teve isso, nunca teve alguém que planejasse as coisas por ela. Sempre foi quem planejava. Quem se preocupava. Quem cuidava para que ninguém tivesse queimaduras de sol. Ela gosta de ter ido parar ali, em um país europeu que nunca achou que veria. Gosta de não ter que pensar. Gosta da sombra das árvores e das roupas do aeroporto que não lhe caem bem e de como voltou a sentir fome em momentos inesperados do dia.

Pensa que deveria mandar uma mensagem a Simon dizendo onde está, mas então também teria que contar que não está em casa, com os pais.

Que está com um velho amigo.

Ela não quer preocupá-lo, e tudo ali parece tão deslocado, tão estrangeiro, tão distante de tudo em casa. Ela não tem o costume de mentir, mas está exausta, e aliviada, e se sente quentinha e aconchegada na sombra das árvores que parecem tão diferentes ali. Ela sente o cheiro das folhas e das pinhas. Desliga o celular.

Na praia, há uma cabana onde compram limonada, figos e sanduíches. Eles comem, bebem, nadam e às vezes conversam, mas na maior parte do tempo não conversam, deixando o sol cruzar o céu, contando com ele para indicar as horas e quando partir. Ela permite que o calor seque o sal do biquíni, os pelos finos de seus braços.

Faz tanto calor. A barraca está abafada quando voltam. No entanto, ela consegue respirar.

Eles vão de carro até um mirante nas montanhas, passam por um vilarejo de paralelepípedos com estacionamento e ruínas antigas. Não falam a respeito, mas, por instinto, alteram seus planos; Will estaciona e paga, e os dois sobem a colina, vendo as barraquinhas do mercado, as quinquilharias, as especiarias, as fileiras de lenços coloridos.

É como se eles tivessem saído da Europa e chegado ao Oriente Médio. O calor parece mais próximo lá de cima, e logo o lábio superior de ambos está pontilhado de gotas de suor, o cheiro de comida saindo das tavernas tão inebriante quanto o sol. Will vê Rosie tocar um colar que mistura metal e turquesa, algo feito à mão e imperfeito. Ela sorri para a mulher que o oferece a ela, balança a cabeça, obrigada, mas não.

Eles passeiam pelas ruínas de um vilarejo há muito desaparecido e depois se sentam sob o terraço de uma taverna e pedem água com gás, que vem com hortelã e gelo. Há pedaços de pão fresco em uma cesta de vime. Fatias de limão-siciliano, saleiros. Eles pedem tomates que brilham como rubis, cubos de pepino mergulhados em iogurte.

Gostei daqui, Rosie diz.

Que bom, ele diz.

Você não?

Gostei também.

Que bom. Então deu certo. Esse seu plano espontâneo.

Não sei se existe isso de plano espontâneo, ele diz. É meio contraditório, não?

Rosie ergue seu copo em reconhecimento e toma um gole de água.

Bom, fico feliz que o não plano tenha dado certo, ela diz.

Nunca planejo nada, Will diz. E a vida segue mais ou menos bem.

Os dois passam um tempo sem dizer nada, enquanto pensam que aquilo não é exatamente verdade. Que a pior coisa, algo nem mais nem menos bem, aconteceu, porque o mundo é cruel e imprevisível, e às vezes as coisas simplesmente acontecem, e a compreensão que ambos têm disso é o que os une, repetidamente, apesar de tudo.

Vivo pensando nele, Rosie diz.

Ela diz isso sem demonstrar emoção. É um fato, como a chuva que vai cair aquela noite.

Todos os dias, né?, Will diz.

O tempo todo, Rosie diz. A menos que eu esteja com você.

Will olha nos olhos dela, e os dois se encaram por tempo demais, até que ela cora, suas bochechas inundadas de cor. Como uma ameixa ou um pêssego.

Ele tem uma chance ali, naquele momento, com a luz e os limões e a abertura entre os dois, mas não a aproveita.

Oxford não é uma boa distração?, ele pergunta.

Rosie também procura uma saída, porque é menos complicado e porque aconteceram coisas demais para que possam desfazer, então ela diz mais ou menos, porque também lhe dá tempo para pensar, tempo demais sozinha na biblioteca e no quarto e assistindo a peças estudantis muito ruins.

Às vezes eu meio que desligo, ela confessa. Eu sei que deveria estar me concentrando em um trabalho, ou em uma peça, mas quando vejo estou viajando, pensando em como seria se ele estivesse ali. Ou, tipo, em coisas que ele dizia. Coisas que eu nunca disse a ele.

Uma mosca zumbe sobre a cesta de pães deles, e a temperatura parece um grau mais alta, apesar da sombra do terraço. As videiras no alto filtram a luz do sol, fazem o jarro de água cintilar sobre a mesa.

Não deve haver muito que você não tenha dito a ele, Will fala.

Rosie não está mais olhando para ele; seus olhos estão desfocados.

Não é muito, ela concorda. Mas tem... algumas coisas.

Que coisas?, Will pergunta, e ela sorri, muito embora esteja triste, e não responde de imediato.

Ele teria gostado disso, ela diz.

É?

De ficar aqui, sentado com você.

Sua voz soa estranha; distante, como seus olhos. Will dá de ombros e sente alguma coisa se aliviar em seu peito enquanto ela lhe serve mais água.

Eu falaria sobre meu TOC, ela diz.

A mosca volta, e Will a acompanha com os olhos enquanto ouve cada palavra de Rosie.

Eu diria a ele que é isso, ela fala. O que ele sabia que eu tinha. O que piorava e melhorava, mas era meio que uma constante, desde que éramos pequenos.

Tipo lavar as mãos?, ele pergunta, sem que sua voz se altere.

Não, ela diz. Nada do tipo. Mais sutil.

Acender e apagar a luz?

Não.

Tá.

Contar bastante, ela diz. E endireitar as coisas, e confirmar se elas estão lá, ou trancadas, ou desligadas, ou como as deixei. Isso às vezes me mantém acordada à noite. Fui ao médico pra ver. E ele explicou que era isso: transtorno obsessivo-compulsivo.

É, ele diz. Alguém da minha turma do ensino básico tinha.

Sério?

Sério.

Bom, ela diz. Seu rosto continua vermelho, suas mãos estão cruzadas sobre seu colo, como se ela tivesse medo de que ele tentasse pegar uma.

É..., ele começa a dizer, depois tenta de novo. É... estressante?

Ela toma outro gole de água. Apoia o copo na mesa.

Na época não era muito, ela diz.

Nada de brisa. A condensação escorre pelo exterior dos copos.

Mas ao longo dos anos se tornou... exaustivo, ela conclui.

Will assente, porque não precisa saber de tudo para compreender. Ele pensa em contar sobre os dias de entorpecimento, sobre a bebida, sobre a dor surda no peito, e até mesmo sobre o que aconteceu no banheiro da escola, em que ele tenta não pensar, mas em vez disso conta a ela outra coisa, algo que não é tão ruim quanto, mas ainda assim é péssimo.

Roubei uma mulher, ele diz.

Os olhos dela procuram os dele, devagar, como se ela não conseguisse ligar as palavras a ele.

Bom. Ele recalibra. Eu estava presente quando uma mulher foi roubada em um estacionamento. Sabia que ia acontecer. Eles tinham planejado, os caras com quem eu estava. E eu não fiz nada pra impedir. A polícia apareceu e todo mundo fugiu, menos eu.

Por quê?, Rosie pergunta, depois de um momento. Will não se apressa para responder. Mantém-se anormalmente parado.

Eu merecia ser pego, ele diz.

Mas você não fez nada.

Exatamente. Eu não fiz *nada*. Não tentei ajudar a mulher. Eles levaram a bolsa e a dignidade dela, Roe, e não interessa se eu só tinha catorze anos, devia ter dito não, devia ter ido atrás de ajuda, em vez de ficar de vigia, como eles pediram.

Quem eram eles?

Só uns caras com quem me meti.

Caras ruins.

Caras muito ruins.

Uma rara brisa varre a rua, levantando as pontas do cabelo de Rosie. Os pratos vazios cintilam na mesa.

Você não é um cara ruim, Will, Rosie diz, e volta a colocar as mãos sobre a mesa, como se estivesse se rendendo, para que ele pudesse pegar uma se quisesse.

Os dois bebem mais água, com partes de si mesmos agora reveladas, flutuando no ar cada vez mais denso. Mais tomates chegam, e eles têm um gosto surpreendentemente doce.

A bolsa e a dignidade dela, Rosie repete, com um sorrisinho. Quem é que fala desse jeito?

À noite, eles dormem juntos, mas não fazem sexo, e essa é a situação de maior intimidade que ele já teve com uma garota. Ele sente o calor que exala dela no tapetinho ao lado do seu. Ela tem dormido a noite toda, e para ele isso é um triunfo silencioso, que eles não reconhecem. Ela ronca um pouco e range os dentes, com força.

Eu ronco?, ele pergunta, e ela parece em pânico ao dizer não, e eu?, e ele mente e diz que não. Diz que, às vezes, ela fala dormindo. O que eu digo?, ela pergunta, e ele sorri e balança a cabeça, para que ela fique se perguntando a respeito.

O chuveiro é mais um fio de água, e a cabine vive infestada de insetos, então eles tomam banho no rio. Não olha, ela pede, e ele promete que não vai olhar, e finge que não olha enquanto estende as toalhas na grama. Ela tira a roupa e entra na água só de calcinha e sutiã, lava as axilas, as pernas, o pescoço.

As ovelhas também a observam. Mascando a grama.

Will entra depois, de cueca, e eles não jogam água um no outro, não nadam juntos, não transformam aquilo em nada além do que é.

Os dois tomam banho, caminham, dormem e acordam.

Existem, em alinhamento, e não pedem nada mais um do outro.

Uma tarde, eles se excedem e se queimam tanto que não conseguem nem se sentar nas cadeiras de um café na praia. A parte de trás de suas coxas fica vermelha como carne crua, o que é irônico, Will diz, considerando que eles tostaram ao sol.

Os dois passaram o dia todo de bruços, lendo, e embora estivessem cuidando para passar protetor solar com todo o cuidado assim que chegassem, tinham sido negligentes, envoltos demais com a leitura, bronzeados e relaxados demais para se importar. Em determinado momento, havia passado pela cabeça de Rosie que a parte de trás de suas pernas estava ardendo, que talvez seus glúteos estivessem queimando. No entanto, ela não alcançava tais pontos direito e não ia pedir para Will dar uma olhada; embora ela tivesse certeza de que ele o faria se ela pedisse.

Depois, ela tivera que ler a mesma página do livro três vezes. Tivera que se esforçar para seguir em frente, para não permitir que seus pensamentos fossem aonde quer que desejassem ir.

Ela tinha ficado muito boa naquilo ao longo do verão. Em trancar as coisas, em pensar em Will como algo mais que um amigo, porém não de maneira romântica, quase como um primo bonitão distante. Alguém proibido, mas agradável aos olhos. Aquilo era permitido. Simon estava passando o verão no clube de remo, e ela tinha certeza de que ele notava as garotas de vestido curto e óculos escuros torcendo por ele, flertando enquanto bebiam seus drinques e faziam piqueniques com as pernas sardentas bronzeadas.

Isso é normal, ela pensa, enquanto vê Will dobrando a toalha de praia e colocando-a sobre a cadeira de plástico. Não tem problema nenhum, ela decide, e então ele faz o mesmo para ela, e os dois se sentam, com cuidado, a dor um pouco mais suportável com o contato com o algodão.

Vamos precisar comprar pós-sol ou algo do tipo, Will diz, depois que eles pediram as bebidas. Para passar nas queimaduras depois.

Rosie está pensando em como passariam hidratante naqueles pontos um do outro quando o garçom chega e coloca as bebidas na mesa.

Comida agora?, ele pergunta, esforçando-se para se comunicar em uma língua que não é a sua, e Rosie diz que sempre, e o garçom solta uma risada com vontade, do tipo que eles ouvem todos os dias desde que chegaram. Os dois pedem uma salada de atum para dividir, e o garçom pergunta se é lua de mel. Ou férias?

Rosie se atrapalha, e o garçom está brincando, ela sabe, só queria ver sua reação. Will toma um gole da bebida. Seu cabelo ficou mais claro com o sol.

Ele casa você logo, o garçom diz, virando-se para Will enquanto pega os cardápios. Mulher assim? Não tem tantas, tem?

Hum, Rosie diz, enquanto Will sorri e diz que, infelizmente, ela já tem dono. O garçom dá risada outra vez, depois parece compreender o que Will acabou de dizer.

Vocês não, ele começa a dizer, e aponta para os dois, hã, como fala?

Não somos um casal, Rosie diz.

Não são apaixonados?, o garçom diz.

Não somos apaixonados, Will diz, e dá risada. Rosie sente algo se acender dentro dela ao ouvir aquilo, ou o que veio antes.

Não entendo isso, o garçom diz, e vai embora para atender outros clientes.

Os olhos de Will e Rosie se encontram.

Bom, Will diz.

É, Rosie diz de volta.

Você não é meu tipo, ele diz, e ela fica olhando para ele, então dá risada; amassa o guardanapo e o atira nele.

Acho que você é meu melhor amigo, Rosie diz a ele na última noite.

Eles estão deitados lado a lado na barraca. O calor é sufocante, a pele de ambos está rígida por conta do sol e do suor.

Não fala isso pra Marley, ela diz, depois de um tempo.

Will ri, diz que não se atreveria, que tem um pouco de medo de Marley. Isso a faz rir, e então ela começa a chorar, e ele não tem ideia do motivo, mas se senta para tocá-la, e ela diz não, não faça isso, pode só buscar uma água, por favor?, e ele sai da barraca e obedece. Enche uma garrafa de plástico, a mesma que eles estão usando desde o voo, enquanto as estrelas salpicam o céu.

Ele lhe dá um momento, depois volta.

Ela está deitada de lado e, quando ele se acomoda lá dentro, ela diz que se divertiu muito, e que não achava que ainda era capaz disso, e que se sente ao mesmo tempo aliviada e culpada, como pode ser?

Ele entende, e diz isso a ela enquanto se deita de costas ao seu lado.

Tá tudo bem, ele diz, e ela diz, antes de pegar no sono, que ele está mentindo, que sempre a faz sentir como se estivesse tudo bem, quando não está.

Ele diz que sente muito, embora não sinta, e logo a respiração dela se altera. Ela não ronca, e é a primeira vez. Nem tocou na água que ele trouxe. Ele fica ouvindo a respiração dela e pensa nela acordada, com pensamentos recorrentes, obsessiva, magoada, tentando lidar com tudo, e o amor que ele sente é maior que qualquer outra coisa que já tenha sentido, maior que sua raiva e sua dor, que seu desejo e sua fúria, e aquilo, para ele, é algo totalmente novo, e a coisa certa, ele sabe, é guardar tudo para si.

Onze

Ainda está chovendo quando eles voltam à casa de Will; choveu durante os cinco dias que eles passaram fora, a avó informa. E então, uma manhã, pouco antes de ela ter que voltar a Oxford, para.

Ela está acordada, na cama de Will, ouvindo a chuva tamborilar na laje do lado de fora, quando há um silêncio repentino.

Naquele exato momento, ela decide que não vai voltar. É tomada pela certeza, sente que aquilo extravasa dela, e antes que possa mudar de ideia liga para a mãe.

Querida, a mãe diz ao atender, como sempre faz.

Oi, mãe, ela diz. Como você está?

Ocupada.

Ah.

Você ligou só para conversar, Rosie? Posso te ligar à noite?

Rosie a visualiza na cozinha de casa, fazendo café. Passando pelos e-mails que recebeu durante a noite com as unhas compridas.

Eu só queria avisar que não vou voltar para Oxford, Rosie diz.

Sem nenhuma emoção na voz.

Mas você já está em Oxford, a mãe diz.

Na verdade, não, Rosie diz, porque quer que a mãe se importe; quer que ela saiba, por um segundo cruel e inesperado, que ela tem sido uma mãe ruim ao longo de todo o ano.

Há uma pausa. Uma reorganização.

Onde você está, então?

Com um amigo, ela diz.

Não está com Simon?

Não.

Rosie, a mãe diz, e ela sente que finalmente tem sua atenção. O que aconteceu?

Nada, Rosie diz. Fiz amigos, estudei, foi normal.

Mas está me matando, isso é o que ela não diz.

Há um silêncio duro do outro lado da linha, tão claro e absoluto que por um momento ela acha que a ligação caiu.

Você está sendo ridícula, a mãe acaba dizendo, e Rosie sente a garganta inchar com tudo o que quer dizer subindo e entalando. A mãe espera que ela estoure.

Mãe, é tudo o que ela consegue dizer.

Onde você está?, a mãe pergunta outra vez.

Com um amigo, ela repete, porque não sabe que palavra usar para aquela casa, aquele lugar, aquele garoto a quem continua recorrendo.

Certo, a mãe diz, e pede que ela espere, o que é irônico, porque Rosie sente que isso é tudo o que faz ultimamente — espera por alguma coisa, embora não saiba o quê.

Will acorda e vê a projeção inclinada da luz de setembro no piso da sala.

Desde que Rosie chegou, ele tem dormido na sala, embora tudo o que deseje fazer é dormir ao lado dela.

O que quase fez, algumas vezes.

Ele pensou em se levantar, só de cueca e camiseta, subir a escada e entrar em seu próprio quarto. Ela talvez já estivesse acordada, ou talvez se virasse na cama. Então o veria e se aproximaria da parede, e ele se deitaria ao seu lado, então a fantasia acabava, porque aquilo, por isso só, já bastava.

No entanto, ele continuara no sofá, principalmente porque a avó ia matá-lo se não o fizesse. E porque Rosie tinha Simon.

Simon. Tão bíblico, como alguém entediado soltando o ar que não tem mais como reprimir.

Ele o despreza, principalmente na calada da noite, quando tenta visualizar sua aparência. Em sua cabeça, briga com ele em estacionamentos vazios.

À luz do dia, no entanto — pela manhã, depois de uma xícara de café, com os dentes escovados e sem as sombras da iluminação da rua —, faz sentido, para ele, que ela tenha alguém.

Alguém decente, gentil, que faz faculdade, que não convidou o irmão dela para as falésias aquela noite. E tudo bem se ele e Rosie estão destinados a nunca ficar juntos — destinados a ser amigos, a jogar baralho, a visitas anuais não discutidas no aniversário dele.

Talvez seja melhor, para os dois.

Ele está fritando os ovos para o café da manhã quando alguém aperta a campainha com violência, três, quatro vezes, de modo que ressoa por tempo demais no vestíbulo.

Ele ouve a avó se apressar para atender a porta, depois a voz tensa que reconheceria em qualquer lugar.

Ele apaga o fogo. Verifica se consegue ouvir o que está sendo dito; considera por um momento escapar pela porta dos fundos. Então cria coragem e vai se juntar à avó, cujos ombros estão curvados em autodefesa.

Cadê ela?, a sra. Winters pergunta, assim que o vê.

Você deveria saber, Will diz, e a avó olha feio para ele.

Lá em cima, ela diz à mãe de Rosie.

Quando ela disse que estava com o namorado, não achei que fosse aqui, a sra. Winters diz. Apesar do calor do fim do verão, ela veste um sobretudo.

Por que não entra, sra. Winters?, a avó dele diz. Podemos ir buscar Rosie e...

Não preciso que vá buscar minha própria filha, a mulher diz. Ela pode descer com suas coisas e vamos as duas pra casa. Diga a ela que estou aqui, Will. Por favor.

Já que pediu com educação, ele diz.

Por um momento de insensibilidade, ele ignora o fato de

que ela é uma mãe que perdeu o filho; ele quer que ela o odeie um pouco mais, porque é drástico, e satisfatório, e ele não tem nada a perder.

Entre, por favor, a avó repete, enquanto ele se vira e se dirige para a escada, e ele ouve a sra. Winters se recusar a fazê-lo outra vez. Ele se sente estranhamente calmo e controlado ao subir. Não bebeu nem uma gota de álcool desde a noite em que Rosie chegou; não sentiu a menor necessidade de beber.

Ele abre a porta do quarto sem bater e para ao ver a barriga de Rosie, a curva de seu seio esquerdo. Ela está se vestindo — com os braços para o alto, a roupa descendo pelo tronco.

Merda, ele diz, virando o rosto. Desculpa.

Tudo bem, Rosie diz, e parece estar sendo sincera, sem se incomodar que ele possa ter visto algo que não deveria. Ela fica olhando para ele enquanto prende o cabelo, e a manhã entra pela janela logo atrás. O céu está branco e seco. Sem pássaros ou brisa.

Por um momento, ele esquece por que está ali, então se lembra, como se o alfinetassem.

Sua mãe está aqui, ele diz.

Ela abaixa as mãos, e seu cabelo fica no alto, em um coque pela metade.

Minha mãe?

A própria.

Como foi que ela soube que eu estava aqui?

Achei que você tivesse dito.

Não disse.

Sexto sentido, talvez, ele diz, brincando, mas Rosie assente.

Acho que é melhor eu ir, então, ela diz.

Você quer ir?

Rosie ergue o queixo e não o encara. Olha pela janela, para o jardim amplo, para o gramado feio.

Não, ela diz.

Então fica.

Não posso.

Por que não?

Porque... não sei, Will, porque você está dormindo no sofá? Pra que sua avó possa ter sua casa de volta?

A gente não se importa, ele diz.

Vocês vão se importar, ela diz. Uma hora. Já faz semanas, Will. Desculpa, eu devia ter ido embora muito antes.

Tem algum outro lugar onde você preferiria estar?

Não foi isso que eu quis dizer.

Então o que foi?

Que não é certo. Ficar escondida aqui, assim.

É isso que você tá fazendo?, Will pergunta. Se escondendo?

Rosie tira os olhos da janela e dá de ombros, como se não soubesse. Ela parece melhor do que quando bateu à porta dele, na chuva. Com o rosto mais redondo e os olhos menos fundos. Descansada, mais como ela mesma.

Tenho que ir, ela diz.

Então vai, ele diz.

O trajeto da casa de Will até a dela é curto, mas parece longo. Oito minutos alongados, duros e silenciosos, com os limpadores de para-brisa da mãe indo de um lado para o outro.

Quando elas chegam, a mãe sai sem dizer nada e se dirige à porta, mas Rosie fica sentada no carro, olhando para a casa. Continua igual a como ela a deixou, um ano antes. A porta da frente azul. Oliveiras em vasos, gramado perfeito e a janela do quarto dela ao lado da janela do quarto do irmão gêmeo, encarando-a do andar de cima.

O cheiro lá dentro é de lar.

As mesmas fotos na parede.

Tranque o carro, por favor, a mãe pede, e Rosie pega a chave do pratinho no aparador, aponta e aperta o botão para acionar as travas.

Então a mãe diz o nome dela.

Não com raiva, ou impaciência ou alívio. Quase como uma pergunta. Rosie vai até a sala e se senta.

Você está bronzeada, a mãe comenta.

Um pouco.

Imagino que não seja por conta do sol de Norfolk.

Fui pra casa de Lydia na França, ela diz, porque Montenegro é um segredo, algo que ela não quer dividir. Assim, uma vez mais, ela mente; é um hábito novo, adquirido depois da morte de Josh. Quando tudo se quebrou de modo que ninguém conseguiu mais consertar.

Por que você estava com ele?, a mãe pergunta.

Rosie não estava esperando isso. Estava preparada para responder por que não vai voltar para Oxford, ou por que não veio para casa no verão, ou por que passou semanas a oito minutos de distância e nem contou a ela.

Tudo isso, e, no entanto, ela pergunta sobre Will White.

Ele é meu amigo, ela diz.

Rosemary.

Quê?

Vamos ser adultas, ela diz, e é sua frase preferida, que vem usando desde que Rosie não era de modo algum uma adulta; desde que tinha oito anos, talvez, e se esperava que se comportasse como alguém crescido e sensato.

Tá, Rosie diz. É impossível que duas pessoas de sexos opostos sejam amigas?

Ah, Rosie, não sou idiota, a mãe diz.

Não sei o que quer que eu diga, Rosie diz.

Quero que me diga por que estava com ele, a mãe diz, e sua voz sai inflamada agora, cheia de sentimentos que se esforça muito para não demonstrar. Por quê, Rosie, depois de tudo? Depois daquela noite? Depois que você seguiu em frente, conheceu Simon. Quando vem lidando com tudo tão bem?

Rosie olha para o rosto tenso da mãe. Para suas maçãs do rosto pronunciadas.

A morte de Josh não foi culpa dele, Rosie diz, e a mãe fica só olhando para ela, por tanto tempo que a garota se vê obrigada a falar mais. Josh... não andava bem.

Você acha que não sei disso?, a mãe pergunta. Acha que não percebi?

Um nó se forma na garganta de Rosie. Seus dedos formigam. Ela quer perguntar *você sabia?*, mas não consegue invocar as palavras.

Ele andava distraído, a mãe diz. E infeliz. Desde que começou a estudar com aquele garoto. O Joshua antes de William White nunca teria escapulido de casa, bebido para esquecer e caído das falésias. Eu sei disso.

A voz dela continua inflamada.

O coração de Rosie pega fogo.

Ele era gay, ela diz, em voz alta.

A expressão da mãe se desfaz por uma fração de segundo. Quê?

Ele era gay, mãe. Ele me contou. E estava... se adaptando. Por isso começou a agir tão diferente. Não teve nada a ver com... a morte dele, a bebida... não teve nada a ver com Will.

Por que você está defendendo Will, ela pergunta, e Rosie não consegue acreditar que é isso que a mãe pergunta, depois do que ela acabou de lhe dizer.

Depois disso, passam um bom tempo sentadas na sala. O pai não está em casa; Rosie só se dá conta disso depois de um bom tempo, o que é constrangedor, e mesmo assim não pergunta onde ele está. Ela se sente quente e enjoada, como se tivesse cometido uma traição colossal contra o irmão.

Ela se pergunta se é possível trair alguém que já morreu.

Gay, a mãe repete uma hora, com menos ferocidade na voz.

É, Rosie confirma.

Ele estava infeliz, ela fala. Eu... disso eu sabia.

É, Rosie diz. E então, porque quer defender seu irmão, um humano imperfeito e alegre, ela diz que ele não teria continuado infeliz por muito tempo. Que teria ficado bem. Teria contado às pessoas, quando soubesse o que dizer, e teria encontrado o amor, sido feliz e sido ainda mais ele mesmo.

Eu achei que ele estava sendo ele mesmo, a mãe diz.

Rosie se lembra da maneira como as paredes pareceram brilhar sob uma nova luz, fechando-se em si mesmas, fazendo suas sombras encolherem, quando Josh contou tudo a ela. Não importava nem um pouco, mas ela queria que ele soubesse daquilo, que sentisse aquilo. Agora, ela age da mesma maneira e se inclina para a frente e pega a mão da mãe.

Foi muito azar, mãe. É o que eu acho. E pensei bastante a respeito.

A mãe fica rígida. Parece uma pedra.

Você não pode largar a faculdade, ela acaba dizendo. Rosie não consegue acreditar. É como se o chão fosse tirado de baixo dela e algo se abrisse, além da janela, uma sensação de espaço surgindo entre as duas.

Parece que elas não vão mais falar sobre Josh ser gay, ou sobre Will, ou sobre qualquer uma das coisas a respeito das quais precisam falar.

Pense em todas as coisas que ele não vai poder ter, Rosie, a mãe prossegue. Você se esforçou *tanto*, por tanto tempo. Não pode deixar que nada atrapalhe isso.

Rosie mantém o olhar nela, reconhecendo a verdade no que a mãe disse.

E não vai, a mãe diz. Eu conhecia meu filho e conheço você. Mesmo depois de um ano, eu sabia que você estaria na casa daquele garoto se não estava onde disse que estaria. Eu deveria ficar brava com você por isso. Mas não estou.

Rosie engole em seco, muito embora *ela* esteja com raiva e queira dizer isso à mãe, queira botar tudo para fora, mas não saiba por onde começar.

Você passou por muita coisa, a mãe continua, com a voz mais branda, uma voz parecida com a de quando está com enxaqueca. Sei disso. Tenho *muito* orgulho de você, Rosie, e sei que não costumo dizer isso, porque imagino que já esteja claro, e você está se saindo muito bem. Quando tenho dificuldade de sair da cama de manhã, penso em como você está lidando com tudo, em como tem sido madura e aplicada. Então me visto e vou trabalhar.

Rosie pisca para ela. Sente que está tendo duas conversas diferentes com a mesma pessoa. Com tanto ardor e mágoa, mas também com tanto amor e ternura que ela quase se desfaz.

Você tem dificuldade de sair da cama?, ela pergunta depois de um momento. A mãe ergue e baixa um único ombro em resposta.

Meu filho morreu, ela diz.

Então Rosie vê a mãe desabando diante dela pela primeira vez desde o funeral. O rosto da mãe se contrai, por um momento surreal, mas logo volta ao normal, e ela a encara, com firmeza, como se estivesse se esforçando para se controlar.

Mãe, Rosie diz, e faz menção de abraçá-la, mas a mãe balança a cabeça depressa, como se aquilo a machucasse.

Não, ela diz, por favor, Rosie, não.

Então Rosie não a abraça. Ela se afasta e deixa que a mãe se recomponha, sentindo o nó na garganta se apertar de vontade de chorar. Rosie se perguntou várias vezes como a mãe se virou em meio a tudo, porque sempre que tentava perguntar ela mudava de assunto ou dizia algo vago, e curto, como se a mera menção ao assunto fosse um insulto. Rosie, no entanto, sempre tivera a esperança de que, de alguma forma, ela estivesse conseguindo lidar com aquilo. Sempre tivera a esperança de que ela permitisse que pelo menos o pai cuidasse dela. Abraçasse a mãe à noite e a reconfortasse, demonstrasse que ela não estava sozinha.

Só que ela está, Rosie pensa, enquanto acaricia o pulso da mãe com o dedão. Quando se trata da única coisa que importa, ela está totalmente sozinha. Assim como Rosie agora é uma gêmea incompleta, ela agora é uma mãe sem o filho.

Que tolice, a mãe diz, depois de um tempo, enxugando o rosto. Ela nem chorou direito, mas está corada, as bochechas manchadas de rosa.

Não é tolice, Rosie diz.

Do que estávamos falando?, ela pergunta.

Nem sei mais, Rosie diz, e as duas têm um momento de paz, enquanto uma luz branda bate na parede. Ela continua segurando a mão da mãe.

Faça o que precisa fazer, Rosie, a mãe diz, com a voz normal de novo. O coração de Rosie palpita; se de incerteza ou triunfo ela não sabe dizer.

Talvez você *ache* que não quer voltar para Oxford, a mãe prossegue, sem olhar para ela. Se é o que precisa, por um tempo. Mas vai voltar. Porque você faz a coisa certa. E voltar é a coisa certa a fazer, Rosie. Você sabe que sim.

Ela absorve as palavras da mãe, então puxa a mão de volta, devagar.

Algo a atinge lá no fundo, como uma pedra.

Ela liga para Marley aquela noite e diz que está em casa. A amiga vem na mesma hora e as duas ficam deitadas na cama juntas, conversando, com os pés apoiados na parede, como costumavam fazer, e Rosie se surpreende com o fato de que as pontas do cabelo dela estão pintadas de azul, mas de resto Marley continua igual, o que a reconforta.

A mãe para à porta quando está indo se deitar e pergunta a Marley como anda a faculdade de medicina.

Tá indo, Marley diz, dando de ombros.

Não está gostando?

Estou adorando, ela diz, mas é muita coisa pra aprender. Não consigo evitar pensar que vou matar mais gente do que vou ajudar.

Há um silêncio estranho e fluido entre as três.

É a natureza do trabalho, a mãe de Rosie diz, depois de puxar o ar discretamente. Boa noite, meninas.

Merda, Marley diz, depois que a mãe fecha a porta do quarto e as duas estão sozinhas de novo. Não *pensei* antes de falar.

Tudo bem, Rosie diz.

Fiz uma brincadeira sobre matar pessoas diante de uma mãe que acabou de perder o filho, Marley diz. Não está tudo bem. Sou uma idiota.

Não é, não, Rosie diz. E ela não acabou de perder o filho. Faz um ano.

Marley vira a cabeça para olhar para ela. Tem um pirulito na boca, o que faz com que pareça jovem e vulnerável, como uma criança chupando o dedo.

Um ano não é muito tempo, Rosie, ela diz, com a língua no pirulito. Ainda deve doer pra caramba.

Rosie sente uma resposta subindo pela garganta, mas a engole, porque é mais fácil, e porque está cansada demais para ficar com raiva. Claro que dói. Claro que cada hora sem ele é como se suas células estivessem sendo sugadas para fora, mas ela está tentando, droga, e adoraria que o mundo deixasse que ela tentasse.

Então, Marley diz, depois de um momento desconfortável e carregado, em que tira o pirulito da boca, puxando como se fosse um chiclete. Vou conhecer Simon logo?

Claro, se for a Oxford.

Vai com ele pra Edimburgo. Posso levar vocês a todos os restaurantes indianos descolados, e a gente sai pra ouvir música folk e comer barras de chocolate Mars empanadas.

Todo mundo faz isso na Escócia?

Não, mas a gente pode fazer se você quiser.

Elas ficam ouvindo a chuva bater na janela. É tarde, o barulho fica ainda mais alto agora que os pais foram para a cama; agora que o resto da casa está escuro. A luz do abajur banha as duas em cor-de-rosa e deixa tudo meio borrado.

Gostei da parte da música folk, Rosie diz.

Então combinado. E vou visitar Oxford também. Você gosta de lá, né? Seus amigos são legais e você está...? Você sabe.

Rosie aguarda, porque não sabe. Marley pigarreia e volta a colocar o pirulito na boca.

Tão feliz quanto achou que estaria?, ela conclui. Depois de tudo?

Tão feliz quanto achei que estaria, Rosie repete, em voz alta, para ver se consegue entender o que Marley quer dizer, mas sua amiga recebe isso como uma confirmação.

Que bom, ela diz. Isso é bom.

É, Rosie diz.

A chuva soa como pés pisando na janela.

Simon liga para ela na manhã seguinte, quando Marley ainda está dormindo, com a boca entreaberta, o cabelo cacheado espalhado sobre o travesseiro. Rosie está acordada desde as quatro, ouvindo a respiração profunda da amiga.

Ela sai da cama e do quarto para atender, perguntando-se por que ele está ligando tão cedo. Eles costumam conversar antes de ir para a cama; uma troca calorosa e sonolenta sobre o dia de ambos, antes do boa-noite. Simon imagina que ela passou as últimas semanas com os pais, e Rosie não teve coragem de dizer a verdade.

Oi, ela diz ao atender.

Bom dia, flor do dia, ele diz, e sua voz soa alta demais para o horário, para o silêncio da casa. Sabe que dia é hoje?

Não, ela sussurra, em uma tentativa de fazer com que ele a imite.

A véspera do dia em que vou te ver.

Ah, é. Eba!

Rosie nunca disse "eba!" na vida, mas parece apropriado, ainda que ela fique se sentindo um pouco boba depois. Simon não parece notar.

Que horas você volta?, ele pergunta. Vou te encontrar pra ajudar a descarregar o carro.

Você não vai ter suas próprias coisas pra guardar?

Já guardei, ele diz. Cheguei ontem. Queria treinar um pouco antes do reinício das aulas.

Você tem toda a semana pra isso. As aulas só começam no dia primeiro.

Obrigado por me lembrar do calendário escolar, Rosemary, ele diz. Eu tinha esquecido, apesar de estar no terceiro ano.

Desculpa, ela diz.

Estou brincando, Rosie.

Eu sei.

E aí, que horas?

Que horas o quê?

Que horas você chega amanhã?

Ah, ela diz. Não sei. Ainda não pensei a respeito.

Bom, quando pensar, ele diz, você me avisa? Quero ver você. E quero impressionar seus pais com meu charme inegável.

Tá, ela diz, porque esqueceu que ele ainda não conhece os pais dela.

Rosie, ele volta a dizer.

Oi?

Você está no mundo da lua hoje, ele diz, e o corpo dela se liquefaz, porque Josh costumava dizer a mesma coisa.

Will não bebe quando Rosie vai embora. Tampouco compra outra passagem de avião. Em vez disso, arranja um emprego em outra oficina da cidade, e Moe fica tão chocado que liga para ele e lhe oferece uma promoção, com um salário maior.

Você devia ter dito que estava pensando em sair, ele fala, e Will balança a cabeça, sem conseguir acreditar.

No entanto, aceita a oferta de Moe e finalmente começa a ser treinado como mecânico. Ele sabe das coisas, claro, sabe mais do que deixou transparecer, porque seu avô lhe ensinou e porque tem montado motores desde que tinha idade para fazer seu próprio chá, e antes observava o avô fazê-lo.

Logo ele está ganhando um salário alto o bastante para poder sair da casa da avó. Sem contar a ela, ele visita um apartamento. Fica mais perto da praia, em um quarteirão que parece depredado. Se ele se inclina bastante na janela, consegue ver um pouco do porto. Tem cocô de gaivota nas janelas, latas de coca na sarjeta. O apartamento não vem mobiliado, mas tem fogão e uma geladeira antiga que vive estalando.

Will diz que vai ficar com ele.

Ele conversa com Rosie mais ou menos uma vez por semana. Ela fala bastante, ele acha, mas não fundo não diz nada, de modo que sempre resta a ele preencher as lacunas. Ele conta o que acontece na oficina e ela fala sobre os amigos e os fins de semana, e ele finge ficar feliz e se envolver e não sentir nem um pingo de ciúme.

Ele sente falta dela cantando, e diz isso a ela uma noite, quando ela volta depois de ter saído com Simon e está pegando água na cozinha compartilhada do dormitório. Ele ouve a torneira abrindo, a água enchendo o copo.

Não tenho mais cantado, ela diz, e ele a ouve passar da cozinha para o corredor.

Você cantava na minha casa, ele diz, lembrando-se da voz baixinha dela no chuveiro, de como ela cantarolava ao passar de um cômodo a outro.

Não exatamente, ela diz. Não tenho mais... cantado direito.

Eu sabia, ele diz.

Como você sabia?, ela pergunta, e ele acha que ela está sorrindo, embora deva ser desconfortável o fato de que ele a pegou no pulo. Ela fez uma escolha, a escolha errada, e ele não está sendo educado a respeito disso.

Dá pra ver, ele diz.

Tá, mas como?

Você não vai acreditar se eu disser.

Fala.

Eu falo se você cantar pra mim.

Não, Will.

Por que não?

Primeiro, ela diz, e baixa a voz, o que faz com que ele saiba que ela chegou a sua porta, que está no alpendre que liga seu quarto com o de outra pessoa. Ele ouve o tilintar da chave e depois o da tranca.

Porta fechada. A voz dela retorna ao normal.

Primeiro, ela repete, é quase meia-noite e está todo mundo dormindo.

Então canta baixo.

Segundo, ela diz, como se não o tivesse ouvido, seria estranho cantar pra você no telefone. Tipo aquelas mães de gato tristes que pedem que alguém coloque o bichinho na linha quando não estão em casa pra cantar uma musiquinha pra ele.

Mães de gato, Will repete, e dá risada, porque é ridículo, e porque ele meio que entende do que ela está falando.

Ela fica muda do outro lado, mas ele tem certeza de que ela está sorrindo, sente seus lábios se alargando através do telefone.

Não são motivos bons o bastante, ele diz, e o silêncio que se segue é indecifrável. Ele aguarda.

Eu só não quero, ela diz.

O quê? Cantar pra mim?

Pra quem quer que seja.

Ele ouve o som suave do vidro pousando na madeira. O corpo dela caindo na cama.

Bom, se mudar de ideia, ele diz, e os dois mudam de assunto.

Agora eles conversam assim. Como amigos. E entre as ligações ele se esforça ao máximo para esquecê-la, para ter uma vida da qual ela não faz parte, no dia a dia, o que, ele lembra a si mesmo, ela não faz. Ela escolheu voltar. Escolheu ficar com Simon, o cara sobre quem ele pergunta, para dar a impressão de que se interessa por sua vida e de que não está interessado nela, e ela não lhe conta basicamente nada, embora responda a todas as suas perguntas. Eles trocam fotos, músicas e mensagens e momentos normais do dia. Ela dorme, aparentemente. Às vezes, no quarto de Simon. Will leva mulheres a seu próprio apartamento, onde a geladeira está sempre estocada com coca, ketchup e shakes proteicos. Ele fica zapeando na tv e caminha pela cidade à noite, às vezes, para ver as gaivotas e fingir que tem um lugar aonde ir, um lugar onde precisa estar.

Faz dois anos que Rosie está com Simon. Dois anos de aulas, trabalhos e falta de tempo para almoçar. Ficando acordada até tarde da noite, dividindo o travesseiro, assistindo a filmes pela metade.

Dois anos sem que ele saiba a respeito de Josh.

É um domingo quando ela conta. Os dois estão deitados na cama juntos, e é o dia de folga dele, o que significa que não vai sair para remar. Os braços dele a envolvem, ela está deitada em seu peito. Seu peito liso e sem pelos, como o casco de um barco.

Ela teve um pesadelo. Acordou e pensou, por um momento, que Josh continuava vivo, e Simon lhe pergunta o que foi, por isso ela lhe conta tudo.

Ou, pelo menos, tudo o que suporta contar.

Que tinha um irmão gêmeo. Que o amava como nunca amou ninguém, e que ele morreu, uma noite, pouco antes de ela ir para Oxford. Morreu antes de chegar ao hospital. Morreu assim que seu crânio bateu contra as pedras, com a maré recolhida.

Ela fala como se não conseguisse fazer outra coisa. Sem nenhuma emoção e sem parar; um rio fluindo dela, até não fluir mais.

Simon deixa que ela seque, e então diz meu Deus, Rosie, isso é terrível, e só a abraça, sem fazer perguntas, e é então que ela acha que talvez acabe se casando com ele.

A avó de Will aparece, sem avisar, quase toda semana, trazendo compras, fazendo críticas e dando qualquer desculpa para conferir como ele está.

Posso comprar meu próprio almoço, ele diz, enquanto ela passa as latas de sopa para a bancada.

Macarrão instantâneo não é almoço, ela diz.

Não como macarrão instantâneo.

Come, sim. Vi no lixo da última vez que vim.

Então comi macarrão instantâneo uma vez. Quando voltei tarde.

Viu?

Também fumei maconha uma vez, ele diz. Isso me torna um maconheiro?

Will, ela diz, com um suspiro. Você é tão teimoso...

Já me disseram isso.

Sempre foi assim. Igualzinho a sua mãe.

Há um silêncio formal depois que ela diz isso; um de seus deslizes involuntários e ocasionais, já que eles meio que têm um acordo de não falar a respeito dela. A avó abre o armário e começa a guardar as latas de sopa lá, e ele finge que ela não disse nada.

Você está ocupado na quarta à tarde?, ela pergunta, quando tempo o bastante se passou para que sua voz saia normal e as latas de sopa estejam guardadas em fileira.

Vou trabalhar na oficina, ele diz. Por quê?

Pode trocar com alguém?

Acho que sim, ele diz. Por quê?

Talvez eu precise de você, ela diz.

Tá.

Então é melhor ficar livre.

Você vai ter que me dar alguma explicação. Não acho que minha avó precisar de mim para uma missão secreta vá pegar bem com o chefe.

Moe sabe que a chefe sou eu, a avó diz, então dá uma piscadela antes de pôr a chaleira no fogo. Ela começa a chiar quase que de imediato, porque sobrou pouca água dentro depois do café da manhã.

Vou fazer a primeira sessão de quimioterapia, ela diz, como se estivesse apenas apontando para uma gaivota no telhado.

Will está pegando uma colher para o chá. Depois ele vai pensar que, se houve um momento apropriado para derrubar um talher, foi aquele. Dedos adormecidos, o choque do metal contra os azulejos. No entanto, ele segura a colher, o cabo de plástico barato indigno de nota contra sua pele.

Quimioterapia, ele repete.

Pois é.

Por quê?

Ah, Will, você sabe por que as pessoas fazem químio.

Onde?, ele pergunta, e ela suspira de novo, como se ele estivesse sendo difícil, e dá para ver que a avó não quer falar a respeito, que o corpo todo dela se fecha como acontece quando ela está triste, ou cansada, ou pensando na mãe dele.

Pulmão, ela diz. O que é o mais ridículo de tudo, se quer saber minha opinião.

Mas você nunca fumou, ele diz.

Pois é. Por isso que é tão ridículo.

Nunca fumo dentro de casa, Will diz, e o terror é tão real e vermelho e sufocante que ele precisa se sentar, pegar a cadeira da mesinha dobrável e deixar o corpo cair nela, com tanta força que a madeira range sob seu peso.

Não, a avó diz, com gentileza. Você não fuma.

Segue-se outro momento de silêncio, agora não formal, mas prolongado, tenso. A gaivota do outro lado da janela alça voo, com as asas enormes lembrando as de um pterodáctilo.

Quando você descobriu?, ele pergunta.

Não faz muito tempo, ela diz. Eu sabia que tinha algo de errado, então fiz um monte de exames. Ficaram me passando de um médico para outro, na verdade, ao longo de meses. Mas agora eles sabem.

Will assente, percebe a culpa ir e depois voltar.

Podem ter sido os charutos do vovô?, ele pergunta.

Ela suspira de novo, agora sem produzir som. Ele vê seus ombros caírem um pouco, então ela se vira para ele, com resignação nos olhos.

Pode, ela diz. Mas é mais provável que tenha sido só azar, Willie.

Ele engole em seco.

Não é culpa de ninguém, ela diz.

Quando ele não se move, ela se aproxima e pega a colher de suas mãos. Pergunta se ele quer açúcar no chá.

Rosie adiou as apresentações por tempo demais. Os pais dizem isso a ela sempre que se falam, e Simon toca no assunto também. Está começando a parecer que você tem vergonha de mim, ele diz, com uma piscadela brincalhona, e ela ri e entra em pânico ao mesmo tempo.

Então, quando ela vai para casa no fim de semana do Dia das Mães, leva Simon consigo.

Eles fizeram as malas, pegaram um trem. Deram as mãos no caminho até a porta.

Ele foi educado, gracioso e elogioso em relação a seu lar de infância, à comida da mãe, à coleção de livros de crime do pai, e ela tem vontade de gritar com toda aquela simpatia, com o quanto quer, por um segundo estranho e inexplicável, fazer sexo violento com ele no chão de seu quarto.

A ideia lhe ocorre no jantar. Quando Simon sorri para ela por cima do saleiro e do pimenteiro e passa as cenouras.

Ela afasta a cadeira da mesa.

Tenho que ir, ela diz.

Querida? A mãe ergue os olhos, com o garfo a meio caminho da boca.

Encomendei uma sobremesa, ela diz, e acabei de me dar conta de que esqueci de buscar.

Mas já temos sobremesa, a mãe diz. Comprei um pavê.

É, mas... amanhã é Dia das Mães, e pensei em fazer algo especial, Rosie diz, já seguindo para a porta e pegando o casaco do armário.

Querida, a mãe diz de novo. Estamos comendo.

Não pode esperar?

É o pai que pergunta agora. Parando no meio do ato de servir mais vinho a Simon.

Não, Rosie diz. Não vou demorar. E já comi o bastante.

Você mal tocou a carne.

Já volto, ela diz, e sai pela porta da frente, ouve a risada nervosa deles, o pai dizendo que a verdade é que ela sempre foi assim, Simon. Não há como convencer essa menina quando ela põe alguma coisa na cabeça.

Ela vai até a padaria, porque mentiu, e agora precisa voltar com algo que acoberte sua mentira. Sua fúria, como águas quentes e revoltas, volta a se abrandar, e ela quase ri de si mesma. Não tem ar naquela casa. Provavelmente nunca teve, mas a conversa vazia, o tilintar dos talheres e a cadeira vazia de Josh quase a enlouquecem quando ela precisa voltar para casa agora.

Ela acha que ama Simon, e sabe que ele a ama, mas às vezes gostaria que ele a olhasse como se pudesse devorá-la; quer que ele a toque de uma maneira que a faça se sentir desejada, em vez de protegida. No entanto, ele toma vinho e conversa e sorri mostrando todos os dentes e passa as cenouras.

De fato, ela ri de si mesma. Fica pensando se são os hormônios; o que Marley diria se contasse a ela. Eu queria que ele me comesse no andar de cima, enquanto meus pais desfrutam de seu rosbife nos pratos especiais, ela contaria. No tapete florido da minha infância.

Ela tenta se agarrar a essa imagem, agora que saiu de casa. Ele nunca faria aquilo. Ela também não.

O clima está ameno, meio quente; as árvores estão floridas e as nuvens parecem tiradas de um livro infantil, famílias passam enquanto ela se dirige ao conjunto de lojas mais próximo. Um salão de beleza, um café que quase nunca está aberto, com o cardápio laminado e desbotado colado na porta. Ela para do lado de fora da padaria para avaliar o que tem na vitrine. Cupcakes cor-de-rosa. Pães redondos. Bolos de festa cobertos de rosas, o tipo de coisa que a mãe nunca escolheria.

Ela entra e compra um.

E quando sai quase derruba a caixa de bolo, porque Will White está bem ali, recostado na parede de tijolos entre a padaria e o salão de beleza. Ele ainda não a viu, e ela não consegue imaginar por que ele está ali.

Rosie diz o nome dele antes que possa evitar, e ele levanta a cabeça, tão surpreso quanto ela. Nunca o viu assim. Ele sempre pareceu tranquilo e impassível, pronto para o que fosse.

Roe, ele diz, e ela sente uma onda de calor. Oi.

Oi.

O que você tá fazendo aqui?

Vim passar alguns dias. Por causa do Dia das Mães, ela diz, mostrando a caixa de bolo, e ele ergue uma sobrancelha.

Não achei que sua mãe fosse do tipo que comia bolo, ele diz.

Tem alguém que não seja do tipo que come bolo?

Ela me parece alguém que evitaria comer, ele diz, e tem

razão, mas ela não fala nada. Só pergunta o que ele está fazendo ali, e Will acena com a cabeça para o salão.

Estou esperando minha avó.

Rosie a vê do outro lado do vidro, sentada em uma cadeira. Sorri para seu corpo diminuto, para o cabelo curto e grisalho que ela reconhece na mesma hora.

Como ela está?

Will não responde de imediato, e ela olha para ele, impaciente. Rosie sabe que precisa voltar para casa, sabe que seu namorado e seus pais estão esperando. E o fato de que prefere ficar ali, na rua com ele, muito embora faça semanas que não se falem, a irrita.

A amizade deles inchou e murchou e voltou a inflar ao longo do ano. Há fases em que eles se falam uma vez por semana, outras em que a vida atrapalha e eles caem em um silêncio mútuo até que um dos dois volte a entrar em contato. Amizades de verdade são assim, ela pensa. Como a dela e de Marley. A amiga está distraída, abrindo corpos e farreando até as quatro da manhã, às vezes remarcando as ligações delas para passar o dia com a cabeça na privada.

Com Will, Rosie reflete, as coisas são ligeiramente diferentes. Ele às vezes fica quieto, mas está sempre lá quando ela liga. Nunca remarcou nada. E agora está ali, com uma postura diferente; como se tivesse um fio sendo puxado no topo de sua cabeça.

Will?

Ela está doente, ele diz.

Quê?

Câncer.

Ah.

Aquele "ah" é uma inspiração — uma inspiração chocada, triste, de quem não acredita, mas é verdade.

Ah, nossa, ela diz. Gostaria de não estar segurando a caixa de bolo, gostaria de poder estender a mão e tocá-lo.

É, ele diz.

Ela... ela vai ficar...?

Ainda é cedo pra dizer, ele fala. Ela tá fazendo quimioterapia. Isso é bom.

É? Ela tem setenta anos e colocam veneno nela a cada quinze dias. O cabelo tá caindo. Ela não quer comer. Perdeu seis quilos e dorme o tempo todo. É como se fosse a porra de uma sombra.

Rosie pisca para ele.

Mas a químio dá uma chance a ela, não é?

É, Will diz. É.

Ela sabe, sem que ele precise dizer; consegue ver em seus olhos. Ele não acredita. Está só esperando que a avó morra.

Você quer... ficar um pouquinho lá no farol?, ela pergunta.

Ele olha para ela, depois para dentro do salão. Ela sabe que ele está calculando se tem tempo. Se tem como abrir espaço para Rosie em sua vida, hoje, agora que tudo mudou.

Tem um casal jovem apoiado no parapeito quando eles chegam. De mãos dadas, um roçando o nariz no pescoço do outro.

Como se atrevem?, diz Will.

Não têm ideia de quem somos?, Rosie brinca.

A gente devia colocar uma placa, Will diz.

Tipo, não se aproxime do nosso farol?

Cai fora, basicamente, Will diz, e ela dá risada, e ele sorri, um pouco, e ela fica tão aliviada que quase o abraça, mas a caixa de bolo a impede. Ela ainda tem um tempinho, acha, antes de precisar voltar, então os dois caminham mais um pouco, até um banco com vista para o mar. A água está agitada hoje. Ondas, determinadas e de um tom de azul profundo, correm depressa na direção da costa.

Não sabia que você tinha voltado, Will diz.

Só vou passar o fim de semana, Rosie diz. Coisa de família e tal.

Sei.

O Dia das Mães é esquisito pra você?

Ele parece pensar a respeito; observa uma família caminhando na praia, bem na frente deles. Duas crianças pequenas usando galochas coloridas. A mãe e o pai. De mãos dadas.

Na verdade, não, ele diz. Só penso nela em momentos estranhos.

Ela não pressiona, e ele continua falando.

Principalmente quando coisas boas acontecem. Tipo, quando tirei o certificado de mecânico, fiquei com vontade de contar pra ela. Sei que é triste. É meio que uma doutrinação, como quando a gente recebe uma estrela dourada na escola.

Ah, é!, Rosie diz. Eu ficava tão empolgada com elas.

Imagino que sim.

Isso não é nem um pouco triste.

Não penso nela quando coisas ruins acontecem, ele diz. Ela tornava as coisas difíceis... ainda mais difíceis. Não veio ao funeral do meu avô. O pai dela.

Rosie não sabia disso. Ela se sente puxada em duas direções diferentes — está meio em pânico, pensando que deveria voltar para sua própria família, e ao mesmo tempo desesperada para ficar ali, pelo tempo que ele precisar, principalmente enquanto diz aquele tipo de coisa.

Às vezes, eu acho que a vejo, Will diz. Na rua, ou quando estou correndo. Mas nunca é ela, claro. É uma mulher qualquer. Da mesma idade, com a cara errada. Não é como se eu sentisse muito a falta dela, como se procurasse por ela em todos os cantos ou coisa do tipo. Mas é inevitável.

Ele fica em silêncio, como se estivesse se lembrando da última vez, e naquele momento Rosie quer muito tocá-lo. Quer pegar sua mão, ou tirar o cabelo grosso e dourado de seus olhos, como se dissesse eu te vejo, mesmo que sua mãe não veja.

Então, respondendo à sua pergunta, ele continua. Não, não estou pensando nela no momento. Ou não estava pensando antes de você perguntar, pelo menos.

Aposto que ela está pensando em você, Rosie diz, e ele solta um ruído desdenhando daquilo, e ela fica magoada por ele estar rejeitando sua solidariedade. Ela engole o nó da garganta em seco, e ele para de falar sobre a mãe.

E você, como está?, ele pergunta.

Normal, ela diz, pensando que "normal" na verdade significa meio morta; nada a relatar, nada de novo, empolgante ou bom.

Só normal?

Só normal, ela repete.

Ainda com Simon?

Ainda.

Ainda a caminho de se formar?

Acho que sim.

A trajetória do sucesso, ele diz, e ela sabe que devia dar risada, mas ainda está chocada com a notícia da avó dele; dói como se fosse sua própria avó.

Posso visitar vocês?, ela pergunta. Posso ver sua avó um dia?

Ele a encara, com os olhos carregados.

Ela vai gostar, diz.

Os dois ficam sentados juntos, olhando para a água. Ela pergunta a ele como Amber está lidando com a notícia, e ele diz que como Amber: acumulando fatos e números, fazendo listas. Ela tenta falar com ele sobre coisas normais também, o trabalho, a corrida e um álbum novo que acha que ele pode ter ouvido, mas tem a impressão de que ele está com dificuldade de responder, então fica em silêncio e o deixa à vontade. A tarde já está cedendo espaço ao começo da noite quando ele diz que a avó já deve ter terminado, que ele precisa levá-la para casa.

Quando os dois voltam ao salão, Rosie o chama. Deixa o bolo de lado e enlaça seu pescoço, fica na ponta dos pés.

Ela quer dizer sinto muito, mas não consegue.

Ele a abraça também e ela acha que sente algo mudar nele, a coluna ereta que havia notado; o fio puxando o topo de sua cabeça parece se soltar de repente, como se tivesse sido cortado.

Podemos tomar um café antes de você ir embora amanhã?, ele pede, sem se afastar, e ela diz sim, claro, sem pensar.

Naquela noite, Rosie manda uma mensagem dizendo que Simon vai junto e perguntando se tudo bem, e como não está tudo bem ele não responde.

Os dois marcaram de se encontrar uma hora antes do trem dela. Ele faz questão de chegar primeiro, escolhe uma mesa perto da janela, que está suja, cheia de marcas de dedo.

Ele está agitado, espalma as mãos sobre a madeira da mesa. Ele se pergunta como a avó está se sentindo, se pode usá-la como uma desculpa para sair mais cedo. Então os dois entram pela porta, ele depois dela, e Will olha atentamente para a pessoa que ela diz que ama, a pessoa com quem ela perdeu a virgindade, a pessoa com quem passa todo o seu tempo livre. Ele é alto, musculoso e faz a barba bem rente.

Os dois o veem e se dirigem à mesa onde ele está.

Ah, o famoso Will White, Simon diz e se aproxima com o braço estendido. Will vai apertar sua mão, mas o cara o abraça rapidamente, dando tapinhas em suas costas. Will fica constrangido por não ter esperado aquilo, e constrangido pelo próprio constrangimento. Quando os dois se afastam, ele sente o rosto quente.

Ouvi muito sobre você, Simon diz, e Will diz: ah, é? E quando Rosie olha para ele se vê obrigado a dizer: ahn, eu também ouvi muito sobre você.

Só coisas boas, espero, Simon diz, e Will se pergunta se o clichê é proposital; se ele também está constrangido, ou se sentindo ameaçado. Rosie está de pé ao lado dele, olhando para Will com uma expressão estranha no rosto. Alerta e pronta para fugir.

O que você tem?, ele pergunta a ela, quando Simon vai pegar bebidas.

Como assim?

Você está com cara de corça.

Oi?

Você sabe. De Bambi.

Não, não sei.

Você não sabe quem é o Bambi?

209

É claro que sei quem é o Bambi! Mas não sei o que é cara de corça.

Porque não consegue ver seu próprio rosto.

Will! Pelo amor de Deus!

Que foi? Por que você está nervosa assim?

Só quero que vocês dois se deem bem, ela diz.

Tá, Will diz. A gente não está se dando bem?

Ainda é cedo pra dizer, Rosie diz.

Exatamente. Dá uma chance pra gente, pelo menos. Vamos tomar um café, levar um lero.

Odeio essa expressão, ela diz, e ele diz que sabe, e então Simon volta com as bebidas e sachês de açúcar demais, e bate no braço de Rosie ao se sentar, porque é grande demais para aquela mesa.

Então, Will, ele diz, distribuindo as bebidas. Rosemary me disse que você é mecânico.

Will olha nos olhos dele, que são castanhos e parecem genuinamente interessados, o que só o irrita.

O que é isso, uma entrevista de emprego?, ele pergunta.

Simon pisca, depois sorri. Mexe seu café americano e a colher bate contra a xícara.

Ela também disse que você era meio irritadiço, ele comenta, e Will vê que Rosie fica tensa e leva a própria xícara aos lábios.

Irritadiço?, ele repete.

É uma excelente palavra, não acha?

Ela tem um ótimo vocabulário, diz Will.

Foi uma das muitas coisas nela que me atraiu, diz Simon.

É mesmo?

Ok, Rosie diz, alto demais. Vamos começar de novo?

Os dois olham para ela, por apenas um segundo, antes de voltar a se encarar. Simon continua sorrindo, embora talvez de maneira menos genuína.

Gosto de você, Will, ele diz. Gosto que você cuide da minha garota.

Will não diz nada. Ele se força a ficar parado, então se lembra que pode tomar seu café; que seria um movimento inofensivo e até mesmo sociável.

Sempre, ele diz, depois de engolir.

Que bom, Simon diz. Qualquer amigo de Rosie é meu amigo. Se quiser, ele acrescenta, de um jeito infantil, humilde e um tanto patético, e Will sente pena dele, porque o cara não faz ideia.

Há um momento de desconforto em que ninguém fala.

Rosie fica olhando para seu chá.

Bom, se está tudo certo entre a gente, Simon começa a dizer, rompendo o silêncio com sua voz estrondosa de escola particular, então tudo de que preciso agora é da aprovação de Marley.

Boa sorte com isso, Will diz, e Simon dá risada, e é uma boa risada, plena, grata, e isso também irrita Will, porque ele não estava tentando ser engraçado.

Você não precisa da aprovação de ninguém, Rosie diz.

É bom saber, Simon diz, e pega a mão dela e a aperta sobre a mesa, então faz uma pergunta sobre motos a Will, e o restante da hora que passam juntos é perfeitamente agradável, embora Will sinta a cabeça latejar.

Ele tenta consertar o acendedor do forno da avó.

Pensa que se dedicar a noite toda a isso vai conseguir.

Lê um pouco no celular, arruma algumas coisas, faz café depois de café para se manter desperto e ligado. Finalmente acha que está conseguindo, às três da madrugada, e nem questiona por que começou tão tarde, por que não fez isso durante o dia.

A avó frita bacon na manhã seguinte, e o problema ainda não foi solucionado.

Rosie é fiel à sua palavra, como ele sabia que seria.

Semanas mais tarde, depois de trocarem algumas mensagens tarde da noite, ela aparece na casa de sua avó sozinha.

Deu alguma desculpa e pegou o trem, e agora bate à porta da avó dele, porque ele disse que estaria lá se ela viesse.

A avó fica encantada. As duas se abraçam, e a avó diz que Rosie parece mais inteligente e magra demais, e Rosie diz que é o que Oxford faz com as garotas, e as duas compartilham uma risada feminina, e ela diz então vamos comer, vamos comer.

Will cozinha para elas. Peixe e legumes no limão, porque ele leu que as *nonnas* italianas dizem que são os cítricos que as mantêm vivas. A avó não come muito, apesar de insistir que os outros comam, e Rosie tampouco parece ter vontade, mas elas ficam mexendo na comida, só para ter o que fazer, só para ter um intervalo entre as perguntas e o tema câncer. A avó parece mais feliz em contar a Rosie os detalhes que ele já tinha lhe pedido; é metódica e cuidadosa em suas respostas, não esconde nada.

O rádio toca baixo. Música country, "Desperados Waiting For a Train", enquanto a avó explica suas chances, os prognósticos contra os quais está lutando.

Você vai conseguir, Rosie diz, e a ferocidade em sua voz o pega desprevenido.

Vamos torcer para isso, querida, a avó diz, e Rosie pega a mão dela, e Will tem que se levantar para recolher os pratos.

Eles jogam baralho junto à lareira. Dave se deita aos pés de Rosie e eles param de falar sobre câncer, de modo que as coisas parecem normais, por um tempo, tal qual dois verões antes.

A avó pergunta a ela sobre Oxford, seus amigos, e até mesmo sobre Simon, o que é inesperado e desconfortável, embora ela finja que não, voltando seus olhos suaves para ela e tomando um gole de chá da caneca.

Ele é ótimo, Rosie diz. E Elsie diz que bom. Então Rosie fica vermelha e pergunta o que ela está lendo, e as duas comentam sobre um livro que é longo demais, ainda que cada página valha a pena, algo sobre um homem e um passaporte, e ele tenta se concentrar, de verdade, embora só queira beber, ou correr, ou fazer algo de que vai se arrepender.

Mais tarde naquela noite, ele a acompanha até a estação de trem. A avó disse que ela devia ficar, mas Rosie disse que precisava voltar, que tinha um trabalho para terminar.

Ela deixou presentes; um pote de mel de Oxfordshire e girassóis, que a avó colocou em um vaso. Bem amarelos e bem abertos, como rostos ou planetas ou legumes frescos e maduros. Ele achou os girassóis de mau gosto. Forçados em sua alegria.

Obrigada por ter vindo, ele diz, enquanto caminham. Ela amou ver você.

Também amei ver sua avó, Rosie diz. Desculpa não ter vindo desde... você sabe. Aquele verão. Vou vir com mais frequência.

Porque ela está morrendo?

Não, Rosie fala, e ele não sabe se ela quer dizer não, não por isso, ou não, ela não está morrendo. Então ela completa: porque eu quero.

Os dois caminham em silêncio pelas ruas movimentadas. É noite de sábado. As pessoas vão a lugares, fazem coisas. Depois que ela subir no trem, ele vai voltar para o apartamento e assistir a qualquer coisa na televisão, talvez ligar para a garota com quem ficou na semana anterior.

Simon gostou muito de você, ela diz.

Soa leve e despretensiosa.

Hum, ele diz.

Ele deixa que as palavras fiquem no ar, e ela parece agitada quando chegam à estação, seus olhos brilhando e suas bochechas coradas da curta caminhada.

A gente se vê, então, ela diz.

É. A gente se vê, ele diz, e os dois não se abraçam, e por um motivo que nenhum dos dois consegue expressar, depois que ela passou a tarde com a avó doente dele, segurou sua mão e a fez rir, não há nenhuma gratidão ou ternura no ar, só uma desconexão, uma dor tão profunda e privada que não pode ser abordada, e ela embarca no trem e Will lhe dá as costas, não vê a partida.

Doze

O nariz de Rosie sangra no dia de seu casamento.

Isso só tinha acontecido duas vezes em sua vida. No primeiro dia de aula do ensino fundamental, durante o treinamento de incêndio, e alguns anos depois, no mesmo dia em que ela ficou menstruada pela primeira vez. A enfermeira da escola lhe dissera que parecia que seu corpo não sabia por onde sangrar, depois tinha rido de sua própria piada, e Rosie sentira algo mais deixando seu corpo, algo vital e ligado à autopreservação.

O terceiro sangramento não é o pesadelo que as revistas de noivas descreviam. Ela ainda não pôs o vestido. É cedo, e a mãe e as madrinhas ainda não acordaram. Ela está com vinte e quatro anos e continua sendo a srta. Winters, até agora, sentada na beirada da banheira, vendo a luz mudar do outro lado da janela, o cinza dando lugar a um branco leitoso, quando sente uma umidade no lábio superior. Leva a mão ao ponto úmido e, quando a recolhe, a ponta do dedo está assustadoramente vermelha. É só isso, o sangue não flui, não pinga, não mancha o piso.

Ela limpa o nariz com papel higiênico, então sua mãe bate à porta e pergunta: Rosie, você está aí?

Quando contou que estava noiva, ele disse que estava feliz por ela. Três vezes.

Ele estava na rua, na fila para comprar batatinhas, sua respiração formando fumaça ao sair, quando ela lhe contou a notícia pela qual já vinha esperando. Então ele desligou e levou as batatinhas para casa, deixou que esfriassem ainda na embalagem.

A avó chorou quando ele contou a ela.

O que foi?, ele perguntou, e ela não disse nada, só enxugou o rosto com a parte interna do pulso, o cabelo ralo, mas voltando a crescer em alguns pontos.

Não faça isso, ele disse, e ela perguntou não faça o quê?, e ele disse só não faça, e saiu e ligou para uma garota e passou as semanas seguintes na casa dela, bebendo e fumando e mexendo com coisas que ele disse que nunca mexeria de novo.

No dia em si, ele quase invade o casamento; ou pelo menos pensa em fazê-lo, o que é quase a mesma coisa. Sabe que a cerimônia é às duas e fica olhando para o relógio. Faz café, um café grande com o pó especial que ele reserva para os fins de semana ou para quando tem uma mulher em casa. Toma na cozinha, olhando para os telhados. Para as calhas entupidas. Para as pedras com líquen. É um dia inacreditavelmente quente, e falta uma hora para que ela diga sim, e tem algo tenso nele, como uma corda de violão que cheira a náilon e ferrugem, as pontas inchadas de seus polegares.

Ele foi convidado. Não para a cerimônia, mas para a festa em um celeiro nos arredores de Norfolk que fica a uma viagem relativamente curta de carro. Podia até levar acompanhante. Não respondeu, e Rosie não perguntou a respeito, e ele ainda não decidiu se vai quando a hora de fazer a barba e se vestir e sair chega e passa, e ele continua na cozinha, de jeans, olhando para um pedaço de mar.

Ele ia dar a ela o colar de Montenegro um dia. Aquele que ela viu no mercado, que ele comprou depois, quando ela não estava olhando. Ele o guardou todos aqueles anos em um saco de papel amassado. A corrente escureceu um pouco, mas a pedra continua da cor do mar naquele verão, por isso ele o leva para a praia, quando ela deve estar dizendo sim, ou na saúde e na doença, e o joga nas ondas, como as pessoas fazem nos filmes, só que não se sente nem um pouco melhor com isso.

Ele quer beber. Beber de verdade. Em vez disso, no entanto,

toma uma decisão, que, uma vez na vida, parece uma boa. Uma vez na vida, ele sente um alívio no peito, como se uma válvula tivesse sido aberta. E o ar escapasse depressa.

Vol-au-vents. Que palavra engraçada, ela pensa, embora não tenha ninguém com quem dividir isso, ainda que o salão esteja lotado de gente que ela conhece e ama, e outras que não conhece e não ama.

Há rosas e mosquitinhos, e toalhas de mesa, e espumante, e discursos carinhosos, e linguado com endro. Madrinhas de azul royal, porque era a cor preferida de Josh.

É tudo o que um casamento deveria ser, mas a ausência de Will é como um dente perdido. Algo que a preocupa a noite toda, ainda que não lhe dê a devida atenção.

O vestido dela é lindo, justo demais. A mãe o amarrou em suas costas, e esse deveria ter sido um momento terno, mas as duas ficaram quietas, estressadas com o caimento, e em vez de se concentrar no seu futuro marido durante a cerimônia ela só pensou em como Josh não estava lá, tampouco Will, e que fora decisão dela não o convidar para a primeira parte, para a cerimônia íntima e elegante. Sua entrada ao som de harpa. As leituras religiosas, muito embora eles não fossem religiosos, porque era a coisa certa a fazer, segundo Simon.

Ela passou a vida toda tentando fazer a coisa certa, por isso não discutiu, nem se importou muito, porque eram palavras bonitas, e aquilo bastava.

Durante o dia todo, eles conversam, ficam de pé e bebem. Os dois se abraçam em sua primeira dança hesitante, e ela pensa naquela noite, quando tinha dezessete anos, no estacionamento dos professores, na eletricidade entre ela e Will, na necessidade que sentia de tocá-lo e de evitar tocá-lo ao mesmo tempo. Parecera perigoso, e agora é o oposto, ela pensa. Ela se sente firme nos braços de Simon. Apoiada. Com Will, nunca sabia onde estava, como ele ia fazer com que se sentisse.

Ela se dá conta, enquanto tira a liga naquela noite, com o

marido se despindo ao seu lado, de que passou grande parte do dia pensando em um homem que mal vê. Deve ser porque, depois de todo aquele tempo, o ama como um irmão, conclui. E ela já perdeu um irmão. Por isso liga para ele na manhã seguinte, enquanto Simon toma banho.

Ele não atende, e ela continua tentando até que atenda.

Rosie, ele diz, sendo que raramente a chama assim, e ela não ouve sua voz há tantos meses que sorri, e fica tensa, tudo ao mesmo tempo.

Oi, ela diz.

O que aconteceu?

Por que acha que aconteceu algo?

Você me ligou seis vezes.

Bom, você não tava atendendo.

Ele não diz nada. A luz atravessa a persiana, circunda seus dedos abertos sobre o lençol.

Eu que tenho que perguntar o que aconteceu, ela diz. Por que não me atendia?

Rosie, ele repete, parecendo cansado.

Fiquei me perguntando onde você estava ontem à noite, ela diz.

O silêncio cai sobre os dois como neve.

Não dava, Roe, ele diz.

Ah, por favor, ela diz, e seu coração acelera, e ela se agarra ao humor como se fosse um bote salva-vidas. Sei que você não curte comida metida a besta e quartetos de cordas. Nem eu, na verdade. Mas era o meu casamento, Will.

Silêncio. Neve. Mãos frias, não muito tempo antes.

É, ele diz.

Foi... esquisito você não estar lá, sabe?

Esquisito, ele repete, e ela acha que consegue ouvi-lo olhando para o teto, abrindo a boca como se estivesse bravo, se segurando para não dizer alguma coisa.

Will?, ela fala.

Acho que já chega, Rosie, ele diz. Estou indo embora.

Embora?

Vou me mudar, ele diz.

Pra onde?

Pro norte.

Que rústico.

Acho que sim. O aluguel é barato lá.

Ela ouve Simon fechando o chuveiro. A água esmorecendo.

E vai logo?, ela pergunta, ignorando o que ele disse antes. Posso te ver antes?

Acho que não, Will diz, depois de outro momento de silêncio. Como falei, eu... acho que já chega.

Uma sombra sob a porta do banheiro. O armário abrindo e fechando. Simon não sai, e ela não desliga.

Se cuida, ele diz, e ela diz espera, e ele espera, e ela diz como assim, já chega? Já chega... do quê?

O sol fica pálido sobre a coberta. Nuvens se movem do outro lado da janela.

Não sei, Roe, ele diz, usando o nome que deu a ela, e ela sente aquele friozinho no estômago, antes que ele diga não sei mesmo. Você sabe?

Ele segue o plano e vai para Leeds, mas não gosta. É movimentado e frio e cheio de gente a quem ele não tem nada a dizer, parecido com Norfolk, só que mais chuvoso.

Ele logo se muda para uma cidade em Yorkshire Dales que é muito melhor. Ainda fria. Ainda úmida. Mas tranquila, e com gente tranquila, e ele consegue um emprego em uma oficina cujo dono não faz perguntas, gosta do trabalho dele e paga um salário decente.

É só por um tempo, ele disse à avó. Só para mudar um pouco.

A quimioterapia acabou, e ela sobreviveu e entendeu e deixou que ele fosse, e ele não conhece ninguém e toma só uma cerveja no pub local e depois de duas semanas se voluntaria para o serviço de resgate em montanhas, sem saber no que está se metendo. Mas depois de ouvir uma conversa no bar ele vê as montanhas pela janela do estúdio em que mora e pensa: por que não? Ele corre. Suas pernas ficam fortes. Ele tem tempo de sobra e não tem nada com que se preocupar.

É preciso passar em algum tipo de teste, que ele acha que vai ser fácil. No entanto, a subida é íngreme e o chão é cheio de pedras, e ele tem que treinar seu corpo para se mover de maneira diferente, para ser resistente de uma maneira totalmente nova. É obrigado a carregar fardos pesados e voltar a estudar navegação, depois do pouco que aprendeu com o avô. Segurança é fundamental nas montanhas, um conceito novo para ele. Estranhamente, não se trata de um lugar para pessoas que gostam de correr riscos, e eles se esforçam muito para deixar isso claro.

Depois de um ano, é promovido a membro em potencial e começa a ser preparado para lidar com tornozelos torcidos, turistas com sapatos inapropriados que ficam cansados, constrangidos e emotivos. Ele lhes dá barrinhas de cereais e chá quente e os ajuda a descer a montanha, e então vai para casa e lê livros de receita e procura novas rotas de corrida nos mapas do site da agência cartográfica nacional e seu coração parece bem, por um tempo, como se batesse sob uma cortina fechada, como se aproveitasse o tempo para descansar.

Uma vez, quando o tempo está ruim e o céu fica tão branco quanto a cerração nos picos, eles demoram um tempo para encontrar um casal que pediu ajuda. No fim, acabam encontrando. Duas mulheres de quarenta e muitos anos, uma das quais escorregou nas pedras soltas de um barranco, e ele se ilumina ao vê-las, porque uma delas é absurdamente parecida com ela.

Ele passou tanto tempo tentando não ver Rosie Winters que se esqueceu daquele medo nostálgico — do abalo de ver alguém, mais ou menos da mesma idade, que parece com a mulher que lhe deu à luz. Que tem cabelo ruivo do mesmo tom, os mesmos braços ágeis. Nunca, nunca o mesmo rosto.

Às vezes, quando ele pensa nela, se pergunta se ela não morreu.

E não sabe como se sentir em relação a isso.

* * *

Uma noite, ele está pedindo uma rodada de bebidas para a equipe de resgate, com o rosto vermelho por conta do vento forte nas montanhas, e uma garota está no balcão.

Ela olha para ele como muitas garotas olham, e ele entende que ela vai dizer sim caso ele se ofereça para lhe pagar uma bebida. Ela tem cabelo curto e escuro e olhos cortantes e ainda mais escuros. Tem um pedaço de jade retorcido na altura da garganta, presa a um cordão.

É da Nova Zelândia, ela diz quando o pega olhando.

Você é de lá?

Bem que gostaria, ela diz. Passei um ano lá, depois da faculdade.

Fazendo paraquedismo e essas coisas?

Nossa, não. Só vivendo. Eu vendia ingressos para passeios turísticos de barco.

Parece animado.

Até que era, ela diz, dando de ombros. Gosto de barcos. E tudo é melhor do outro lado do mundo.

Ele ergue sua bebida na direção dela, como brindando àquilo, e se senta na banqueta ao seu lado, ignorando os amigos tirando sarro às suas costas.

Ela bebe bem. Ele fica o tempo todo com a mesma cerveja, mas ela não diz nada a respeito, o que faz com que ele goste dela, e os dois conversam sobre viagem e casa e coisas subestimadas que fazem eles rirem um pouco. Ela gosta de gatos, de ficar acordada até tarde, de filmes de terror. Não come carne ou coentro. Tem gosto de sabonete, diz. Ela tem uma irmã, e mãe e pai separados que continuam morando na mesma rua.

Não é esquisito?, ele pergunta, e ela diz que é muito mais esquisito que as pessoas façam promessas e depois nunca mais se vejam. Ela é branca como leite. O que o lembra do clima ali.

E a sua história, qual é?, ela pergunta, quando tocam o sino anunciando que os pedidos vão ser encerrados. Você tem mãe? Pai? Um cachorro com uma pata só?

Não tenho nenhuma dessas coisas, ele diz, e entra no assunto, e ela parece tão interessada e é tão objetiva que ele segue em frente, e conta até sobre Roe, despejando tudo naquela mulher que nem conhece, mas em quem sente que pode confiar. Que se mudou para lá para cortar os laços, que queria que houvesse outro motivo, mas aquela era a verdade, nua e retorcida como as árvores mortas à margem das estradas de Yorkshire. Ela ouve cada palavra, enquanto agita o vinho na taça.

Então você é apaixonado por uma garota com quem nunca nem dormiu?

Pior que isso, ele diz. Por uma garota que só beijei uma vez, há oito anos.

Ele não repete a primeira parte da frase dela.

Parece que você só ama a ideia dela, ela diz. Que está colocando tudo em algo que nunca teve. Algo que não é real.

Você acha?, ele pergunta, e olha para ela, desesperado para que aquela mulher, aquela desconhecida, esteja certa, para que ele possa, de repente, finalmente, em seus vinte e poucos anos, se desvencilhar.

Acho, ela diz, e ele sabe, enquanto a vê virar o copo na boca e sua franja cair de lado, que ela vai ser importante para ele, de alguma maneira.

Seu nome é Jen. Ela tem uma samambaia tatuada na altura do osso do quadril, como ele descobre aquela noite, enquanto os dois tiram a roupa um do outro, e ela diz a ele que é verdade, e isso, e aquilo, enquanto o guia para que a toque em lugares que o fazem suspirar e confundir e esquecer todas as outras coisas.

A irmã dele vem visitá-lo pela primeira vez desde que ele se mudou para o norte. Ela cresceu como um broto de feijão, e agora é toda cotovelos, rótulas e omoplatas.

Você virou uma adolescente, ele diz, e ela diz que claro que sim, e ele vai abraçá-la e ela diz: hum, o que você tá fazendo?

Estou cumprimentando minha irmã, ele diz, e o trem deixa a plataforma e vai embora.

Então me cumprimente, ela diz. Sem me tocar.

Está na hora de tratar seus problemas com intimidade...,
ele diz, e ela revira os olhos, diz que está com fome, que espera
que ele ainda cozinhe bem.

Ela parece gostar de Jen, tanto quanto é capaz de gostar de
alguém. Os dois moram juntos agora, o que ele ainda não contou à avó, e os indícios de que se trata da casa de uma mulher
estão em toda parte; a gilete ao lado da banheira, o iogurte des-
natado na geladeira; os panos de prato secos e limpos, dobrados
na bancada da cozinha.

A princípio, Amber não diz nada, embora ele perceba que
ela nota tudo. Ela vai para o quarto de hóspedes e parece mais
animada no jantar, quando Jen demonstra interesse por seus estudos e ela tem a chance de se gabar de suas notas e da natação,
de seu novo plano de se tornar advogada de direitos humanos.

Ou oncologista, ela diz, e Will olha para a irmã por cima da
mesa, enquanto arranca um naco do pão com os dentes.

Por causa da vovó?, ele pergunta.

Porque paga bem, Amber diz. E porque eu seria uma boa
oncologista.

Jen também olha para ela. Toma um pouco de vinho e depois pergunta se os dois são mesmo filhos dos mesmos pais,
o que deveria ser uma brincadeira afetuosa, um elogio, e dá
certo com Amber — ela ri e toma um gole de limonada, meio
tímida, meio convencida —, mas Will fica em silêncio pelo
restante do jantar.

Na cama, à noite, Jen pergunta o que foi, o que ela fez. Will
solta o ar, sem saber se tem vontade de contar.

Temos pais diferentes, ele diz.

Os olhos de Jen procuram os dele. Ela o encara deitada,
com o cabelo preto espalhado no travesseiro.

Eu não sabia, ela diz.

Amber também não sabe, ele diz. Era jovem demais para
lembrar que meu pai já tinha ido embora.

Jen toca o rosto dele e pergunta se ele quer falar a respeito,
e ele diz que não quer.

Eu não sabia, ela repete. Desculpa.

Não precisa pedir desculpa, ele diz, e está sendo sincero. Então se vira e deita de costas, colocando os braços atrás da cabeça.

Ela é uma boa menina, Jen diz. Você fez um bom trabalho.

Foram meus avós que a criaram, ele diz. Eu não fiz nada.

Até parece, Jen diz. Ela te idolatra.

Isso o faz rir.

É sério, ela insiste. Tudo o que ela diz e faz. É uma tentativa de impressionar você.

É uma tentativa de me superar, Will retruca.

Ela quer te deixar orgulhoso, Jen diz, o que ele acha difícil de acreditar, mas não diz nada; deixa que ela tenha uma visão sentimental de sua família, se é isso que ela quer ver.

Eu te amo, Jen diz, e está quase pegando no sono, e ele continua olhando para a mancha de bolor no teto. Ele diz que a ama também, porque no fim das contas só requer prática, e acreditar nisso, sentir isso, não tem nada a ver com o assunto.

Eles levam Amber para passear. Ela vê as cotovias no campo, atravessa os mata-burros, pede chá e bolo em cafés pequenos com telhado de ardósia. Tira fotos de coisas nem um pouco dignas de nota, como pintassilgos e cabines telefônicas e ovelhas, e pergunta a ele sobre o resgate nas montanhas, e conta, principalmente, sobre seus amigos, seus estudos e seu desejo de estudar em Warwick.

Na manhã em que vai embora, ela pergunta como ele está.

Como assim?, ele retruca. Está fazendo café para os dois na cozinha. Jen já foi para o trabalho, e é a primeira vez na semana toda que os irmãos ficam sozinhos de verdade.

Tipo, como você está?, Amber repete. Está bebendo?

Socialmente, ele diz, depois de um tempo.

Isso não tem problema.

É, ele diz. Não tem.

Você deixa a vovó morta de preocupação, ela diz.

Não fala isso.

Por que não? É verdade.

Não fala morta, ele diz.

Ele sorri para mostrar que está só brincando enquanto coloca uma caneca diante dela. Não consegue acreditar que agora ela toma café. Que está quase da sua altura.

Ela continua bem, Amber diz. Vai fazer exames em breve, mas está bem. Fazendo ensopado e pão. Voltou até a assoviar.

Ixi, Will diz.

Eu sei. É irritante.

Eu lembro.

Mas agora meio que gosto.

Sei o que quer dizer.

Ouvi vocês falando no quarto, ela diz, do nada. Ela ergue o café contra a luz, como se quisesse conferir a marca da caneca que ele tem em casa. Detalhes que sem dúvida vai relatar à avó.

Tá, ele diz.

E eu já sabia que a gente era só meio-irmão, ela diz. Ou pelo menos imaginava.

Ele não consegue olhar para ela. Não gosta de seu tom casual; tranquilo.

Ok, ele diz.

E não acho que importe, ela continua.

Não?

Não. Nem o seu pai nem o meu são presentes, então eles não significam nada. Mamãe também não é presente, mas pelo menos é a mesma pra nós dois. Você é meio que tudo o que eu tenho, ela diz, refletindo a respeito. Além da vovó, que não vai estar por perto por muito mais tempo.

Ambs.

O que foi? Você precisa se acostumar com a ideia de que as pessoas morrem, Will.

Eu sei que elas morrem, porra.

Sabe nada! Você não encara isso, não absorve totalmente. É por isso que bebe e corre que nem um louco, por isso que tenta se matar andando de moto.

224

Quê?

Eu te vi algumas vezes, ela diz. Fazendo curvas como se quisesse morrer. O pessoal da escola te chamava de Will Suicida.

Ele se levanta tão rápido que bate o joelho na mesa; sente a pele queimando em volta do osso, o sangue irrompendo.

O que eu quero dizer, Amber prossegue, enquanto ele se vira e abre a torneira só para ter algo para fazer. É que sinto que você precisa... não sei, *processar* as coisas. Estou estudando psicologia e...

Processar as coisas, ele repete, e sua voz soa aguda e descrente. Pelo amor de Deus, Amber. Sou um adulto, porra. Coisas bem merda aconteceram, beleza, mas estou bem. Estou bem.

Mas está *feliz*?

Água corre. Dedos embaixo verificam a temperatura.

Ninguém está feliz, ele diz.

Isso não é verdade, Amber diz. Pelo amor de Deus, Will, é disso que estou falando. Você não pode passar a vida assim. Precisa falar com alguém sobre a mamãe, o vovô, seu amigo que morreu.

Eu falo bastante, ele diz.

Eu vi ela, Amber diz, mudando de assunto tão depressa que ele não sabe de quem está falando.

A mamãe?, ele pergunta.

Não, não a mamãe, ela diz. Sua Rosie.

Silêncio. O sol bate em seus ombros, ele de costas para ela.

Rosie não é minha, ele diz.

Tá, tanto faz. Ela tava visitando com o namorado.

Marido, ele diz.

Tanto faz também. Eles foram ao pub com amigos da escola. Você deve conhecer vários deles.

Nada disso me interessa, Amber.

Rosie Winters não te interessa?

Por que está me contando isso?

Porque..., Amber diz, então inspira fundo e fica quieta por tanto tempo que ele precisa fechar a torneira. A bacia em que ele lava a louça já está cheia. A água está quase transbordando.

O que estou dizendo é que você é tudo o que eu tenho. E que quero que você fique bem. E que sinto que as únicas vezes em que te vi perto de bem foram quando aquela menina estava por perto. Não que eu goste muito dela, Amber acrescenta.

Ele sente uma faísca dentro de si.

Como se um fusível tivesse estourado.

Ela estava sempre pra baixo, Amber diz. E parecia meio *aérea*, como se não estivesse presente de fato.

O irmão dela morreu, Will diz.

É, Amber diz, e tem a decência de parar de falar por um momento e fingir que se importa com as dificuldades de uma garota que mal conhece.

Mas quando vi Rosie, Will, senti que devia te contar a respeito, e foi por isso que vim até aqui. Não que não tenha sido meio legal ver você.

As mãos de Will estão mergulhadas na água, que está tão quente que chega a queimar.

Ela tá grávida?, ele pergunta.

Não.

Outra faísca. Ele tira as mãos da água, devagar, vê sua pele vermelha, inflamada.

Ela está infeliz, Amber fala, e aguarda, deixando que o que disse paire no ar.

Os olhos dela estão *vazios*, ela prossegue. E ela está supermagra. Não bebeu vinho, que nem todo mundo. Bebeu água e, quando foi ao banheiro, ficou um tempão lá, Will. Tipo, um tempão mesmo. Quase fui ver como ela estava.

Por que você tá me dizendo isso?, ele pergunta de novo.

Achei que você fosse querer saber, Amber diz, dando de ombros. Pelo visto, eu tava errada.

Pois é, ele diz.

Só acho que, ela começa a dizer e se levanta, afastando a caneca de café vazia, a gente só tem uma vida, sabe? Qual é o sentido de ter uma vida infeliz, ou inerte?

Inerte, ele repete.

É. É uma boa palavra, né? Logo vou ser uma jovem universitária, Amber diz, e parece convencida de novo, mas de um jeito diferente. Tem alguma coisa em seus olhos. Então chega disso, ela diz.

Do quê? De você ser espertinha? Ou de eu ser infeliz?

As duas coisas.

Ela sorri para ele, mas seus dentes não aparecem. É só um erguer de lábios de um único lado.

E, só pra registrar, ela diz, já se retirando para o corredor, para começar a arrumar as malas. Eu realmente gostei da Jen.

Ele nota o uso do passado enquanto ela vai para o quarto, mas não há faísca, nenhum fusível estoura, nenhuma queimação em seu estômago.

Ele vira a bacia. Vê a água encher a cuba da pia e depois ir embora pelo ralo.

Rosie não vai para longe depois de se casar. Ela e Simon não queriam morar em Londres, mas ansiavam pelas luzes e pela juventude da cidade, por isso escolhem o centro de Norwich; perto de casa, mas diferente o bastante.

Diferente do quê?, Simon perguntou a ela.

Do lugar onde vejo Josh a cada esquina, é o que ela não diz.

E portanto o lugar que ela não suportaria deixar.

Ela lhe ofereceu alguma resposta vaga, e Simon pensou a respeito, disse que era como uma Oxford maior e menos bonita, por que não?, e assim os dois compraram uma cobertura, espaçosa e cheia de janelas, com vista para o rio, a uma distância aceitável do aeroporto, da capital, do resto do país, de todas as aventuras que eles planejavam viver.

Ele ocupa um cargo sênior em um banco de investimentos, e Rosie de alguma maneira acaba trabalhando como consultora empresarial. Não era o planejado, mas é estimulante o bastante, tem uma longa jornada diária e um salário alto, uma boa previdência privada e plano de saúde, além de dias de folga para ficar com a família, que seus colegas aproveitam para se encontrar e fazer piquenique ou andar de kart ou jogar badminton vestidos só com roupas brancas.

Ela faz pilates e exercícios aeróbicos e conta calorias e cozinha — mal — para Simon e às vezes para os amigos da faculdade que continuam morando perto e tendo uma vida animada, a quem continuam ligados apenas pela idade e pelo salário, é o que Rosie acha. Ela compra chia e velas de soja e creme antienvelhecimento por ordem da mãe. Entra em roupas nas quais nunca achou que entraria e quando as usa se sente exposta e nem um pouco como ela mesma, mas sexy e bonita como espera. Ela faz terapia. Não consegue meditar, mas tentou. Continua conferindo as coisas sem parar. É uma esposa e uma filha e não mais uma irmã.

Ela se pergunta se ainda pode ser uma gêmea, sem ele.

Ainda escreve na pele, em segredo, quando está esperando que um cliente entre em uma reunião on-line, ou quando está no táxi, voltando do escritório, e lhe vem à mente algo que não vai conseguir guardar. Essa é sua parte preferida do dia, esse momento roubado. A composição de uma frase, ou de uma estrofe, e a sensação, por um tempo, de que está ao sol.

Ela tem a intenção de reescrever tudo direito, passar para um caderno, e às vezes faz isso, e às vezes esquece e os poemas, ou trechos, ou frases, o que quer que sejam, saem de seus braços no banho. Tinta escorrendo pelo ralo junto com a fuligem da cidade, o suor de suas sessões de esteira, o creme de banho que ela passa em seus membros ossudos e irreconhecíveis.

O sexo com o marido às vezes é agradável, às vezes é desconfortável, às vezes a faz estremecer do jeito errado. Ele viaja bastante a trabalho. É fofo e gentil quando está em casa, e por isso ela se sente grata e superculpada.

Uma noite, ela raspa as pernas na banheira e depois passa hidratante nas panturrilhas. Simon está em uma conferência, e ela tem que fazer o jantar só para si. Por um momento, ela pensa em passar sua manteiga corporal em uma torrada e morder. Em como devia ser densa e cremosa.

Faz bastante tempo que ela não consome açúcar.

Bastante tempo que ela não se permite nada que lembre remotamente amor.

* * *

Marley liga para ela uma vez ao mês. Está grávida, namorando outro médico, um neurologista, e morando em Londres, e exibe aquela energia eclética e regada a cafeína dos londrinos, falando rápido, pegando o metrô, comendo lámen, que faz sua amiga parecer uma rajada de vento rodopiante quando se falam. É ambiciosa e direta e continua interessada em Rosie, mas Rosie sente que não consegue acompanhá-la; sente como se olhasse para ela com aqueles óculos de ópera, à distância.

A amiga parece feliz, ainda que esteja sempre ocupada. Rosie se pergunta se está satisfeita, se todo o trabalho duro delas, se todas as regras que seguiram, se as boas notas que tiraram na escola recompensaram. Se ela ainda tem tempo de pensar sobre isso.

Rosie é o oposto. Tem tempo demais para pensar agora, depois de uma época em que as coisas simplesmente aconteciam, em que não era ela mesma, e deixa as coisas se darem sem refletir.

Às vezes, na calada da noite, ou quando está indo para a academia, na chuva, ela devaneia, o que não é de seu feitio. Mas nem tudo é ruim. Ela está escrevendo. Está ganhando dinheiro. Tem janelas que vão do chão ao teto e deixam a luz do sol entrar, e um bom marido, que cheira a sabonete e lhe dá tulipas e diz que a ama todos os dias, antes de apagarem a luz.

Ela não se sente satisfeita, mas se sente segura e calma e equilibrada, e tudo bem, porque é disso que precisava. É disso que precisa.

Ela recebe uma mensagem perto da meia-noite, quando Simon está em casa, dormindo ao seu lado. Não estava cansada quando se deitaram. Então ficou escrevendo seus poemas, aqueles que a água do banho levou mais cedo, esforçando-se para recuperá-los.

O celular vibra e ela vê o nome de Will, mas não abre

a mensagem de imediato. Faz muito tempo que ela não o vê assim, em sua tela. Os dois não se falaram desde que ela se casou, desde que ele disse que já chegava, o que às vezes ela pensa que é absolutamente justo, mas outras vezes a deixa tão brava que tem vontade de bater os pés e gritar, tal qual uma criança. Como uma adolescente de coração partido. Muito embora, ela lembra a si mesma, seu coração não fosse de Will para que ele o partisse. Eles eram amigos próximos. Não estavam destinados a ser mais do que isso. Ela sabe disso agora, e está feliz com Simon. Feliz com o que tem.

Assim, ela ignora a mensagem por um tempo. Observa o que acontece com seu corpo, como aprendeu na terapia; o que gira, o que pulsa, o que a inunda.

Ela termina de escrever e pensa que talvez só leia a mensagem na manhã seguinte. Fecha o caderno. Olha para o luar refletido na parede.

Então pensa que não está conseguindo enganar ninguém e abre a mensagem.

Passa os olhos por ela rápido demais a princípio, então precisa desacelerar e reler. Ele pergunta como ela está. Diz que pensou em visitar, pergunta se ela e Simon topam marcar alguma coisa. Diz que vai levar Jen, com quem está morando agora, e que tem certeza de que Rosie vai gostar dela.

É uma mensagem absolutamente comum, e Rosie não entende o que a enfurece tanto. Por que tem que sair da cama e fazer uma aula de ginástica no chão da sala pelo laptop, o tempo todo rígida, tensa e fechada.

Will quer ver a gente, ela diz no café da manhã.

De maneira casual. Porque não se importa. E toma um gole do suco sem açúcar.

Will White?, Simon pergunta, sem tirar os olhos da revista.

Quantos outros Wills a gente conhece?

Simon não responde; toma um gole da vitamina e continua lendo. Ela se surpreende com o quanto ele a lembra do pai fazendo palavras-cruzadas. Deixando coisas importantes passarem despercebidas.

O que eu respondo?, ela pergunta.

O que você quer responder?, ele pergunta, e ela tem vontade de atirar o suco nele por ser tão ponderado e agradável o tempo todo.

Sinto que nem o conheço mais, ela diz. Acho que não faço questão de vê-lo.

Então diga que estamos ocupados.

Mas alguém poderia estar ocupado a semana toda que ele ficar por aqui? Não é falta de educação?

Rosie, Simon diz, finalmente levantando os olhos. Você está pensando demais.

Desculpa, ela diz, porque pedir desculpas é um reflexo, como se afastar do fogo.

Tomar alguma coisa com ele seria tão ruim assim?

Não. Não seria.

Pode ser até bom. Resolver as coisas entre vocês.

Como assim?, ela pergunta, e seu corpo todo se enrijece, até que ele diz você sabe, considerando que ele te deu o cano no casamento e tudo o mais.

É, ela diz.

Talvez ele queira até pedir desculpa, ele diz. Por não ter ido.

Com alguns anos de atraso, ela diz.

Antes tarde do que nunca, Simon diz, virando a página. Então ela diz pode ser, e passa a semana toda hesitando.

Sua covardia passa no dia que Will vai embora, e ela finalmente responde. Pede desculpa por ter deixado a mensagem dele passar, diz que Simon está viajando e que ela tem uma conferência, mas que da próxima vez seria bom vê-lo, e não manda beijo, então pensa e envia outra mensagem em seguida, com dois emojis de carinha feliz, e não sabe se é para ser afetuosa ou para cancelar suas mentiras, e ele não responde dessa vez, e ela fica aliviada.

Uma calmaria se segue. Dias tranquilos. Casamento, parceria e um sono revigorante e regular. Will se apaixona pela paisagem de North Yorkshire, ainda mais do que pelo litoral de sua cidade natal, e Rosie gosta da rotina e da certeza de seus dias, uma força recém-descoberta que ela achou que nunca encontraria, e no entanto ali está, sem que ela perceba, uma manhã, e continua ali na seguinte, e na seguinte.

Há dias bons e dias não tão bons. Chuvas que duram uma semana inteira em Yorkshire, ondas de frio que deixam os dedos de Rosie dormentes em Norwich, fazem-na pensar em coisas que ela não quer pensar, dias de neve e faróis e olhos cinzas de tempestade.

Eu te amo, sabia?, ela diz a Simon, quando isso acontece, sentindo uma onda de pânico sufocá-la.

Sabia, sim, ele diz, e os dois seguem em frente, assim, e tudo se mantém estável.

Em uma noite gelada de inverno, Will recebe um telefonema.

Um homem de trinta e quatro anos está desaparecido, foi visto pela última vez quando se dirigia às montanhas. Ele não está em boa forma, informaram, por isso Will sai no granizo com a equipe, carregando cordas, kits de sobrevivência e cobertores, a urgência os impulsionando montanha acima mais do que os ventos fortes às suas costas.

A equipe não parece preocupada, então ele não fica também. Está amanhecendo, e a escuridão é o oposto de escuridão — a nebulosidade da neve por cair dando um peso às nuvens. Os batimentos cardíacos de Will estão acelerados por conta do peso da mochila e da força do vendaval, mas ele não sente dificuldade e mantém o foco. Segue adiante com a vantagem que correr lhe dá, sentindo o barato da velocidade e do perigo, como uma dose de destilado forte, que ele não bebe desde aquela batida no dia de chuva em sua porta, tantos verões antes.

Seu pé derrapa em uma pedra lisa e seu coração dispara, mas ele se endireita.

Tudo certo?, pergunta Jim, o cara atrás dele, e Will diz que sim. Porque está tudo certo. Naquele momento, está tudo certo. Eles dão mais nove, dez passos. O vento ruge, como o oceano, e o granizo finalmente parou.

Ele não ouve nem vê absolutamente nada que o prepare. Está na frente, e já aconteceu. O homem tomou sua decisão, deu os nós e depois o passo necessário. Um único passo. Um único galho.

Em um momento, Will está procurando a pessoa desaparecida, e no seguinte não está.

Droga, Jim diz, baixo, mas Will o ouve, e se dá conta de que deve ser um idiota por não ter esperado aquilo. Por não ter esperado que aquilo fosse encará-lo um dia, de alguma forma, em um condado diferente, sob um céu diferente, porém, dessa vez, com o resultado alcançado, pela pessoa que queria aquilo o bastante.

Terror. O que ele sempre sentiu, mas reprimiu.

Vem atrás dele, na montanha.

Depois disso, tudo fica entorpecido, embaçado. Ele quer beber, desesperadamente, mas conta isso a Jen, em um momento de clareza, e ela faz tudo o que pode para impedir. Ele passa os dias no apartamento e vai trabalhar e conclui seus turnos com o mínimo de interação possível. À noite, sai de moto, porque é a única coisa que o faz sentir alguma coisa.

Ele pensa no que Amber disse.

Em como o chamavam na escola.

Pensa naquele dia no banheiro da escola, com o espelho quebrado e o corte na cabeça. Todo mundo concluiu que ele tinha atacado outro aluno, e aquilo pareceu mais fácil, mais compreensível. Ninguém, muito menos ele mesmo, saberia o que fazer com a verdade. Que ele tinha batido o próprio crânio várias vezes contra o espelho, para ver o que quebraria primeiro.

Ele pensa na mulher que roubaram.

Em Josh, e no penhasco.

A mãe foi embora. O pai nunca esteve presente. O avô morreu, e a avó vai morrer, e o homem desaparecido, com sua calça cáqui e suas botas desamarradas, o homem que eles não encontraram a tempo — ele também se foi, e nada que Will fez ou pudesse fazer impediu ou impediria qualquer uma daquelas coisas.

Então ele anda de moto, e fica deitado na cama, e diz muito pouco, e deixa que o que quer que tenha dentro de si o derrube, mais e mais.

Rosie vai ver Marley e a bebê. Leva uma variedade de presentes dela e de Simon, mas também de seus pais, embrulhados em papel de seda com estampa de patinhos. Marley pede que Rosie os abra para ela, afundada nas almofadas do sofá, com uma pessoinha aninhada junto ao peito. Parece exausta. Satisfeita. Desgrenhada, como um botão que demora a abrir.

Ela conta sobre o parto em detalhes, e Rosie pega a bebê no colo por um tempo, mas fica tão assustada com o peso da menina que logo a devolve. O sol entra pelas janelas e aquece o cômodo. Rosie tira a blusa de frio e pega mais bebidas para elas.

Não consigo acreditar que agora você é mãe, ela diz em algum momento.

Nem eu, Marley diz. Não era pra ser antes dos trinta e três.

É mesmo?

É. Eu tinha um plano. Um plano estilo Rosie Winters.

Rosie sorri e ergue sua limonada, diz para Marley continuar falando.

Eu ia me casar com Trev aos trinta, Marley diz. Terminar a residência e começar a tentar engravidar. Imaginei que fosse ficar pelo menos um ano tentando. Então ela ia nascer quando eu tivesse trinta e três, e não vinte e nove. É um pouco... cedo.

O que aconteceu?, Rosie perguntou.

Skye aconteceu, Marley diz, olhando para seu ser humaninho. Ela não parece preocupada por ter acontecido cedo demais, por seu plano ter escolhido seu próprio tempo.

Então você vai se casar com Trevor?, Rosie pergunta. As duas ficam olhando para Skye, para seu rostinho dormindo, sua mão descansando na clavícula de Marley.

Algum dia, sim, ela diz. Se ele me pedir em casamento.

É claro que ele vai pedir.

Um silêncio agradável se segue. As duas ouvem o leve barulho do tráfego lá fora, a brisa movimentando as persianas.

Você se sentiu diferente quando se casou com Simon?, Marley pergunta.

Rosie toma outro gole de limonada. Diferente como?, ela pergunta.

Não sei. Você me diz. Sempre pensei que o casamento fosse necessário, sabe? E especial. Mas agora que a gente tem Skye eu me pergunto se algo pode ser mais especial que isso. Se pode haver um vínculo maior, sabe?

Claro, Rosie diz, embora não tenha como saber, porque não tem filhos. Ela e Simon discutiram a respeito, uma ou duas vezes. Ela não sente nenhum desejo de ser mãe, embora nunca tenha admitido isso e torça para que, um dia, esse desejo surja sem que ela note.

Então, você sentiu uma mudança ao se casar?

Sim, claro, Rosie diz.

Marley aguarda, e Rosie bebe mais limonada. Está ácida, insossa e deixa uma camada de açúcar em seus dentes.

O compromisso fica mais sólido, ela diz. Foi legal fazer aquilo em voz alta, na frente de todo mundo.

Legal, Marley repete, olhando para Rosie daquele jeito dela.

Maravilhoso, Rosie se corrige.

Rosie, Marley diz.

Oi?

Você tá bem?

Sim... Por quê?

Por nada, ela diz. Você só parece... meio enervada.

E não estou sempre assim?

As duas sorriem meio sem jeito, pensando que isso é ao mesmo tempo triste e verdade. Skye solta um grunhidinho, Marley a ajeita no colo e logo a bebê pega no sono outra vez.

Você também está bem magra, Marley diz.

Finalmente, Rosie diz. Marley faz uma careta; não censurando, mas tampouco aprovando aquilo.

É só o estilo de vida saudável do Si, Rosie diz, com uma risada falsa. É difícil ser casada com um remador e continuar comendo laticínios e pão.

Mas você está bem, Marley diz.

Estou ótima, Rosie garante. De verdade.

Ela pensa nessa mentira na viagem de trem para casa. Porque o fato é que ela nunca esteve ótima; não consegue se lembrar nem de ter estado bem, mesmo antes da morte de Josh.

Josh.

O nome dele, como um amuleto perdido. Ainda brilhando, prometendo esperança e coisas boas, mas também envolvido por algo irrecuperável; um anseio que não a leva a lugar nenhum.

Ela o vê no espelho, às vezes, no formato de suas próprias orelhas e no ângulo de seu maxilar. Ambos com uma aparência meio engraçada; ele com braços e pernas compridos demais para seu corpo, embora certamente os anos com que não fora agraciado terminariam por deixá-lo bonito e refinado. E ela nunca pareceu totalmente adequada. Sobrancelhas grossas demais. Testa larga demais. Olhos amendoados e azuis, mas tristes.

Ela sente falta dele como sentiria de um órgão vital.

Às vezes, ela se senta no meio da noite, porque acha que o ouve se aproximar pelo corredor, muito embora ele nunca tenha pisado naquele apartamento, e provavelmente fosse odiar todo o granito, todo o cinza, a falta de plantas e música e almofadas.

Quando volta de Marley, não janta, mas escova os dentes, porque assim se convence mais fácil de que comeu. Então ela confere se as janelas estão fechadas, três vezes — é uma noite tranquila, na verdade, considerando tudo.

Depois de ir para a cama, ela liga para a mãe, sem nem pensar a respeito. É um reflexo, quando está para baixo, ou confusa, mesmo que raramente ajude.

Querida, ela atende, e Rosie diz: Mãe.

Tudo bem?

Não muito, ela diz.

Ah! O que aconteceu?

Nada. Nada.

Silêncio.

Acho que esse é o problema, ela diz. Nada aconteceu. Acho que estou entediada, mãe. Me sinto empacada. E cansada o tempo todo.

Está comendo direito?, a mãe pergunta. Seus seios estão doloridos?

Não estou grávida, mãe.

Tem certeza?

Tenho. Não foi por isso que liguei.

Você ligou porque está cansada?

Rosie prende o fôlego enquanto olha para as cortinas fechadas, a variedade de cremes para o rosto sobre a penteadeira. Ela se pergunta onde seus livros foram parar. Seus discos e cadernos e seu estoque de post-its.

É, ela diz. Acho que sim.

Bom, então durma cedo, querida, a mãe diz. E fique de olho. Pode ser anemia ou algo assim. Talvez você esteja precisando de vitaminas.

Talvez, Rosie diz.

Querida?

Oi?

Você só está entediada porque é inteligente demais, ela diz. Comece a procurar outro emprego se achar que precisa. Já faz bastante tempo que está na mesma empresa. Provavelmente só precisa de uma mudança.

Rosie concorda. Agradece à mãe, embora não saiba pelo quê, e desliga. Os cremes de rosto parecem encará-la, como se não soubessem o que ela esperava. Ali, alinhados, julgando-a.

Pouco depois, Simon manda uma mensagem dizendo que vai chegar tarde e que ela não precisa esperar, e embora já esteja na cama ela se sente justificada, como se tivesse o direito de ficar brava com um homem que a ama e que cuida dela e que planeja os fins de semana dos dois com a diligência que demonstra com quase tudo: remo, sexo, musculação, palavras--cruzadas. Ele a toca da maneira errada, mas pelo menos a toca. Ele a apoia em seu luto silencioso e em sua conferência constante, segura suas mãos quando ela tamborila de nervoso porque tem alguma notícia ruim passando no jornal.

Depois de um tempo, a raiva passa e ela cai em um sono sem sonhos. Da mesma maneira que atravessa seus dias.

MUITO TEMPO DEPOIS

Treze

Épocas boas, e ruins, e mais ou menos.

De sonambulismo.

Organização de rotina.

A vida passa como os carros. Cheiro de gasolina e alvejante e café instantâneo. Dor no peito, tulipas frescas, calorias queimadas e unidades consumidas e macarrão instantâneo tarde da noite, direto da panela.

Sexo bom; sexo ruim. Garçons antipáticos e mulheres chorando e conversas telefônicas longas com parentes que as aguardam, mas não têm nada a dizer, falam apenas sobre as roupas para lavar, os vizinhos, as coisas do outro lado da janela.

Eles não pensam um no outro. Com frequência.

Não pensam.

Até que, em um dia de sol, no alto da montanha que escalou, Will tira uma foto de uma vista impressionante. Como costumava tirar quando era adolescente e fazia longos trajetos correndo pelo litoral. Fotos de nuvens e silhuetas de aves marinhas, com a luz do sol cometendo ousadias. Dessa vez, o céu sai azul como ele nunca viu, e tão aberto que ele consegue ver até o Mar da Irlanda, o que nunca havia acontecido desde que se mudara para lá. Ele tira a foto para Rosie, sem parar para pensar, e a sensação é boa, e leve, por um momento.

Ele já está descendo, tendo deixado o pico para trás, quando o peso retorna a seu peito. Porque ele não vai mandar a foto para ela.

Faz quase dois anos que eles não se falam. Ele não quer se aproximar dela outra vez, não quer seguir por aquele caminho, muito embora deseje desesperadamente ter notícias dela, ler suas palavras na tela, e fique furioso com ela por isso. Por fazê-lo querer algo que não deveria querer. Assim, ele guarda a foto no celular, um lembrete de coisas boas, coisas mais leves, que eles não devem compartilhar.

Da última vez que se falaram — da última vez que ele entrou em contato para conferir como ela estava, acima de tudo, depois do que Amber havia contado —, ela o ignorou. Ou viu a mensagem e preferiu não responder até ser tarde demais. De qualquer maneira, ele sente uma fúria discreta diante de sua covardia, ou pior, do fato de que ela não se importa mais. Por isso, ele se inflama, e fica em silêncio, porque não quer saber os motivos dela, não tem certeza de que suportaria se trocassem mensagens, ou cartões de Natal, e descobrisse que ela está feliz sem ele em sua vida, que seguiu em frente e se desapegou depois de se casar. Por isso, ele não diz nada. Só fica furioso, o tempo todo, com exceção das raras ocasiões em que vê um céu assim, e as coisas parecem certas por um momento.

Tudo parece menos bonito na descida.

Rosie passa em sua mente, como a luz do sol no córrego ao seu lado, que corre paralelo à beirada.

Ele sabe que essa coisa entre os dois vai se manter como uma tentação, como uma espécie de puxão magnético que nenhum dos dois é capaz de romper. Um vício, ele pensa, enquanto desce, e passa por outra pessoa que percorre o trajeto sozinha e assente para ele, diz bom dia. E, como um vício, é preciso aprender a controlar. É um momento de fraqueza, quando ele vê algo e quer compartilhar com ela, uma vontade que surge do nada, muito embora ele esteja calmo, e dando conta, e saindo todo dia, como se pudesse espantar os sentimentos ruins caminhando, porque Jen diz que é bom para ele, diz que nota uma mudança quando ele faz isso.

E é isso que ele faz, para agradá-la, acima de tudo. Para que não fique tão preocupada. E porque há segundos — literalmente segundos —, quando está caminhando, quando para por um instante para beber água, quando vê figuras no topo de outro pico, em que ele sente mesmo uma mudança, e o alívio é tamanho, tão puro e real, que ele sabe que o entorpecimento não vai durar, que as coisas vão ficar bem.

A vontade de mandar fotos para Rosie vem e vai rapidinho. Na natureza, ele pode fazer esse tipo de escolha. De ver e não mandar. De pensar e não fazer. Em casa, no apartamento com Jen, tudo parece claro demais, duro demais. O sol iluminando o contorno da tela da TV. A faca de pão por lavar sobre a tábua. Os dentes dos garfos. O cortador de unha. O fio dental de Jen, cortando a gengiva dela no espelho.

Depois da fatídica noite na montanha, ele saiu da equipe de resgate. Agora trabalha, socializa e caminha sozinho, assim, para atravessar os dias. Ninguém o pressiona em relação a nada, como pressionaram depois do ocorrido na escola, e no ano que se seguiu à queda de Josh. A avó, os amigos, a namorada — todos permitem que ele funcione como precisa, sem perguntas e sem críticas. A depressão — porque é disso, ele sabe agora, que sofre desde o começo da adolescência, a ânsia, o entorpecimento, a dor no peito — finalmente tem razão de ser.

Ele está tomando medicação por prescrição médica.

Não mudou nada, mas ele sobrevive, e mora com alguém, e não é um dos corpos na montanha, e isso, ele pensa — em seus melhores dias, quando a luz é tênue e o barulho é controlado, quando ele encontra pequenas faíscas em coisas como o cheiro do cabelo de Jen ou uma camada grossa de manteiga no pão, ou as cotovias piando na manhã pálida —, é uma coisa boa.

Ele tem uma aliança guardada na gaveta de meias. Uma aliança que a avó lhe deu, que pertenceu à irmã dela que já faleceu, ou a algum outro parente próximo a respeito do qual ele nunca perguntou. Confio em você para dar isso à pessoa certa, ela disse, e a entregou a ele em sua última visita. Eu pretendia dar pra sua mãe, ela disse, mas você sabe. Pode muito bem ir pra outra pessoa.

Ele às vezes pensa em pedir Jen em casamento. Só que já faz mais de quatro anos que os dois estão juntos, e ela com frequência zomba do conceito de casamento e de festas de casamento, de toda a tradição e papelada. Fora que não gostaria da aliança, ele sabe; é delicada demais, cheia de frufru demais, com o metal entremeado e a pedra branca. Não é a cara dela.

Ela o leva para as montanhas na maior parte dos fins de semana. Os dois caminham e escalam, no vento e na chuva e no calor carregado de pólen. Ela também nada, nos lagos frios e rasos, às vezes completamente nua, e o chama para se juntar a ela, o que ele nunca faz. Ele só fica vendo, da beirada, ouvindo os respingos, os mergulhos e os gritos dela, que chegam aos seus ouvidos do outro lado.

Ela é proativa e ele tem a impressão de que está sempre em movimento, de um jeito que mantém Will em movimento também, que o impede de pensar demais.

À noite, eles jogam baralho e assistem a DVDs e ele até deixa de correr para passar as manhãs na cama com ela. Fazer trilha não o mantém em forma como correr, mas ele descobre que não tem energia para ligar para isso. Grande parte dele quer desistir e engordar e voltar a fumar.

Não se atreva, Jen disse, quando ele revelou esse desejo a ela. Gosto que minhas amigas tenham inveja de mim.

Assim que disse isso, ela começou a descer as mãos na direção da virilha dele, passando-as pela parte inferior do abdome. O tanquinho continuava ali, debaixo de uma camada de pele mole que ele nunca tivera. São os remédios, ele disse, com amargura na voz. São os trinta, Jen disse, antes de guiá-lo à boca.

Ele não sabe como ela descobriu isso. Fazia mais de dois anos que estava com Jen quando de repente ela percebeu que não sabia o aniversário dele, e ele explicou que era porque ele não comemorava. Que consciente, ela disse, e ele não disse nada, deixara que acreditasse que era porque ele era descolado, ou pouco sentimental, ou anticonsumista. Porque se agarrava a uma juventude dourada que na verdade ele preferiria esquecer.

Simon vai até o armário da cozinha e pega o kit de primeiros-socorros enquanto os dois discutem, de novo, sem motivo. Discutir com Simon é uma atividade realizada em volume baixo e que não vai a lugar nenhum; um observador externo dificilmente acharia que os dois estavam discutindo. Para Rosie, no entanto, é algo exaustivo e interminável.

Ele pega dois comprimidos de ibuprofeno da cartela enquanto ela o atormenta, engolindo-os antes mesmo de se servir de um copo de água.

Só não consigo entender o que tem de errado, ele diz, outra vez. Achei que você gostasse dos seus pais.

E gosto, ela diz.

Então qual é o problema?

O problema é que quero passar um tempo a sós com meu marido, Rosie diz, e não consegue acreditar que está explicando isso de novo. Precisamos disso, Si. *Você* não precisa?

Não sinto que preciso, ele diz, e imagino que esse seja o problema, Rosie. Continuo tão apaixonado por você quanto sempre estive.

Não é isso que quero dizer.

Então o que é que você quer dizer? Qual é o problema de convidar os dois?

Quando você sugeriu que a gente comemorasse nosso aniversário de casamento, achei que fôssemos ser só nós dois, tomando um vinho. Não uma reunião familiar em que preciso me preocupar se meu vestido é indiscreto ou não, se posso pedir um drinque...

Por que você não poderia pedir um drinque?

Eu poderia. Mas, se não pedisse, ela acharia que estou grávida. E, se pedisse, ela ergueria as sobrancelhas ou mencionaria as calorias do suco de fruta.

Estou confuso, Simon diz, agora esfregando as têmporas, como se a dor tivesse se intensificado. Sua mãe quer ou não quer que você peça um drinque?

É um drinque hipotético. Nem chegamos ao restaurante ainda.

Eu sei, mas hipoteticamente.

Simon, isso não importa!

Foi você quem disse...

O que estou dizendo, ela explica, é que não quero comemorar meu aniversário de casamento com minha mãe e meu pai, tá bom? Quero comemorar com você. A sós.

Simon olha para ela por cima do copo de água.

Só que já convidei os dois.

Eu sei. E não podemos desconvidar.

Bom, podemos. Posso dizer que foi um mal-entendido.

Não pode, não. Já foi.

Desculpa, Simon diz, e soa tão impotente, tão desorientado por uma de suas frequentes dores de cabeça, que ela decide deixar para lá.

Para Simon, aparentemente, seis anos de casamento exigem um restaurante fino com garfos demais; batatas *dauphinoise*, *jus* e um prato com três aves, um exagero que faz o estômago dela se revirar. Rosie olha para o cardápio e não encontra nada que queira. Pensa em como preferiria cozinhar um panelão de espaguete em casa. Jogar na parede, para ver se grudava. Comer com colher e garfo, sujando o queixo de ragu. Ter alguém que o limpasse com um beijo. Alho e calor, e panelas por lavar na pia.

Fora assim que ela imaginara que compartilhar a vida com alguém seria.

Momentos de necessidade e de luxúria, um pelo outro, e lugares, e livros e comida e música. Ela e Simon nem ouvem rádio. E nunca foram a lugar nenhum; ele está sempre ocupado com o trabalho, cansado demais aos fins de semana. Ela nem tem certeza de que ele sabe que ela tocava e cantava. Que ainda escreve músicas quando pode.

A garrafa de espumante chega e eles pedem as entradas. A mãe abre o guardanapo sobre as pernas e o pai pergunta a Simon quantas horas por dia ele trabalha e Rosie tira as sandálias de salto debaixo da mesa, porque as tiras estão machucando seus dedos.

Como está Marley?, a mãe pergunta. A luz do lustre faz as taças cintilarem.

Bem, Rosie diz. Sofrendo um pouco com o calor.

Dizem que o segundo é sempre maior, a mãe comenta, assentindo. Ela deve estar igual uma baleia a esta altura.

Não vai falar isso pra ela, Rosie diz, e a mãe dá risada, um tilintar forçado como o de um garfo no prato.

E quanto a você?, a mãe pergunta.

O que tem eu?

Como você está? Não me conta mais nada agora.

Rosie pega sua água. Deixa que a superfície do copo umedeça sua palma, que parece suada e quente demais. Ela está usando um vestido de gola alta e já se arrependeu de sua escolha.

Não tenho muito a contar, ela diz.

Você está bonita, a mãe diz, e isso surpreende tanto Rosie que ela olha para a mãe, para conferir se é uma pegadinha, se tem um "mas".

Você está bonita, a mãe repete. Mas não parece estar se sentindo assim.

Estou cansada, Rosie diz, dando de ombros. Só isso.

Anda dormindo?

Depende.

Precisamos arranjar outro especialista em sono para você?

Não, mãe. Estou bem.

Fico preocupada com você, querida.

Não precisa ficar. Estou bem. Eu...

Ela pensa em concluir a frase com sinceridade. Talvez seja a iluminação fraca, a segurança de seu marido estar envolvido em sua conversa do outro lado da mesa; talvez seja um raro momento em que sua mãe fez uma pergunta real e espere uma resposta real.

Então as entradas chegam, tigelinhas minúsculas de borda larga com ceviche, gaspacho e tartare.

Eu tocava piano, Rosie diz aquela noite, para o teto do quarto.

Simon está no banheiro, fazendo o que quer que faça antes de ir para a cama. Ela já apagou a luz, e o brilho dourado do banheiro da suíte se espalha pelo carpete novo, chegando até o pé da cama.

Eu sei, ele diz, com a voz contida enquanto se barbeia. Ela ouve quando ele enxagua o rosto e depois volta a passar a gilete.

Sabe?

Claro. Tem uma foto na casa dos seus pais.

Ela percebe que ele está certo; tem uma foto dela, com cinco anos, sentada na banqueta do piano, os pés ainda sem alcançar o chão.

Bom, sinto falta de tocar, ela diz.

É mesmo?

Ela não responde. Espera até que ele saia do banheiro, apague a luz e se deite na cama. Ele cheira a creme de barbear e ao sabonete de bergamota.

Então você devia voltar a tocar, ele diz. Eu adoraria ouvir.

É?

Claro.

Então por que nunca pediu que eu tocasse?

Porque você nunca mencionou que tocava.

Rosie suspira, porque está brava e se sente mal quanto a isso.

Feliz aniversário de casamento, Simon diz, e, apesar de tudo, pega no sono em poucos minutos. Sua respiração fica leve, o ar entrando por entre seus dentes.

Ela fica olhando para o teto. Não consegue evitar. Muita coisa nele a irrita ultimamente. Que ele tenha tantas dores de cabeça. Que se pese diariamente. Que lhe traga tulipas, embora ela não goste tanto assim de tulipas, do modo como elas caem uma a uma, como se tivessem desistido, a haste se curvando por nada.

Houve uma época em que isso era bom.

Ela se lembra de contar a Marley, enquanto tomavam uma taça de vinho, que esse era um dos motivos pelos quais ia se casar com ele. Porque ele se livrava das tulipas tristes sem que ela tivesse que pedir.

Tulipas tristes?, Marley perguntara.

É. As que caem. Ele tira essas e deixa só as felizes no vaso.

Ah, não acredito, Marley disse. É fofo demais.

Agora, no entanto, essa coisa linda, esse gesto gentil e discreto que os dois nunca haviam discutido, a irrita profundamente. É como se ele estivesse tentando demais. Ela se incomoda que ele cozinhe melhor que ela e nunca faça o jantar, que a respiração dele faça barulho quando veem tv. Seu peito, antes tão largo e seguro, parece ter encolhido, o que a faz se sentir inadequada, grande demais.

Ele dorme bem, e Rosie tenta dormir também.

Deitada ali, ela conta os interruptores.

Pensa em como ele é gentil e paciente e amoroso, mas não segura mais sua mão com muita frequência, quando ela tamborila os dedos e precisa verificar se trancaram a porta da frente seis vezes. Sete, talvez oito.

Está tudo bem, Rosie, ele diz a ela, com tensão na voz.

Está tudo bem.

O médico olha para ele por cima dos óculos.

Will retribuiu seu olhar, porque não tem certeza de que ouviu a pergunta.

Perguntei se você não quer fazer terapia, o médico diz. Sei que já discutimos a possibilidade, mas você não levou adiante. E pode valer a pena. Eu recomendaria doze sessões sem custo, nesta mesma clínica.

Will assente, como se estivesse pensando a respeito.

Talvez, ele diz.

O médico se recosta na cadeira; une as pontas dos dedos das duas mãos.

Como tem dormido? Anda tendo pesadelos?

Bem, e não, Will diz.

Está dormindo mais que o normal?

Não.

Você ainda sabe o que é normal, Will?

Aquilo parece grosseiro e acusatório, então ele não responde. Funga como se tivesse se ofendido, mas não muito.

Terminamos aqui?, ele pergunta. Olha, estou ótimo. Não sinto nenhum desejo de ter uma overdose ou me enforcar numa árvore. É um avanço, né?

Ele tenta manter a voz sob controle. O médico fica olhando para ele enquanto fala.

Avanço, ele repete, depois de um longo silêncio, preenchido apenas pelo tique-taque do relógio. Tem um daqueles troços com uma fileira de bolas de metal na mesa, e Will sente vontade de se inclinar para a frente e colocá-lo em movimento — para ver o metal bater no metal, fazer algo se mexer, voar.

Você deve entender, o médico continua, que precisamos acompanhar alguém com um histórico como o seu. E se a medicação não basta...

A medicação basta, Will diz.

Bom, se alguma coisa mudar..., o médico diz. Se você começar a se sentir pior ou se alguns dos desejos antigos retornarem... Pensamentos, que sejam.

Tipo de me jogar de um penhasco?, Will pergunta.

Isso, o médico diz. Ou de bater sua cabeça no espelho.

Will cruza os braços.

Isso só aconteceu uma vez, ele diz.

E ainda é motivo de preocupação, o médico diz, voltando a olhar para a tela. Usando o indicador para passar por todos os terríveis detalhes, sem dúvida, a história que Will quer apagar, ou esquecer, mas que é desenterrada toda santa vez.

Tá, Will diz. Tentei me suicidar no banheiro da escola. Eu era jovem, idiota e fracassei. Então aqui estou eu. Tomando meus remédios. Me sentindo bem.

Você está se sentindo bem, o médico repete.

Como nunca, Will diz. Ele estica o braço, puxa uma bolinha de metal e a solta. Os dois assistem ao que ela dá início; observam a bola no outro extremo se afastar e bater de volta, o barulhinho lembrando unhas na madeira.

Fico feliz em saber, o médico diz, então digita algo no computador.

Do lado de fora, Jen o espera.

Tudo bem?, ela pergunta. Tem sacolas de compras em ambas as mãos e está de óculos escuros, o que o impede de ver seus olhos. Ele sempre odiou isso.

Tudo, ele diz.

Alguma novidade?

Não.

Fala comigo, ela diz, quando os dois se viram e começam a voltar para casa, passando pelo cemitério e pelo lugar que vende kebab, os semáforos, a praça. É um dia tranquilo na cidade. Aposentados circulam; nada de ciclistas, pessoas indo fazer trilha ou turistas.

Estou falando, Will diz.

Não está, não. Antes você falava. Mas agora anda todo... fechado.

Bom, não tenho nada a dizer, ele fala.

Ele pega uma sacola de compras dela para que possam se dar as mãos. Não costuma fazer esse tipo de coisa, mas sabe que assim ela vai sair do seu pé.

Funciona. Ela balança a cabeça e deixa o assunto de lado. Eles percorrem o restante do caminho em silêncio. No apartamento, o sol brilha forte e reflete no piso de madeira.

Este lugar é uma estufa, Jen diz, deixando as sacolas de lado, o que faz Will abrir as janelas e fechar as cortinas. Ele se deita no sofá e fecha os olhos e finge que pegou no sono, mas Jen continua falando amenidades, até que parece que ela finalmente acredita, porque fica quieta.

Então ele sente sua sombra. Ela se senta em seu peito, envolve-o com as pernas, e ele fica duro, apesar de não querer.

Jen, ele diz. Estou acabado.

Acabado demais pra isso?, ela diz, e tira a blusa e o sutiã e se ocupa com o jeans dele por um momento, e é bom, e uma distração, e tudo acaba em quinze minutos, rápido e sujo e bruto. Ela se deita sobre ele depois, e o coração dela palpita contra o seu.

Agora, ela diz, fala.

Jen, ele diz, tentando se desvencilhar, porém ela é forte e usa as panturrilhas para mantê-lo no lugar.

O que o médico disse?, ela pergunta. Se estamos juntos, Will, e não só dividimos o apartamento, você precisa me contar esse tipo de coisa, entendeu? É a regra.

Eu não sabia que tínhamos regras.

Bom, temos. Mas posso ser apenas sua colega de quarto, se preferir assim.

Ele não responde. O sol faz listras no chão, entrando pelas frestas da persiana, iridescente ao refletir nas rodinhas de metal dos móveis.

Olha pra mim, Jen diz, então ele olha.

O que foi que o médico disse?, ela pergunta de novo.

Que estou bem, ele diz. E quando ela continua olhando para ele, como se soubesse que tinha mais, algo estoura dentro dele — outro fusível, outra implosão —, e ele cede, decide entregar tudo a ela, se é o que quer, desesperadamente. Para ver se ela aguenta, o medo, o terror, a aversão a tudo o que ele tem a dizer.

Ele nunca contou a ninguém. Nem mesmo a Rosie. Mas Rosie não precisava que ele contasse.

Tentei me matar, Will diz. Quando era garoto.

Jen não diz nada.

Não de verdade, ele diz, a vergonha apertando seu peito. Bati a cabeça no espelho do banheiro da escola depois de tomar comprimidos demais.

Ela continua olhando. Continua montada em cima dele.

Por isso fui suspenso. Só que não foi uma suspensão de verdade. Foi um afastamento, pra eu me recuperar ou sei lá o quê. Todo mundo na escola achou que eu tivesse atacado alguém e me metido em problemas, e eu meio que preferi essa versão.

O sol formando barras nas tábuas do piso.

A geladeira zumbindo atrás deles, na cozinha.

252

Então ele quis se certificar, acho, Will diz. De que essa depressão não está indo pelo mesmo caminho.

E está indo?, ela pergunta. De alguma maneira, com a voz de sempre.

Não, ele diz. Por isso eu não tinha nada a dizer.

Ela continua olhando em seus olhos, mas ele não retribui; prefere olhar para suas orelhas furadas, para a pinta na base de seu pescoço. Há partes dela que ele ainda não conhece. Como se olhasse sem ver. Ele se esforça para recordar os detalhes incríveis de alguém que é importante, mas tampouco parece conhecê-lo.

E, em geral, isso é um alívio.

Jen sai de cima dele, depois de um tempo, e se senta ao seu lado no sofá.

Bom, não estou surpresa, ela diz. Sei diferenciar tristeza de merdas mais profundas.

Ele dá de ombros.

Mas odeio que você tenha sofrido tanto, ela diz.

Não é normal que ela diga algo tão emotivo; os dois são parecidos, porque não dividem seus sentimentos, não demonstram afeto a não ser no sexo — e às vezes nem mesmo no sexo —, e isso o choca. É como se ele mordesse sem querer um garfo e sentisse o metal duro nos dentes.

Se ajuda, não é exatamente sofrimento, Will diz. É mais como... se eu não sentisse nada.

Mesmo com os remédios?, ela pergunta.

Por enquanto, ele diz.

Talvez você precise de uma dose maior.

Jen, ele diz, vamos deixar isso pra lá, tá? Se precisar, eu dou um jeito.

Mas...

Se você quiser que a gente seja "só colegas de quarto", ele diz, então pode continuar insistindo.

É cruel e injusto da parte dele, mas tem o efeito desejado. Ela se levanta e deixa que ele volte a fingir dormir no sofá, com a calça jeans ainda na altura dos joelhos.

* * *

Rosie se pega olhando para o prédio em que a mãe trabalha. Não entra ali desde criança, quando ficou doente demais para ir à escola e a mãe a levou junto para o trabalho, sentou-a em uma cadeira, deu-lhe um livro e disse para se comportar e fazer silêncio. Rosie obedeceu, por cerca de uma hora, então vomitou no cesto de lixo.

Ela aperta os olhos para as portas de vidro. Pensa no cereal ácido e semidigerido. No acabamento cromado do cesto, gelado sob suas mãos.

É um prédio alto, com andares ocupados por escritórios de advocacia, bancos e seguradoras. Pessoas importantes com trabalhos importantes, em móveis de couro importantes. Orquídeas no saguão. Botões de bronze no elevador. Ela aperta o cinco e aguarda, seu coração palpitando como as asas de um pardal.

A mãe está onde ela espera que esteja, em sua sala toda de vidro, isolada do restante do andar. Ela ganhou aquela sala quando se tornou sócia da empresa; Rosie a ajudou a escolher uma luminária, as plantas e o tapete, coisas para tornar a sala sua. Foi um bom período. A mãe parecia feliz e realizada. Por um tempo, foi mais boazinha. Fez boas perguntas.

No momento, ela está no telefone, e Rosie aguarda que ela desligue, observa como ela se vira para o computador e digita com as unhas compridas. Uma garota com cara de rato em um terninho amassado passa por ela, carregando papéis com os olhos acesos de quem tomou muita cafeína. Um telefone toca em algum lugar mais adiante. Então ela bate no vidro com o punho cerrado, observa a reação da mãe. Seu rosto fica tenso; ela se levanta da mesa enquanto Rosie abre a porta e a fecha, com delicadeza, atrás de si.

Rosie, ela diz. O que aconteceu?

Nada, ela diz.

Seu pai? Simon?

Está todo mundo bem, ela diz.

Você está grávida?

Meu Deus, mãe, Rosie diz, e se senta na cadeira diante da mesa gigantesca. A vista da janela é ampla e brilhante. Mais prédios cheios de vidro. Mais pessoas na frente do computador. E, adiante, a cidade esmaecida em meio à névoa; o rio em algum lugar, além do concreto.

Não estou grávida, Rosie diz. Isso é meio que parte do problema.

Você é infértil, a mãe diz.

Nossa, mãe.

Bom, por que mais você teria aparecido no meu trabalho sem avisar?

Porque, Rosie diz, e levanta a voz, sem perceber. Porque quero perguntar a você sobre divórcio.

Ela não olha para o rosto da mãe ao dizer isso.

O tráfego ruge abaixo delas.

Para uma amiga?, a mãe pergunta.

Isso, Rosie diz. E depois: não. Não sei.

*Rose*mary. Você não pode estar falando sério. Todo casal enfrenta dificuldades. O casamento é isso, chegar a acordos. Superar o pior. Um comprometimento.

Diz a advogada especializada em divórcio, Rosie fala.

É o último recurso, a mãe retruca. E você não me parece alguém que está no limite, querida.

Rosie olha para ela, embasbacada. Sente algo na garganta, a velha pressão contra sua laringe.

O que está acontecendo? O que mudou?

Não sei. Mas é isso.

Fale com ele então, a mãe sugere.

Eu tentei.

Façam terapia de casal. Tenham um filho. Se precisar de tratamento, seu pai e eu...

Esse é o seu conselho? Tenham *um filho*?

Fale mais baixo, Rosie. Estou ficando com enxaqueca. Só pensei que se isso também fosse uma questão...

Filhos também são a questão, Rosie prossegue. Deveríamos querer filhos a esta altura, não? E nem discutimos a respeito.

Ele não quer nem tirar férias, mas parece estressado o tempo todo. É como se fôssemos hamsters naquelas rodinhas deles.

Qual é o problema exatamente, Rosemary? Você precisa me contar antes de chegar aqui e me pedir pra fazer seu divórcio.

Não estou pedindo que faça meu divórcio, Rosie diz. Só queria conversar sobre isso. Saber quais são as opções. Perguntar com que frequência isso resolve, talvez. Na sua experiência.

A mãe suspira e leva as mãos ossudas às têmporas.

Ele é tão infeliz, Rosie diz. Está sempre cansado e entediado, não tem interesse em mim.

Casamento é isso, a mãe diz, e Rosie precisa de um segundo para se dar conta de que ela não está brincando.

Não deveria ser, Rosie diz.

Mas é. É gerenciamento.

Não quero apenas gerenciar, Rosie diz.

Ah, Rosie, a mãe diz. Você sempre foi idealista.

Assim como Josh, as duas estão pensando, embora nenhuma delas diga; e ele, o menino de ouro, nunca foi criticado por aquilo.

A mãe volta a olhar para o computador e clica no mouse. Rosie resiste à vontade de ir embora, mantém os pés firmes no chão.

Seu pai e eu não somos felizes, a mãe acaba dizendo depois de um tempo. Não somos felizes há anos.

Rosie fica olhando para ela.

Mas ninguém é, a mãe diz. Os casamentos bem-sucedidos são aqueles em que as pessoas escolhem se manter. E você não é do tipo que desiste, Rosie. Nunca foi.

Você e papai não são felizes?

Toleramos um ao outro, a mãe diz. O que, para nós, funciona. Ele é um bom homem. Me respeita. E gosto dele, na maior parte do tempo. Desejar qualquer outra coisa é um conto de fadas, Rosie. Faço esse trabalho há tempo demais para não saber disso.

Você não está feliz com papai, Rosie repete. Algo parece ruir toda vez que diz isso. Ela sabia que os pais não eram grandes amigos. No entanto, pensava que, depois de todo aquele tempo, devia haver algo que não estava vendo. Mãos se tocando à noite, sob o edredom. Histórias sussurradas sobre seus dias. Conforto, e luto, e unidade.

A felicidade é o que a gente quiser que seja, a mãe diz, e Rosie olha pela janela, para o pouco que consegue ver do céu.

Olha, Rosie, a mãe prossegue, parecendo impaciente agora. Por que exatamente veio aqui? Você não veio mesmo para perguntar sobre o processo de divórcio, veio?

Não, Rosie diz. Ainda olhando para o céu, para uma nuvem impenetrável.

Então. Me prometa que vai trabalhar no seu casamento.

Mais trabalho. Mais esforço. Parece que vai chover, e ela aguarda por isso, só mais alguns instantes. Quando não chove, Rosie ajeita a alça da bolsa no braço e se levanta da cadeira; da cadeira que ajudou a mãe a escolher, tantos anos antes.

Simon está na cama quando ela chega em casa. É o começo da tarde e ele está quente, puxou o edredom.

Não está se sentindo bem?, ela pergunta.

De novo, ele diz.

Talvez seja estresse. Não consegue tirar uma folga no trabalho?

O trabalho não está me deixando estressado, ele diz.

Então... somos nós?

Não, Rosie. Por que está perguntando isso?

Ela se sente péssima por ter sugerido aquilo. Por sentir o oposto.

Só quis confirmar, ela diz.

Obrigado pela consideração, ele diz, e se vira para descansar a cabeça no braço, a barba por fazer provavelmente pinicando. Ele não tem ideia, ela pensa, e a culpa é como uma espada embainhada dentro dela; grande e afiada, guardada.

Talvez você devesse ir ao médico, ela diz. Pode ser a tiroide.

Ele produz um grunhido em resposta, e os dois ficam deitados juntos à meia-luz. O quarto cheira ao casamento deles; pijamas dobrados, creme para mãos, lençóis que ela podia lavar com mais frequência.

Você quer jantar?, ela pergunta, em algum momento, e ele murmura "não".

Você *me* quer?, ela pergunta, e ele funga, em vez de rir; não responde. Ela aguarda um tempo, deixa a escuridão se estender pelo carpete.

Quero coisas, ela diz, no cabelo dele.

Tipo o quê?, ele pergunta a ela, soando como se estivesse prestes a pegar no sono.

Quero deixar de trabalhar com consultoria empresarial, ela diz.

Tá, ele diz.

Quero voltar a tocar.

Tá.

Piano. E violão. E acho que quero ser professora.

Então seja, ele diz.

É assim, fácil e complexo. Sem discussão. Sem questionamento, conversa ou conflito. Ela não sabe o que quer. Algum tipo de fervor, ou fogo, pensa, mais do que o calor corporal dele.

Você devia voltar a remar, ela diz.

Ele meio que funga, meio que ri outra vez, antes que sua respiração se altere, e então ele dorme no braço dela, como uma criança. Alfinetes e agulhas picando sua palma.

Will está no trabalho quando recebe uma ligação da irmã.

Está trocando o óleo de uma Triumph antiga. O rádio está ligado, e ele nunca mais vai conseguir ouvir o violão e as harmonias abertas da surf music que está tocando. A salada de batata do mundo da música.

Will, Amber diz. É a vovó.

Ela está bem?

Ela morreu.

Duas palavras. Duas palavras que ele vinha esperando, havia tantos anos, desde o diagnóstico de câncer, desde que ela comprara a briga e seu cabelo caíra e a luz quase deixara seus olhos por completo. Duas palavras que ele não esperava agora. Não quando se encontra ali, sobre o concreto manchado de óleo, com um café esfriando na bancada de trabalho.

Quê?, ele diz.

Ela não sofreu, Amber diz. Morreu dormindo. De velhice.

Mas ela não era velha, ele diz.

Will.

Tem certeza? Você chamou uma ambulância?

A irmã o ignora, diz apenas vem pra cá, tá? Há algo em sua voz que indica que ele não pode discutir, não pode verificar ou confirmar ou negar. Ele desliga o rádio. Diz que está indo. No entanto, ao deixar a oficina, não consegue evitar e liga para o número da avó, e então ouve chamar e chamar e chamar.

A casa está silenciosa demais. Sempre, irrefutavelmente, houve som; o fogo na lareira, a televisão baixinha, o acendedor do forno, o vento sacudindo as persianas. Mas as janelas estão fechadas. O forno, morto, a TV, morta, a lareira, morta.

Morta.

É uma palavra que não parece uma palavra. Como quando ele lê alguma coisa repetidas vezes, até que pare de fazer sentido.

Ele e Amber se separam no hospital. Ela tinha um seminário no dia seguinte e precisava de roupas para o funeral, por isso pegou o trem de volta para Warwick. Volto logo, garantiu a ele, olhando em seus olhos. Como se fosse a irmã mais velha. Como se fosse guiá-los naquela situação.

Ele se movimenta pela casa, procurando dicas para reconstruir as últimas horas da avó, mas não há nada de sinistro. A cama está limpa, embora desfeita, depois que os socorristas a tiraram dela. Seu livro continua sobre a mesa de cabeceira. Ele o pega e abre na página onde o marcador se encontra. É sobre uma garota e um amor há muito tempo perdido. Com diálogos ruins. E capa ainda pior. Ele toca a página onde ela devia ter tocado antes de apagar a luz.

Tem uma ligação perdida de Jen no horário de almoço dela. Will sabe que ela quer saber como ele está, mas não liga de volta. Vai até o jardim e começa a arrancar ervas daninhas, poda a pequena árvore debaixo da qual Dave foi enterrado, muitos anos antes. Ele se lembra da avó o chamando, tão chocada que mal conseguia falar, como se Dave fosse uma criança, e não um cachorro. Ele quebra galhos, machuca a pele das mãos nos arbustos enquanto os poda, porque é o que fazia por ela sempre que vinha.

Está úmido ali fora, o que é esquisito, ele pensa, porque não choveu. Está úmido e insuportável, o que faz seus olhos arderem.

Amber mantém sua palavra e pega o trem de volta a Norfolk alguns dias depois. O funeral acontece em seguida. Cedo demais, Will pensa, principalmente considerando que não fizeram autópsia. Não vai mudar nada, Amber disse, e ele achou que ela estava certa. A avó tinha quase oitenta e morrera dormindo. Só isso.

Eles têm que fazer tudo o que se faz quando alguém morre. Checam as coisas dela. Suas gavetas, seus documentos, seus discos velhos para escolher as músicas da cerimônia.

Não tenho ideia, Will diz, enquanto olha para o vinil que tem em mãos.

Do quê?, Amber pergunta, sem tirar os olhos da tela. Está mandando um e-mail para a agência funerária, respondendo sobre flores e caixões e coisas que não importam, porque ela morreu, mas por algum motivo eles precisam tentar se importar com os detalhes.

De que músicas escolher, ele diz. Felizes ou melancólicas? As preferidas dela? Ou algo neutro, apropriado para um funeral?

Definitivamente não a última opção, Amber diz.

Não, ele diz. Não.

Que tal a música que ela dançou no casamento dela?

Como sabe que música foi?

Perguntei uma vez, ela diz, dando de ombros. Will assente e engole em seco. Nunca perguntou a ela esse tipo de coisa.

Tenho uma pergunta, Amber diz. Ela fecha o laptop e olha para ele.

Fala, ele diz, esperando que seja sobre comida, leituras ou onde seria a recepção. Aqui, ele pensa, para não terem que pagar por um salão mal iluminado com carpete barato e teto cheio de manchas de fumaça de cigarro.

Convidamos a mamãe?, Amber pergunta.

Silêncio. Um carro passa na rua. A diesel, em vez de gasolina; ele reconhece pelo barulho do motor.

Por que convidaríamos?, ele pergunta.

Porque ela é filha da vovó, Amber diz. Deveria pelo menos saber que ela morreu.

Ela não veio no funeral do vovô, Will diz.

E talvez não venha a este também, Amber diz, então começa a trançar o cabelo, dividindo-o em três para sobrepor as mechas. Mas acho que a escolha não é nossa. É dela.

Então por que me perguntou?, Will diz, com o coração disparado.

Porque não *temos* que convidar a mamãe, ela diz. Se você achar que é uma má ideia.

Não acho nada, Will diz. Eu não saberia nem como entrar em contato com ela, Ambs. Mas vai em frente, se conseguir.

Tenho o e-mail dela, Amber diz.

Isso o faz olhar para a irmã. Os discos ficam pesados em suas mãos. A irmã retribui seu olhar, em expectativa.

Como?, é tudo o que ele consegue dizer, depois de um instante.

Vovó, ela diz.

Vovó mantinha contato com ela?

Não, Amber diz, terminando de trançar o cabelo e começando a soltá-lo no mesmo instante. Ela só tinha o e-mail, e disse que eu podia escrever se quisesse.

Quando?

Faz alguns anos. Ela disse que a escolha era minha, na época. E eu acho que a escolha agora é da mamãe.

Que generosa você, Will diz.

Como assim?

Por dar a ela uma escolha. Como se ela merecesse.

Amber volta a se virar, abre o laptop e diz ao irmão para pensar a respeito. Ele diz que não precisa, que ela pode fazer o que quiser.

No dia anterior, ele sai para correr pela primeira vez em meses.

Passa pelas florestas e pelas estradas e pelas falésias assoladas pelo vento. Ele sua, e xinga, e odeia como parece difícil, e ouve sua própria respiração dilacerando os pulmões e pegando na garganta. Ele corre na areia molhada da praia. Para no farol, o que parece errado, e seu coração bate mais rápido quando o farol o olha com seu olho de vidro e lhe pergunta coisas para as quais Will não tem resposta.

Quando ele chega em casa, fica na banheira até que as pontas de seus dedos amoleçam e olha para sua nudez e pensa em todas as coisas que nunca perguntou a ela, a mulher que o criou, que o repreendeu, que o amava apesar de tudo o que ele fazia e não fazia. E se pergunta o que vai fazer agora, depois do banho, depois do funeral, e tem medo da vida que construiu e de quão pouco se importa com ela, e fica enojado com o desprezo que sentia pela vida pequena da avó, com seus livros e suas panelas e sua segunda família acidental, mas pelo menos ela tinha alguma coisa, ele pensa, pelo menos ela tinha coisas que achava que queria.

Ele sai da banheira quando Amber, do outro lado da porta, pergunta se está tudo bem. Diz que já faz tempo que ele entrou ali.

Não consigo acreditar que ela morreu, ele diz.

A água escorrendo pelo ralo, embaçada de sabão.

Eu sei, Amber diz.

Os dois ficam assim, um de cada lado da porta do banheiro, ouvindo um ao outro sem dizer nada.

Catorze

Amanhece um dia nublado. Nuvens ermas, sol diluído.

Apesar de ter vontade, Will não usa preto. Também pediu que quem viesse não usasse. Ele abotoa uma camisa azul, que a avó lhe deu um Natal, e penteia o cabelo, como ela gostaria que fizesse.

Ele e Amber pegam um táxi até o crematório, porque nenhum dos dois está a fim de dirigir, e ambos querem beber depois. Sua única cerveja aguarda.

Eles são os primeiros a chegar, como planejado, e as pessoas vêm depois, sozinhas ou em duplas, as senhoras do clube do livro ou de seu antigo trabalho, algumas até da época da escola. A avó sempre morou em Norfolk; cresceu, viveu e morreu na cidade. Criou filhos, em duas levas. Fez amigos. Conheceu o marido e o perdeu. Seguiu em frente, porque é o que as pessoas fazem.

Jen para no estacionamento, e ele a acha estranhamente deslocada fora de Yorkshire. Saiu logo cedo, pediu folga no trabalho para poder ir. Os dois se abraçam, e ele sente cheiro de melaleuca em seu cabelo, um aroma vago de limão do aromatizador do carro.

Você está bem, ela diz, talvez para assegurá-lo disso, talvez como uma pergunta que ele não é capaz de responder. Ela enlaça o braço dele, como uma namorada deveria fazer, e eles entram juntos, os dois e a irmã, e a sala parece pequena demais, com seus bancos de madeira e seu carpete listrado, e ele fica pensando que gostaria que a cerimônia pudesse ser realizada lá fora. O tempo está ameno. Nuvens vagando, o sol aparecendo e se escondendo. Pássaros, grama cortada, árvores.

Não tem nenhuma janela no crematório.

Amber vai falar com o celebrante enquanto Will pensa nesse título e em como é inapropriado. Porque não se trata de uma celebração. Ele odeia isso, e odeia a si mesmo por ter concordado com isso, precisa de ar, e diz a Jen que vai ao banheiro e sai do cômodo sem janelas e encontra um banco, escondido do estacionamento e da entrada e de todos os rostos que ele devia conhecer e não conhece.

Ele leva a cabeça às mãos e decide que não vai ver a cerimônia, que vai se lembrar dela ali mesmo, com as margaridas a seus pés e os pombos na grama, sem hinos, sem a retrospectiva triste e sem sentido de sua vida, medida em anos e trabalhos e parágrafos, mas Amber chega para buscá-lo, diz que está na hora. Ele quer perguntar se a mãe está ali, mas, ao mesmo tempo, não quer saber.

Ele olha para Amber como se dissesse preciso mesmo?, e, em um momento muito estranho, embora talvez não tão estranho para a ocasião, a irmã lhe estende a mão.

Ele a pega e se levanta.

A palma dela está fresca, como a dele. Unhas roídas e linhas da vida interrompidas.

É quase tudo um borrão, até o fim, quando algo acontece. Eles já cantaram — já movimentaram a boca sem produzir som, no caso de Will — o último hino, algo sobre a alvorada e as sombras, então alguém chama o nome dela.

Will está na primeira fileira, ao lado de Jen, que está ao lado de Amber. Que família triste, ele pensa, tentando não olhar para o caixão.

E agora uma jovem amiga de Elsie, o celebrante diz, vai cantar algo para nós. Rosemary Winters, por favor.

Tudo fica lento.

Uma mudança no próprio eixo, enquanto os outros aguardam sentados, olhando para o programa, ou para a mulher que avança pelo corredor com seu violão, os olhos grandes e inocentes sob a franja.

O coração dele para.

É como ver um fantasma, ou uma miragem, a princípio ele nem acredita.

Ele quer dizer alguma coisa, mas as palavras ficam presas, por isso ele se vira para a irmã, que está olhando para a frente, fazendo questão de não se mexer.

Ela sabia.

Ela sabia, e ele não sabe o que sentir.

Jen olha para ele, de soslaio, e ele vira o rosto para a frente. Roe está se ajeitando na cadeira, precisa de um momento para afinar o violão.

Todos a veem inspirar fundo. Então ela começa a tocar.

Will nunca a viu tocar violão. Os dedos dela voam pelos trastes, e ele aguarda, incapaz de respirar até que ela comece a cantar.

Ela está diferente. Mais cheia, mais tenra do que ele se lembra, o cabelo cortado e modelado. Sua voz — aquela voz —, no entanto, continua a mesma. Ainda o toca de uma maneira que ele não pensava ser possível, considerando os remédios que entorpecem o que já estava entorpecido, deixam as coisas mudas e suportáveis e sem graça. Ela acende algo dentro dele. O mesmo fósforo é riscado.

Ela usa um vestido azul.

Sem brinco.

Ele não reconhece a música. Ela canta sobre as primeiras horas da manhã e maçãs, e algo claro, pendurado à janela. Ele desconfia que se trata de uma música que ela escreveu especialmente para aquele momento, e é linda, e marcante, e chega ao fim rápido demais.

Ninguém aplaude, porque é um funeral.

E a imobilidade permanece, mesmo quando ela retorna para seu lugar. Não há farfalhar de papéis, ninguém pigarreia. Fica impossível se concentrar nas palavras do celebrante. Estão todos impressionados, com essa garota e sua voz e o silêncio persistente.

Will não consegue acreditar nela.

Não consegue acreditar no que tem dentro de si, hoje, justo hoje.

A recepção é no salão comunitário passando um pouco o crematório; uma construção quadrada e maltrapilha que cheira a cerveja velha e tacos de sinuca. Travessas cobertas por filme. É um espaço abatido e sombrio, mas a recepção de muitas amigas dela foi ali. E a do marido.

Não vamos querer receber as pessoas em casa, Amber disse a Will, e na hora ele discordou, porém, agora, quando as pessoas já estão se levantando para ir, ele fica grato. Corpos rangem, pés se arrastam. Ele nem consegue imaginar como seria todas aquelas pessoas amontoadas na casa; tocando as coisas dela, não indo mais embora. Consumindo todo o ar.

Ele se levanta também, mas diz a Amber e Jen que vai encontrá-las lá. Só precisa de um minuto. Jen protesta, diz que vai ficar também, porém Amber a pega pelo cotovelo e a conduz até a saída, ainda sem olhar para ele, Will percebe.

Quando o lugar está quase vazio, Will volta a se sentar e aguarda. Porque ela também aguardou. Ela aguardou e agora se aproxima, acomoda-se na fileira atrás dele. Um sopro de azul, como o céu que eles não conseguem ver.

O caixão ainda não foi retirado. Eles preferiram não ter aquele momento em que as cortinas se fecham ou o caixão é levado e há um encerramento definitivo dos procedimentos. Deixem onde está, eles disseram, por isso ele continua na mesa, a madeira lustrada refletindo as luzes.

Quem faz caixões?, ele pergunta, e Rosie dá de ombros, o que ele vê de canto de olho.

Um carpinteiro?, ela arrisca.

Você acha que tem um nicho específico na carpintaria só pra isso?

Deve ter.

Um fazedor de caixões, Will diz, e Rosie diz é, mas talvez seja um bom trabalho, no fim das contas. Produzir algo tão pessoal, para alguém que não se conhece.

Ela se sentou duas cadeiras depois da dele, na fileira de trás. Os dois olham para o caixão da avó e tentam formar palavras, até que o celebrante diz que, infelizmente, há outra cerimônia às dez, mas eles não precisam se apressar, podem levar o tempo que quiserem para sair.

Desde que não passe de dez minutos, você quer dizer, Will fala, e o celebrante parece confuso, então ri, como quem pede desculpas, e balbucia de uma maneira que Will está acostumado a ver quando faz isso; quando se impõe assim.

Vamos, Rosie diz, e acena para a porta.

Em um leve e familiar mergulho de cabeça.

É primavera, mas continua frio, como se a estação ainda não tivesse se encontrado. Se as estações tivessem vozes, Will conjectura, abril seria um assovio, leve e nada invasivo, como os botões bem fechados das árvores.

Sua música, ele diz, enquanto os dois se acomodam no banco no qual ele se sentou antes da cerimônia.

Sim?, ela diz.

Você escreveu pra ela?

Ela olha para ele, como se estivesse surpresa com a pergunta. Suas pupilas estão tão grandes e pretas que ele consegue ver seu rosto refletido nelas.

Claro, ela diz.

Isso o obriga a engolir em seco. A desviar o rosto.

Sinto muito, Will, Rosie diz, e leva a mão à dele, depois de uma brevíssima deliberação — ele a sente pairar e depois baixar, o calor da palma ao se fechar. As mãos dela continuam muito delicadas. Dedos finos e encantadores, e ele nunca pensa em palavras como "encantadores", e isso o constrange, e de repente ele se sente patético e furioso.

Eu não sabia que você viria, ele diz, puxando sua mão.

Rosie pisca.

Não?

Não.

Ah. Bom, Amber me convidou.

Ela te pediu pra cantar?

Claro. Eu não teria... me imposto assim.

E você não pensou em me avisar que viria?

Achei que você soubesse que eu estava na lista de convidados, Rosie diz, com a voz um pouco acalorada, como se não conseguisse acreditar que ele a estivesse acusando. Achei que você já tivesse coisas o bastante com que se preocupar, que eu não precisava... mandar mensagem.

Pardais voam das cercas vivas. Um cortador de grama em algum lugar além dos túmulos.

Ela morreu, Rosie, ele diz.

Eu sei.

Se algum momento pediu uma mensagem, ele diz, foi esse.

Desculpa, ela diz, e sua voz sai como um sussurro, o vento nos olmos. Ele não quer que ela peça desculpas. Ele quer que ela volte a pegar sua mão. Quer que ela vá embora. Ele a quer tanto que pensa que seu coração vai pifar.

Roe, ele diz, sem olhar para ela.

Não há sim ou um murmúrio em troca. Mais respiração, mais vento. Mais de tudo, quando ela está por perto; o sol claro o cega.

Fico feliz pra caralho que você esteja aqui, ele diz.

É mesmo?

Você é a única pessoa que eu queria ver. Pensei nisso hoje de manhã, quando acordei e me dei conta de que dia era. E agora você está aqui.

Ela fica em silêncio por um longuíssimo tempo. O cortador de grama para, depois volta a funcionar. Os pardais se foram, e ele se pergunta se ela também vai se levantar e ir embora.

Deixe-a ir, ele pensa. Deixe-a ir.

Por que é tão difícil deixá-la ir?

Você disse que não me queria na sua vida, ela diz, depois de um tempo.

Eu nunca disse isso.

Disse, sim.

Pensa, Roe. Eu não disse isso.

Você não disse o contrário também, ela fala.

Para de evitar o que eu falei.

O quê? Que você fica feliz pra caralho por eu estar aqui? Meu Deus, Will.

O quê?

Mesmo quando você diz algo legal sinto que está bravo, ela fala. Nunca sei o que você quer de mim. É como quando a gente tinha dezessete anos.

Você tá brincando comigo?

Por quê?

Foi *você* quem não me quis, ele fala. Lembra?

Eu nunca *não* quis você, Rosie diz, e parece ter falado sem pensar, sem a intenção de deixar aquilo tão claro no ar límpido de abril. As palavras pairam entre os dois, como um fruto proibido. Machucado e ainda não maduro.

Não entendo você, Will diz.

E eu não entendo você, Will, ela diz, e sua voz sai trêmula. Você não está com Jen?

E você não está com Simon?

Não, ela diz, e essa única palavra sai forte e feroz.

Para com isso.

Não estou, Will.

Desde quando?

Faz pouco tempo.

Mas você casou com o cara.

É. Continuamos casados.

Então você está com ele.

O que é que estamos fazendo?, ela diz e se levanta, em uma rajada de vestido e sobretudo. Você está com Jen. Somos adultos. Faz um século que não nos falamos.

Vinte e nove meses, Will diz.

Como?

Faz vinte e nove meses que não nos falamos.

Ela olha para Will como se ele tivesse acabado de falar outro palavrão, como se a tivesse chamado de algo imperdoável. A raiva repentina dele se transformou em algo mais. Ele não consegue explicar. Está no funeral da avó. Sua namorada está a menos de um quilômetro de distância, comendo aperitivos e falando amenidades com primos que ele nunca conheceu, por ele, apenas por ele.

Não podemos, Rosie diz, e sua voz sai tensa, como água escorrendo de um pano sendo torcido. Ele deixa escorrer, tudo o que ela não diz se esparrama a seus pés.

Eu não disse que deveríamos, ele diz, e olha em volta, para a grama, para as lápides enterradas fundo. Algo se rompe. Ele quer a avó. Quer falar com ela a respeito, ou quer que ela convença os dois a serem sensatos.

Eu só queria te dizer, ele fala. Pelo menos uma vez.

Ainda assim, ele não diz, mas parece que ela não precisa que diga.

Eu deveria ter dito todos os dias desde que descobri, ele prossegue. Mas era jovem e tonto e estava assustado, e muitas dessas coisas não mudaram, Roe.

Ela fica em silêncio de novo.

Roe?

Não sei por que você está gritando, ela diz.

Não estou gritando.

Está, sim. Parece que você está furioso comigo.

Ele olha para o que consegue ver do rosto dela, para seu cabelo roçando nas maçãs do rosto. Ele quer dizer a ela que amor e fúria muitas vezes lhe parecem a mesma coisa. Que a pele dele arde por ela. Seu sangue ferve, e isso não parece seguro, bom ou tranquilo; parece fúria.

Não estou gritando, ele diz.

Agora não está mais.

Não era assim que as coisas deveriam ter acontecido, ele diz.

Hoje? No funeral? Ou entre a gente?

Todas as anteriores, ele diz, e então algo derrete entre eles. Pássaros cantam. Um pouco de sol escapa dos cedros.

Will, Rosie diz.

Oi?

Eu... acho que devemos conversar a respeito. Não agora. Não aqui. O dia de hoje é sobre Elsie. Vamos lá. Vamos nos lembrar dela.

Ele sente tanto em relação a ela nesse momento que quase transborda. Passa a mão no rosto, diz que a recepção não é muito longe, e Rosie assente. Os dois se levantam do banco e começam a caminhar em silêncio na direção do estacionamento, então há um barulho, como de passos, que faz Will se virar para o banco.

Tem alguém se aproximando.

Uma mulher, da idade certa. Com o rosto certo.

Rosie pega sanduichinhos e salsichinhas e fica em um canto, com o prato na mão. Sentiu que amolecia, nas últimas semanas, quando passou a comer pão e massa e a colocar açúcar no chá. Tantos anos de oleaginosas e proteínas e alternativas com gordura reduzida, e agora ela se sente o mais perto de nutrida que consegue recordar. Não está pensando em calorias, ou em ficar durinha, em emagrecer, aguentar cinco segundos mais. Está pensando em como agora é professora, em seus alunos, em suas músicas. Em como voltou a escrever no papel.

Ela reconhece alguns rostos no funeral de Elsie. Pessoas da cidade, da biblioteca, da padaria. No entanto, não conhece de verdade ninguém além de Amber, que parece determinada a falar com todo mundo menos com ela. Rosie não se importa. Vai comendo o que pegou enquanto espera, depois de ter deixado Will no estacionamento com a mãe.

Seu estômago deu um nó. Ela fica de olho na porta, torcendo para que ele entre e esteja bem, ou pelo menos algo perto disso.

Três sanduichinhos depois, ele ainda não apareceu, e é então que Jen aparece e a cumprimenta.

Oi, Rosie responde.

Seu sangue fervilha nas veias. Ela sente culpa, e antipatia, e vergonha de ambas as coisas.

Foi uma boa música, Jen diz, e Rosie ouve a entonação de Will na voz dela, porque as pessoas espelham as palavras daquelas com quem convivem, mesmo sem querer.

Obrigada, ela diz.

Foi legal ter música de verdade, em vez de só hinos.

Que bom que gostou, Rosie diz. Ela levanta um sanduichinho do prato, depois o devolve.

Você é Rosie, né?

Isso.

A melhor amiga de Will.

Não sei se ele diria que sou a melhor, ela diz. Mas fomos amigos. Muito tempo atrás.

Jen fica olhando para ela, e Rosie está prestes a fazer um comentário sobre o clima ou perguntar sobre os pãezinhos quando Jen a corta, e Rosie compreende que tipo de mulher ela é.

Ele fala sobre você, ela diz.

Os olhos de Rosie encontram os de Jen, a mulher com quem ele divide a vida. Cabelo preto e sólido, feições estreitas, um colar de jade no pescoço.

É mesmo?, ela pergunta.

Não muito, Jen diz. Mas o bastante.

Alguém solta uma gargalhada perto do bar, alta demais para a ocasião, e as duas mulheres se viram e veem dois homens dando tapinhas nas costas um do outro. Elas continuam olhando para os desconhecidos, e Jen continua falando, com a voz neutra.

Sei que ele gostava de você, ela diz.

Rosie fica vermelha; ela transfere sua atenção do bar para o próprio prato.

Só não sei se ainda gosta, Jen diz.

Isso faz a garganta de Rosie se fechar, como acontece quando ela não tem ideia do que dizer, quando não há certo ou errado, e não há espaço nem para um nem para outro. Ela tenta engolir em seco; pega o copo de água que deixou de lado, então há uma alteração na luz e ouve-se um barulho, e Will irrompe no salão e vai direto para Amber. Ah, merda, Jen diz, enquanto Rosie pensa o mesmo, então a namorada sai de seu lugar ao lado dela.

Rosie deixa o prato de lado. Algumas pessoas estão olhando, porque a comoção é tangível, mesmo sem gritos; Will está bravo e diz coisas com uma voz dura e baixa, e Amber mantém o queixo erguido, como se estivesse preparada para aquilo.

Rosie faz uma escolha e se dirige à saída. Passa por Will e pela irmã e pelas pessoas observando de olhos arregalados, então sai pela porta e dá no estacionamento, onde parece fazer mais frio que antes. O cheiro é de gelo e asfalto úmido. O céu está cinza e há poças no chão.

Enquanto segue para o próprio carro, ela vê o que — ou quem — esperava ver. A mulher que abandonou o filho, porque a vida era demais para ela. Que foi embora, porque era mais fácil, porque era libertador e o oposto de como Rosie aprendera a ser. Ela observa essa mulher extrema e ausente com cabelo ruivo comprido virar a chave na ignição, fazendo o motor rugir com vida. Ela a observa segurar firme o volante e apoiar a testa muito brevemente nele. Ela a observa chorar, por um tempo.

Jen o leva a um bar. Passa a Amber as chaves do carro para que ela o leve para casa e os dois pegam um táxi até um pub que fica no meio do nada, em uma estrada que leva a Norfolk, com tijolos à mostra nas paredes, cervejas locais e iluminação fraca. Tão fraca que é quase impossível ler o cardápio.

Will, no entanto, não quer comer.

Vodca dupla, ele diz a Jen, e ela diz não, ele pode beber uma cerveja, ou água com gás e limão, e ele quer socar a mesinha de madeira em que estão sentados, mas, em vez disso, só fica olhando para as próprias mãos.

É coisa demais para um dia só.

Ela volta com a água dele, uma taça de vinho para si que

mais parece um aquário, e os dois se sentam e bebem, o burburinho do pub se impondo a eles. A ausência de entorpecimento está incomodando Will. Ele se sente cutucado por agulhas e está tentando descobrir o que dói mais quando Jen fala.

Conversei com Rosie Winters, ela diz.

Conversei com minha mãe, ele retruca.

Isso a faz baixar os olhos, e ele sente outra alfinetada, uma satisfação violenta, pensa, depois uma pontada de culpa, porque ele disse a Roe algumas coisas que não pretendia hoje. Sugeriu, talvez. Ele não sabe o que estava fazendo naquele banco, tampouco sabe o que está fazendo aqui, com Jen.

Quer falar sobre isso?, ela pergunta, girando o vinho na taça como na noite em que os dois se conheceram.

Não tenho nada a dizer, ele fala. Ela veio. Conversamos. Eu a mandei embora.

Risadas e vozes. A porta do pub se fecha.

Foi... horrível?, Jen pergunta.

Foi como sempre esperei que fosse, ele diz. Primeiro ela quis me abraçar, depois ficou na defensiva e chorosa, como se eu devesse alguma coisa a ela, como se eu fosse um cretino por não ter me jogado em seus braços.

Isso é absurdo, Jen diz. De verdade.

Ela disse que pensa em mim, Jen, ele conta, lançando um perdigoto ao falar, como um velho, embora não se importe. Ela disse que *pensa* em mim. Como se isso desculpasse todas as merdas que ela fez.

Não desculpa, ela diz.

Não estou nem falando dos aniversários ou Natais perdidos, ele continua. Estou falando *dos anos*. Dos buracos na minha vida, de eu não ter tido uma mãe. E de como foi isso, depois de meu pai já ter ido embora. Pelo amor de Deus.

Ele soca a mesa, e alguns homens no bar se viram para olhar, e ele fica querendo que o abordem, para ter um motivo para quebrar alguma coisa, um copo ou um osso ou um nariz.

Amber sabia, ele diz, com a voz arrebentando como uma corda de violão. Sabia que ela viria. Minha mãe respondeu o e-mail, pela primeira vez na vida toda, provavelmente, e Amber podia ter me preparado, *devia* ter me preparado, mas acho que *era melhor não me contar.*

Se ela tivesse contado, as coisas teriam corrido de maneira diferente?, ela pergunta, controlada.

Não fica do lado dela, porra.

Não estou do lado dela. Se eu precisar escolher algum lado, Will, vai ser o seu. Sempre.

Ela se mantém calma, e isso dá uma controlada nos ânimos dele.

Odeio ela pra caralho, ele diz.

E deveria mesmo odiar.

Odeio ela, ele repete, e está sendo infantil, sabe que está, mas Jen assente.

Eles bebem um pouco mais. Will termina a água e sente aquele buraco no estômago, um poço vazio e sem fim.

Uma vodca, ele diz.

Sem chance, ela diz.

Mais murmúrios; mais queimação; alfinetadas nas mãos e nos pés e nos olhos.

Podemos falar sobre Rosie agora?, Jen pergunta.

Will pega o copo vazio e o gira na base. Deixa um anel de água na mesa. Ele continua girando, desenhando um arco molhado na madeira.

Se você quiser, ele diz.

Vou dizer logo, ela fala.

Tá.

Vi o modo como você olhava pra ela, Jen fala. Enquanto ela cantava.

Tá, ele repete.

E acho que não posso continuar esperando que você tenha esquecido ela, Jen diz.

Ele continua girando o copo. Olha pra ela, ele tenta se convencer, mas não consegue. A fúria toma conta. Eles trocaram de marcha agora. Aceleraram; um novo foco é necessário. Seus olhos procuram o rosto dela.

Jen também está tentando não olhar para ele. Ele a viu chorar poucas vezes e se dá conta de que sempre gostou disso nela; de sua solidez, de sua maneira pouco sentimental de navegar o mundo. É tranquilizador, simples. Ele também gosta da pele dela, quase translúcida. Muitas vezes se perguntou, enquanto a manhã entrava pela janela, como uma mulher podia ser tão pálida, branca como papel.

Forte, de alguma forma, mas transparente.

Não preciso saber dos detalhes, Jen diz. Mas consigo ver no seu rosto, Will. E, correndo o risco de parecer uma diva, ela prossegue, com os olhos em chamas, eu só... Eu quero alguém que me olhe assim.

Will para de girar o copo.

E não quero atrapalhar isso, ela diz. Rosie merece saber como você se sente. Ainda. Depois de todo esse tempo.

Ele não consegue acreditar nesse desdobramento. Estava preparado para raiva e acusações, uma discussão que terminaria com ela correndo para o carro e o obrigando a segui-la ou a pedir uma bebida no bar. Mas isso... isso o faz perder o fôlego.

Desculpa, ele diz, porque é tudo o que pode dizer. Os dois ficam sentados juntos, com seus copos vazios e as lâmpadas fracas nos lustres, com a alegria e o zum-zum da vida dos outros acontecendo à sua volta.

Pelo menos nunca nos casamos, Jen brinca, erguendo a taça na direção dele.

Mas ela se casou, ele diz.

E, embora ela não responda, ele vê a mágoa em seu rosto. Porque mesmo agora, quando estão terminando, ele não tem nada a dizer que não seja sobre Rosie. Ele sente uma tristeza repentina, devastadora. Quer estender a mão e tocá-la, pedir desculpas, mudar o que é incapaz de mudar.

Eu tinha uma aliança, sabe?, ele diz, depois de um tempo.

Eu sei, ela diz. Encontrei na sua gaveta de meias.

E nunca se perguntou por que não te pedi em casamento?

Na verdade, não, ela diz, segurando a taça com ambas as

mãos. Eu sabia que você não estava mergulhando de cabeça. Sabia desde o começo que você era apaixonado por outra pessoa.

Alguém ri, em algum lugar. Portas se abrem e fecham, aroma de batatas fritas.

Não deve ter parecido um bom sinal, imagino, Will diz.

É. Acho que eu gosto de um desafio, Jen diz. Achei que pudesse te fazer mudar de ideia. O que foi arrogante da minha parte, acho. Mas seria *bem* sexy se eu tivesse conseguido.

Me fazer esquecer meu amor eterno por outra pessoa?

É, isso, ela diz, e ele fica aliviado ao ver que ela não está mais perto de chorar. Mas também... te libertar disso tudo.

Isso o deixa sem palavras. Ele sabe que devia comprar mais uma rodada, mas não quer se levantar e interromper aquilo que estão embalando; essa coisa frágil e quase morta que passaram um para o outro ao longo de cinco anos inteiros.

Teria sido sexy pra caralho, ele concorda. Ela solta uma gargalhada, mas parece outra coisa, tosse, ou talvez um soluço, e ela apoia a taça na mesa e se levanta e vai embora, rápido demais, carregando casaco e botas e barulho.

E é isso.

É isso.

É inquietante, para Rosie, estar em sua cama de infância. Parece estreita demais, e ela não consegue dormir sem o volume do corpo de Simon a seu lado, sem o peso familiar e habitual dele. Os dois não estão se falando, como combinaram. Ela fez uma malinha e foi para a casa dos pais, em uma manifestação tola e equivocada de um anseio que só a fez se sentir ainda pior.

Que decepção, Rosie, a mãe disse, quando ela lhe contara por que estava ali.

Uma voltagem dolorida e algo mais forte, como um prego, a atravessaram.

Quando chegou ao quarto, no andar de cima, ela não desfez a mala. Pareceu mais fácil e menos permanente assim. Ela logo vai estar em sua própria casa e vai decorá-la com suas cores preferidas; vai ter um instrumento musical em cada cômodo, e livros, muitos livros.

Ela pega no sono em meio a esses planos e depois acorda em um sobressalto, como se tivesse esquecido alguma coisa.

Ela se levanta e confirma que está com a bolsa, o passaporte, as chaves, depois volta para a cama. Fica observando a noite se transformar em amanhecer, as formas passando de um malva profundo ao mais lindo azul enevoado. E, bem quando está pegando no sono, sobressalta-se outra vez, e dessa vez fica ardendo, como se alguém tivesse tocado sua pele com cera derretida.

É então que ela pega o celular.

Você disse que eu nunca te quis, ela diz, quando ele atende. E eu também fui uma adolescente idiota e assustada, Will, por motivos que nem fazem sentido pra mim agora. Sei que isso não muda nada, mas eu só... eu precisava que você *pensasse* que eu não te queria. Que foi por isso que eu disse não, aquela vez, na floresta.

Há um ruído de fundo; parece um vento abafado, como se ele estivesse fora de casa.

Eu não deveria ter dito o que disse, ela fala. Não achei que fosse te impactar tanto. Era só mais fácil bancar a boa garota.

O que você está dizendo, Rosie?, ele pergunta. Ainda soa como se estivesse em meio a uma multidão; em uma rua movimentada, ou um porto, algum lugar cheio apesar do horário.

Rosie inspira fundo enquanto olha para os pôsteres adolescentes na parede; três rostos que cantavam sobre colidir e ainda acreditar.

Estou dizendo que eu menti, ela disse. E às vezes me pergunto como teria sido. Se eu não tivesse mentido. Há um breve silêncio. Ela ouve um farfalhar, como se Will passasse o celular de uma orelha para a outra ou encontrasse um lugar mais reservado onde conversar.

Está falando de quando me disse que eu era o tipo de pessoa errado pra você?

Isso, ela diz, e sente um aperto no peito diante de como foi cruel, embora se lembre do motivo. Josh chorando em seus braços. E algo mais, algo mais sério; um gancho, em seu coração, segurando-a.

Mais barulho. Um rangido, como sapatos em um piso duro.

Era mentira, ele repete, como se precisasse confirmar o que ela disse.

Isso, ela diz.

Mas seu irmão morreu de verdade, Will diz.

Eu sei, ela diz. Mas...

E depois você nem conseguia olhar na minha cara, ele diz. Eu sei por quê, Roe. Eu entendo. E podemos tentar, podemos fingir que está tudo bem e que você não o vê quando olha pra mim, ou que quer seguir em frente, podemos *tentar*, mas eu juro por Deus, Rosie, não vai funcionar. Ele morreu, e morreu por minha causa, por causa do meu convite, do meu aniversário, não importa que você se esforce pra ver de outra maneira, e é por isso que vivemos dançando em volta disso, por isso nunca fui atrás de você, por isso você nunca quis que eu fosse, por isso você continua insegura, mesmo agora, de que é isso que você quer.

Rosie solta o ar no fone. Ele soa magoado, sua voz parece prestes a falhar. Tão frágil, depois de conter tanto por tanto tempo.

É o que você pensa, ela diz. Mas...

Não, ele a interrompe de novo, e ela ouve um sinal sonoro em um alto-falante e se dá conta de que ele está no aeroporto. Não, Roe. Terminei tudo com Jen ontem à noite. Terminei tudo com a mulher que ficou ao meu lado durante a porra da depressão e a morte da minha avó, e por quê? Porque ela sabe que não superei alguém que nem quer ficar comigo?

Ela tenta interrompê-lo também, mas ele continua falando.

Nunca, nunca vou aceitar o modo como Josh morreu, Rosie, ele diz. E você também não. Então vamos parar com o que quer que seja isso entre nós.

Eu realmente vejo Josh quando olho pra você, Rosie o corta. A adrenalina a deixa sem ar, a necessidade de finalmente falar.

Então, ele diz.

Não, ela diz, e balança a cabeça com violência, esquecendo que ele não consegue vê-la. Eu vejo Josh quando olho pra você, sim, mas não pelos motivos que você imagina.

Ele finalmente fica em silêncio.

Ele era gay, ela diz, e é como se ela tivesse soltado fogos de artifício alegres e sinceros ao telefone.

O quê?

Gay, ela repete. Ele havia acabado de me contar. E... hã... ele estava apaixonado por, bom... você. Claro.

Ela está sentada na cama, com os pés descalços sob o corpo. Sente frio, mas não consegue se mover; mantém-se imóvel, esperando o desdobrar daquilo.

E eu só queria que ele ficasse bem, ela diz. Queria que ele se entendesse com isso primeiro. Antes de partirmos o coração dele, sabe? E aí ele morreu.

Ela fala, simples assim; de maneira tão direta e clara quanto o fato em si.

Ele morreu, ela repete, e eu... eu não sabia como...

Ele era gay, Will repete.

Era.

Mais silêncio. Mais ruído branco do aeroporto. Ela quer perguntar aonde ele vai; tenta imaginar quanto tempo ele vai ficar fora.

Você estava protegendo seu irmão, Will diz, depois de um tempo.

Eu devia ter te contado antes, Rosie diz.

É, Roe. Devia mesmo.

Isso teria mudado as coisas?

Que coisas?

Você está respondendo minha pergunta com outra, ela diz, e ele diz não brinca, Rosie, agora não, e parece distante, ainda processando, ela pensa, do outro lado da linha.

Desculpa, ela diz. Por não ter contado. É só que... não parecia que eu tinha o direito de contar. Entende?

Will não responde, e Rosie aguarda por tempo demais.

Outra voz feminina fluida soa pelo alto-falante do aeroporto, anunciando algo que ela não consegue distinguir.

Roe, Will diz, e ela diz: sim?

Obrigado, ele diz. Mas agora preciso ir.

E ele desliga.

Quinze

A campainha toca.

Ela está sozinha, com o edredom enfiado debaixo dos braços enquanto olha para o teto e pensa. Seus pais saíram para trabalhar faz horas, e ela ainda não saiu da cama.

A campainha toca outra vez, e ela xinga o carteiro e sua correspondência e sua insistência, seu desejo irritante de fazer seu trabalho.

Deixa na porcaria da porta, ela diz, alto, e se sente grosseira e constrangida na mesma hora, muito embora ninguém possa ouvi-la enquanto desce a escada. Ela gira a maçaneta e abre e faz menção de agradecer ao homem sem uniforme lhe estendendo um pacote.

Só que não é o carteiro.

Ele está ali, de jaqueta de couro, com as maçãs do rosto pronunciadas, seu cabelo cor de bronze e seus olhos acesos e profundos.

Os dois se olham por um momento e então ele diz que nunca vai conseguir viajar o mundo desse jeito, e dá um passo adiante e pega seu rosto nas mãos, suas mãos ásperas de mecânico, e continua olhando para ela assim até que ela o puxa para si, leva sua boca à dele e, para ela, ele tem o mesmo gosto de antes.

Os dois acabam na escada da casa dos pais dela. O carpete queima suas costas e há dentes e suspiros e unhas, mas uma brandura também, um derretimento.

As cores deles, por baixo das roupas. Pele que ninguém mais vê, e querer, muito, que a outra pessoa toque, que se aposse dela como se fosse sua, e são anos de adolescência e sonhos lúcidos e um desejo que parece tão bruto e real que não deve ser permitido, não pode ser. Eles dizem o nome um do outro, uma única vez, e depois de novo, e dão risada sem produzir som, como se aquilo pudesse fugir deles se não forem absolutamente silenciosos, mas eles ainda ouvem um ao outro, e é tudo o que querem, tudo o que sempre quiseram, se forem ser honestos, e se esquecerem o barulho que veio antes disso, de tudo isso. O cabelo dela, como um chorão, caindo entre eles. Braços fortes e pernas dobradas e macias e cobertas de pelos, sem que ninguém se importe.

Ela leva a boca à clavícula dele e geme de leve.

As sombras das árvores na parede.

Eles ficam abraçados e, entre o sangue correndo e os corações batendo, há algo que nenhum dos dois conheceu antes. Aquele lugar inatingível, implausível. Fogueiras estalando. Implodindo. O sol nascendo, permanente e cegante quando se olha diretamente para ele, quando se tem coragem, quando se quer, quando se tem uma sorte dessas.

E então silêncio.

Um silêncio perfeito.

Não podemos ficar aqui, Rosie sussurra depois.

Seu corpo o envolve, enquanto o sol do meio da manhã roça a testa de ambos, reflete no cabelo cobre e dourado dele.

Não, ele diz. Então lhe dá outro beijo, tão longo e intenso que ela acha que talvez goze, ali mesmo, então ele se afasta e diz que sabe aonde os dois podem ir.

Will passa os próximos dias como se estivesse em um sonho do qual não quer acordar.

Ele fica deitado, imóvel, e tenta se agarrar àquilo, então

ouve Rosie respirando e seu coração dá um salto, como uma baleia saindo da água, repentina, graciosa e enorme.

Os dois estão dormindo em sua velha cama de solteiro. Nenhum dos dois achou certo passar ao quarto da avó; não antes que tenham a chance de fazer algumas mudanças. Rosie insistiu que pelo menos comprassem lençóis novos, com o que ele concordou, embora ainda não tenham saído de casa.

Foram dias à deriva, e de descoberta. Fazendo café e bebendo pela metade. Mapeando a pele um do outro, as partes macias e escondidas, emaranhando pernas, braços e mãos e cabelo na cama, no banho, e uma vez na mesa da cozinha.

Isso está..., Rosie diz uma vez, sem ar, no ouvido dele.

Acontecendo, ele diz, e ela estremece junto a ele, e ele pensa que vai morrer de prazer, e não se atreve a pensar além do próximo toque dela, da próxima nota dos pássaros lá fora; as estrelinhas e os pardais e os gansos que eles ouvem, às vezes, do lado de fora da casa.

Ele era gay, Will diz uma noite, quando estão cara a cara na cama. Há marcas dela em todo o corpo dele. Os olhos dela parecem luas em órbita; atraídos pelos dele, luas grandes e brancas e de outro mundo.

Era, ela diz.

Eu não fazia ideia, ele diz. Mas, agora que você disse, meio que faz sentido. Entende?

Talvez, ela diz, sua palavra preferida, e é como se ela se afastasse dele. Não há um movimento real ou um recuo, só certa atenuação em relação a antes; ela parece reticente, e ele se xinga, mentalmente, por ter provocado aquilo.

Você já sabia?, ele pergunta. Antes de ele contar?

Eu já tinha pensado a respeito, ela diz.

Ele assente. Vê a expressão dela se desfazer, como se recordasse coisas de que ele não era parte.

Não acho que ele fosse se importar, Will diz.

Com o quê?, ela pergunta.

Com isso, ele diz. Com a gente. Se é o que está te preocupando.

Por que acha que tem algo me preocupando?

Por causa do que você disse, ele fala, e se apoia em um cotovelo enquanto ela rola para longe, prende o cabelo comprido e escuro atrás da orelha. Sobre não querer partir o coração dele.

Não estou preocupada com isso agora, ela diz. Ele morreu.

Will olha para ela, que desvia o olhar. O luar entra pela cortina aberta, o quarto oscila entre uma luz prateada e sombras.

Não está?, ele pergunta.

Ele não diz: conheço você. Sei que isso com que você se importou por anos não pode ir embora de repente, apesar de tudo. Apesar de ter conseguido tudo o que você sabia que queria, mas achava que nunca poderia ter.

Talvez um pouco, ela diz, e sua voz sai rouca, por causa do esforço para não chorar. Ele junta o cabelo dela e o passa por cima do ombro. Inclina-se para beijar a clavícula dela, aquela concavidade rasa.

Ela fica rígida como ele nunca a viu.

Não acho que ele fosse se importar, ele repete. Mas ainda me sinto meio esquisito a respeito.

Ela assente e volta a se deitar de costas, os travesseiros cedendo sob seu peso. Ela cheira a sabonete e a edredom e a chá.

Acho que me sinto mal, ele diz.

Eu também, ela diz.

Os dois pensam, o tempo todo, e se entregam um ao outro.

Depois de quatro ou cinco dias, Rosie faz com que saiam de casa.

Precisamos de ar, ela diz. De mantimentos.

Então eles vão até a cidade para comprar leite e ovos e outros itens básicos, embora não desejem nada além do outro, e ela se sente meio zonza, como a garota de dezessete anos que se apaixonou por ele, e isso é bobo e constrangedor e a consome tanto que ela nem se importa.

Os dois falam sobre a escola, e o jantar, e televisão de péssima qualidade. O sol bate na rua, amarelo-creme, como manteiga. Está quente para o fim da primavera.

É na fila do supermercado, enquanto coloca as compras na esteira do caixa, que Rosie se dá conta de que ainda usa sua aliança de casamento. A velocidade das coisas se altera por um breve momento; é como se alguém estivesse lhe tirando algo e ela precisasse tentar se segurar àquilo.

Ela coloca tudo na sacola que trouxe, paga, pega o recibo. Segue para a saída, pensando que precisa dar andamento no divórcio logo; os dois deixaram a papelada de lado, porque não havia pressa, e era exaustivo se separar, fazer aquela escolha. Eu entro em contato, ela havia dito, e Simon havia dito que ok, que ele entraria em contato também.

Lá fora, ela pede a Will que pegue pão na padaria e, enquanto ele faz isso, ela tira a aliança e a guarda no bolso da carteira.

O céu tem um leve toque de cinza.

Ela vê seu reflexo no vidro.

Espera sentir vergonha ou arrependimento, mas nada vem, ela não confronta nada além do cara de cabelo dourado e dentes afiados que sai pela porta da padaria com um pão nas mãos e diz pronta?, e ela diz sim, estou pronta.

Me conta alguma coisa, ela diz aquela noite.

Que tipo de coisa?

Qualquer coisa. Algo que tenha acontecido quando não estávamos nos falando.

Isso é bastante coisa, ele diz, e fecha o livro de receitas que estava lendo depois de colocar um marcador onde parou.

Então não deve ser difícil.

Tá, ele diz, e deixa o livro de lado, levando as mãos atrás da cabeça enquanto pensa. Ela se pergunta como ele pode estar ainda mais atraente do que aos dezoito anos. Cruza os braços e o observa. Há dias ele não faz a barba. É como se dentes-de-leão cor de mel cobrissem toda a sua mandíbula.

Bom, ele diz. Fui perseguido por um texugo uma vez.

Um texugo, ela repete.

Um texugo furioso, ele diz, e ela dá risada, vibrando em descrença e surpresa.

Não foi nada.

Fui, sim. Em um resgate nas montanhas.

Rosie dá risada com vontade agora, o que o faz rir também, e os dois se mantêm na horizontal no sofá, achando graça da história ou um do outro. Quando param, ela pergunta por que o texugo estava bravo.

Texugos não são sempre bravos?

Sei lá. Nunca conheci um, ela diz, e começa a rir de novo, então sente uma dor nas costelas. Ela está fora de forma, mas se sente aliviada. As panturrilhas dele pressionam as suas.

Sua vez, ele diz. De me contar alguma coisa.

Não fui perseguida por nenhuma criatura da floresta, ela diz.

Que decepção, ele diz. Mas não tem problema.

Tá, ela diz, e continua sorrindo, não pensa muito a respeito antes de dizer, hum, eu perdi o apetite em determinado ponto. Não sei por quê. E fiz terapia. Meio que ajudou, mas também foi péssimo.

Will a abraça com os olhos.

Em que sentido?

Em muitos sentidos, ela diz. Fiz terapia por causa de Josh, claro. Mas na verdade a gente mal falava sobre ele. Tinha mais a ver com meus objetivos e minha mãe e o que eu comia e não comia, e meu TOC, e tudo o mais. O que imagino ser importante mesmo.

Will não a toca, a não ser pelas pernas apoiadas nas dela. Suas mãos continuam atrás da cabeça, seus cotovelos apontados, como se ele tomasse um banho de sol à luz do abajur.

Acho que fomos feitos para ser descascados, ela diz. O lance todo das camadas, sabe? Mas eu ficava impaciente. Queria pular direto para Josh, queria que me consertassem, queria ir logo para a aula de spinning.

Aula de spinning?

Outra coisa que tentei por um tempo. E que também foi meio péssima. Lembro que uma vez, com o instrutor gritando pra pedalar mais rápido, as luzes piscando, eu pensei nossa, como odeio isso. E aí parei de ir.

Graças a Deus, ele diz, e ela diz é, e os dois ficam em silêncio por um momento.

Ele continua olhando para ela, com as mãos atrás da cabeça.

Você fez alguma coisa que não tenha sido péssima?, ele pergunta. Esse tempo todo?

Ela abre um meio sorriso, embora não acredite que ele esteja brincando.

O vento ruge lá fora, como o ar. Tem previsão de tempestade para a meia-noite. Ela está ansiosa para isso; para o barulho das janelas se sacudindo quando estiverem na cama.

É triste, eu sei, ela diz, porque não tem resposta para ele, e então ele a toca direito; inclina-se para a frente, pega os pulsos nas mãos.

Você é muitas coisas, Roe, ele diz, mas triste? Não. De jeito nenhum. Mesmo depois de tudo, você é luz, Roe. Um baita raio de luz.

A intensidade de seus olhos e de suas palavras a deixam constrangida. Ela sente o corpo todo arder. O rosto, o pescoço; entre as pernas.

Quem é que fala desse jeito?, ela pergunta, e sua voz é como um sussurro contra ele.

Os dois riem de novo. É mais suave que a chuva, que o tecido dos marcadores de página.

Ele não tem o costume de usar pijama. Dorme só de cueca. Ela começa a usar suas roupas, sem pedir, pega uma camiseta da gaveta, sobe as meias até as canelas.

Ele pergunta como ela consegue dormir de meia.

Ela pergunta como ele consegue dormir sem.

É como estar na escola de novo, o puxão, a efervescência e

o ardor de tudo, quando são só eles, em uma década diferente, como sempre foram.

O verão traz turistas. O litoral fica repleto de famílias e pescadores e, ainda assim, depois de dois meses juntos, eles vão ao farol na maioria dos dias.

Estou cantando de novo, ela diz a ele, quando caminham à beira-mar para chegar lá. A madeira trazida pela água paira como ossos descorados na areia. O cheiro no ar é ao mesmo tempo fresco e podre, uma mistura de espuma e algas marinhas.

Eu ouvi, ele disse.

Não só no chuveiro, ela diz, e dá risada, e é tão fácil, e ela pensa em como se sente diferente agora — sem um peso sobre os ombros, não encurralada, mas aberta.

E não apenas em funerais, ela diz. No trabalho. Me pediram pra cuidar do coral.

Ela largou a consultoria antes de se separar de Simon e começou a trabalhar como professora de música em uma escola para meninas em Norfolk. Ensina piano e violão, ajuda a organizar os concertos da escola. Ela sabe que não é um trabalho que vai mudar o mundo, mas que pode mudar uma vida. A vida dela.

Quando contou a Will que estava tocando de novo, e sendo paga por isso — ainda que mal —, ele olhou para ela como se pudesse devorá-la inteira.

Isso é ótimo, ele diz agora, enquanto os dois seguem pela areia.

É, sim, ela concorda. Parece a coisa certa, sabe? Foi escolha minha largar a música, claro. Embora não tenha parecido uma escolha na época. Era como se eu tivesse que aprender a respirar diferente, não sei se parece maluquice.

Não parece, Will diz.

Mas, agora, é tipo... como isso não foi minha vida esse tempo todo?

A areia se desloca sob os sapatos deles. Os grãos são empurrados de lado, deixando marcas de pegada em seu encalço.

Ele diz que sabe, e de repente ela fica com vergonha, porque se dá conta do que ele quer dizer. Suas bochechas coram e ela se abaixa para pegar uma concha, só para que ele não a veja corando.

Ela o observa caminhando, virando-se, aguardando por ela. Ele é tão alto, tão forte e vivido. William White, com seus remédios, seu coração ferido, seus olhos profundos e tristes. Dela. Cada partezinha estilhaçada e cheia de cicatrizes dele.

Ela guarda a concha e a põe na prateleira do banheiro.

Quando eles chegam em casa, castigados pelo vento e com as mãos geladas, Will coloca água para ferver e a deixa para ir aparar as cercas vivas do jardim.

Não achei que você fosse do tipo que apara cercas vivas, ela diz, e ele dá de ombros, diz que faz isso pela avó, e ela assente.

Ela ainda faz coisas sem sentido pelo irmão gêmeo. Ou com ele em mente, pelo menos. Coisas demais. Ainda compra o cereal preferido dele e vai ver filmes de que ele gostaria, filmes de que ela não gosta nem um pouco. Às vezes é difícil distinguir onde Josh termina e ela começa, o que ela realmente pensa e sente em relação a alguma coisa, se está pensando nele ou em si mesma. Já era assim quando ele estava vivo, e os limites se confundiram ainda mais desde sua morte.

Coisas pequenas.

Mas são essas coisas que fazem uma vida. Que fazem uma pessoa.

Ela ouve a porta dos fundos fechando na cozinha. É estranho ficar sozinha naquela casa com Will, sem a avó ou a irmã andando de um lado para o outro lá em cima, como no verão que ela passou ali. Ela tenta ouvir. Acomoda-se na poltrona à janela e não faz nada além de olhar pela cortina aberta. Absorve o silêncio, que é como calor em sua pele. Uma mulher passa com um carrinho de bebê. Um homem, com um cachorro com bigodes e casaquinho. É um dia claro e ensolarado, que combina com seu coração, como se tudo dentro dela se elevasse.

Por isso, ela pega uma caneta e começa a escrever.

É muito raro que as músicas lhe venham tão facilmente, e ela se sente jovem outra vez, uma pessoa sem erros ou tragédia em sua vida. Algo a atravessa, vindo de outro lugar. É como boiar na água, ou ficar ao sol ou na neve.

Na neve.

Lá vem Josh de novo, e ela se pergunta de onde exatamente ele vem quando surge preso a um fio, acha que deve haver algo separado em sua mente, em seu coração, em suas entranhas. E é uma lembrança ou a alma, e que aparência teria a alma se fosse possível tocá-la, se fosse possível dançar com sua luz e sua escuridão?

Ela continua escrevendo enquanto o tempo passa. Enquanto Will volta lá de fora e começa a fazer o jantar, o óleo chiando e cuspindo na panela, gavetas sendo abertas e fechadas, água correndo, faca na madeira conforme ele pica.

Você gosta de espinafre, né?, ele pergunta. Ela diz que sim, sem registrar o que ele perguntou, porque está longe, muito embora esteja naquela poltrona, naquela casa que a salvou tantos anos antes e a está salvando de novo.

Ela termina antes que eles comam.

Gostaria de poder tocar para Will, ou para Josh, talvez, se realmente acreditasse que ele está vendo, de alguma maneira, de longe ou de outro mundo, porque a verdade é que ele amava física, e sabia que havia algo além da vida e da morte, não apenas conjecturava, mas sabia. Sim, ela vai tocar para ele, ou para a parte dele que é ela, para que talvez, apenas talvez, acabe tocando para si mesma no fim das contas.

Algo mudou, ou começou, ou simplesmente começou de novo. Cada momento que Rosie não passa no trabalho, ou dormindo — ou sem dormir, com ele —, está escrevendo.

Will vê tudo sem comentar, ela com suas partituras e suas canetas-tinteiro, cadernos com folhas quadriculadas em que ela desenha suas próprias pautas. É como se ele tivesse uma janela para algo privado, e ele sabe que nada de bom pode vir de seu questionamento, ainda que com um interesse bem-intencionado. Will fica feliz só de estar ao seu lado enquanto ela escreve. Ele cozinha e limpa a casa e passa horas seguidas trabalhando na garagem. Aquela é sua forma de arte, de certa maneira, embora não o isole do mundo como parece acontecer com a arte de Rosie. A mecânica o aterra no aqui e agora. No entanto, em Rosie e suas músicas, ele vê uma transcendência. Uma mudança.

Ela sempre foi uma pessoa concentrada.

Foi o que chamou a atenção dele na fogueira. O modo como ela o olhou profundamente e ouviu, muito embora não o conhecesse. E aquela concentração nunca havia se alterado, até agora. Porque, quando ela está escrevendo, todo o resto desaparece. O foco que ela reserva a tudo e todos simplesmente se vai, e ele pensa que, na verdade, esse é um lado dela que ele nunca viu. Com toda a sua energia indo para onde deveria ir.

Ela cantarola, às vezes, ou movimenta os lábios.

Com o cabelo preso, fora do rosto, as pernas dobradas de lado enquanto seus dedos tamborilam ou contam.

Ela vai a um lugar aonde ele não tem como segui-la, e ele deixa, e é uma alegria, e um privilégio, poder lhe fornecer esse espaço e esse tempo e não exigir nada dela. Ele a ama ainda mais, Will pensa, enquanto vira as páginas de seu livro de receitas ou coloca uma caneca ao lado do cotovelo dela. Aquela versão dela. Antes de retornar, piscando em transe, como se voltasse à Terra e se lembrasse do mundo. Ele com as pernas para cima, os tornozelos cruzados. O romance dela na mesa de centro. Os dois. As coisas deles. O céu noturno, veludo do outro lado da persiana.

Rosie levou o violão para a casa da avó dele e já tem sua voz, mas parece que falta algo. Ela começa a ficar até mais tarde na escola, às vezes, para usar o piano, para tocar as músicas como quer que sejam tocadas.

Tudo bem?, ela pergunta, quando liga para ele porque já

deveria estar saindo, e ele já colocou a água para ferver para o jantar, já colocou o óleo na panela.

Isso o preocupa, que ela pense que precisa perguntar.

Mas também o faz refletir. Ele tem uma ideia e sente dificuldade de deixá-la de lado, por isso entra na internet à noite, antes que ela chegue, e depois de algumas semanas encontra o que estava procurando. É um curto trajeto a pé, dinheiro na mão, um valeu cara, toma cuidado, tá?, e ele o leva nas rodinhas para casa, subindo calçadas, atravessando vias, como se fosse algo perfeitamente normal, transportar um piano pela rua.

Precisa de reparos, de um pouco de tempo e cuidado. A madeira está bem arranhada e tem cera de vela derretida, bem antiga, grudada no tampo. Ele o leva para a garagem, pressiona as teclas para ouvir o som e, embora tenha consciência de que não sabe quase nada de música, fica claro que está completamente desafinado; as teclas parecem rígidas, e lentas, estalam como juntas sob seus dedos. Os sobretons saem impuros, como o vendedor explicou, mas, de alguma maneira, isso não parece importar.

Ele sabe que ela vai amar.

Os redemoinhos na madeira, as pernas delicadamente viradas, que de maneira vaga o lembram dos castiçais que ele fez na escola. O marrom profundo muito diferente do preto brilhante do piano da casa dos pais dela. Ele pega sua caixa de ferramentas e passa horas assistindo a vídeos na internet para entender como desmontá-lo, remover os painéis da frente, chegar à tábua harmônica e às cordas cansadas e aos martelos e aos abafadores e às cravelhas.

Por dentro, parece abandonado. O metal está sem brilho e manchado, o feltro se desfaz em algumas partes. Ele passa um longo tempo só olhando, entendendo o funcionamento, como fazia quando observava o avô trabalhando com motores, quando não podia contribuir com nada, quando não tinha habilidade ou experiência, apenas um desejo que era incapaz de articular.

Só ele, com um projeto, em sua garagem.

Uma coceira em suas mãos.

Quando ele ouve a chave de Rosie na porta, joga um lençol por cima de tudo, só para garantir, embora ela raramente vá lá, porque tem medo de derrubar a moto. Ele apaga a luz e volta lá para dentro, onde ela o cumprimenta com um beijo, tira os sapatos, solta o cabelo, e os dois jantam e conversam sobre o dia, e um prazer silencioso arde nele só de pensar no piano que a espera, do outro lado da parede.

Os dias passam e é fim de agosto, o dia que ambos temem todo ano se aproxima. O aniversário de Will; o dia em que Josh morreu e a vida deles se dividiu em antes e depois; o que deveria ter sido e o que foi.

Eles não falam a respeito. Will se levanta mais cedo que de costume e sai para correr, Rosie finge estar dormindo quando na verdade passou a noite inteira acordada, ou pelo menos sem conseguir dormir direito, e tem entrado e saído de sonhos desde o alvorecer.

Quando já faz um bom tempo que ele saiu, ela se levanta e prepara o café da manhã. De um jeito vagamente especial, com geleia e croissant e suco feito na hora, os biscoitos preferidos de Will em um prato. Ela liga para os pais, como sempre faz naquela manhã, e é o pai quem atende. Dia difícil, ela diz, e o pai concorda, e os dois falam um pouco sobre Josh, seus hábitos, as coisas de que sentem falta ou de que ainda se lembram. O cheiro das meias dele depois de um jogo de basquete. O modo como estralava os dedos ou escondia os legumes debaixo da faca quando era pequeno, como se ninguém fosse notar que não os havia comido.

Os dois riem, da única maneira de que são capazes naquele dia, e no Natal e na Páscoa e em qualquer outra ocasião de que ele não pode mais participar: baixo, e com tanto amor e com tanta mágoa no coração que parece que vão perder o ar.

Logo depois que ela desliga, Will chega em casa com o rosto vermelho do esforço e do sol já quente. Ele entra na cozinha, vê o café da manhã na mesa e pergunta o que ela fez, e ela diz que nada, que é só o café da manhã de aniversário dele. Will balança a cabeça, diz não.

Não?, Rosie repete.

Não comemoro meu aniversário, ele diz.

Will.

Não, Roe. Nunca comemorei, depois de tudo, e você, entre todas as pessoas, não precisa tentar fazer nada especial só porque está aqui. Sério. Vamos esquecer.

Will, ela repete, mas ele vai embora, sobe a escada para tomar um banho.

Rosie se senta à mesa por três segundos e então afasta a cadeira para ir atrás dele. Will já está debaixo do chuveiro quando ela entra no banheiro, livre de vapor, porque ele ainda toma banho gelado.

Josh odiaria saber que você não comemora seu aniversário.

Will está pondo xampu na mão, então o passa no cabelo. Fica bem comprido quando molhado e de um tom escuro de loiro, como a areia de Montenegro, pontilhada de pinhas.

Você deve ter razão, ele diz, enquanto a água escorre por todo o seu corpo. Por suas costas, entre suas coxas fortes de corredor. Rosie fica olhando para ele da porta.

Então vamos fazer alguma coisa, ela diz.

Não posso, Will diz. Estou lavando o cabelo.

Não seja chato, ela diz, e fica observando enquanto ele enxagua o cabelo, passa mais xampu, enxagua de novo. Então ele fecha a torneira e tira a água dos olhos.

Passa a toalha, por favor?, ele pede, e ela obedece, depois o vê enrolá-la na cintura e sair da banheira. Por um momento ela se sente excitada, muito embora seja o dia que é, muito embora seu coração doa tanto quanto uma costela quebrada. Porque está ali, naquele banheiro, com Will White, e porque ele é a coisa mais linda que ela já viu. Ela pensa mesmo isso e quase solta uma risada em voz alta.

Will se senta na beirada da banheira e diz que ela não tem como fazê-lo mudar de ideia. Que ele já pensou bastante a respeito e que é melhor assim. A menos que ela precise de algum tipo de reconhecimento. Não do aniversário dele, ela entende, mas do irmão.

A janela do banheiro está entreaberta, e ela ouve o barulho de um pássaro no jardim. Uma gralha-do-campo, pensa. Tão desagradável, tão indigna de amor.

Penso nele diariamente, ela diz. Nada muda no dia de hoje.

Tá bom, ele diz.

Vai ser um dia normal, então, Rosie diz, e Will parece tão aliviado, tão grato, que faz o coração dela doer ainda mais. Ela abre passagem e deixa que ele vá para o quarto, e pensa em como as velhas músicas estão certas, em como o amor muitas vezes é só dor, o verso do mesmo sentimento.

Depois de cinco meses juntos, eles estão indo à praia quando Rosie pega Will pelo braço e o puxa para a entrada de uma loja; uma loja repleta de placas e porta-retratos com conchas.

Que foi?, ele pergunta, enquanto ela olha mais além, com as unhas cravadas na curva do braço dele.

Ela faz xiu e se mantém imóvel. Uma senhora sai da loja, e os dois têm que dar um passinho para o lado. Fiz a festa, ela diz a eles, mostrando uma sacola de papel antes de ir embora. Ela usa uma bengala, e Will a vê se afastar até que Rosie recua mais um pouco, corada.

Quem você viu?, ele pergunta.

Meu pai, ela diz. O que significa que minha mãe deve estar por perto.

Tá, ele diz.

Nossa, Rosie diz, e pressiona as palmas contra os olhos. Desculpa. Foi automático.

Tudo bem, ele diz.

Não, não está tudo bem. Sou uma covarde. E não estamos fazendo nada de errado. Eles sabem que não estou mais com Simon.

Mas não sabem a meu respeito.

Não.

Alguém sabe?

Ela levanta o queixo, como se olhasse para o céu. Alguém se aproxima deles, pergunta se pode passar, e Will aponta para a calçada. Rosie sai da frente da porta e os dois voltam pelo caminho que chegaram; pegando a direção oposta do pai, ele imagina.

Vou contar a eles, ela diz. Prometo.

Não me importo se os dois sabem ou não sabem, ele diz. A menos que mude alguma coisa pra você.

Como assim?

Se eles não gostassem, você iria embora?

Ela congela no meio do passo, parecendo assustada.

Claro que não, diz. Isso não... não. Claro que não.

Ele deixa que ela reflita, porque sua repetição demonstra que ainda não pensou a respeito seriamente. Ele volta a andar, e ela o segue. É um dia claro e fresco, perfeito para secar roupa no varal. Dia de estender o lençol, a avó costumava dizer. Com sol forte e brisa constante.

Ninguém sabe sobre você também, ele diz, enquanto os dois se afastam do centro e voltam para as ruazinhas que os levam para casa. Mas nunca contei a ninguém sobre ninguém. Não acho que seja da conta de ninguém.

Não, Rosie diz, como se tentasse concordar.

Mas você não guardou segredo sobre Simon, ele diz.

Não, não guardei.

E como foi pra você?

Rosie não diz nada, e Will cutuca a lateral do corpo dela, para trazê-la de volta.

Rosie, ele diz. Está tudo bem. Estou dizendo que está tudo bem.

Preciso contar pras pessoas, ela diz. Quero contar. Mas também... não quero estragar as coisas.

Eu entendo, ele diz.

E não porque eu me importe com o que vão dizer, ela garante. Meus pais, ou meus amigos, ou quem quer que seja. É que não faz muito tempo desde que Simon e eu nos separamos. E ninguém vai entender que faz muito mais tempo pra gente.

Uma pipa vermelha voa baixo acima da cabeça deles. Vai para trás dos telhados e desaparece.

Todo mundo vai pensar que é passageiro, Rosie prossegue, e não é. E ser feliz me faz bem, e eu quero curtir isso por um pouco mais de tempo. Tenho medo de que isso mude. Quanto menos pessoas puderem interferir ou perturbar isso... isso que a gente tem, melhor, eu acho. Entende?

Will entende. Ele acha que precisa dizer para ela não ter medo, que não há motivo para medo, mas sabe bem como ela se sente.

Entende o que estou dizendo?, Rosie insiste, interpretando errado o silêncio dele. Outro pássaro. Um melro deixa o alto de um muro de pedra e sobrevoa o gramado.

Você está dizendo que não sou só um cara com quem você está pra esquecer Simon, Will fala.

Com certeza não.

Então tá. Mas talvez a gente precise conversar.

Por quê?

Achei que fosse só um lance casual.

Ela dá risada, aquela sua risada efervescente, e enlaça o braço dele. Apoia-se em seu ombro.

Não contei nem a Marley, Rosie diz, enquanto fazem uma curva. Ela está superocupada com o bebê novo e tudo o mais.

Você vai contar, Will diz. Quando for a hora certa.

Ele sabe que é disso que ela precisa; abertura e espaço, nada de prazos ou regras impostos. Parecem estar vivendo um longo verão desde que encontraram o caminho de volta um para o outro, então de modo algum é o momento certo, depois de todos os anos de espera.

Fora que ele também tem mantido Rosie em segredo, o que é fácil, considerando que não está falando com Amber e que ia viajar pelo mundo. Devia estar no Vietnã àquela altura. No entanto, ali está ele, de volta a Norfolk, com a mesma garota, sem pressa nenhuma, deixando a vida acontecer. Ele usa a mesma estratégia tranquila em relação ao divórcio dela. Não perguntou quando ou como; só garantiu que ela vai saber quando for hora.

É estranho sentir-se tão estimulado, tão consumido pelo desejo por uma mulher com quem ele realmente se importa. Ele quer protegê-la e guardá-la, mas também deixar que ela encontre seu próprio caminho em relação a certas coisas.

Os dois estão virando na rua da avó quando ele vê que ela sorri sozinha, ainda com o braço no seu. Ele pergunta o que foi, e ela balança a cabeça, de leve, não. Ele insiste, e ela dá de ombros, com um sorriso tímido ainda no rosto.

Eu gostaria de ter feito tudo na Terra com você, ela diz.

A rua está silenciosa. Nada de carros ou portas se fechando. São só os dois, e a voz dela, no vento perfeito para secar lençóis.

Não fui eu que inventei isso. É uma citação. Mas é linda, não é?

Ele assente, de leve, porque não está acostumado com aquele tipo de conversa.

E é o que eu sinto, Rosie diz, ainda com aquele seu sorriso no rosto. Eu só estava pensando que é o que eu sinto.

Will chegou em casa cedo e está esperando na janela da sala de estar, então ela aparece, vindo pela calçada, com a bolsa da escola na mão, o cabelo preso dentro do cachecol, de modo que fica parecendo que é curto, em vez de uma juba comprida e arredia.

Ele respira fundo.

Seus pés formigam. Ele dá risada, de leve, porque se pergunta se essa é a sensação de pedir alguém em casamento.

A aliança que a avó lhe deu vem à sua mente, então a chave de Rosie entra na fechadura e ele sente o coração ricochetear contra as costelas, e ela logo está à porta, deixando a bolsa de lado, tirando o cachecol e se virando para ele, e então para.

Ela fica imóvel por apenas um momento.

O que é isso?, ela pergunta.

É seu, ele diz.

Ela diz o nome dele, de maneira mais aguda do que costuma falar, com uma nota de choque e uma nota de alegria.

É um som maravilhoso. Ele consegue visualizá-la pequena no Natal, ou entrando em uma loja de instrumentos musicais pela primeira vez.

Vem, olha, ele diz, e toca a parte de cima do piano em um convite, e ela se aproxima, ainda com o cachecol na mão. Ele o pega dela, liberando suas mãos. Ela olha e olha e não diz nada, e a empolgação dele começa a vacilar.

Ela estica a mão e a passa pelo desenho do painel. Algo vitoriano, vinhas e folhas rodopiantes, que ele reparou e depois pintou. Ele também reformou a banqueta, comprou um tecido novo que achou que ela fosse gostar, preencheu os arranhões, desamassou e lixou até que voltasse a ficar liso.

Ele sabe que deveria ficar orgulhoso de seu trabalho.

No entanto, Rosie não diz nada.

Sei que é antigo, Will diz. Mas li que o começo do século xx foi uma época boa da produção de pianos, e que depois eles foram ficando meio medíocres. O cara disse que esse é da década de 20, então imaginei que fosse bom. Não que eu saiba alguma coisa sobre pianos, claro. Talvez devesse ter perguntado a você antes.

Ainda nada. Ela passa as mãos pela tampa.

Não estava em boas condições, Will admite, mas restaurei o melhor que pude, e a estrutura é boa, sabe? Precisei trocar as cordas, e troquei o feltro e as teclas, então a tábua harmônica deve estar podendo fazer seu trabalho como deveria. Parece que o baixo desses pianos de antes da Depressão é melhor, porque eles são um pouco maiores. Esse deve ter mais ou menos um metro e quarenta. Então...

Ele engole em seco. Ela ainda está de casaco, parou de tocar a madeira; encontra-se de pé, com as mãos ao lado do corpo.

Não gostou?, ele pergunta, e ela se vira para ele com os olhos cheios de lágrimas e luz e diz seu nome outra vez, e ele a observa, quer vê-la, lembrar-se dela, bem assim.

As bochechas dela coram.

Eu... Nem sei o que dizer.

Então só toca, ele diz, e a ideia parece deixá-la perplexa por cinco segundos, então ela desabotoa o casaco, senta na banqueta e abre o piano.

Ele a vê absorvendo as teclas por um momento. Vê quando ela posiciona as mãos, como se estivesse se certificando antes de que elas podem ficar ali.

Uma pausa.

E então ela toca.

Como você sabia?, ela pergunta depois. Eles jantaram, tomaram banho e estão deitados na cama, envoltos pelo edredom.

Sabia o quê?, Will pergunta, em seu cabelo. Seu corpo está colado no dele, suas costas curvadas contra a barriga dele, os joelhos dele aninhados em suas panturrilhas.

Do que eu precisava, ela diz.

Will não tem certeza de que se trata de uma pergunta de fato. Acha que pode ser seu jeito de expressar o quanto aquilo significa para ela. Não só o piano, mas o tempo afastados, os meses em que não se falaram, deram espaço um ao outro, tentaram se curar por contra própria, à sua maneira infrutífera. O fato de que ele nunca a esqueceu. Sem saber que os dois se reencontrariam; sem se atrever a esperar que aquilo acontecesse. A vida continuara e agora ali estava ela, e aqui está ele, para ela.

Ele tem razão; ela não precisa de resposta, porque pega no sono antes que ele possa responder. Ficar deitado ali com ela o lembra da última noite na barraca, a noite em que ela chorou, disse a ele que a vida podia ser boa outra vez e que não entendia como era possível.

Metade de um ano disso.

Horas conversando, e comendo, e tocando piano, comprando e dormindo e não dormindo. Os dois passaram para o quarto da avó; redecoraram, trocaram a roupa de cama e a cortina.

Ele faz café para ela, antes do trabalho, com leite e meia colher de açúcar, o dele preto e amargo. Os dois tomam na cama, com a persiana aberta, o sol batendo na parede oposta. A gente devia colocar uns quadros, ela sugere. Prefiro o sol batendo, ele diz, e ela sorri, não fala nada. Leva a caneca de café aos lábios.

Ele a beija, com vontade, à porta da frente, todo dia, antes que ela percorra o curto trajeto até a escola. Ela fica sem ar, ele fica duro, e os dois fazem sexo quase toda noite, assim que ela chega em casa. Na cama, no sofá, e de novo na escada, e uma vez ele fica com uma queimadura séria do carpete. Estou velho demais pra isso, ele diz, enquanto se inspeciona no espelho do banheiro aquela noite. Estamos só compensando o tempo perdido, ela diz, e ele sorri para ela, fica maravilhado com como ela ainda o surpreende com as coisas que diz.

É perfeito demais, claro.

Certo demais, para uma vida de erros.

Ela recebe uma ligação um dia, seis meses depois de se mudar. Ele está na cozinha, fazendo ovos mexidos, pensando se não deveria começar a assar seu próprio pão, encher a casa com o cheiro de farinha integral e conforto. Então ele a ouve na escada e sabe na mesma hora, pelo barulho dos pés dela.

Simon, é tudo o que ela diz ao entrar na cozinha.

Ele desliga o fogo e deixa a colher de lado. Vira-se para olhar para ela.

O que tem Simon?

Ele está doente, ela diz. Muito doente.

Um rugido em seus ouvidos. Ele é uma pessoa horrível; quer dizer a ela que não se importa com aquele homem, aquele ser humano que amou a mulher que ele sempre amou — que nada importa, agora, além daquilo, além deles, da cozinha e dos ovos e das manhãs tomando café. No que lhe diz respeito, Simon pode morrer, e isso é cruel, mas no momento é verdade, e ele quer dizer isso a ela, quer fazer com que sinta o mesmo.

Ele pergunta o que ela precisa fazer.

Preciso... ir lá, ela diz, e sua voz não é de quem pede desculpas, é firme. Ainda sou a esposa dele.

No papel, Will diz, e ela assente e repete aquilo. No papel.

Você tem que ir agora?, ele pergunta, e sabe que não significa nada, à luz de tudo, mas aponta para os ovos, para os pratos que colocou na mesa.

É melhor, ela diz, sem nem olhar para ele, sem encará-lo, e de repente ele fica tão furioso que nem consegue falar. Ela deixa a cozinha e ele se agarra à bancada e aguarda.

Prismas, estilhaçados, no metal da pia.

A ardência em seus olhos.

Então ela volta, com a mala a seus pés. Ele se recosta na bancada e a observa. Pega sua caneca de café. Ela se aproxima e o abraça, e ele prende a respiração. Não quer inspirar. Não quer sentir o cheiro de seu cabelo ou de sua pele ou de sua sonolência matinal, um cheiro em que ele passou a confiar.

Desculpa, ela diz, no ombro dele, e então vai embora, e ele aguarda até ouvir a porta da frente se fechar para atirar a caneca de café no chão e vê-la se quebrar em uma centena de cacos, que se espalham pelo piso.

Dezesseis

Rosie vai até ele, seu marido. O homem com quem não fala há sete meses.

O homem com quem ela passou noite após noite em um colchão de solteiro na faculdade e na cama queen depois de casados, o homem que a tranquilizou até que dormisse em seus braços grossos, que a entediou com bondade infinita e seu comprometimento e sua certeza inabalável quanto a como a vida de ambos devia se desdobrar.

Passavam horas juntos na academia; tonificando, fortalecendo. Ele corria à frente dela na margem do rio, incentivando-a a continuar, dizendo que estava se saindo muito bem.

Com ele, ela estava sempre se saindo muito bem.

Agora, ela se sente enojada consigo mesma, com a euforia que encontrou longe dele. Com Will. Com o abandono da estrutura que eles construíram desde o primeiro café que Simon lhe pagou, quando ela ainda estava de luto, quando vivia acordada. Ele pegou sua mão e seu casaco. Animou-a. Portanto, ela vai até ele, e tranca tudo o que sente em relação a outras coisas, e a outras pessoas, e volta a vestir a pele apertada que conhece tão bem antes de bater à porta da frente da casa deles.

Simon conta sobre o linfoma de Hodgkin na sala de estar, com um bule na mesa, repleto de um chá de ervas cor de urina. Ela quer leite e açúcar e chá preto. Bolachas recheadas. Não consegue parar de pensar em biscoitos, e fica pouco à vontade com como tudo parece surreal. O sofá dela. O sofá deles.

Esse homem que ela devia conhecer, sentado nele, com seus olhos vermelhos e opacos.

Eles tomam o chá e ele fala de coisas como linfonodos inchados e fadiga extrema e como ele achou que era estresse, a princípio, por causa... bom, deles, porém, quando os suores noturnos começaram, ele fez exames de sangue, de imagem e pronto, veio o diagnóstico, e tudo em que Rosie consegue pensar depois das bolachas recheadas é no artista que ela estudou na escola, Howard Hodgkin, que pintou casamentos em Mumbai e *crumble* de framboesa e manhãs vermelhas, e ela deveria estar fazendo perguntas inteligentes e atentas a Simon, mas tudo o que vê são pinceladas coloridas, obras de arte que não compreendia. Seu cérebro girando. O toque de peitoris de janelas, a inclinação de cadeiras em ambientes internos.

Simon passa a tarde toda calmo. É prático e gentil como sempre. Depois que escurece, no entanto, ele diz a ela que está com medo e chora, e ela o abraça e se lembra de quando Josh lhe contou que era gay; da perda similar das palavras, de um instinto de estar presente de tal maneira que nada nem ninguém a levaria para outro lugar.

Ela pensa na avó de Will.

Em como ela venceu o câncer e acabou morrendo mesmo assim.

Você é jovem, saudável e vai ficar bem, Rosie diz, para si mesma tanto quanto para ele. Os números do smartwatch dele piscam para ela. Já se passaram horas; ela sente que se passaram horas. Ele se vira para olhar para ela.

Quando descobri, Rosie, a primeira coisa que pensei foi: por que foi que fizemos isso?

Ela quer baixar a cabeça, mas se força a encará-lo.

Vou trabalhar menos, Rosie. Podemos vender tudo, mudar para outro país. Para Bali, até. O que você quiser. Podemos ter filhos, ou não. Vou ter mais tempo pra você. Vamos voltar a ser nós dois. Prometo.

Sempre fomos nós dois, Rosie pensa, no escuro.

Simon, ela diz, e tenta se soltar, se livrar do peso dele.

Eu te amo, Rosie, ele diz, e pela primeira vez nos muitos anos em que se conhecem ele fala com intensidade. Eu *nunca* deveria ter deixado a vida atrapalhar. Vou sobreviver a isso e consertar tudo.

Simon, ela repete.

Sim?

Ficamos bastante tempo separados, ela diz. Terminamos tudo. E... Bom.

Você não está de aliança, ele nota.

O coração dela congela; um gelo desce por sua espinha. Vergonha, queimando gelado.

Nós dois achamos que estava terminado, Simon diz. Nós dois... fizemos coisas que pessoas casadas não deveriam fazer.

Ele entrelaça os dedos dela. Estão suados, como a parte de trás dos joelhos dela.

Não vamos tocar nesse assunto, ele diz. Eu te amo. Essa é praticamente a pior coisa que eu podia imaginar acontecendo, e tudo em que consegui pensar foi: por que Rosemary não está aqui?

Mas...

Eu entendo se você não se sentir da mesma maneira. Entendo se você não quiser continuar casada comigo. Considerando isso e tudo o que vem junto.

Simon. Não é isso.

Então me dá uma chance, Rosie. Dá mais uma chance pra gente.

Ele continua olhando para ela, com o rosto tão suplicante, e tão bom, e ela o amou por tantos anos, e prometeu, e ele talvez esteja morrendo, e não é uma questão de certo ou errado ali, para ela. Ela sabe o que quer fazer. Com quem quer ficar, desesperadamente.

Na saúde e na doença, ela diz.

Até que a morte nos separe, Simon diz, e ela diz ah, não, por favor.

Os dias que se seguem são pesados e lentos. Ela os tolera, anotando as datas da quimioterapia na agenda, debruçando-se sobre o laptop para procurar resultados e estatísticas, e então, inevitavelmente, liga para ele.

Não consegue não ligar.

O medo e o arrependimento e a compreensão de tudo a sufocam, e ela precisa de seu melhor amigo, por mais egoísta e terrível que aquilo a torne, fazendo sua pele se arrepiar só de pensar.

Ele não atende, então ela liga de novo.

Acaba deixando uma mensagem de voz.

Will, ela diz. Sei que sou a última pessoa de quem você quer ouvir agora. Então pode desligar se precisar. Mas preciso falar com alguém. Com você. É câncer. Ele está com câncer. Linfoma. E na verdade não consigo acreditar. Não consigo *acreditar*. Meu irmão morreu, depois sua avó, e agora isso? Quanto azar alguém pode ter na vida?

Ela solta uma risadinha estranha e idiota. Está tremendo, tremendo de verdade. Suas mãos nem parecem suas.

Ele é meu marido, Will, ela diz. Sei que nos separamos, e sei que... que nós... mas não posso, não posso mais. Ele pode estar morrendo. Tenho que ficar ao lado dele. Tenho que cumprir o papel de esposa, sabe?

Ela para de falar por um momento, como se ele estivesse ouvindo, para lhe dar a chance de absorver tudo.

Tenho que fazer isso, ela diz. Tenho mesmo. Mas não quero você fora da minha vida, Will, nunca quis. É você quem decide. Tá? Tá.

Ela desliga.

Marley aparece assim que ela a chama, com a filha maior no carrinho, o bebê no sling e o mais importante: um cardápio de delivery na mão.

Pede o que quiser, ela diz a Simon.

Não estou com vontade de comer, ele diz, e ela diz mais motivo ainda pra pedir o que quiser, Si.

Então ela faz perguntas e ouve e tranquiliza os dois, enquanto balança o bebê no joelho, dizendo exatamente o que a médica dele disse, repetindo os números e as recomendações e os prazos esperados. Skye brinca no carpete com o que parecem ser duas meias emboladas, e as luzes da rua entram pelas janelas enquanto eles comem macarrão e arroz e frango mergulhado em leite de coco.

Se for pra ter câncer, Marley diz, essa é a melhor opção.

É o que dizem, Simon concorda.

Ele fica girando os pauzinhos, mal toca a comida. Rosie, por outro lado, devora uma tigela depois da outra. Algo cavernoso se abriu dentro dela desde a separação que não chegou a divórcio. Ela quer sal e conforto e coisas quentes e macias dentro de si. Ouve as palavras de Marley como se também pudessem nutri-la, como se conhecimento e fatos de alguma maneira pudessem protegê-los contra aquilo, como se pudessem adquirir imunidade com os três, ali, naquela sala de estar, apenas repassando e repetindo números e partes do corpo e estágios e células. Rosie é boa em exames. É boa em saber tudo o que há para saber e em fazer o esforço necessário para ter o melhor resultado possível. Ela acredita, por um momento curto e tranquilo, que basta eles jantarem e vai ficar tudo bem. E bem é o que ela busca. Tudo o que ela deveria ter almejado na vida.

E aí?, Marley pergunta a ela, enquanto veste o casaco à porta e Rosie prende o cinto do carrinho de Skye.

Quase lá, Rosie diz, enquanto Skye dá chutes no ar. Pronto!

Ela consegue prendê-la, e Skye faz bico.

Não, Marley diz, fechando os botões rajados de tartaruga um a um, com o bebê ainda dormindo no sling. Quero saber como *você* está considerando tudo.

Rosie olha para a amiga de onde se encontra, agachada no chão, com Skye puxando seu cabelo.

Não sei, na verdade, ela diz. Acho que estou... bem focada.

Como se precisasse fazer com que ele passe pela primeira sessão de químio pra decidir o que fazer depois.

Ótimo, Marley diz. É uma boa maneira de pensar.

Ótimo, Rosie repete.

Mas na verdade eu não estava falando do câncer, ela diz. Vocês dois estavam separados. E agora não estão mais. E eu entendo. O câncer muda tudo.

Muda mesmo, Rosie diz, tentando soltar os cabelos do punho cerrado de Skye.

Só quero que saiba que estou aqui se precisar de mim. Não como médica ou como segunda opinião, embora é claro que pode contar comigo pra isso também. Mas, antes de tudo, sou sua amiga, Rosie. Pode contar comigo se as coisas estiverem difíceis, tá? Além do câncer.

Rosie dá uma olhada no apartamento, no que consegue ver da cozinha; Simon está arrumando, colocando os pratos na lava-louça, fazendo barulho, como sempre faz, com seus braços grandes e suas mãos pesadas.

Vamos?, ela diz, e acena com a cabeça para a porta do elevador, e juntas elas conseguem colocar o carrinho de Skye lá dentro, descem os sete degraus até o saguão. Lá fora, o céu noturno está aberto e cravejado de estrelas. A exalação delas forma fumacinha no ar.

Rosie aguarda que a porta de vidro se feche e sente a verdade subindo como se fosse tossir, tomando conta dela, então se vira para a amiga e diz que dormiu com Will White durante a separação. Não apenas uma vez. Várias vezes. Que os dois estavam meio que juntos, ela acha. Passaram meses juntos.

Os olhos de Marley se arregalam e seu queixo cai. Rosie aperta a base das mãos contra os olhos, com força.

O que eu faço, Marl?, ela pergunta.

Tá, tá, volta um pouco, Marley diz. Will White. Da escola. Com quem você meio que manteve contato, depois parou de falar, porque ele não apareceu no seu casamento, porque continuava apaixonado por você. *Esse* Will White?

É. Mas não sei sobre essa história de continuar apaixonado.

Tanto faz, Marley diz, e balança a cabeça, como se quisesse afastar o calor e o sono depois de ter comido comida tailandesa demais. Então vocês ficaram juntos. *Meses* juntos. Quantos meses?

Não sei. Tipo cinco ou seis. Eu meio que estava morando com ele.

Meio que estava morando com ele.

É.

O que é *meio que* morar com alguém?

O que você...

Você deixava uma escova de dente no banheiro dele ou raramente voltava pra casa?, Marley pergunta.

Eu não tinha... não tinha casa, Rosie admite.

Achei que você estivesse morando com uma colega desde que deixou Simon.

Não deixei Simon. Concordamos em nos separar.

Marley faz um gesto indicando que aquilo é insignificante, então procura tranquilizar o bebê, que começou a resmungar.

Mas não, Rosie cede. Isso era... mentira. Fui da minha mãe direto pra casa da avó de Will.

Minha nossa, Marley diz. Depois de todo esse tempo?

Pois é.

É tipo um filme, Rosie!

Um filme em que o marido fica com câncer pra que a heroína pisoteie o coração do herói e vá embora?

O sorriso de Marley desaparece.

Tá, ela diz. Verdade.

O que eu faço, Marl?, Rosie volta a perguntar. Conto a Simon? Eu queria contar, mas ele disse que também ficou com outras pessoas e que não precisamos falar a respeito.

Então acho que está tudo bem.

Mas é o Will, entende? Não um cara qualquer.

Ele com certeza não é um cara qualquer, Marley diz. É *o* cara.

Para com isso, Marl.

Foi você quem falou que Will era o herói da história!

311

Não tem herói, tá? Só tem eu e eles, e a coisa certa a fazer. Estou com Simon. Sou casada. E ele... ele tem que ficar bem.

A voz dela se estilhaça, como vidro, sob o céu noturno.

Tá, Marley diz. Eu entendo. De verdade.

Os braços de Rosie estão expostos, e ela sente frio, mas acha até bom. Quer desconforto, um lembrete de que não custa muito suportar, no fim das contas. Aquela vida de mãos frias e quedas longas e desejar tanto que parece pegar fogo.

Virar cinzas.

Rosie, Marley diz.

Oi?

Você... é isso que você quer?

Rosie não olha para a amiga; olha para cima, para as luzinhas brancas tão distantes. A anos-luz. Olha para trás, para o milênio que já passou. Foi Josh quem explicou isso a ela. A física envolvida.

Tenho que colocar Simon em primeiro lugar, ela diz. Quero colocar.

Mas você ama ele, Rosie?

Amo, ela diz, com vigor e sem titubear.

Então tá, Marley diz. Eu precisava perguntar. Está tudo bem, Rosie. Não chora.

Porque, aparentemente, ela está chorando. Rosie leva as mãos ao rosto e esfrega seus olhos idiotas.

Tá, ela diz, e quer bater os pés no chão de tanta raiva, quer puxar os cabelos como Skye, e gritar, com o rosto inclinado para o alto e os apartamentos em silêncio à sua volta, as pessoas olhando da janela, preocupadas com os barulhos que ela faria.

Tá, ela repete.

Marley segura o ombro dela com sua mão firme de cirurgiã.

Você está bem, ela diz, e é como se a palavra tivesse perdido todo o significado, mas Rosie ainda se agarra a ela, como uma boia salva-vidas, uma verdade que podem concretizar através da fala.

Desta vez, suas músicas não secam.

Fluem dela, como uma bolsa rompendo, assim que Simon pega no sono. E ele dorme bastante; durante o dia e também durante a noite, e o fim de semana todo, antes da primeira químio, o que dá a ela bastante tempo para escrever. Bastante tempo para ficar sentada no peitoril da janela do apartamento e sangrar as letras sob os olhos das luzes da rua, o tráfego lá embaixo.

Will também deve estar acordado, ela sabe.

Ele tinha os mesmos horários que ela.

Um madrugador e uma insone experiente, ambos conduzidos pelo que tinham na cabeça.

Ela faz uma lista do que acha que pode mantê-lo acordado.

Escreve uma mensagem, depois apaga.

Bebe água e toma café e se mantém ligada e em funcionamento, com a ponta da caneta fundida ao caderno, a luz do abajur sobre as páginas preenchidas, as palavras riscadas, as palavras encontradas, os ritmos que a inundam. Oceanos. Transbordando.

Will pensou em levar uma garrafa de vodca para as falésias e beber até se entorpecer. Porém não passou disso: um pensamento. Ele acaba andando de um lado para o outro da casa, lutando contra a vontade de ir a uma loja de bebidas. Não tem álcool na casa; Amber esvaziou os armários assim que a avó morreu. Ele a odeia por isso, e fica inequivocamente grato. Vaga pela sala de estar, como um felino preso.

Não dorme desde que ela foi embora.

Fica pensando se ela tem conseguido dormir.

Depois, quando ele está jogado na poltrona do avô, com os olhos se fechando, quando finalmente se aproxima de algo que parece um desligamento, o celular toca e ele dá um pulo, como se tivessem arrombado a casa, e seu coração martela a caixa torácica.

É um número desconhecido. Um golpe ou telemarketing, ele pensa, enquanto aperta o botão verde e aguarda.

Alô?, diz uma voz feminina. Alô? Estou falando com Will White?

Sim, ele diz.

Ah, legal, ela diz, e o reconhecimento o percorre, porque é a voz de uma garota que ele conheceu na escola. É Marley, ela confirma.

Marley, ele repete.

Amiga da Rosie.

Sei quem você é.

Tá, bom, desculpa por ligar tão tarde. Só queria saber como você estava.

Bem, ele diz.

Sei sobre vocês dois, ela diz. Rosie me contou, hoje à noite, e... vai me odiar por eu ter ligado. Porque não é da minha conta.

Não, Will diz. Não é mesmo.

Você nunca gostou de mim, né?, ela pergunta, e sua voz se altera, uma leve curiosidade se mistura a aversão, como na vez em que ele provou caviar.

Você nunca gostou de mim também, ele diz.

Não mesmo, ela confirma. Mas Rosie gostava. Gosta.

Will não diz nada. Afunda na poltrona do avô, estica as pernas à sua frente.

Não que isso sirva pra alguma coisa, ele diz.

Sei que você a conhece tanto quanto eu, Marley diz. Melhor até, imagino. Por isso já deve saber que ela só está tentando fazer o correto. Ela é tão certinha. Tipo, chega a ser irritante. O que ela quer... não conta. Desde que éramos pequenas. Quando a gente dormia uma na casa da outra, ela não comia nada de gostoso que eu pegava tarde da noite porque já tínhamos escovado os dentes. Ela é esse tipo de pessoa, Will. Guiada por regras. E isso não muda o que ela sente por você. Só o que ela faz.

Will fica olhando para a sala de estar em que cresceu, embora não veja nada de fato. O piso de madeira, o carpete desgastado, o tapete com borlas, destruído pelo cachorro. Tem pó na lareira. Teias de aranha densas e tortas, cobrindo o atiçador e a pinça.

Acho que o que ela faz é o mais importante aqui, ele diz.

Marley fica em silêncio. Ele ouve um bebê chorando ao fundo.

Só não pega pesado demais com ela, Marley acaba dizendo. Ela já pega pesado o bastante consigo mesma, entende?

Obrigado pelo conselho não solicitado, ele diz.

Ele a ouve suspirar. O bebê chora mais alto.

Foi legal falar com você, Will, ela diz. Como sempre.

Will funga, torcendo para que ela ouça seu desdém antes de desligar. Então atira o celular longe, e ele aterrissa, inútil, na poltrona à sua frente. A poltrona da avó, com a manta xadrez pendurada no braço.

Rosie acaricia as costas de Simon enquanto ele vomita na privada de casa, com o ventilador ligado e a janela aberta. Está frio lá fora, porém os dois precisam de ar. Precisam de uma amostra do céu e do vento e de coisas boas.

Tudo o que ela consegue fazer é tranquilizá-lo com suas mãos, através de pequenos gestos como abrir as janelas e dizer que está tudo bem repetidamente. As omoplatas dele parecem ossos de passarinho sob seus dedos. Delicadas, inumanas. Como o esqueleto de gaivota que ela e Josh encontraram na praia uma vez. E depois enterraram, fizeram um funeral.

Simon vomita de novo e depois geme, leva o rosto ao chão.

Vamos colocar você na cama, Rosie diz, e ele diz que não, que quer ficar ali.

Então me deixa pegar uma toalha, ela diz. Pra te deixar mais confortável.

Ele diz não outra vez, e seus olhos já estão se fechando. A primeira sessão de quimioterapia pareceu fácil, quase alegre. Eles tinham levado revistas, mas nem leram, preferindo conversar com outros pacientes, aprender seus nomes, ouvir suas histórias. A atmosfera era estranhamente otimista, e Simon se sentiu bem.

Dois dias depois, ele já não se sentia bem.

Agora, Rosie olha para ele, encolhido sobre o piso do banheiro. Então se levanta sem fazer barulho e o deixa descansar, com o barulho do ventilador e os sons da noite de outubro chegando pela janela. Um cachorro late. Buzinas de carros, folhas farfalham, motores baixos à distância.

Ela faz uma xícara de chá e não toma. Escolhe um livro, para não ler, e está olhando para o nada, à mesa da cozinha, quando ouve outro tipo de motor. Um som mais profundo, um rosnado, as rotações guturais que ainda, mesmo agora, fazem seu estômago se revirar. Ela tem um daqueles momentos em que sabe que algo está prestes a acontecer e observa o tempo, como se fosse algo tangível; ela o vê se infiltrar pela luz do abajur e as sombras lançadas pelos móveis, tudo parado, prendendo seu fôlego inanimado.

O telefone toca e ela atende, diz o nome dele.

Qual é o número?, ele pergunta.

Quê?

O número do apartamento, ele explica. Estou aqui fora e não sei que número apertar.

Você está aqui fora?

É.

Quer entrar?

Ou você pode sair, ele diz.

Ela hesita, embora adiar aquilo seja a última coisa que queira fazer.

Não vou te tocar, prometo. Se isso ajuda.

Eu... vou abrir a porta, Rosie diz, e então faz isso, mas imediatamente se arrepende e pega as chaves, sai do apartamento e desce a escada.

Ele já está na metade do caminho. Com sua jaqueta de couro e carregando o capacete da moto, e parece bem, e sóbrio, e calmo. Suas passadas são longas e firmes, apesar das botas pesadas. As botas que ela conhece e ama, de alguma maneira, mas como alguém pode amar os sapatos de outra pessoa?, ela se pergunta, enquanto o vê subindo.

Quando ela está perto, ele a ouve e para, no andar de baixo.

Prende-a no lugar com os olhos, depois dá de ombros, como sua versão de dezoito anos.

Dentes afiados. Olhar fixo.

Desculpa, ele diz.

Pelo quê?

Por ter demorado tanto.

Eles comem cereal na cozinha, como fizeram antes, quando Josh estava vivo e nevava e os dois mal se conheciam. É inconcebível, para ela, que tenha havido uma época em que isso era verdade. Ela nunca desejou muito um filho, porém às vezes se pergunta, caso tenha um, como é que ainda não o conhece. E é mais ou menos igual com Will.

Eles mantêm as luzes baixas e a voz ainda mais baixa.

Ele está dormindo, Rosie avisa, e Will assente.

Já começou a químio?

Essa semana, ela diz.

Merda.

É.

Posso voltar depois, ele diz. Outro dia.

Ela balança a cabeça, passa o café a ele. As mãos de Will estão frias do trajeto; parecem vermelhas e um pouco inchadas.

Você devia usar luvas, ela diz.

Você devia cantar profissionalmente, ele diz.

Hã?

Não me diga como viver, ele fala, e eu não faço o mesmo com você.

Uau, ela diz. Ficou rabugento.

Sempre fui rabugento.

Não foi, não.

Fui, sim. Só que quando eu era jovem e bonitão parecia interessante, acho. Sedutor.

É mesmo?

Mas sempre foi rabugice, esse tempo todo.

Você é cheio de espinhos, ela diz, lembrando-se do cacto,

e dá risada de seu próprio atrevimento, e da recordação. Will também é pego de surpresa, e sorri, depois ri da risada dela. Ela fica com vontade de chorar.

Sei que é esquisito, ele diz, e se serve de mais cereal, que chove na tigela. Mas estou tentando ser uma pessoa melhor. Mais como você. Ou Josh.

Rosie fica cutucando o cereal com a colher. Quer dizer a ele que se esforça tanto para ser boa porque não é; que não é algo que lhe venha sem esforço, como vinha a seu irmão gêmeo. Que ela quer coisas que não deveria querer, e faz escolhas terríveis, e machuca os outros mesmo tentando não machucar.

Você já é uma boa pessoa, ela diz.

Pensando: a pessoa que me mantém acordada à noite.

Da maneira certa.

Will mastiga com a boca fechada, olhando para ela do outro lado da mesa. Então diz que vai estar ali, durante todo o processo. Para o que ela precisar, ou Simon precisar. Sabe que os dois têm amigos mais próximos, mas seu horário de trabalho é flexível, e ele sabe dirigir, e não tem nada que o prenda, namorada ou família. Então pode ser um amigo. Quer ser um amigo.

O som do tráfego chega pelas janelas trancadas. Rosie deixa a colher de lado e pega a mão dele, enquanto o dia morre em volta e as nuvens castanho-avermelhadas ardem. Quando ele faz menção de se afastar, ela deixa que o faça.

Esse cereal é bem ruim, ele diz, um momento depois.

Eu sei, ela diz. É sem açúcar.

Os dois pegam outra colherada, mastigam e engolem.

É do Simon, ela diz.

Ele assente, e ambos continuam comendo.

Ela não se explica a Simon; simplesmente diz a ele, durante a sessão seguinte de quimioterapia, que é Will quem vai levá-los para casa.

Voltamos a nos falar, Rosie diz ao marido, enquanto ele está com o acesso, o veneno que salva vidas fluindo para suas veias, e ele aceita o fato sem questionar. Depois, cumprimenta Will, cansado, mas com um sorriso no rosto, diz que é bom vê-lo, e fica sentado em silêncio no banco de trás do carro, olhando para a rua enquanto Will os leva de volta ao apartamento.

Ele agradece ao sair do carro, e Will diz que não foi nada.

Há um momento em que Rosie sente que Will quer dizer mais alguma coisa. Ela vê os olhos dele pelo retrovisor, absorvendo aquele novo homem, tão diferente do jovem musculoso que ele conheceu no café, quando ela esperava que pudessem ser amigos, os três, quando ela achava que a vida seria diferente.

Liga se precisar, Will diz, e ela diz que liga. Dessa vez, não o convida para entrar. Pega o elevador com o marido — algo que eles nunca haviam feito, ao longo de todos os anos morando ali, a menos que estivessem voltando do aeroporto e carregados — e depois faz chá sem cafeína para ele, e os dois se atêm a coisas fáceis, como ficar sentados ou cochilar, com a televisão ligada, mas sem som.

Um dia, no entanto, ele passa tão mal que ela fica com medo.

Nem água seu estômago segura, e sua pele fica muito pálida, e ela tem aulas o dia todo, já perdeu bastante trabalho, e ele diz pra ela ir, diz que vai ficar bem. Ela quer ligar para a mãe, porém ele diz não. Um amigo da família então, o padrinho de casamento dele, mas ele também diz não, que não quer que ninguém o veja assim. Que estão todos ocupados, com o trabalho, a própria vida. De novo, que ele vai ficar bem.

Posso ligar pra Will, ela diz, da porta. Simon faz um barulhinho sonolento, ela não sabe se em concordância ou novamente em recusa. Porém, com Will, ele não tem nada a perder. Os dois não se conhecem; não vai haver emoção, pena nos olhos ou um sentimento de obrigação, que ela sabe que é o maior medo de Simon. Então ela liga, enquanto desce a escada. É um dia sem cor, em que tudo parece embotado e infrutífero, o gelo na escada é mordaz.

Sei que é pedir muito, ela diz, assim que ele atende. Mas

você pode vir? Tenho que trabalhar e ele está na cama, é só pro caso de precisar de mais água, ou se algo acontecer, eu só...

Estou indo, Will diz.

E ela diz tá, e ele diz tá, e então desliga, e ela sai para a calçada, sentindo que tem dentes demais na boca.

Will bate à porta, pensando que se Simon estiver acordado é melhor deixar que abra a porta. Cinco segundos. Seis. Quando nada acontece, ele pega a chave embaixo do capacho, como Rosie instruiu, e entra.

Da outra vez, ele não reparou bem no apartamento. É espaçoso e parece caro, maior que a casa da avó. Janelas que vão do chão ao teto deixam entrar mais luz do que ele está acostumado, e o rio Yare cintila como uma fita prateada mais abaixo. A mobília é brilhante e dura. É o apartamento de alguém que mora na cidade, cheio de mesinhas de vidro e puxadores cromados e com uma televisão maior que a mesa da cozinha dele.

Will fica um tempo à porta, ouvindo, porém Simon não parece estar acordado. Ele entra, solta um palavrão, depois se agacha, tira os sapatos e os deixa no capacho. Olha pelos janelões. Confere a coleção de DVDs, não encontra nada que tenha o mais remoto interesse em ver.

Embora não seja essa sua intenção, ele acaba bisbilhotando; dá uma olhada nos armários, na geladeira, no gabinete do banheiro, sob a pia de mármore. Torneiras douradas. Álcool gel branco-perolado. Tudo o lembra de um hotel, o que o deixa triste e, estranhamente, um pouco satisfeito.

No almoço, ele faz sanduíches para os dois, uma tarefa que não espera que seja tão difícil quanto é. Tem um pão com algum tipo de semente no congelador que parece mais velho que a margarina que ele encontra no fundo da geladeira, amarela e molenga, da qual parece que nenhuma faca nunca chegou perto. Tomates secos no fundo de um vidro, um pedaço de queijo que claramente foi ralado e só deve ser usado para cozinhar. Ele fatia o queijo, torra o pão, coloca um pouco do

320

azeite do tomate seco para dourar e deixar mais suculento, com menos cara de papelão.

Dois pratos.

Uma faca de manteiga deixada na pia.

Ele segue pelo corredor até o quarto e bate à porta com o pé. Quando a abre, encontra Simon sentado, com as costas apoiadas nos travesseiros, olhando para a parede. Tem outra televisão ali. Quadros de coisas azuis; respingos abstratos e ondas revoltas, rodeadas por montanhas e molduras finas.

Você está acordado, Will diz.

Ah, Simon diz. Oi.

Rosie disse que eu vinha, né?

De um jeito meio enrolado, acho, Simon diz. Não tenho sido um bom ouvinte ultimamente.

Preparei o almoço, Will diz, e hesita à porta, nem um pouco tentado a entrar no quarto daquele homem. Ele pensa em colocar o prato no chão e empurrá-lo, deixá-lo ali. Porém Simon está doente, não preso, Will lembra a si mesmo, o que o faz cruzar o limiar da porta para lhe entregar o prato.

Um sanduíche, Simon diz, parecendo confuso.

É.

Eu não..., ele começa a dizer, então para. Pega o prato.

Está com fome?, Will pergunta, sentando-se na cadeira perto da cômoda, equilibrando o próprio prato no joelho. Ele vê Simon inspecionar o pão, dar uma mordida e relaxar visivelmente.

Acho que sim, ele diz, mastigando, e Will ergue o próprio sanduíche em uma espécie de brinde, então os dois comem, arreganhando os dentes, em meio ao ar denso e ao cheiro de sono.

Will olha em volta enquanto mastiga, embora não queira. Um fascínio sombrio toma conta dele, como a necessidade de ver um carro batendo ou um animal atacando, apesar de tudo o que há de errado a respeito. O quarto de Simon e Rosie. O espaço privado de ambos, com suas paredes verde-claras e seus porta-retratos, principalmente com fotos do casamento a que ele não compareceu. O roupão dela à porta. A pílula na mesa de cabeceira.

O coração dele bate muito devagar. Ele se dá conta, ao dar sua última mordida, de que não sabe o que Simon sabe, sobre o que quer que seja.

Como está se sentindo?, Will pergunta quando os dois já acabaram de comer.

Como alguém com câncer, Simon responde.

Mal, né?

Eu não recomendo, ele diz, porém sorri, e Will se vê diante do queixo quadrado de tanto tempo antes, do rosto agradável do cara agradável que ele passou anos desprezando.

Mais de uma vez, ele desejou que Simon morresse.

O que o incomoda menos do que deveria.

É legal que você e Rosie tenham voltado a se falar, Simon diz, e Will se prepara. Limpa a boca com as costas da mão, o azeite brilhante parecendo água derramada.

É, ele diz.

Já fazia um tempo, né?

Anos, Will concorda.

Ela sentiu sua falta, Simon diz a ele. Nunca disse, mas dava pra ver. Fico feliz que vocês tenham superado. O que quer que fosse.

Também fico, Will diz, depois de um longuíssimo e terrível momento.

Rosie não é orgulhosa, Simon diz, voltando a afundar nos travesseiros. Mas é uma pessoa de princípios. Tudo a atinge fundo, e ela leva um longo tempo para perdoar. Gosto disso nela. Rosie é sincera. Gosto de sinceridade.

É, Will diz, embora não saiba por que Simon está lhe dizendo isso.

Ela pode ter se mantido distante, Simon diz. Mas voltou. Entrou em contato quando as coisas ficaram difíceis. E eu acho que isso significa mais que a distância.

É, Will diz. Então, quando parece que Simon vai fechar os olhos, Will diz sei de tudo isso. E é por isso que estou aqui.

Que bom que ela tem você, Simon diz, com a voz fraca de quem entra na inconsciência. Ele murmura alguma coisa que parece "irmão", e Will se levanta, recolhe os pratos e para à porta. Quer dizer a ele que não é ele o irmão ali. Que não tem nada de irmão nele. Uma parte cruel e rude dele quer dizer que Rosie nunca foi uma irmã para ele, que Simon entendeu tudo errado, e é constrangedor e patético, e será que ele quer ver as marcas de carpete, as cicatrizes brancas em seus glúteos, de quando os dois fizeram sexo na casa em que moravam juntos, mais de uma vez, onde ela pegava suas camisetas emprestadas, onde cortou o cabelo dele, riu com a avó dele na estufa? Os gansos grasnando pela manhã. O cabelo dela, como maçãs, depois do banho.

Ele não faz isso, no entanto. Deixa que Simon durma.

Vai lavar a louça na pia gigante da casa deles.

Mais tarde, os dois jogam baralho. Quando Simon sai do quarto e diz ah, você continua aqui, e Will diz que prometeu a Rosie que ficaria, mas que ela deve chegar logo mais.

Posso cuidar de mim mesmo, sabe?, Simon diz.

Eu sei, Will diz. Mas não se move, então Simon dá de ombros, e tem um baralho na mesinha de centro, olhando para eles, com o desenho presunçoso em azul-cobalto de um rei. Quer jogar?, Will pergunta, e Simon diz tá.

Will embaralha. Gosta da lógica e da ordem dos jogos de cartas; eles o lembram de matemática, de certa maneira, ou da manutenção de um motor. A variedade de resultados, mas com soluções, modos definitivos de avançar. Ele costumava jogar com o avô. E com a avó, quando ela estava fazendo quimioterapia, e agora já faz tanto tempo, embora ele ainda sinta o cheiro de ferrugem, de azedo, daquela época, o odor de cobre do sangue e corpos e frutas machucadas.

Simon ainda não tem esse cheiro.

Está com olheiras e o cabelo bagunçado pelas muitas horas na cama, porém, de resto, parece ele mesmo, embora Will se dê conta, enquanto distribui as cartas, de que não tem ideia de quem é essa pessoa.

Mexe-mexe?, Will sugere.

Simon diz tá outra vez, e Will se pergunta se ele tem opinião sobre o que quer que seja, e os dois jogam em silêncio por um tempo, sentados em sofás opostos, o passar e pousar das cartas sendo o único barulho que se ouve. O sol se pondo inunda a sala de estar e aquece os punhos deles enquanto jogam.

Qual é a dos quadros?, Will pergunta, quando sente que precisa falar alguma coisa.

Hum?

Simon levanta os olhos, e Will percebe que jogar aquele jogo exige que ele se concentre ao máximo. Ele não estava incomodado com o silêncio desconfortável ou carregado. Estava apenas com dificuldade de focar.

No seu quarto, Will diz. A água toda.

Ah, ele diz. Eu costumava remar. E velejar.

E não faz mais isso?

Não desde Oxford.

Will não diz nada. É uma história familiar. Uma história que ele abomina, que o torna um hipócrita. Ele ainda tem os folhetos de viagem em seu antigo apartamento, as páginas dobradas, as trilhas, cachoeiras e maravilhas antigas que nunca viu circuladas.

Por que não?, ele pergunta, quando não consegue evitar.

Tenho um emprego, Simon diz. E uma hipoteca a pagar, e uma esposa. Quero ensinar Rosie a velejar um dia. Sempre disse que faria isso, porém nunca aconteceu. Não tivemos tempo. É a vida na cidade, sabe?

Will não sabe, porque só morou no litoral e em Yorkshire Dales, e passava o tempo em que não estava trabalhando fazendo trilhas e resgatando e correndo pelas montanhas, ao longo das falésias, na chuva ou sob o sol brilhante.

Como a música de Rosie, ele diz, depois de um longo tempo. Outra carta é colocada na mesa.

A música de Rosie?

É. Ela parou, não foi? Por anos. Não tinha tempo. É a vida na cidade. Tudo isso.

Acho que sim. Mas agora ela voltou a dar aula, acho.

Você acha?

Sua voz sai dura, e sarcástica, e ele deveria voltar atrás, mas não consegue. Ele não sabe o que dizer, ou como retirar o que disse. Simon pode estar doente, mas não é idiota. Ele baixa suas cartas e olha para Will, que aguarda.

Você ainda não gosta de mim, Simon diz.

Quê?

Você não gostou de mim quando nos conhecemos. Isso ficou óbvio. Então você e Rosie perderam contato e eu concluí que não tinha problema. Mas agora você está aqui, e ainda não gosta de mim. Posso perguntar o motivo?

O sol entra pelas janelas altas, como metal derretido.

Estou genuinamente interessado, Simon insiste.

Will solta o ar pela boca.

Tá, ele diz. Tenho uma lista.

Nossa, Simon diz. Depois de um único café que tomamos?

Bom, Rosie e eu conversávamos bastante, lembra?, ele diz.

Simon assente, com a expressão branda, como se fosse justo.

Eu achava que você era... acho que você é *muito* privilegiado, e um pouco chato, Will diz.

Simon o encara, e sua expressão muda. Will se prepara para um confronto, pensando que ele deve estar ofendido, bravo, até, mas então vê que ele está rindo.

Chato, Simon repete.

É, Will diz. Meio enfadonho. Com o dinheiro e os bons modos.

Tenho mesmo dinheiro e bons modos, Simon concorda, ainda sorrindo. E o que mais?

Cara, isso é esquisito, Will diz. Quer mesmo que eu continue te ofendendo?

Simon deixou as cartas de lado e passa a mão pela mandíbula, coberta pela barba por fazer.

Ninguém nunca me diz a verdade, Simon explica. Meus

pais são ricos, e privilegiados, como você disse, e são ótimos, mas também são pessoas que nunca me permitiram acreditar que eu não podia fazer o que quisesse. Eu só precisava pedir. Na escola, os professores passavam a mesma mensagem, e depois Oxford me conseguiu um emprego em que eu ganharia muito dinheiro muito rápido, com uma equipe que faz o que eu mando fazer. Nunca tive que pensar que via de regra não é assim. Nunca. Nunca tive que pensar sobre a vida não ser um mar de rosas, porque até agora foi, e com relativamente pouco esforço da minha parte.

Will o odeia ainda mais agora, apesar de sua demonstração de consciência.

Acho que sou um cara razoável, Will, Simon diz. Eu me importo com as pessoas e com as coisas. Mas só estou começando a perceber quão... cego fui.

Por causa do câncer, Will diz.

Exatamente, ele diz. E porque minha esposa me largou. Bom. Talvez a gente tenha largado um ao outro, não sei bem como. Mas isso também não foi um mar de rosas. E não entendi por quê. Ninguém nunca me preparou para a possibilidade. Ninguém nunca me diz o que realmente pensa.

Desculpa se não estou sendo solidário, Will diz, e Simon sorri outra vez.

O que mais?, ele diz. Quero ouvir.

Will fica em silêncio por um momento, depois volta a falar.

Eu te achava presunçoso, ele diz. E meio condescendente, mas, como você era simpático, era um tipo sutil de condescendência. Não arrogância, exatamente, quase uma ignorância. E eu achava que você olhava para as pessoas e não as enxergava de verdade. Acho que você via uma esposa bonita, inteligente e prática em Rosie.

Ele se segura antes de dizer mais.

É verdade, Simon diz, e seu sorriso desapareceu. Isso é verdade. Só que vejo muito mais do que isso.

Vê?

Claro.

O que você vê, então?

Isso é bem pessoal, cara, Simon diz, e Will dá de ombros, fica olhando para ele. Eu amo Rosie, Simon diz. De verdade. Não preciso explicar por quê.

Mas você permite que Rosie leve uma vida em que não é ela mesma, Will diz.

Como assim?

Ela não *cria* nada, Will diz. Não canta, não toca, não escreve.

Ela nunca demonstrou interesse por essas coisas, Simon diz.

Não importa, Will diz. Você deixou que ela ficasse menor, e mais magra, e até mais quieta do que era. Aposto que a família dela te adora.

Simon se recosta, e sua expressão já não parece simpática.

Eles me adoram, sim, ele diz.

Não sei nem por que estamos falando sobre isso, Will diz.

Perguntei por que você não gostava de mim, Simon diz. E você teve a bondade de responder.

Não foi bondade nenhuma, Will diz.

Na verdade, Will, Simon diz, foi a maior bondade que alguém me dirigiu em semanas. Tenho recebido muito nada de todo mundo. Velhos amigos, colegas, familiares, todos com medo de olhar pra mim, todos sem saber que porcaria me dizer.

Will tem a impressão de que é a primeira vez que Simon diz "porcaria".

E entendo o motivo, eles estão na mesma bolha, Simon explica. Uma bolha em que nunca é preciso encarar as coisas. Uma bolha em que as coisas nunca dão errado.

Tenho uma novidade pra você, Will diz. As coisas sempre dão errado.

Outro momento de silêncio. Um avião corta o crepúsculo, deixando um rastro neon visível pelas janelas.

Obrigado, Simon diz. De verdade.

Will olha para ele, tentando entendê-lo, então se dá conta de que ainda segura suas cartas. Ele as deixa de lado e se recosta no sofá.

Você ficou mais interessante agora que está com câncer, diz.

Tudo tem um lado positivo, Simon diz.

* * *

Rosie está voltando a pé. Nunca aprendeu a dirigir e não queria esperar o ônibus, e quando liga para Will ele diz que está tudo bem, que ela não precisa correr.

Isso é novidade para ela. Rosie sente que está sempre correndo.

Ela caminha pela cidade, passando pela catedral, olhando para cima, por hábito, para ver os falcões-peregrinos, que não estão ali. Ela continua andando. Precisa parar, em determinado momento, e bate o pé três vezes no meio-fio, então se xinga e volta a andar, sob as nuvens outonais.

O que aconteceria se você não batesse ou tocasse?, a terapeuta perguntou a ela uma vez.

Nada, Rosie respondeu. Sei que não faz diferença. O que não me impede de sentir que preciso fazer isso.

Ou...?, a terapeuta insistiu, e Rosie fechou a boca, porque, de novo, não estava sendo ouvida; porque sabia que não mudaria nada. Por isso foi embora, e continuou tocando e batendo e pisando quando uma força interna lhe dizia que ela precisava fazer isso. Acontece menos, na vida adulta, ela notou. No entanto, desde o diagnóstico de Simon, a necessidade surge do nada. Peitoris e maçanetas tocados, sílabas contadas em sua cabeça.

Ela está a minutos de casa quando o telefone toca. É a mãe, que raramente liga, portanto ela presume o pior. A morte do pai, ou outro câncer, dessa vez nos ossos da mãe, ou na mama, ou no sangue.

Mãe, ela diz.

Oi, querida.

O que foi?

Não foi nada. Eu só queria saber como você está. Como Simon está.

Sério?, ela pergunta, e há um momento de confusão, porque sua resposta não era o que a mãe esperava.

Sério, ela garante, depois de um tempo. Como a quimioterapia está indo?

Bem. Tão bem quanto essas coisas podem ir, acho. Ele passou mal hoje de manhã, como disseram que passaria.

E mesmo assim você foi trabalhar?

Aprendi com a melhor, Rosie diz.

Um ônibus passa depressa; o ônibus que ela teria pegado, caso tivesse esperado. Faz tanto barulho, é tanta fumaça e rodas e motor roncando, que ela nem nota o silêncio prolongado do outro lado da linha.

Fui uma mãe tão ruim assim?, a mãe pergunta. Rosie acabou de chegar à porta do prédio e para no lugar enquanto procura a chave.

Não, ela diz, por reflexo. Por que a pergunta?

Sei que sou difícil, a mãe diz. Sei disso, Rosie. Sei que pressionei você, e quis o melhor pra você. Mas sempre achei que você entendia isso.

Eu entendia, Rosie diz. Eu entendo.

Então por que as coisas estão assim?, ela se pergunta, e pela primeira vez Rosie ouve uma sugestão de algo novo na voz da mãe. Tristeza, ou desespero. Pânico, contido, entre suas palavras.

Rosie se vira para a rua e observa o ônibus passando. Os carros se movendo. As calçadas cor de cobre ao sol poente.

Seu primeiro instinto é negar e suavizar e reassegurar, mas ela olha para as mãos, uma delas segurando o telefone, a outra segurando a bolsa, que encontrou escondida em um brechó. Detonada. Com marcas permanentes onde o couro foi desgastado.

Porque fui falar com você sobre Simon, Rosie se pega dizendo. Antes do diagnóstico. E você me mandou embora.

Outro silêncio estendido entre as duas.

Eu te dei um conselho, a mãe diz. Falei o que eu faria.

Foi um conselho ruim, Rosie diz.

Bom, a mãe diz, agitada. Rosie fica em conflito pelo que parecem ser muitos minutos. Sente pedras acumuladas na garganta.

Como está o papai?, Rosie pergunta, depois de um tempo.

Bem, a mãe diz.

Simon vai ficar bem também, Rosie diz, e então, porque sente algo arredio dentro de si agora, algo que pensa dane-se, ela diz que Will passou o dia com ele.

Will White, a mãe diz, devagar.

O próprio.

Não sabia que vocês estavam se falando.

É recente, Rosie diz. Ele tem sido um bom amigo. Pra mim e pra Simon.

Isso é bom, a mãe diz, e parece que sua boca ficou bem pequena, como se as palavras precisassem dar um jeito de passar por entre os dentes. Rosie sabe que ela está morrendo de vontade de dizer que eles devem ter amigos melhores, pessoas que conhecem Simon melhor e que poderiam ficar com ele, porém ela não diz nada, porque aí é que está.

Também arranjei um trabalho novo, Rosie diz. O ar está quente por causa da fumaça de escapamento e da falta de vento e a envolve enquanto ela fala.

É?

Sou professora de música agora, ela diz. Violão clássico e piano. Um pouco de canto. Por isso passei o dia fora.

Ah. Rosie. Isso... isso é ótimo.

É mesmo ótimo, ela diz. Maravilhoso. O salário é péssimo. Tipo, horrível. Mas não me importo. Não. Não me importo nem um pouco.

Por que está fazendo isso, Rosie?, a mãe pergunta, dessa vez sem que um silêncio preceda; há apenas um endurecimento, uma recusa a jogar aquele jogo.

Por que eu não estava fazendo antes?, Rosie pergunta em troca. O céu, tão vermelho acima dela, enquanto a mãe não responde.

Will passa a conhecer Simon como nunca conheceu outra pessoa. Ele descobre que tipo de luz o deixa letárgico a ponto de ser preciso fechar as cortinas. De que cor gosta que as bananas estejam, antes de comê-las. Ele descobre a temperatura exata em que o aquecedor deve ficar em diferentes momentos do dia; Simon sente calor pela manhã e com frequência frio depois do almoço. Ele usa pantufas em casa, como um velho, o que insiste que fazia desde antes do diagnóstico. Odeio coisa no meu pé, ele explica, quando Will o provoca. E quando Will pergunta como assim, ele diz você sabe, poeira ou cabelo ou água derramada no chão, e Will diz cara, você tem problema, e Simon diz que prefere câncer a pés sujos, e os dois riem, juntos, na cozinha.

Ele descobre outras coisas também. Que Simon coloca mel no chá de camomila, mas só depois do meio-dia, como se a doçura fosse um prazer reservado para as tardes. Que ele é filho único, e tem medo de altura, e lê bastante, sobre política e filosofia.

O que você lê, Simon pergunta, enquanto passa os olhos pela estante um dia e Will ferve água na cozinha.

Não leio muito, Will diz.

Ah, vai, Simon diz. Todo mundo lê.

Leio manuais de motos, Will diz. E livros de receitas.

Simon assente.

E guias de viagem, ele acrescenta.

Você gosta de viajar?

Will só sorri para ele. Vira-se de costas para colocar a água fervida em duas canecas, imaginando se é possível gostar de algo que ele nunca fez, adiou, perdeu, talvez para sempre.

Eu não gosto, Simon diz. Sei que devo parecer chato.

Eu não esperava nada menos de você, Will diz, e Simon sorri, diz que é um chato de galocha mesmo, e a expressão pega os dois de surpresa, leva-os aos tempos da escola, e a princípio eles dão risadinhas, depois gargalham tanto que Simon diz ah, isso dói, o que só os faz rir mais ainda.

E é assim que as coisas andam. Semanas de marido doente e um melhor amigo inesperado passando tempo com ele quando necessário; Will leva e busca os dois no hospital, às vezes fica para o jantar ou faz companhia para Simon enquanto ela trabalha.

Ela fica tão grata que sente que seu coração poderia sair flutuando. Seus órgãos como uma oferenda para ele.

Ele não pede nada, só uma manteiga melhor. Ela reabastece a geladeira e o observa, às vezes, quando ele fuma na sacada, perguntando-se como é possível que ele nunca cheire a alcatrão ou tabaco, e sim a pinheiro e terra, um leve toque de gasolina.

Ela se lembra de sua limpidez, de seu gosto de água fresca.

Os montes que eles subiram à sombra das árvores de Montenegro, e os tomates que enfiaram inteiros na boca, a remoção da vida real como se tivesse sido extirpada, por uma semana, um verão.

Você voltou a fumar, ela diz uma vez, à porta.

Não muito, ele diz. Só às vezes.

Simon diz que gosta dele. Que encontraram o oposto de algo em comum; intriga, um respeito rancoroso, e Rosie se vira para ele na cama e diz que não quer saber de rancor nenhum, e Simon dá risada, toca seu rosto, diz que ela é a pessoa mais doce que ele conhece.

Essa é uma palavra usada com frequência para descrevê-la. Ela já está mais do que cansada dela.

Will acaba acompanhando Simon na quimioterapia uma quinta-feira. Rosie tem um concerto na escola de que não conseguiu se livrar, apesar de ter perguntado, aparentemente, se poderia ser dispensada. Simon também insistiu para que ela fosse, e uma vez na vida Will concordou com ele.

Ele conhece o esquema; passou bastante tempo na oncologia com a avó. Eles não jogam baralho, não leem, não ouvem música, porque Simon está exausto. É a quarta sessão, e seu cabelo rareou e suas sobrancelhas se transformaram em linhas pálidas.

Os dois ficam olhando para a sala e para os pacientes, para

as poças de luz no piso. Foi um inverno úmido. Choveu e ventou bastante.

Sabe o que é engraçado?, Simon pergunta.

O quê?

Acho que, considerando tudo, você deve ser meu melhor amigo.

Will sente que uma pontada o atravessa, como se o veneno estivesse entrando em suas veias também.

Sei que não costumamos falar assim, Simon diz. Mas o câncer te deixa sentimental, então me deixa dizer isso.

Tá, Will diz.

É engraçado, não é?, Simon continua. Mal nos conhecemos, e Rosie é amiga sua, na verdade. Você nem gostava de mim. Ainda não gosta. Mas estou sentado aqui pensando que, na verdade, além de Rosie, não tem ninguém com quem eu preferiria estar aqui sentado. E talvez isso seja um pouco triste, não sei.

Will só olha para ele. Não tem ideia do que dizer.

Meus pais vieram no fim de semana, Simon continua. Amo os dois, mas foi horrível passar esse tempo juntos, sabe? Eles fizeram eu me sentir criança outra vez, ou uma espécie de velho incapaz, como se eu fosse uma pluma que eles não podiam derrubar. E meu melhor amigo de verdade, Jon, liga às vezes, mas é tão esquisito, porque ele pergunta como estou, o que é legal, só que não conversamos mais sobre as coisas que quero conversar. Sobre remo, rúgbi, ou mesmo os filhos dele. É como se o câncer fosse contagioso ou coisa do tipo.

Will continua olhando para ele. As bochechas de Simon coraram um pouco enquanto ele falava. Ele penteou o cabelo para ir à quimioterapia, fez um esforço que Will não consegue entender. Passou um pouco de gel, para que ficasse penteado para um lado, como um salva-vidas, o rapaz bonito de outra vida, na água.

Mas você é diferente, Simon continua. Podemos falar sobre qualquer coisa. E sobre nada. E não é desconfortável, seja em casa, aqui ou onde for. Entende?

Will só assente. Baixa o queixo devagar uma única vez.

Acho que o que eu quero dizer, Simon prossegue, é obrigado. Não importa o que aconteça, com tudo isso, espero que a gente possa... você sabe. Manter contato.

Simon observa a sala enquanto fala, como se estivesse apenas pedindo um copo de água, ou que Will fechasse a cortina, para que o sol não pegasse em seus olhos.

Pode ser, Will diz, quando finalmente encontra as palavras.

Que bom, Simon diz. E Will pensa que deveria contar, agora mesmo, sobre ele e Rosie, e não só sobre terem morado juntos e feito sexo no chão, mas tudo, todos os anos, a fogueira e o baile, o fato de que ele estava presente quando Josh caiu, e como isso os manteve separados e juntos esse tempo todo, porque Simon merece saber tudo isso antes de pensar que Will é seu amigo, porém é tarde demais, parece, e ele é um covarde, e acaba encarando as marcas de sapatos no piso e sentindo, pela primeira vez em muito tempo, que não conhece a si mesmo, ou que não sabe com o que se importa, e é irritante e desleal e o deixa com um desejo desesperado de sair correndo. E continuar correndo.

Tomo remédio, ele diz.

Simon tira os olhos dos outros pacientes.

Sério? Pra quê?

Depressão, ou sei lá o quê, Will diz. Eles me mantêm estável, acho.

Sei, Simon diz, e assente.

Você devia voltar a remar depois de tudo isso, Will diz. Se puder.

Você adora que as outras pessoas sigam suas paixões, né?, Simon diz, e Will não gosta da maneira como Simon olha para ele.

Eu gostava mais quando você era sem graça, Will diz.

Simon dá risada, muito de leve. É mais como se fungasse. Os dois param de falar, então, e ficam observando a sala, e Will se sente quente e enjoado.

Will passa na escola de Rosie e a pega no caminho de volta do hospital. Os olhos dela brilham, suas bochechas estão coradas. Ela parece feliz.

Como foi?, Simon pergunta, do banco de trás.

Maravilhoso, Rosie diz, sem ar. Eles cantaram *superbem*. Os solos foram quase perfeitos. Fiquei tão... não sei. Orgulhosa.

Will pensa em como ela parece viva, mas dirige em silêncio enquanto Simon diz que é pra ficar orgulhosa mesmo, Rosie, e Will deixa os dois em casa e recusa o convite para ficar para o jantar, diz que voltam a se ver em breve.

É quando ele está dirigindo para casa que sente necessidade de falar com alguém.

Alguém que o conheça, e que possa se importar.

O número dela é o primeiro em seus contatos, e ele liga quando está com as mãos livres, sentado em meio ao trânsito de Norwich, com a noite se fechando. O vermelho e o verde fortes dos faróis. Motores, mordendo, quase parando.

Oi, a irmã diz ao atender, parecendo incerta.

Oi, Ambs, ele diz.

Oi, ela diz de novo. Ele dirige. Ela aguarda. Ele pigarreia.

Quanto tempo, ele acaba dizendo.

Pois é, ela diz.

Desculpa por isso.

Não, ela diz, como se não quisesse ouvir, ou como se simplesmente não importasse.

Como vai o doutorado?, ele pergunta.

Bem, ela diz. E depois: Então agora voltamos a nos falar?

Parece que sim.

Ele a visualiza assentindo. Recalibrando.

Tenho uma pergunta pra você, ele diz.

Manda, ela diz.

Você acha que todo mundo tem um lance? Tipo, algo que tem que fazer? Não estou falando de uma vocação ou coisa do tipo. Mas você acha que todos precisamos de algo que, sei lá... nos aterre?

Amber fica em silêncio, pelo mais breve momento, então diz claro que sim.

É?, diz Will.

Mas é isso que a gente procura, não é?, a irmã diz. As pessoas nem sempre sabem do que se trata. E é por isso que correm. Ou bebem. Ou apostam. Ou têm casos ou mudam de carreira ou sofrem de ansiedade.

Que animador, Will diz.

Bom, você perguntou, ela diz. E você fez várias dessas coisas, aliás. Mas você sabe qual é seu lance, Will. Sempre soube.

Sei?

Pensa.

Ambs, tudo o que faço ultimamente é pensar.

Então pensa com mais afinco, ela diz.

Will entrou em um trecho de mão dupla. Nuvens pairam como névoa, escondendo as estrelas.

Você tem que se perguntar o que parece um lar pra você, Amber diz, e ele diz tá, mas não se pergunta, só continua dirigindo. Ele a ouve digitando do outro lado. Uma frase, depois silêncio, depois outra. Caneta se movendo sobre papel.

Ele dirige enquanto ela trabalha. A estrada vai ficando para trás, faróis e luzes de freio e acostamentos vazios, até que ele acaba perguntando como é a mãe deles, e ela diz ah, vai saber, e explica que as duas só se falam a cada tantos meses, que ela foi para a Índia ou algo do tipo.

Ela é o tipo de mulher que faz tatuagem de elefante, Amber diz.

Entendi, Will diz, e os dois compartilham uma risadinha abafada. Um silêncio, tenso e pontuado, sorrisos de irmãos que se entendem.

Meios-irmãos.

Como se isso importasse.

Ele se pergunta, ao sair da estrada, por que não está mais bravo com ela, então decide não questionar aquilo.

Passou a vida toda com raiva.

A raiva o devorou.

Mas por que a pergunta?, Amber diz, quando ele passa pela placa na entrada da cidade deles, pelos postes de iluminação nas calçadas.

Sobre a mamãe?

Não. Sobre o que te aterra.

Eu... não sei, ele diz. É só... que não sei mais nada. Não sei o que quero ou o que vou fazer em seguida. E isso nunca me incomodou antes.

Amber não está mais digitando.

Jen já era?, ela adivinha.

Faz tempo.

E Rosie?

Ele se lembra do funeral, de Roe com o violão, da recusa da irmã a encará-lo.

Voltou com o marido, ele diz. Com o marido que está morrendo. Que, por acaso, é alguém de quem eu até gosto agora, embora ainda o despreze, por princípio.

Amber estala a língua.

Complicado, ela diz.

Muito, ele concorda, enquanto para na entrada da avó, vira a chave e desliga o motor.

Você devia ter se casado com aquela garota péssima, Amber diz. Pelo menos com ela você sabia em que pé estava.

De quem você tá falando?

Aquela, não sei o nome. Dolly, ou Vanessa.

São nomes bem diferentes, Ambs.

Aquela que tinha piercing no nariz e usava calcinha fio--dental de renda.

Como *você* sabe que ela usava calcinha fio-dental de renda?

Vovó achou uma vez, no bolso do seu jeans, ela diz. Lembro porque ela me disse que uma mulher de respeito usa sempre calcinhas sensatas.

Verdade, ele diz. E cintos de castidade, não esqueça.

Will, ela diz. Tenho vinte e quatro anos.

E ainda é uma virgem convicta, né?, ele insiste, e ela suspira, dizendo deixa pra lá.

Tudo — e nada — foi dito, porém ele não encerra a ligação. Fica ali, com a irmã que está a quilômetros de distância, e ela lhe faz companhia por um pouco mais de tempo.

Preciso..., ela começa a dizer, quando ele não volta a falar.

É, ele diz. Tá bom.

Quando os dois desligam, ele massageia o nó em seu peito e fica sentado na entrada escura, sozinho.

Dezessete

Nada de câncer.

A médica disse essas palavras, e Rosie a fez repeti-las três vezes. Simon entrelaça os dedos com os dela e os dois ficam ali, no consultório da oncologista, casados e impactados e mal se atrevendo a sentir a euforia do que aquilo significa.

A quimioterapia foi tão bem-sucedida quanto esperávamos, a médica diz, e ela sorri, tranquila, e Rosie pensa em como a desaceleração do mundo com aquelas palavras é estranhamente familiar, igual, de alguma maneira, aos términos e às coisas perdidas e irrecuperáveis com que está mais acostumada.

Como dissemos o tempo todo, a médica prossegue, com seus dentes brancos e seu cabelo na altura do queixo, você é forte e saudável, Simon, e descobrimos cedo. Você ainda vai precisar terminar a quimioterapia, mas...

Mas já foi tudo?, Simon diz, e é a primeira vez que fala desde que se sentaram. O câncer já era?

Já era, a médica confirma, e ela é paciente, explica tudo. É como terminar de tomar o antibiótico, você tem que completar as sessões, e vamos marcar uma consulta a cada oito semanas, pra ver como as coisas estão. Mas é uma ótima notícia, Simon. A notícia que estávamos esperando.

Então... não tenho mais câncer, e a médica diz isso mesmo, e eles choram, os dois, e se abraçam, e a médica continua sentada do outro lado da mesa e Rosie a ama, essa mulher que não conhece; nesse momento ela a ama mais que Marley, mais que a mãe, mais que a avó de Will; ela a ama e está em dívida com ela, e Simon está vivo, de maneira inegável e permanente, em seus braços.

Lá fora, faz um dia bonito e claro.

O frio é inacreditável.

Temos que comemorar, Simon diz, enquanto os dois caminham pela rua, de braços dados, meio atordoados. É como se estivessem de jet lag, como se uma miragem prolongada e compartilhada se desfizesse. Isso pode acontecer, Rosie ouviu. Casais podem ter a mesma alucinação, na cama à noite. Quando o ciclo do sono REM se alinha, de alguma maneira, como as raízes entremeadas de suas vidas.

Sim, Rosie diz. O que vamos fazer?

Jantar, Simon diz. E tomar um vinho.

Combinado, Rosie diz.

Com Will também, Simon diz. E vamos visitar meus pais no fim de semana. De surpresa. E, quando a químio terminar, devíamos viajar, só nós dois. Pra algum lugar quente. Talvez a gente pudesse voltar pras Ilhas Maurício. Uma segunda lua de mel.

Ele está animado, falando em uma velocidade que não lhe é natural, e Rosie fica aliviada por finalmente ouvir a energia de volta em sua voz. Sempre gostou disso nele. De sua alegria e simplicidade; de seu entusiasmo. Coisas de que sentiu falta por tempo demais.

O sol da primavera está alto e o céu, nublado. Pombos sobrevoam a cabeça deles, suas sombras curtas no chão. Ela poderia falar mais, retribuir o deleite de Simon, porém tudo em que consegue pensar é no fato de que ele quis chamar Will, em primeiro lugar, e no que isso significa, e em como tudo ficou muito mais difícil, apesar de ser o que ela queria.

O restaurante tem pé-direito alto, toalhas de linho nas mesas, talheres reluzentes e lustres com cúpula de cobre. Pratos pequenos e deliciosos ocupam o cardápio, e Simon diz que vão querer todos.

Mas você não come carne vermelha, Rosie o lembra, enquanto o garçom se retira.

Você come, ele diz. E imagino que Will também.

Ele vai vir, então?

Com aquele cara, como saber?, Simon comenta, e aponta para a mão dela. Rosie a entrega a ele, que a acaricia com o dedão.

Seria legal se ele conhecesse alguém, Simon diz, e é um comentário vago, um início de conversa que ela depois percebe que é o fim de tudo.

Ou talvez tudo já tivesse terminado há muito tempo.

Por quê?, Rosie pergunta, e Simon parece confuso.

Porque seria bom pra ele, você não acha? Assim ele não ficaria de vela. E poderíamos fazer isso mais vezes. Sair pra jantar. Ser amigos de verdade.

Somos amigos de verdade, ela diz. Ele te levou à quimioterapia quando ninguém mais se apresentou. Levou a gente a consultas, trocou de turno no trabalho e aguentou bastante coisa, na verdade. Mais do que vamos poder retribuir um dia.

Eu sei, Simon diz, franzindo um pouco a testa. Ainda segurando a mão dela. Só estou dizendo que seria legal fazer mais coisas com ele.

E ele precisa de uma companheira pra isso?

Acho que não precisa, Simon diz. Eu só estava... pensando alto.

Rosie está prestes a responder quando o garçom traz a cesta de pão. Pãezinhos quentes, com sementes, temperados; aquele era o restaurante preferido deles quando se casaram, um lugar para ocasiões especiais, e em ocasiões especiais Rosie se permitia comer pão. Ela sentia o cheiro primeiro, então dava uma mordida.

Agora, ela pega um pão e o abre e arranca o miolo macio. Quer comer até sufocar os sentimentos. Sufocar as coisas não ditas com a boca cheia.

Você e Will já...?, Simon pergunta.

Ele a observa comer pão, e ela sabe que ele nota suas mãos frenéticas.

Já o quê?, ela pergunta, e de repente a escuridão do restaurante parece sufocante, e ela queria que as luzes estivessem acesas, para que ela pudesse encará-lo, explodir, perder o controle, para variar.

Vocês já tiveram alguma coisa? Meio que achei que talvez pudesse ser o caso.

Quando você meio que achou isso?, ela pergunta, e sua voz sai tensa, e Simon se recosta na cadeira, porque sua pergunta está respondida.

Não estou te acusando de nada, Rosie, ele diz. Não me importo.

Bom, eu me importo, ela diz.

Uma vela bruxuleia entre os dois, em sua bola de vidro. A luz inunda o rosto cansado e distorcido de ambos.

Ela abre a boca para falar, então Will diz oi, desculpa o atraso, o trânsito estava de matar, e se joga na cadeira entre os dois, diante da mesa redonda com toalha branca.

Simon solta a mão dela.

Imagina, ele diz. Acabamos de pedir.

Will assente, diz que é melhor não terem pedido salada; que não veio de Norwich só para comer rabanete e umas folhinhas de rúcula.

Ele está brincando, Rosie sabe. Cutucando gentilmente o homem que passou a ver como um amigo; algo que a incomoda e agrada ao mesmo tempo.

A comida é boa, Simon diz apenas, e então Will olha para ela. Rosie evita seus olhos e se serve de vinho. Derrama um pouco, por acidente, na toalha.

Tem algum motivo para estarmos jantando neste belo estabelecimento de última hora?, Will pergunta, depois que pede sua bebida ao garçom e nem Rosie nem Simon dizem nada.

Sim, Simon diz, e sorri, porém sem mostrar os dentes, e Rosie percebe que a energia em sua voz se foi outra vez; escorreu dele, como o óleo das azeitonas na mesa.

Will ergue o copo de água para tomar um gole, mas para quando Simon não se explica. Um grupo chega para ocupar a mesa ao lado deles. Cadeiras são arrastadas. Paetê e saltos altos e risadas baixas invadem o silêncio entre eles.

Eu, hã, Simon diz, quando todos já se sentaram.

Você...?

Sou um idiota, acho, ele diz, e Rosie diz Simon, por favor. Will devolve o copo de água à mesa.

O que...?

Responde, Rosie, Simon diz. Porque antes eu só estava curioso, mas agora é mais que isso.

Não é nem um pouco interessante, ela diz. Podemos fazer isso outra hora? Por que não falamos sobre o que nos fez vir até aqui?

Porque, Rosie, Simon diz, perdi bastante coisa no último ano. E estou começando a me perguntar se perdi mais do que imaginava.

Rosie sabe que Will está avaliando os dois, embora seus olhos se mantenham fixos no rosto de Simon. Ela sabe que ele está se perguntando o que interrompeu, e ela quer pensar em uma saída, em uma maneira adequada e gentil e nada explosiva, mas sua mente parece água. Límpida e parada, como a água em seu copo.

Tá, ela diz. Tá.

Tá o quê?, Will pergunta, e nenhum dos dois olha para ele, e ele diz que talvez seja melhor ir embora.

Talvez você queira ficar pra ouvir, Simon diz.

Então os primeiros pratos chegam. Em pratinhos de cerâmica, com toques dourados que refletem a luz da vela, o garçom pergunta se querem mais vinho, e todos balançam a cabeça. A água com gás e limão de Will é colocada ao lado de seu guardanapo de pano, que continua dobrado sobre a mesa.

Eu só estava perguntando à minha esposa, Simon diz, quando os três estão novamente a sós, se ela e você já foram mais que amigos.

E Rosie não consegue evitar e se levanta.

Fomos, ela diz. Está bem? Fomos. Mas agora não somos, porque escolhi você. E você só me escolheu porque precisava de mim, Si, e quer saber? Tudo bem. Porque eu também preciso de você, mas não assim. Não fazendo uma cena em um restaurante, quando Will foi um bom amigo, e veio até aqui por nossa causa, e hoje é o dia pelo qual todos nós estávamos esperando. Então não vamos estragar tudo, está bem?

Você falar "está bem" não faz com que tudo esteja bem, Simon diz.

Olha, cara, Will diz, e Simon ergue a mão para silenciá-lo, e por um momento chocante, rodopiante, eles se dão conta de que funciona.

O que me incomoda, Simon prossegue, não é o fato em si. É que nenhum de vocês me contou, o que significa que há um motivo pra isso.

É só que..., Rosie começa a dizer, então dá de ombros, ainda de pé, com as mãos espalmadas sobre a mesa.

Ela quer voltar no tempo.

Voltar a tudo, e a nada.

Vou te esperar em casa, ela diz. Não quero fazer isso aqui.

E ela faz a coisa mais corajosa que se lembra de ter feito: vai embora, mesmo que esteja errada, mesmo que deva tudo a Simon e mais ainda ao homem ao lado dele, e pega o casaco na chapelaria e desce os muitos lances de escada, sozinha, ouve a despedida do maître e começa a fria caminhada para casa, com as estrelas no céu e sua exalação condensando no ar úmido.

Will olha por cima da taça de vinho vazia para o homem cuja esposa ele teve.

Ou para o homem casado com a mulher que deveria ter sido sua esposa.

Vamos comer, Simon diz, e é a última coisa que Will espera, porém, quando Simon pega um prato, transfere um pouco da comida para o seu e começa a mexer nela com o garfo, ele o imita. A comida é suntuosa e amanteigada, e o restaurante é de uma escuridão opressiva. Ele odeia quando não consegue ver o que está comendo.

Não quero discutir, Simon diz. Estou cansado demais. Fora que nunca fui bom nisso, e sinto que você deve ser.

Quando estou com vontade, Will concede, cutucando uma pastinha em seu prato. Simon pega algo com o garfo e leva à boca. Mastiga e engole.

Rosie é fácil de ler, Simon diz. Sempre foi. É péssima com mentiras e demonstra as emoções nos olhos. Já notou isso?

Como uma corça, Will diz, e Simon concorda.

Eles comem mais coisinhas. Pegam pedacinhos e não dizem nada por um tempo.

O pão é bom, Simon diz. Pegou um pouco?

Will balança a cabeça, e Simon diz que vai chamar o garçom e pedir que tragam mais.

Essa coisa de ser legal está começando a me irritar, Will diz.

Achei que pudesse ser o caso, diz Simon. Ele pega um pouco de molho com o garfo.

Podemos dizer logo o que precisa ser dito?

E o que precisa ser dito?

Não faça isso, Will fala.

O quê?

Responder perguntas com perguntas. Rosie faz isso.

É mesmo?

Não podemos só... botar tudo pra fora?

Não quero botar tudo pra fora, Simon diz. Quero aproveitar o jantar no restaurante em que reservei mesa para comemorar o fato de que não tenho mais câncer. Depois quero ir pra casa encontrar a mulher com quem sou casado há sete anos e dizer que nada disso importa, porque é melhor pra todos nós. Mas percebi, Will, que embora você tenha basicamente mentido pra mim, ao longo de semanas... meu Deus do céu...

Ele esfrega os olhos, precisa de um momento.

Esse tempo todo, Simon retoma. Você mentiu, escondeu a verdade, me insultou, na verdade, sem que eu soubesse. Mas tem uma coisa que você disse que é verdade.

Qual?, Will pergunta, depois de uma pausa tensa.

Que as coisas dão errado, Simon diz.

Eles pararam de comer. Risadas e vozes; o zum-zum-zum da satisfação em volta deles. Will corre o indicador pela beirada da mesa. Para a frente e para trás, e de novo.

Olha, Will diz. As coisas deram errado entre mim e Rosie anos atrás. Várias vezes. É meio... o que fazemos. Damos errado, mas continuamos por perto, porque ela... bom, eu... somos amigos. Bons amigos. Tentei não ser, por um tempo.

Simon não diz nada. Fica olhando para o prato, como se quisesse que voltasse a se encher por pura força de vontade.

Você pode tentar ser amigo dela também, Will diz. Se isso for demais, as mentiras, os segredos, ou o que quer que seja. Mas não acho que daria certo.

Pela primeira vez a noite toda, Simon olha nos olhos dele. O vinho branco cintila na taça.

Você a ama, ele diz.

Will não desvia os olhos.

Diz que tentou não amar.

Os pratos de ambos continuam sobre a mesa, e Simon toma o vinho, se serve mais. Oferece a garrafa a Will, que recusa. A condensação marca o exterior de seu copo de água com gás.

Achei que vocês fossem como irmãos, Simon diz. Sempre me pareceu isso.

Porque você não presta atenção, Will diz.

Não seja babaca, Simon diz, e Will sente um triunfo cruel, porque quer fúria, ela é bem-vinda até, e ele sabe combater fogo com fogo. É tudo tão plácido. Tão desconcertante.

Se alguém é o irmão aqui..., Will diz, e deixa a frase morrer no ar.

O que quer dizer com isso?

Você é igual a ele, Will diz. Mais ou menos.

Igual a quem?

Ah, vamos, Si, Will diz. Esse é o seu problema, está vendo? *Tudo* tem a ver com Josh. O irmão gêmeo que morreu. Que caiu e morreu. Teve o crânio esmagado e sangrou na praia, abaixo de nós, quase meia vida atrás.

Simon não diz nada. Sua expressão se desfaz.

Isso acabou com ela, Will diz. Você não tem ideia.

Ela..., ele começa a dizer, então agarra a haste da taça de vinho. Gira-a nos dedos. Ela... nunca quis falar muito a respeito.

Então, Will diz.

Meu Deus, Simon diz, e passa as mãos pelo rosto magro, marcado pelo câncer. Will o observa enquanto ele faz isso, e sua raiva morre. As coisas desaceleram por um longo momento.

Ela escolheu você, Will diz, muito embora isso o mate, e ele queira virar a mesa, jogar os pratinhos nas janelas com persianas. Simon mantém as mãos no rosto.

Nunca conheci ninguém como Josh, Will prossegue. Mas você chega perto, Si. É simpático. Simples. Bonzinho, e justo, e tem uma energia incansável. Irritante pra caramba.

Você acha que ela se casou comigo porque sou igual a ele?

Não acho que ela tenha percebido, se isso ajuda.

O garçom volta a aparecer, tira os pratos, pergunta como estava tudo. Os dois dizem que bom, embora Will nem lembre mais; não tem ideia do que comeu, e continua com fome, de algo que não sabe identificar.

Como falei, Will prossegue, quando os dois ficam a sós outra vez. Não tem ninguém igual a ele. Mas você preenche um buraco nela, eu acho.

Ele se levanta, porque não há nada mais a dizer, e quando se vira para ir embora Simon diz só me fala quando foi, Will. Anos atrás ou mais recentemente?

Will pergunta por que isso importa, e Simon dá de ombros. Diz que não tem certeza se importa.

As duas coisas, Will confessa.

Ele devia se desculpar. Devia pedir desculpas àquele homem, aquele homem bom, bem-cuidado, que sobreviveu, sentado sozinho à mesa, com seu vinho morno e a noite arruinada. No entanto, nunca vai pedir desculpas por ela. Sem arrependimentos, a mãe costumava dizer, e é o único conselho que ele procura seguir na vida — embora sem dúvida tenha falhado.

Ah, Will diz, quando já está indo embora. Parabéns, viu? Por ter vencido o câncer.

Simon ergue a taça em reconhecimento.

Coisas quebradas, entre eles, que Will — mesmo que quisesse — não pode recuperar.

Assim que sai para a rua, Will começa a correr.

O ar está gelado como costuma ficar antes de nevar; ele não verificou a previsão do tempo antes de sair e agora não importa, porque no momento ele está correndo, e ele acha que se tem uma coisa que sabe é para onde vai.

Ele leva dez minutos para chegar à margem do rio, então acelera, puxando o ar da noite de maneira lenta e pesada, enquanto seu coração bate no ritmo de seus pés. Ele sente algo quente e feliz o inundando, o que parece errado, depois de tudo o que aconteceu, porque é Rosie, e é ele. Uma corrente, rápida, como o rio que corre ao seu lado.

Ele a alcança na ponte. Ela está de pé no parapeito, olhando adiante.

Contei a ele, Will diz.

Ela está de casaco, com as mãos enfiadas debaixo das axilas. O rio flui rápido e constante e preto.

Contou a ele, ela repete, como se estivesse longe.

Sobre nós, ele diz.

O rio impetuoso como a maré.

Também falei que ele preenche um buraco em você, Will diz, porque quer que ela morda a isca, quer que ela discorde, quer que finalmente diga a ele o que nunca disse.

Mas ele não preenche, Rosie diz. E está ali, ela finalmente disse. Ela mantém o rosto virado para o rio, para longe dele, e ele percebe que quer sacudi-la. Pegar seu braço e forçá-la a olhar para ele, acelerar a coisa árdua e demorada entre os dois.

Não preenche?

Não. Achei que preenchesse. Queria que preenchesse. Queria muito que preenchesse.

Ela leva as mãos à testa, prende o cabelo atrás das orelhas. Fica imóvel, ereta; como uma dançarina, ele pensa. Então ele vê a mãe de Rosie nela, por um segundo; a mesma força, a mesma dureza.

Sou metade de uma pessoa, Will, ela diz.

Não é, não.

Sou, sim. No momento em que disseram que ele morreu, eu senti... senti algo se desprender, e agora estou meio vazia, e nada ajuda. Comer não ajuda, passar fome não ajuda, e terapia e casamento e música e a cura do câncer. Nada disso ajuda. Não sei quem sou, ou o que quero, ou o que as coisas significam.

Que dramático, ele diz, e ela diz vai se foder, Will, então finalmente olha para ele, surpresa.

Desculpa, ela diz, na mesma hora.

Não precisa pedir desculpa, Will diz, e está bravo, mas também meio que acha graça. Meu Deus, Roe. Você é a pessoa que sempre foi. Pode acreditar em mim.

Carros passam na via atrás deles. Ruído branco em seus ouvidos.

Não sei o que estou fazendo, ela diz, tão baixo que ele mal a ouve.

Alguma vez você soube?

Sim. Eu achava que sim.

Tirar notas boas não conta, ele diz. Nem se casar com um cara legal e entediante, que não come manteiga de verdade.

Para, Rosie avisa, e ali está outra vez, o triunfo ardendo dentro dele — ele quer que ela grite, e quer gritar em resposta. Quer contato, vozes alteradas. Está cansado do tilintar da colher na cerâmica, de comerem cereal à noite, de mensagens não respondidas e de uma amizade falsa.

Droga, Rosie, ele diz. Por que ficou com ele? Pode me dizer isso? Achei que, depois de tudo, ele devia ter alguma coisa. E achei que eu pudesse aceitar isso, se era o que você queria mesmo. Mas agora você está aqui, depois de todos esses anos, me dizendo que ele não preenche você. Então *por quê*, Roe?

Não sei!, ela diz, e parece tensa. Ele é... *uma boa pessoa*!

Uma boa pessoa, Will repete.

É! Ele é uma boa pessoa, uma pessoa gentil, e devia haver

mais gente como ele, Will, ela diz, e soa febril agora, as palavras saindo rápido e deliberadas. E não é culpa dele, Will. Não é culpa dele que não seja o bastante.

Então não é o bastante, Will conclui, e isso percorre seu corpo, a fúria e a alegria ardente, porém o rosto de Rosie se contrai, e ela pergunta por que não é, Will, o que tem de errado comigo?

Ele não devia responder, mas está com raiva, e com frio.

Muitas coisas, Roe, ele diz. Você é indecisa, pra começar. Deixa que as pessoas façam escolhas por você, em vez de escolher o que quer, e isso não é só triste, Rosie, é covarde pra caralho, e o oposto do que você realmente é. E você tem uma percepção errada do que é bom e, sei lá, *apropriado*. Como se isso importasse. Você não vive sua vida como deveria. Nunca finca pé, com ninguém, muito menos sua mãe, que sinceramente já devia ter sido colocada em seu lugar. Você não canta mais. Se nega tudo. Você se rouba, Roe. A cada segundo de cada hora, você se força a caber em uma espécie de caixa, e dói pra caralho testemunhar isso, mas você faz isso de qualquer maneira, porque sempre fez, e ninguém nunca te disse pra não fazer.

A neve está caindo agora. Esvoaça e aterrissa em seu cabelo. Ela olha para Will enquanto ele fala, suas mãos voltaram para baixo de suas axilas.

Mas apesar de tudo isso, Will diz, não tem nada de errado com você, Roe. Com nem uma partezinha sua.

Os olhos dela nos dele. Azuis e profundos como o oceano.

Eu fiz uma promessa na igreja, ela sussurra, enquanto a neve esvoaça em volta deles. Ele diz que sabe disso. E então ela diz que ele é o marido dela, e que ela o ama, e ele diz que não como deveria amar.

Ele não diz tudo o que quer dizer. Que ela deveria ter mais. Que deveria ter alguém que arde de amor por ela; que provoca alguma coisa nela.

Acho, ele diz, que você precisa refletir um pouco, Roe.

Ela olha para ele com sua cara de corça; isso o fere um pouco, mas ele não consegue não fazer isso; e também não pode continuar fazendo.

Não estou te dizendo pra escolher entre nós, ele fala. Você precisa descobrir *o que* quer da vida, Rosie. Não quem.

Eles ficam ali, na escuridão peneirada. Com as luzes cintilando na água.

E, apesar da raiva e do alívio, ele percebe que ainda quer beijá-la. Sua vontade é tão real e cavernosa que ele a quer dentro de si, de alguma maneira, quer sorvê-la; nadar nas profundezas da vermelhidão escura dela.

Em vez disso, ele diz: Isso que fazemos, Roe. Não vamos fazer mais.

Will...

Não. Tentei ser um cara legal, só seu amigo ou o que quer que seja, mas não consigo. Estou cansado de esperar, e de torcer, e de pensar em você o tempo todo. Não só nos últimos meses. Desde a fogueira.

Os olhos dela se arregalam tanto quanto a boca se abre, e ele recua um pouco, porque quer consumi-la, ou embalá-la, ou ambas as coisas.

Estou falando sério, Rosie. Continue casada, ou não. Componha músicas, ou não. Cante, não cante, abra a porra de um café que serve cereal de madrugada, não me importa. Só descubra o que você quer. E eu vou fazer o mesmo.

Mas...

Para, ele diz, mais alto do que pretende. Só para, ele diz e, com tudo o que tem dentro de si, até sua última fibra, o que lhe resta de ar, ou de sentimento, vira-se e vai embora, afasta-se dela, deles, de tudo, e ele sabe, lá no fundo ele sabe, que é pela última vez, finalmente.

Dezoito

É uma longa noite depois do rio.

Algumas longas noites.

Rosie volta para Simon, embora saiba que não seja capaz de voltar verdadeiramente. Os dois conversam, por dias, e ela conta tudo. Ele acha que ela vai voltar a morar com Will de imediato, porém ela não pode, não depois de tudo o que ele disse; não agora que ela sabe que ele tem razão em relação a tudo. Ela sempre pensou que sabia o que queria, mas parece que estava só seguindo regras e estruturas e ideias impostas pela mãe, por Marley, por filmes antigos; seguindo noções de certo e errado formadas há tanto tempo que ela nem lembra como.

Ela sabe que não pode continuar assim.

Não pode deixar que aquela seja sua vida.

Não pode continuar usando Will como seu objeto de apego, como sempre fez, o menino com dentes afiados e mãos ásperas e um aniversário terrível.

Ela disse a ele, à margem do rio, que Simon não era o bastante, e em vez de pegá-la em seus braços ele disse que já chegava; e aquilo, estranhamente, era a coisa mais libertadora que ele poderia ter lhe dito. Que ela não precisava escolher entre uma coisa e outra.

Não havia certo ou errado.

As coisas estão abertas, e no aguardo, e agora ela sabe o que precisa fazer.

Quando a conversa entre Rosie e Simon termina, ela se muda da casa deles, pela segunda e última vez.

Noites acordados até tarde e lágrimas. Gavetas esvaziadas e camisas encharcadas e coisas enfiadas em malas. Livros, com orelhas e desbotados por conta do sol batendo na estante, enfiados em uma mala de alça que ela carrega, como filhos dos quais não pode se separar.

Vou fazer isso, ela diz à mãe quando sai de casa, indo direto ao ponto.

Vou fazer essa porra.

Ela nunca falou palavrão, em voz alta, na frente da mãe.

Nunca fez muitas coisas.

Dessa vez, ela passa duas noites com os pais, enquanto se organiza. Avisa à escola que vai partir, e eles são simpáticos e a apoiam e ela precisa pedir demissão, porque eles não têm como cobri-la, não podem segurar sua vaga.

Tudo bem, ela diz, e só.

Ela toca a foto de Josh na parede antes de ir embora. Gostaria que ele pudesse acompanhá-la. Gostaria de poder ouvir sua voz, por um segundo que fosse. Daria muito de si mesma só por isso, ainda daria, e é assim que ela sabe que está fazendo a coisa certa.

Will começa a sonhar com o avô. Isso acontecia bastante, logo que ele morreu. Os dois fazem coisas que nunca fizeram na vida real. Como pescar em um barco a remo. Construir coisas juntos, com madeira e martelo e pregos.

Nesses sonhos, eles não falam.

Ele pensa que esqueceu a voz do avô. Gostaria de poder esquecer a voz de Rosie também, mas esse tipo de coisa não depende dele.

Ele sonha, e acorda, e vai a uma reunião, às vezes, quando é um dia difícil, quando quer recorrer à bebida ou a algo pior. Por coisas entremeadas a seu passado, principalmente. No entanto, há uma linha, ele sabe, uma linha fina e maleável, como a linha de pesca que ele amarra nos anzóis durante o sono, e ele não quer que essa linha afrouxe, apesar de todos os anos de tensão.

Não é como na TV.

Nada de "Sou Will, e sou assim". Nada de contar sua história com sinceridade, nada de revelações. Na maior parte do tempo, envolve ouvir bastante, e permitir. Fazer contato visual, às vezes, com pessoas com as quais ele não quer fazer.

Servem biscoitos no intervalo. Suco de laranja aguado, como na escola, o que o faz rir, é o suposto ciclo da vida. Tudo o conduz de volta a leite azedo e bourbon barato e chá e café e suco que ninguém quer, mas que todos bebem, porque é o que as pessoas fazem, não é? É o que as pessoas fazem.

Rosie sempre amou as manhãs, mesmo na época em que não dormia. Talvez principalmente nessa época. A luz tão líquida e gentil, como se dissesse está tudo bem, pode se levantar agora.

Agora, no entanto, as coisas são diferentes, e para sua surpresa ela se vê apegada às noites em Viena. É quase um romance, com o dia dando lugar à escuridão e os paralelepípedos começando a refletir a luz dos postes.

É então que ela passa lápis nos olhos, põe um vestido e desce os degraus de ferro com saltos altos que a fazem parecer uma mulher que sabe o que quer. Naquele bar. Naquele lugar. Compensando o tempo perdido.

Antes de começar, ela sempre fecha os olhos, um ritual que não é obsessivo, ainda que seja necessário. E então ela toca, e as pessoas ouvem ou não ouvem, e ela descobre que não se importa, parou de notar até. Sente que é só ela e o piano de cauda.

Sem gêmeo morto. Sem ex-marido.

Suas mãos, voltando a se encontrar.

Quando não está trabalhando, ela caminha, e pensa. Existe, na cidade da música, como se respirar ali fosse curativo, e harmonioso, como se a luz do dia penetrasse sua pele, a mesma luz que tocou todos os compositores que viveram ali antes dela, atravessaram aquelas ruas, viraram o rosto para o mesmo sol. Séculos de música pairando no ar, como o calor. Ela nunca sonhou em morar no exterior, mas algo na atração dessa cidade pareceu certo quando todo o resto ruiu.

Ela vai a seu restaurante preferido na maior parte das noites, aquele que se agarra à luz do sol na beira da praça, cascos de cavalo e cerveja de trigo e vinho fluindo, por toda parte, enquanto ela lê ou bebe ou escreve ou come. Alguns dias, os quatro juntos.

Em geral, ela dorme depois de seu turno de trabalho no bar e passa o fim da manhã em cafés, com seus livros e partituras. Come strudel todo dia. Tira os sapatos no quarteirão dos museus e pisa na grama e não entra nas exposições. Vai a tantos concertos que até perde a conta.

Ela liga para os pais raras vezes, e para Marley com frequência. Liga até mesmo para Simon, de vez em quando, e os dois conversam com naturalidade, sobre os checkups dele e o andamento do divórcio e a mãe dele, e a mãe dela, e Rosie fica feliz em fazer isso, mas fica mais feliz quando desligam.

Ela escreve em cadernos de verdade, com encadernação em couro.

Não nos pulsos, ou em folhas soltas, ou em guardanapos que perde. Os poemas se desprendem dela como folhas secas, voando para um lado e para o outro, de modo que ela precisa quase persegui-los, pegá-los com a caneta.

É algum tipo de magia que ela uma vez se forçou a esquecer.

Tantas coisas, esquecidas e encontradas.

Tanto para preenchê-la.

Há até um homem. Um homem lindo, que come azeitona, de olhos escuros, alguns anos mais novo que ela, que trabalha como garçom e toca violino e não a beija à luz do dia. Eles tomam cafés e vão a concertos, depois vão para a casa dele ou dela e se embaraçam entre os lençóis, em um estranho e satisfatório emaranhado de sexo e fumaça de cigarro, no cabelo dele, na pele dele, ao longo de seus dentes do fundo irregulares.

Ela diz não quando ele lhe oferece um, depois.

Ele fuma na cama e os dois às vezes se beijam, por um tempo, como se sentissem alguma fome, porém não se dessem ao trabalho de comer. E então ele se veste e vai embora, e podem se passar dias, ou uma semana, até que voltem a fazer a mesma coisa.

Ela dorme bem depois que ele vai embora. Ou escreve a respeito. O cheiro de fumaça. O queixo pontudo dele. As pernas dela, esticadas e apoiadas.

Will diz a Rob para pegar a Honda, porque tem espaço na traseira, mas para tomar cuidado.

Rob assente, e Will vê em seu rosto jovem e por barbear que ele quer lhe dizer que sempre toma cuidado, que não há necessidade de dizer aquilo. Will diz, de qualquer maneira. Não consegue evitar. É o nome dele em jogo agora; esse início depende do boca a boca, da reputação, e qualquer arranhão, qualquer coisinha, pode ser o fim para ele.

E Will descobriu que se importa com isso.

Ele pega os detalhes do cliente e está prestes a ir atrás do garoto na oficina quando a porta se abre outra vez, e a irmã entra, alta e magra e com os tornozelos à mostra. Ela parece uma funcionária da oficina. Com botas de couro e macacão remendado — jardineira, ela lhe diz depois, quando ele comenta. Óculos com lentes tão grossas que é de espantar que consiga enxergar.

Amber, ele diz. Oi.

Estou interrompendo?, ela pergunta.

Estou sem clientes no momento, ele diz, e ela diz isso não é bom, né?

Recebi bastante gente de manhã, ele diz. Quer ver nossa contabilidade? Verificar as finanças dos últimos doze meses?

Não é necessário, ela diz, e olha em volta agora, para o estoque limitado que ele mantém, óleo de motor e velas de ignição, lâmpadas e cabos de freio e câmaras de ar.

Não sei o que é nada disso, ela diz, e ele diz que ela não precisa saber. Ela também diz que tem um cheiro esquisito.

É fumaça de escapamento, ele diz.

Quer trocar gasolina por panini?, ela pergunta, e ele olha para o relógio, diz que tudo bem, só precisa de dois minutos. Nos fundos, ele tira a graxa das mãos, pede a Rob para ficar de olho na oficina por uma hora. O garoto olha para ele, aterrorizado, porém determinado a não dizer não, e Will passa a gostar dele um pouco mais por conta disso.

Lá fora, o vento está fraco. As camadas de nuvem lembram basalto.

E como é ter seu próprio negócio?, Amber pergunta, enquanto eles seguem pelo caminho que leva para o centro, os sapatos esmagando o cascalho.

É bom, Will diz. Movimentado.

Você deu o nome do vovô à oficina, ela comenta, de um jeito leve, casual. Ele dá de ombros, diz é, e isso é tudo o que os dois precisam dizer a respeito.

Ela nunca questionou o fato de Will ter ficado em Norfolk, depois da venda da casa da avó. Mesmo que ela perguntasse, ele não saberia dizer por que parecera ser a coisa certa. Algo a ver com a proximidade do local onde os avós estavam enterrados, talvez. Onde ele percebera que estavam suas raízes, no fim das contas, depois de pensar que não tinha nenhuma.

Eles pegam uma mesa no canto de um café e pedem sanduíches e chá. Alguns caras o cumprimentam e sabem seu nome, e a garçonete dá uma piscadela para ele, traz bacon extra de acompanhamento.

Você vai ficar gordo, Amber diz a ele. Não tem mais dezoito anos.

Come logo, ele diz, e ela come, e conta a ele sobre os estudos, sobre o novo namorado, a respeito do qual ela ainda não está muito certa, porque ele fala alto demais, e bebe água demais.

É, hidratação acaba com qualquer clima, Will diz, e ela olha para ele e fala que é sério. Ele dá risada, mas ela não. Ela passa o pão no restinho de molho de salada. Ele sente uma pontada de algo que poderia ser ternura, ou orgulho, enquanto ela o faz. Algo que sobe da boca de seu estômago.

Onde você vai ficar?, ele pergunta, quando terminaram de comer.

Na sua casa, ela diz.

Tá. Mas podia ter me preparado pra isso.

Tive uma folga e pensei em ser espontânea, ela diz. Por quê, qual é o problema? Está morando com outra mulher?

Não, ele diz. Nada de mulheres.

Que bom.

Tem sido mesmo.

Eles pedem mais chá e ouvem a conversa dos dois homens na mesa ao lado. Um debate sobre cavalos, e números, e sorte. Os dois olham pela janela com frequência, mais do que olham um para o outro. O mar parece ardósia do outro lado. Tem gaivotas no muro do porto, amargas e alertas.

É estranho não poder voltar pra casa da vovó, Amber diz. Ela mexe em um cubo de açúcar enquanto fala, inclina-o entre os dedos.

Esquisito demais?, ele pergunta a ela.

Não. É bom, claro. Ter dinheiro.

Já sabe o que vai fazer com sua parte?

Ela franze os lábios como quem diz que não. Diz que imagina que vai comprar um apartamento, quando souber aonde o trabalho vai levá-la. Talvez colocar em um investimento que renda bem.

Não faz nenhuma maluquice, ele diz, e ela não percebe que ele está brincando, só coloca o cubo de açúcar no chá e diz que não sabe por que fez aquilo, se odeia chá doce, então ele troca de caneca com ela, jurando que ainda não começou a beber o dele.

Amber passa o fim de semana, embora ele mal a veja por causa do trabalho. A oficina finalmente está se pagando, e ele tem dado duro como nunca na vida. Sabe muito bem que é uma distração, tal qual a bebida, a corrida ou andar de moto tão rápido a ponto de quase cair nas curvas fechadas. Mas pelo menos não é perigoso. É sustentável. E isso é tudo o que ele quer; constância.

Eles pedem comida e conversam até tarde, porque é o que fazem quando se veem agora, e depois de duas noites acaba, e ela volta para a vida acadêmica e os dois mal se falam por semanas, até que ela aparece outra vez, com novidades e olhos atentos e suas perguntas irritantemente pertinentes. Ele vê a avó nela agora, e é ao mesmo tempo agradável e estranho. Ela não é o tipo de mulher que faria uma tatuagem de elefante. Não é o tipo de mulher que iria embora.

Você encontrou seu lance, ela diz a ele, antes de ir embora, e ele dá de ombros, diz talvez. Eles estão sentados no carro, a chuva parece cuspe no para-brisa.

Você parece bem, ela diz. Melhor.

Ainda estou tomando antidepressivo, ele diz.

Eu sei. Isso não muda o que eu disse.

Ele assente, diz que está melhor, e ela desce na estação de trem e ele a vê entrando, enquanto se pergunta se isso é o melhor que pode ter, e se for tudo bem, de verdade, tudo bem. É melhor que muita coisa.

Ele falou a verdade sobre as mulheres.

Não tem nenhuma em sua vida agora.

Ele percebeu que não queria nenhuma, da mesma maneira, depois das queimaduras de carpete e dos ovos mexidos. Depois de ter bancado o bonzinho, com a quimioterapia e os sanduíches e o papo furado. Alguns caras do pub gostam de pegar no pé dele, dizendo que amoleceu, que virou gay, que vai morrer sozinho em uma casa cheia de gatos.

Não gosto de gatos, é tudo o que ele diz, tomando um gole de sua única cerveja, ou de sua água com gás com uma rodela de limão velho. Tão azeda e efervescente que a sensação só passa depois que ele engole.

E não digam *virou* gay, ele diz. É ofensivo pra caralho.

E eles fazem *uuuh* e *hã*, e ele deixa.

Ele cozinha ainda mais agora, como se estivesse se preparando para o inverno ou para o apocalipse. Refeições de baixo custo, principalmente ensopados, que prepara com bastante azeite, até tostar. Arroz integral. Ervas frescas. Compra café de qualidade, que mói em uma máquina manual e toma de manhã e à noite, e provavelmente dorme pior por isso, porém não tão mal que chegue a incomodar.

E ele nada. Todo dia, no mar. É bom para os músculos da coxa, e ele dá voltas na parte mais rasa antes ou depois do trabalho, e não custa nada e faz com que se sinta forte e indômito e parte de algo maior que a cidade costeira que nunca deixou.

Ele sempre quis ir embora.

Em algum ponto do caminho, coisas aconteceram, ou não aconteceram.

Então ele nada, e trabalha, e as coisas são.

Ele pensa nela às vezes.

Rosie Winters. A garota que perdeu, várias vezes, por vários bons motivos.

Aparece em momentos que supostamente não têm nada a ver com ela. Quando ele está empurrando o carrinho pelo supermercado e vê uma torre de maçãs, vermelhas e maduras. Quando está despejando leite na panela, ou ouve o tom de certa nota quando passa por uma música no rádio.

Ele vê a mãe dela uma vez, quando está no estacionamento do porto.

Ela está na fila do açougue, não o vê; ele aguarda um momento no banco do motorista, espera que ela vá embora. Ela fala ao celular, com a bolsa enfiada debaixo do braço. Parece igual, só mais velha. Com rugas mais profundas, ele imagina à distância.

Ele se pergunta se ela o reconheceria, caso saísse do carro. Se o ódio em seus olhos teria diminuído, um pouco que fosse.

Ele fica sentado no carro e observa enquanto ela aguarda, com sua expressão dura. Como um cotovelo, cheia de pontos e cantos. Ele se pergunta, e não pela primeira vez, como uma mulher daquelas podia ter criado filhos como Rosie e Josh, então pensa na avó e na própria mãe, e nos sobrinhos e sobrinhas e filhos e filhas não nascidos que talvez ainda não conheça, e libera algo tenso em suas entranhas enquanto a vê entrar no estabelecimento e apontar com suas unhas compridas, o açougueiro assentir, pegar algo da vitrine com as mãos enluvadas e embrulhar para ela, com cuidado.

Uma noite, quando Rosie termina de tocar, o restaurante está quase vazio e os garçons levam copos para a cozinha, carregando pratos apoiados nas dobras dos braços. O salão brilha como se fosse Natal, embora o inverno esteja acabando. Luzinhas douradas e sobras de vinho, taças de champanhe e espelho. Por um momento, ela desfruta da cena. Então fecha o piano, e está recolhendo suas partituras quando mais sente do que vê alguém se aproximar.

Você tocou lindamente, diz uma jovem a seu lado. Ela tem cabelo preto e ombros salientes. Boca larga, sincera e séria.

Rosie sorri e agradece. Não sabe o que mais deve fazer; ninguém nunca a abordou assim, em todos os meses em que tem tocado ali. É seu trabalho tocar, entreter, enquanto o vinho é servido e o jantar é comido e o burburinho das conversas sobe e desce. Mas seu turno acabou. Então ela a encara, aquela mulher determinada, vestida de preto. Sem maquiagem. Com uma pinta pequena na bochecha.

Rosie vai se lembrar disso a respeito dela.

Estou escrevendo minha tese sobre a última música que você tocou, a mulher diz. Seu inglês é um pouco truncado; Rosie desconfia que não é sua língua materna, tampouco o alemão. Ela deve estudar aqui, pensa. Tem cara de quem estuda. Curiosa, esperançosa e sedenta por coisas que ainda estão a seu alcance; Rosie conhece essa sensação de muitos anos antes.

Ela está pensando nisso no exato momento em que a mulher pergunta de quem é o arranjo que ela usa, e Rosie sente as bochechas corarem. Ah, ela diz. De ninguém. É uma versão minha.

A mulher pisca.

Você também é estudante?, ela pergunta, porém Rosie balança a cabeça.

Só trabalho, ela diz.

Mas você estudou?

Sim, mas não música.

A mulher assente.

Você devia pensar a respeito, ela diz. Rosie sorri para ela, de novo, e as duas conversam um pouco sobre o arranjo; Rosie mostra a partitura quando a mulher pede, diz que pode ficar com ela, se quiser, que tem outras cópias.

A mulher toca seu ombro em agradecimento, vai embora do bar com a música de Rosie, e mais tarde naquela noite Rosie não consegue dormir. Fica sentada na cama, com a janela aberta e o celular no colo, pensando em como passou na frente daquele lugar muitas vezes. O Schlosstheater, com seus tijolinhos ocre e seus arcos de entrada, onde fica a maior universidade de música do mundo.

Mozart se apresentou ali.

Ele andou por aquelas ruas, cantou e tocou e ensinou piano naquela cidade.

E Rosie veio até ali pensando que seria o bastante, estar perto de tanta tradição e história, perambular por tudo aquilo. Ir a concertos e escrever fragmentos de suas próprias canções e tocar música clássica até tarde da noite.

Ela não tinha, no entanto, previsto os estudantes. Os melhores músicos do mundo inteiro, reunidos ali, com uma abertura e uma visão e lugares na academia. São seus pares de muito antes, ela sabe. As pessoas que nunca conheceu; talvez a pessoa que ela perdeu a chance de ser.

Ela sentia algo que achava ser tristeza, toda vez que os via, porém agora sabe que estava errada. Que não se trata de melancolia, e sim de um desejo. A atração profunda e silenciosa que sente desde que era pequena e o pai a sentou ao piano e mostrou que ela podia produzir sons com suas mãos, uma magia que imitava a música que ela ouvia em outro lugar, no movimento do mar, nas folhas das florestas, nos passos do irmão, leves na escada.

Naquela noite, depois de falar com a mulher de cabelo preto com uma pinta no rosto, Rosie aprende tudo o que pode sobre o que sempre quis. Ela lê a respeito da instituição que consegue ver de sua janela. Devora a descrição de dois cursos específicos, anota os nomes dos professores, a data das provas de admissão, e sente um calor dentro de si, um intumescimento, acha, de todas as suas moléculas, saltando, disparando e se chocando, quando o céu já começa a clarear.

Ela continua com o vestido da noite anterior.

Veste uma jaqueta, pega o caderno e as canetas e tranca a porta do apartamento ao sair, então segue para seu lugar preferido na cidade.

É uma caminhada de cinquenta minutos, e quando chega ela se lembra de que o Leuchtturm não é exatamente bonito. Degraus de ferro envolvem a fachada, diante da qual turistas se posicionam, fotografando com o celular, com câmeras portáteis minúsculas. Flashes brancos, línguas estrangeiras. Há um gramado circular e um banco vazio ali perto, porém Rosie se senta no chão, com as costas apoiadas na parede. Assim, consegue ver a água.

Ela fica ali, e observa, e aguarda.

Vai vir até ela, Rosie tem certeza.

Se ela se mantiver calma e tiver paciência.

Ela se prepara. Continua tocando à noite, no bar, com uma deliberação renovada, como se tivesse algo a provar, ou outro lugar onde estar.

É como se sentisse dores do crescimento nas mãos e nos pés.

Ela está pensando em como colocar isso em palavras quando Simon liga, uma noite, uma hora antes do início do seu turno no bar. Ela o coloca no viva-voz para poder continuar passando o delineador enquanto falam, olhando para si mesma no espelho de uma maneira que sempre evitara, pelo menos até recentemente.

Eles se cumprimentam, então Simon vai direito ao assunto. Diz que encontrou joias dela em uma gaveta, quer saber se vai querê-las de volta.

Rosie pede que ele as descreva, só para os dois se darem conta de que, no fim das contas, não são dela.

Ah, que coisa, Simon diz, ao telefone. Deve ser... de outra pessoa, acho.

Uma das mulheres com quem você ficou quando estávamos separados, você quer dizer, Rosie fala.

É.

Não me importo, Si, ela diz.

Claro que não, Simon diz. Por que se importaria, considerando o que você mesma estava fazendo?

Rosie respira, ouve Simon soltando o ar. Ele pede desculpa, ela deixa o lápis de lado, diz que tudo bem. É o que eles fazem agora; tentam ser agradáveis, tentam chegar a uma espécie de amizade, só para agredir um ao outro com comentários duros ou cutucadas ocasionais, trilhando um caminho que nenhum dos dois conhece.

Acha que devemos...?, Rosie diz. E não precisa completar a frase; não precisa verbalizar a ideia de pararem de se falar agora que o divórcio foi concluído. Que é melhor, e mais sábio, muito embora pareça que estão desistindo. Traindo um ao outro, de alguma maneira. Outra vez.

É, Simon admite. Acho que sim.

Há um silêncio triste e tardio entre os dois.

Estou pensando em ficar em Viena, de qualquer maneira, Rosie diz, como se aquilo facilitasse as coisas para os dois.

É mesmo? Por quê?

Quero estudar música, ela diz. E aqui é o melhor lugar pra isso.

Claro, Simon diz. Faz sentido.

A princípio, Rosie não reage, mas ele fica quieto por tanto tempo que ela acaba perguntando o que faz sentido.

Você querer o melhor, ele diz.

Rosie solta o ar, embora não soubesse que o estava segurando.

É um elogio, Rosie, Simon diz, porém, depois que eles se despedem pela última vez, ela fica pensando que não tem tanta certeza disso.

Will corre a maratona de Norfolk um dia. Simples assim.

Embora não seja simples assim, ele sabe, porque treinou a vida toda, sem saber, e está em forma e forte depois de anos de trilhas e corrida e do nado diário que passou a adorar.

A água, cortando sua pele.

Ali, todo dia, sem falta.

Ele está no pub quando alguém lhe diz que desistiu da corrida, porque se machucou, e antes que ele perceba concordou em ir no lugar, e ali está ele na manhã seguinte, na linha de largada, com seus tênis de corrida velhos e seu short e se xingando por não ter comido direito na noite anterior, cortando carboidratos e acrescentando carne magra ou o que quer que os outros corredores tenham feito, então ele pensa dane-se, quando foi que ele comeu qualquer coisa além do que queria, e então a buzina toca e a corrida começa e todos começam a se mover, em onda, náilon e panturrilhas avançando.

Nada importa quando ele está correndo.

Ainda, depois de todo esse tempo.

Ele esquece que não comeu direito e esquece que odeia correr ao lado de outras pessoas e só segue o caminho pela costa, corre de Sea Palling a Sheringham, descendo pelas vias abertas, ouvindo sua respiração, como sempre, sem música ou interrupções e sem verificar o relógio. Seus pés se chocando com a terra.

Ele está acostumado a correr trinta quilômetros na maior parte dos fins de semana, mas os últimos dez quase o matam. Ele pensa nisso em determinado ponto, quando chega ao famoso muro. Que talvez seja isso. Ele sente que poderia se afogar sob o peso do próprio corpo, a impossibilidade do passo seguinte, que ainda lhe vem, de alguma maneira, e de novo, só porque ele não desiste, só porque tem gente na frente e atrás dele. Desconhecidos torcem por ele, mesmo sem saber nada a seu respeito.

Então ele segue em frente.

Quando termina, ensopado de suor e com tudo doendo e uma sensação fantástica, ele faz uhu, bem alto, com os outros corredores, bate na mão deles e pensa, do nada, que, entre todas as pessoas abaixo e acima do céu azul e sem nuvens, gostaria que a avó estivesse ali.

Ele recebe uma medalhinha em uma fita listrada.

Deixa-a na bancada da cozinha quando chega em casa e toma um banho antes de fazer o jantar, uma tigela gigante de pappardelle, com o rádio para lhe fazer companhia. Depois que come, coloca os pratos na lava-louça e vai encher a banheira, apesar de já ter tomado uma chuveirada. Suas pernas e seu abdome doem de maneira quase prazerosa. Tudo o que ele quer é se deitar e fechar os olhos, deixar os músculos de molho na água quente.

Ele passa uma lata de coca para um copo e está prestes a ir para o banheiro quando a medalha chama sua atenção.

Um leve solavanco no peito.

A questão do que fazer com ela.

A avó guardava tudo, claro. Os desenhos dele de infância, de carros e motos, os diplomas de natação de Amber, os boletins de ambos; o umedecedor de charutos do avô, as pulseirinhas do hospital da época da quimioterapia. Os livros que leu. Fotos e cartas. Pedaços de uma vida, e não apenas da dela; coisas que compunham seu mundo todo. Sentimental, e idiota. Ela seria a primeira a dizer isso.

Will pega a medalha e sente seu peso na mão. Ouve a banheira enchendo, a água subindo no banheiro. Procura na estante ao lado da televisão o único porta-retratos que tem.

Ele não sabe nada a respeito da foto, na verdade, onde foi tirada, quem a tirou ou mesmo como foi parar com ele. É uma foto de seus avós, jovens, antes de terem uma filha, em um barco, com um parapeito branco e água atrás deles. Ela sorri e ajeita o chapéu dele, que está ao seu lado, com os olhos semicerrados em gratidão.

Will olha para os dois, então apoia a medalha no porta-retratos.

Sentimental, e idiota, ele sabe.

Os meses passam, como costumam passar. Ele se levanta todas as manhãs e corre até o mar, nada e corre de volta para casa, toma banho, faz um café forte e o coloca em uma garrafa térmica, da qual vai bebendo a caminho da oficina. Ele conserta motos e encomenda peças e brinca com Rob e Ryan, o novo mecânico, que contratou para dar conta do trabalho.

Às vezes, ele pensa, enquanto tranca o lugar e baixa as venezianas, que, se isso é tudo, ele aceita.

Ele considera adotar um cachorro.

Talvez um galgo inglês aposentado, que pudesse correr com ele na praia.

De tempos em tempos, ele dá uma olhada em voos, imaginando se finalmente vai fazer todas as coisas que achou que queria, porém agora tem seu negócio, e seria difícil deixá-lo, e Amber talvez precise dele, embora nunca tenha precisado, e ele pensa em uma longa lista de desculpas que fazem com que se sinta velho e responsável.

Sendo sincero, é porque ele gosta.

Da rotina, ou da calmaria, que significa que ele não sente seu coração doer há muito tempo. Ele não sabe o que mudou exatamente. Talvez sejam os anos de medicação. Ou a atividade física, ou morar sozinho, sem uma mulher, ou o fato de ter feito as pazes com as coisas e com as pessoas que partiram e o modo como, independentemente de tudo, o sol continua nascendo.

Ele sente falta de algumas coisas.

De algumas pessoas.

Sabe, no entanto, que a vida é assim, e prefere o equilíbrio, o descanso, o desinteressante e mundano e, no fim das contas, isso parece ser tudo de que ele precisa.

Além de manteiga de qualidade, claro. E café. Ele foi criado por uma mulher que sabia quais eram suas prioridades.

Dias diferentes agora. Litorais separados, seções distantes do mesmo céu, e ainda assim café pela manhã e jantar à noite, pão torrado quando fica velho. Faca na manteiga, o brilho da geleia. Hidratante nas mãos. Nas dela, pela manhã e à noite; nas dele, porque estão ficando velhas e ásperas, como couro animal, da oficina e das ferramentas e da graxa.

Há coisas que significam algo, amigos e risadas e sustento, e coisas que simplesmente acontecem, porque isso é viver sem tragédia, de maneira rotineira, mais deliberada. Banhos, axilas depiladas. Pianos e motores. O que restaurou, no porão, porque não sabia o que fazer com ele. Os dois pensam sobre isso às vezes. Uma vez, ao mesmo tempo até, quando uma música de que gostavam toca enquanto sobem os créditos de um filme que ambos veem, e isso os aquece, e os deixa meio tristes, e reflexivos.

Mas eles são eles mesmos. Repletos de espaços que não precisam ser preenchidos, marcas no colchão e nos carpetes das casas em que não moram mais, seguindo em frente da maneira que queriam.

Will pensa nisso enquanto fecha a oficina uma noite e torce para que Rosie esteja pensando também, sentindo, no período de não tempo sobre o qual ela falou uma vez, antes do jantar e depois da escola ou do trabalho, quando não se pode fazer nada de verdade.

Quem é que fala desse jeito?, ele pensa, enquanto se dirige ao mercado. Ele compra leite a caminho de casa.

* * *

Então, no fim do verão, aquele dia chega de novo, sem que os outros notem, ainda que ele o sinta profundamente, como uma ferida de guerra, quando acorda.

Agora ele está mais perto dos quarenta que dos dezoito e faz as contas, como todo ano. Não das velas ganhadas, mas dos anos que Josh perdeu.

Ele se pergunta como poderia ter sido enquanto mói o café na bancada.

Como seria a vida com Josh nela.

Estranhamente, Will percebe que pensa nele como alguém de trinta e tantos anos também, como se seu fantasma envelhecesse junto com ele. Braços e pernas compridos, cabelo grisalho. Menos vivacidade, mais uma valorização lenta e penetrante em seus movimentos; rugas em volta dos olhos, mãos passando pelos muros de pedra da cidade.

Só que ele não estaria em Norfolk.

Bristol. Berlim. Los Angeles, talvez. Algum lugar com cores e conversas e música ao vivo; empresas de tecnologia, com escorregadores, piscinas de bolinhas e espaços para cochilar.

Ele ainda desenharia estrelas enquanto trabalhasse. Ainda teria curiosidade em relação a tudo.

Will toma seu café, não vai nadar e passa o resto do dia trabalhando, como sempre. Sem cartões, sem bolo, sem mensagens de quem quer que seja além da irmã, e mesmo a dela fica sem resposta. Ele conserta motos e atende clientes e ensina Rob a verificar a calibragem dos pneus e então fecha e vai até a água com um saco de batatinhas e um cigarro. É a única coisa que ele se permite nesse dia.

Ele pensa na morte, por um tempo. De maneira abstrata e pouco dramática, como uma gaivota voando baixo; imagina como deve ser, para onde a pessoa vai.

E, embora na maior parte se sinta bem, ultimamente, há uma sensação de que não consegue se livrar, nem mesmo com medicação, nadando diariamente ou não comemorando o próprio aniversário. Ele descobriu que é verdade o que as pessoas dizem, que o tempo cura, mas também descobriu que o tempo não apaga a memória muscular. O peso do pavor, a desgraça sentida profundamente no peito. Então ele fuma seu cigarro e digere a fritura e o vinagre do jantar e chafurda no puro prazer e na aversão a si próprio quando seu celular começa a tocar.

E, quando atende, ele continua comendo as batatinhas, porque parece a única coisa que pode fazer.

Sou eu, ela diz, depois de um tempo.

É você, ele diz.

Ele olha para o litoral, para as ondas batendo e recuando. Sente o calor das batatinhas através do saco, sente o gosto de óleo e sal, a gordura quase branca no papel-jornal.

Eu... sei que eu não deveria estar fazendo isso, ela diz.

Will não diz nada. Sente o calor da batatinha na boca.

Mas tem um farol em Viena, Rosie diz a ele. Vou lá quando preciso pensar, ou escrever. Tenho um lance com faróis, acho.

Você está escrevendo?

É. Mais ou menos.

Como você mais ou menos escreve?

É só que não sei se é bom ou não.

De qualquer maneira, você está escrevendo.

Acho que sim.

Escrevendo o quê?

Músicas, principalmente. Você... hã... Quer ouvir uma?

Quando ele ouve a pergunta, está olhando para a água, e então amassa o saco com as batatinhas restantes e o joga na lata de lixo antes de descer os degraus para a areia.

Estou ouvindo, ele diz.

Ela fica em silêncio, por um tempinho. Ele caminha pela praia, e é uma noite sem vento, e ele aguarda por ela, sentindo o coração grande demais para o peito. Fragmentos de conchas sob seus pés. Seixos, madeira que o mar devolveu, corda.

Isso é esquisito, ela diz.

Você sempre se recusou a fazer isso, ele diz.

Isso foi antes, ela diz, e fica em silêncio por um momento. Fora que hoje é seu aniversário.

Depois, ele segue para o farol, e os dois conversam.

A luz está morrendo. Feixes irradiam sob uma nuvem, gaivotas voam no horizonte. Uma jornada muito longa para tão tarde, ele pensa, enquanto ela lhe conta sobre seu piano, e um homem que se senta todos os dias com um charuto e uma xícara, no canto de um café imponente, usando casaco de pele e sem dizer nada a ninguém. Sobre como ela tentou adivinhar seu nome.

Ela fala sobre as vogais arredondadas do alemão da Baviária, sobre as calçadas, os postes de iluminação, a carne. Ele fala sobre a oficina, quando ela pergunta a respeito, porém é breve, prefere que seja ela a falar.

No entanto, ele descobre, com um pouco de persuasão, que quer dividir as coisas com ela. Quer falar sobre suas reuniões, e o nado, e o fato de que as coisas têm bastado, e não têm ao mesmo tempo.

Ele quer controlar seu interior, e atirar o celular nas ondas, e pressioná-lo contra a lateral do crânio até que doa. A linha entre alegria e fúria ainda existe, para ele, tão real quanto sua respiração, seus ossos.

Ele continua andando. Ela está falando sobre Mozart agora, e carruagens puxadas por cavalos. Do café com creme que toma.

O céu está amarelado, pálido, uma faixa de pôr do sol que encontra uma parede de nuvem, tal qual o cartão-postal com a pintura de Rothko que a avó deixava na porta da geladeira. Parece que vai cair uma tempestade mais tarde. Ele se aproxima do farol enquanto Rosie fala, e o farol continua ali, como sempre esteve, alto e branco contra o crepúsculo. Tudo cheira a solo e sal, areia molhada, estranhamente doce. Mas algo parece diferente, como algumas noites podem parecer: a fogueira, a queda, a noite em que a mãe dele foi embora ou a avó morreu ou ele despejou toda a vodca pelo ralo.

E ele sabe por que antes mesmo de vê-la.

Seu coração se eleva, sem qualquer motivo, e então ali está ela, sentada nos degraus, o parapeito entre ela e o mar.

É Rosie. Ele sabe, mesmo à distância, pelo modo como suas pernas estão dobradas. Os contornos de seus traços, as orelhas pontudas sob o cabelo. Ele para, observa ela se preocupar com seu silêncio. Um momento, dois. Então ela sente sua presença, ergue os olhos, e os dois se encaram por um instante, com o celular ainda na orelha.

Olhos brilhando. Coração palpitando.

Você está aqui, ela diz, pelo telefone.

Eu moro aqui, ele diz. Achei que você estivesse no exterior.

E estava, ela diz.

Ele desliga e se aproxima, porém devagar, como se pudesse haver consequências para as quais não está preparado. Destruir a aparente calma que construiu. Expor-se. Despertar a sede que sente dela, de tudo o que ele não tem.

Ela parece mais magra, de novo, o rosto maduro e abatido. Mais sardas do sol europeu; as íris azuis aguçadas, apesar das noites em claro. Ele pensa nela tomando café e escrevendo músicas em seu próprio farol e sente o mesmo orgulho de novo, o intumescimento de algo tão bom que chega a doer.

Ela deixa o telefone de lado.

Oi, diz, como se fosse recomeçar.

Oi.

Eu, hã... não estou mais em Viena.

Estou vendo, ele diz. Veio visitar seus pais?

Não, ela diz. Não, eles não sabem que estou aqui.

Ele assente e enfia as mãos no bolso, à espera. Ela parece nervosa. Fica mexendo no cabelo como se quisesse prendê-lo atrás da orelha, muito embora já esteja preso.

Então, ela diz. Decidi que quero estudar música. E não em qualquer escola de música: na melhor escola de música.

Tá, ele diz. E qual é?

A MDW.

Em Viena?

Já ouviu falar?

Vi o folheto na sua estante uma vez, Will diz. Ele não diz: vi todas as suas coisas, quando você não estava em casa e Simon estava na cama, e não me passou despercebido, em meio às partituras que você nunca jogou fora. Ele não diz que o pegou, viu que ela havia marcado as páginas sobre voz e piano e composição. Que ele pensou, por um longo momento desvairado, em deixar o folheto sobre a mesa de centro.

Rosie assente, como se fosse completamente normal ele ter notado algo tão particular. Tão escondido.

Bom, eu me inscrevi, ela diz. E não esperava entrar.

Mas entrou, Will diz.

É. Recebi o e-mail hoje de manhã.

Ele sente algo se alterar dentro de si; um vento leve, quase inexistente, mudando de direção.

Isso é incrível, Roe, ele diz. É excelente.

Obrigada, ela diz. É mesmo.

Eles ficam se olhando nos olhos.

Mas não vou fazer, ela diz.

Ela não tira os olhos do rosto dele enquanto lhe diz isso. As mãos dela sobre as pernas, as dele nos bolsos. Os dois, um azul-escuro contra a nuvem de tempestade.

Por quê?, Will pergunta, depois de um longuíssimo tempo.

Porque significaria passar mais alguns anos em Viena, Rosie diz.

Você não gostou de lá?

Ah, eu amei, ela diz. É tão elegante e mágica e tem tanta história, em cada parede de cada prédio... Até os postes de rua são bonitos. Acho que você ia gostar de lá.

Imagino que sim.

Mas eu... não quero mais morar lá.

Um momento se passa entre eles. O puxão do mar.

Ele tira as mãos dos bolsos e se senta ao lado dela. Vê seus sapatos arranhados, de tanto andar pelas ruas, descer degraus de ferro, atravessar pontes cujo nome ele não sabe.

Ele sente o cheiro do xampu dela.

As maçãs.

Ele se lembra da primeira vez que a viu recém-saída do banho, com o cabelo comprido molhado. Está seco agora, e pouco abaixo dos ombros.

A questão é, ela diz, e ele aguarda.

Tem sido maravilhoso, ela diz, e a frase sai devagar, como se ela tivesse medo de formar as palavras. Tudo: a música, a liberdade, o tempo sozinha. Mas você não está lá.

Will não se atreve a olhar para ela. Continua olhando para a frente, para o sol.

Eu não devia ter ido embora. Quando as coisas terminaram de vez com Simon. Devia ter ficado e lutado por você. Mas acreditei no que você disse.

O que eu disse?, ele pergunta a ela.

Que eu precisava descobrir o que queria. Mas hoje, quando recebi a carta dizendo que fui aprovada, eu... me dei conta de que já sabia.

O coração dele se eleva, seu pulso trêmulo como os pinheiros ao vento. Rosie abraça a si mesma, descansa o queixo nos joelhos. Tem trinta e poucos anos e ainda parece tão jovem. Ele se pergunta como deve parecer a ela. Sente-se muito mais velho. É engraçado o tanto que ele pensou em morrer, mas não em envelhecer.

Não espero nada, ela diz. Não depois de tudo o que fiz, ou disse, ou não fiz. Mas estou aqui, se me quiser. Não vou a lugar nenhum. Não preciso da melhor escola de música do mundo. Não quero mais coisas que me esgotam. Quero coisas que me completem, e não me importa o que seja, desde que você esteja lá, e eu esteja com você. Quero fazer o café da manhã pra você, Will. Te encontrar em casa, todos os dias, e dividir a chave do carro e a pasta de dente e te surpreender com velas de aniversário.

Ela vira a cabeça para ele, então, com a expressão suave e sincera. Ele conhece essa expressão. Já a viu antes. Enquanto comiam macarrão, em uma barraca sufocante. Passagens compradas e degraus subidos e portas abertas na chuva.

Pasta de dente, ele repete.

Do sabor que você quiser, ela diz.

Ela está brincando, tentando abrandar a estranheza do momento, mas ele nem cogita rir.

Você devia estudar música, ele diz.

Vou estudar, Rosie diz. Mas não em Viena.

Ele assente, uma vez, e reprime o desejo de tocá-la. A mão dela, ou seu rosto, os punhos finos e sardentos.

Nunca mais, ele prometeu a si mesmo. Nunca mais tocaria nela ou se aproximaria dela, porque não sabia se seu coração poderia aguentar.

E agora ela está ali, ao lado dele, e o nunca mais já foi rompido.

Penso em você o tempo todo, Will, ela prossegue. E sei que não mereço. Sei que tivemos nossa chance, e estraguei tudo. Mais de uma vez. Mas eu queria ter parado, por um segundo que fosse, e me dado conta de que estava tentando fazer a coisa certa para todo mundo, o que no fim era a coisa errada, entende?

Will entende. No entanto, ouve essas coisas como se estivesse dormindo e sendo puxado de volta para a consciência. Arrastado pela maré.

Sei que parece que nunca te escolhi, Rosie diz, quando tudo o que eu queria era te escolher. E sinto muito por nunca ter dito isso a você. Eu queria dizer isso mesmo se formos ser só amigos, o que não tem problema, eu acho. Mas eu só queria poder dizer isso, é só nisso que consigo pensar agora, que você é mais importante que qualquer outra coisa pra mim. E eu nunca te disse isso.

Outro momento se passa; outra onda quebra na costa.

Estraguei a nossa chance, ela volta a dizer.

Os dois continuam sentados no farol, ele e Roe. A garota com aquela voz, a garota que ouvia, que abriu caminho dentro dele sem nem tentar.

As mãos dele estão frias no concreto.

Não acredito em chances, Roe, ele diz. Achei que você soubesse disso.

Ela desfaz o abraço em si mesma e se vira para ele. Seus olhos têm um tom de azul profundo, e ele acha que nunca disse a ela como são lindos. Nunca disse o que deveria ter dito, ou perguntou o que precisava saber.

O que importa é o que acontece, ele prossegue. O que é e o que não é.

E, enquanto ele diz isso, o rosto dela se enche de tudo o que ele não se atreveu a procurar: certeza, e algo mais, aquela palavra de quatro letras que ele sentiu e desejou e conteve, e ela estende a mão e toca a gola da jaqueta dele, com suas mãos finas de pianista.

E o que acontece?, ela pergunta a ele.

O que você acha?, ele pergunta de volta, embora saiba o que vai responder, agora, enquanto o mar se estende à frente deles e os gansos grasnam, acima das árvores. Voltando para casa, talvez, ou partindo para os campos próximos, duas coisas que são uma só, na verdade, quando pensa nisso por um segundo.

Agradecimentos

Em primeiro lugar, quero agradecer à minha fantástica agente Ariella Feiner, por se arriscar comigo e com este romance. Obrigada por acreditar em mim, por me dar conselhos tão brilhantes e, principalmente, por confiar que eu podia escrever este livro. Também agradeço a toda equipe da United Agents: a Molly Jamieson, por sua leitura atenta do meu primeiro rascunho, e aos maravilhosos Amy, Amber, Yas, Eleanor, Lucy, Jane, Alex e Anna.

Obrigada a meus editores impecáveis: Clio Cornish, minha alma gêmea na Michael Joseph, pela carta que mudou tudo e por compreender de imediato o tipo de história que eu queria contar. A Pam Dorman, por seu olhar firme e sua sabedoria decisiva e muito necessária, e a Jeramie Orton, por seu carinho, sua curiosidade e suas anotações organizadas.

Agradeço a todas as pessoas incríveis da Penguin Random House, tanto no Reino Unido quanto nos Estados Unidos, em especial Ellie Hughes, Steph Biddle, Kallie Townsend, Courtney Barclay, Emma Plater, Christine Choi, Sara Leonard, Yuleza Negron, Chantal Canales e Marie Michels. A Lee Motley, Elizabeth Yaffe e Lili Wood, pelas incríveis artes das capas britânica e americana. Agradeço também a Louise Moore, Brian Tart e Andrea Schulz, que estiveram por trás deste livro desde o início, e a Riana Dixon, Emma Henderson, Stella Newing, Claire Vaccaro, Tricia Conley, Tess Espinoza, Randee Marullo, Kate Stark, Mary Stone e Lindsay Prevette, pelo trabalho árduo posterior. A Shân Morley Jones, por sua paciência e diligência. Obrigada também a todos os meus editores internacionais, que quiseram compartilhar Will e Rosie com o mundo — ficarei para sempre emocionada, surpresa e encantada.

Obrigada a Richard Skinner e a meu grupo de escrita pré-pandemia pelas críticas construtivas ao projeto anterior que permitiram que este livro tomasse forma. Um agradecimento especial a Gaurav e Kathryn por sua gentileza, amizade e por seu apoio muito além da sala de aula da Faber, e a Tamar, por tudo isso e mais.

Aos meus primeiros leitores, que me disseram para seguir em frente: Justin Coombes, Kirsten Norrie, Jason Gaiger, Georgia Stephenson, Savannah McGowan, Georgia Taylor, Flic Box, Rebecca Hilsdon e Emily Griffin, entre outros. Um agradecimento enorme ao falecido Brian Catling, que me deu permissão para sonhar alto e escrever com ousadia, e a Liesel Thomas, que leu bastante, chorou bastante e comentou bastante os romances que não tiveram o mesmo fim.

Muito obrigada às pessoas que responderam às minhas perguntas: Kelly Degaute, por mergulhar na realidade do linfoma de Hodgkin; Ollie Henson, por compartilhar sua experiência no serviço de resgate em montanhas; e Bella Chipperfield e seu pai, por seus comentários relacionados a música, torneamento de madeira e restauração de pianos.

Nem consigo explicar quão profundamente grata sou por Emma (Lane) Green, por todo o seu amor, seu entusiasmo e suas lágrimas de alegria, e por Jessica Lockyer-Palmer, por sua tutela e seu incentivo inabalável. Gratidão infinita a meu irmão, que sempre acreditou em mim.

Agradeço também a meus pais. A meu pai, por seu conhecimento detalhado de motos e pelas muitas horas que passou lendo para mim (em especial, os livros do balão azul). A minha mãe, pelas visitas a livrarias à meia-noite e por todas as idas especiais a bibliotecas. E aos dois pelas viagens de carro ouvindo Danny.

Obrigada a Elizabeth Gilbert por cada palavra de *Grande Magia*.

E a Kate. Por muita coisa.

E, finalmente, quero agradecer a meu marido. Pelo tempo e pelo espaço que me forneceu para escrever, logo cedo pela manhã, nos fins de semana, nas férias e em várias e longas viagens. Obrigada, Clive, por nunca questionar. Por garantir que eu sobrevivesse com mais que mingau e chá. Por nunca diminuir a energia que eu gastava em outro lugar, ou pedir demais, ou de menos. Eu não teria escrito este livro sem você.

TIPOGRAFIA Adriane por Marconi Lima
DIAGRAMAÇÃO Vanessa Lima
PAPEL Pólen Natural, Suzano S.A.
IMPRESSÃO Gráfica Bartira, abril de 2024

A marca FSC® é a garantia de que a madeira utilizada na fabricação do papel deste livro provém de florestas que foram gerenciadas de maneira ambientalmente correta, socialmente justa e economicamente viável, além de outras fontes de origem controlada.